Malcolm Lowry nació cerca de Liverpool en 1909. Siendo aún muy joven viajó como marinero al Lejano Oriente, donde permaneció varios meses. Después de graduarse en Cambridge emprendió una vida errante que lo llevó a Londres, Nueva York, México, Canadá e Italia. *Bajo el volcán*, la novela que lo elevó a los altares, apareció en 1947. Inicialmente estaba concebida como primera parte de una trilogía que se cerraba con *Rumbo al Mar Blanco*, texto en el que trabajó durante trece años. También escribió varios relatos cortos y un puñado de poemas que nunca vio publicados. Murió en junio de 1957 tras ingerir una cantidad inadecuada de alcohol y barbitúricos que los forenses consideraron accidental. Más allá de borracheras, maldiciones y malditismos, Malcolm Lowry es uno de los narradores ineludibles del siglo XX.

RUMBO AL MAR BLANCO

MALCOLM LOWRY

RUMBO AL MAR BLANCO

TRADUCCIÓN DE IGNACIO VILLARO

MALPASO

BARCELONA MÉXICO BUENOS AIRES NUEVA YORK

· In Ballast to the White Sea · (1)

I

The two undergraduates looked down from Castle Hill on the old English town. From their position on the grassy mound opposite the prison, behind, from the highest roofs of Cambridge were below them; in the afternoon light of winter the narrow streets appeared empty. [illegible] the wind [illegible], felt the wind [illegible] through his [illegible]. Sunlight swam on the walls and terraces below them. King's College lay like an ingot of [illegible] in the middle. The wind carried from the [illegible] railway station [illegible] the racket of the acceleration of engines, shunting the silly carriages, but from time to time this relapsed utterly, giving way to the cries of rowers on the river or the grumble of traffic that now never would be growing in volume as swiftly as the other sounds diminished. Now the brothers listened to the cheering at a football match, now to the sullen jaunty music of roundabouts on Midsummer common; but these clusters of sounds died in their swelling, and the groan of aeroplane engines vanished to a sigh in the gale.

Standing by the pole marking the spot of the last hanging on the mound, shading their eyes toward the west, Tor [illegible]

NOTA EDITORIAL

A principios de los años cuarenta, tras una vida errante, azarosa y a veces grotesca, Malcolm Lowry se instaló en una cabaña de la Columbia Británica con su segunda mujer, la exactriz norteamericana Margerie Bonner. Fue una época de relativa calma entre las turbulencias mexicanas y el periplo autodestructivo que lo llevaría de vuelta a Inglaterra y más tarde a la tumba. La vivienda era espartana y los recursos escasos, pero allí, frente al oleaje del Pacífico, el escritor trabajó y bebió sin descanso. Allí logró convertir sus muchos demonios en la ficción endiablada que lo subió a los altares literarios del siglo XX.

Un incendio destruyó la guarida el 7 de junio de 1944. Mientras su marido pedía ayuda a los vecinos, Margerie se adentró heroicamente entre las llamas y logró rescatar el manuscrito de *Bajo el volcán.* Lowry se arrojó después a la hoguera en un intento desesperado de salvar una novela que lo ocupaba de forma intermitente desde 1931. Según cuenta su biógrafo Gordon Bowker, tuvieron que arrastrarlo hasta el exterior cuando una viga le cayó sobre la espalda. De las mil hojas que acumulaba aquella obra en marcha solo quedaron unos poco papeles chamuscados: *In Ballast to the White Sea** era un montón de ceniza. Yvonne, síntesis casi alegórica de las dos mujeres que más padecieron el amor, el odio y las homéricas borracheras del novelista, evoca el dramático episodio en el capítulo XI de *Bajo el volcán*: «Su libro ardía, las páginas ardían, ardían, ardían, levantábanse del fuego en torbellinos y esparcíanse incandescentes a lo largo de la playa».**

* Literalmente «en lastre hacia el Mar Blanco». Se dice que un barco navega en lastre cuando no transporta mercancías y solo lleva el material necesario (bolsas de arena, por ejemplo) para mantener la estabilidad.

** Traducción de Raúl Ortiz y Ortiz (Era, México, 1964).

La pérdida del texto fue una de las heridas que atormentaron a Lowry hasta su muerte. En numerosas cartas aludiría a la gran empresa malograda, al dolor de un proyecto fatalmente devorado por el fuego o, tal vez, por su ingrato destino. Incluso en mayo de 1957, un mes antes del sórdido final, le escribió al poeta canadiense Ralph Gustafson para lamentar la amputación de una trilogía análoga a la *Divina Comedia* en su estructura ascendente: un largo viaje desde el infierno volcánico hasta el paraíso del Mar Blanco.* Esa trilogía, de hecho, llevaba por nombre *El viaje interminable*, pero el dante dipsómano solo pudo volver la vista a un cielo desvanecido.

¿Totalmente desvanecido? ¿Humo y pavesas? La realidad, como suele ocurrir con el protagonista de esta nota, es algo más sinuosa (por no decir rocambolesca). En 1936, poco antes de partir hacia México con su primera esposa, Jan Gabrial (a quien, por cierto, había conocido en Granada), Lowry depositó una copia de *Mar Blanco* en la casa neoyorquina de su suegra. Allí durmió el papel carbón durante cuatro décadas sin que nadie osara turbar su inexplicable reposo. Tras el fallecimiento de Margerie en 1988, Jan sacó la novela del armario y preparó una transcripción mecanográfica donde introdujo algunos cambios poco significativos para el lector y quizá necesarios para ella. Esa es la versión que llegó a los archivos de la New York Public Library y que, debidamente revisada, sirve de base a este volumen. Todo indica que las disputas de las dos viudas por el legado de un autor ya mítico contribuyeron a sostener la fábula de la obra maestra irremediablemente perdida.

¿Eran sinceras sus quejas epistolares? ¿Olvidó Malcolm Lowry la existencia de la copia alojada en Nueva York? Aunque no es imposible que así fuera, muchos lo consideran improbable: un olvido de esa magnitud rozaría el territorio de la amnesia. Tal

* Según parece, el purgatorio correspondería a su paso por el *Bellevue Psychiatric Hospital* de Nueva York en 1936, experiencia que inspiró el relato inacabado *Lunar Caustic* (publicado por Margerie en 1963). Se ha traducido al castellano con el título de *Piedra infernal* (Tusquets, Barcelona, 2009).

vez decidió no recordar un hecho que lo ponía en la ardua tesitura de enmendar su suerte. Tal vez entendió que su suerte no tenía enmienda. Lo cierto es que tras el incendio de 1944 nunca intentó reconstruir una novela que fue idealizando (o sublimando) con el paso del tiempo hasta elevarla a la categoría de leyenda y emblema de sus variadas desdichas. Parece verosímil que, abrumado por la perspectiva de una tarea descomunal, prefiriese incorporar esa pérdida a la épica de sus heridas y frustraciones.

La importancia de *Mar Blanco* para su autor es a todas luces incuestionable, tanto como su singularidad en la historia literaria del siglo XX y, desde luego, en la historia universal de las obras póstumas. Se trata, sí, de una narración en busca de desenlace, pero su extraordinario valor ya fue apreciado por quienes tuvieron la oportunidad de examinarla en alguna de sus fases. El poeta Conrad Aiken, mentor y rival de Lowry, escribió esto durante una vista a Cuernavaca en mayo de 1937: «Estoy leyendo la novela de Malcolm [...]; es extraña, profunda, laberíntica, increíblemente jugosa. ¡Dios, vaya genio! ¡Qué maravilla! [...] ¡Qué delicia sumergirse en su extraordinaria belleza, en la densidad táctil de su prosa!». La presente edición coincide en lo fundamental con el texto leído entonces por Aiken.

El interminable viaje de Malcolm Lowry concluyó en la campiña inglesa el 26 de junio de 1957 gracias a un formidable cóctel de alcohol y barbitúricos aún hoy oscurecido por la sospecha (algunos opinan que Margerie no fue ajena al accidente). Ahora, sesenta años después, el cielo de su humanísima comedia ve por fin la luz en castellano.

through a
clearing, then he
watched the Unsgard,
wood, the wood of good trees,
and goodness of fire.
her, his own purpose would
away from it he would see it,
as moulded, as iron; he would
now he had hours, hours more

RUMBO AL MAR BLANCO

A Jan Gabrial

1

> Quizá siempre desandemos con nocturnidad el trecho que fatigosamente hemos ganado bajo el sol del verano.
>
> RILKE

Los dos universitarios contemplaban la vieja ciudad inglesa desde lo alto de Castle Hill. Subidos al montículo de hierba que hay frente a la prisión, hasta los tejados más altos de Cambridge quedaban a sus pies; las calles presentaban un aspecto impoluto y desértico a la luz vespertina del invierno mientras una neblina solar se derramaba en cascadas hasta la lejanía entre muros, torres y terrazas. Desde la estación, que nunca reposaba, un viento bronco les llevaba el fragor de las locomotoras cuando estas arrancaban para cambiar de vía los somnolientos vagones; de cuando en cuando, sin embargo, cesaba el estrépito ferroviario dando paso a las voces de los remeros en el río o al cañonazo del tráfico, que subía de volumen con la misma presteza con que los otros ruidos se apagaban. A oídos de los hermanos llegaban los gritos de ánimo de un partido de fútbol o el súbito bullicio de las zanfoñas en la explanada de la feria: pero estos cúmulos de sonidos, cada uno un hola y un adiós procedente de su propia objetividad, se desvanecían casi al tomar cuerpo, como el gruñido de los aviones que velozmente se disipa hasta convertirse en un suspiro dentro del vendaval.

De pie junto al poste que señalaba el lugar del último ahorcamiento en el montículo, con el pelo clarísimo al aire, tenían los ojos brillantes por el sol y el viento aunque la desesperación les pisara los talones, y como dos náufragos en una balsa se los protegían contra alguna esperanza que se esfumaba ante un mundo plano, mientras a su alrededor rompía el oleaje y los rociaba no de mar, sino de polvo y paja. Para Sigbjørn, el más joven, el sollozo del viento en torno a la prisión sonaba igual que el viento en las jarcias de un barco; le parecía escuchar en el aire los hilos telegráficos repitiendo el lamento fúnebre de la antena de radio en la Bahía de Bengala,[1] y el golpeteo de algún postigo flojo bien habría podido ser el crujido de las tracas de un barco que se bamboleara en una fuerte marejada; pero, si bien volvía a sentir esa particular angustia del mar, él, que había sido marinero, detectaba también dentro de sí, por primera vez en varias semanas ahora que Tor había vuelto de una breve estancia en Londres, el cisma que los separaba y, con cierto narcisismo, el ir y venir de la marea de los muy diversos sentimientos del otro.

Y es que entre estos dos hermanos había una marcada disparidad alquímica. De hecho, desde el accidente que habían sufrido durante su infancia en Noruega nunca se habían sentido tan próximos en espíritu como ahora. Hacía solo seis semanas que el *Thorstein*, uno de los barcos de su padre, se había hundido frente a las costas de Montserrat[2] con gran pérdida de vidas humanas. Desde aquel momento, durante el transcurso de la investigación y el consiguiente oprobio público, habían sido inseparables pese a sus diferencias previas. Se unieron en mutua defensa. Se firmó un armisticio que puso fin a las hostilidades espirituales entre ellos. Admitieron de una vez aquello que hasta entonces habían objetado en vano, juntos o enfrentados: la íntima soledad de un entorno al que ninguna familiaridad con los demás estudiantes, con la lengua inglesa, con la llana campiña (a la que sus corazones, habituados a las cordilleras y torrentes de Noruega, habían tenido que plegarse), con la vida o con el clima lograba restar ni un ápice de su carácter permanentemente ajeno. Sin embargo, esta cualidad común a ambos

[1] Lowry afirmaba que su abuelo materno, capitán de la marina noruega, había muerto heroicamente en la Bahía de Bengala cuando pidió a una cañonera inglesa que hundiera su propio barco porque entre la tripulación se había propagado el cólera.

[2] Una de las Islas de Barlovento en las Pequeñas Antillas.

y que los separaba del grueso de los estudiantes no era algo inherente a su condición de extranjeros. Surgía más bien de una incapacidad para tomar contacto de primera mano con la vida, por más que esa conexión fuera su deseo más preciado: era más bien que a cada uno la existencia del otro le había desplazado un puesto respecto a la vida, como si el cuerpo de cada hermano estuviera atravesado en la abertura de la caverna del yo en la que el otro se hallaba preso, obstruyendo el paso de la luz y, sí, de la existencia misma.

Cada trimestre, el tren que los llevaba de Liverpool a Cambridge recogía a más estudiantes por el camino. Había largas esperas en el andén. Y sus dos blancas cabezas descubiertas, en medio de los cabellos castaños claros de los ingleses que esperaban junto a ellos, podrían resultar vistas desde fuera tan extravagantes como un par de gorriones blancos aguardando entre sus pardos congéneres la señal de la migración estival. Ese año habían permanecido de pie en el pasillo entre Lincoln y Ely, demasiado tímidos para sentarse, aunque en su común aflicción se les antojaba un descanso. Y así habían aguantado juntos todo el curso, descuidando su trabajo: en días alternos, cada uno recorría los tres kilómetros que separaban sus habitaciones; toda su pasada indignación con el otro se fundía en esta fidelidad, triste pero cálida. Pero ahora, como el mar tira del alma misma de los barcos hermanos atracados en el puerto, o como la luna atrae las desconsoladas mareas gemelas del día desde la orilla hacia sí, un magnetismo dual parecía arrastrar a estos hermanos hacia polos separados de su destino oceánico.

O bien era como si cada uno debiera hacer frente al mundo por separado de nuevo, con la sangre fría de un niño que da sus primeros pasos solo. ¿Quién sabe quién le protege? ¿Qué peligros acechan a esa cabeza rubia en esos primeros pasos temblorosos?

—Sabe Dios —le confió Tor— que aún hay algo que me da miedo; ya sabes lo que decía Dostoievski: algo que no concibo, que no existe, pero que se alza ante mí como un hecho horrible, grotesco, irrefutable.

—Quizá sea el diluvio, ¿quién sabe? —dijo Sigbjørn, y se rio por primera vez en todo el curso—. O Dante. ¡El trabajo ese de italiano!

En aquel momento, un objeto engendrado (Sigbjørn no pudo evitar después la sospecha) por una maldad perversa, perversa no tanto por lo que no divulgaba como por lo que sí, y que entonces reconoció como un periódico, se había desprendido de un seto situado algo más abajo y volaba hacia ellos. Tor lo interceptó distraídamente con su bastón y el pie, y se inclinó a mirar las embarradas columnas. Sigbjørn, junto a él, leyó por encima de su hombro.

ERUPCIÓN DEL MONTE ARARAT.[3] MILES DE PERSONAS HUYEN PRESAS DEL PÁNICO.

Entonces, como liberados a la vez de la tensión y la vergüenza de las últimas semanas, los dos jóvenes prorrumpieron en una risa convulsa y, mientras reían, a Sigbjørn le vino a la cabeza la imagen de dos barcos que, tras haber soltado las amarras del muelle, encontraban súbitamente bloqueado su paso para salir por la dársena.

—Así que ahora ya no quedará ningún sitio al que ir.

—A no ser que Dante esté totalmente equivocado.

—¡Nos podemos fiar del viejo canalla!

—Pero el «Infierno» es un juego de niños comparado con lo que tienen que pasar los estudiantes en los *tripos*[4] de inglés...

—Sí, Tor, ¿adónde iremos ahora en esa arca tuya que siempre hablas de construir?

—Lo único que voy a tener en común ahora con Noé es que a lo mejor me emborracho.[5] Pero, no, en serio, no es solo eso; no es solo el miedo al examen...

[3] Monte donde quedó varada el arca de Noé al retirarse las aguas del Diluvio.

[4] Exámenes de licenciatura en Cambridge; así llamados, según parece, porque en otro tiempo los alumnos debían leer sus trabajos sentados en un taburete de tres patas.

[5] Noé celebró la nueva alianza con Dios plantando una viña. Más tarde se emborrachó con su vino y maldijo a su hijo Cam por haberlo visto ebrio y desnudo.

Sigbjørn miró el poste plantado en medio del antiguo patíbulo. Y por un momento tuvo la sensación de pesadilla de que el cerro donde estaban era en realidad el mismísimo monte Ararat. ¿Para qué hacer ningún viaje? Pero si eso fuera cierto, si podía darse crédito al periódico, aquel era un lugar peligroso. ¿Acaso no había entrado en erupción sin que ellos se enteraran? Exclamó:

—¡Piensa en otra cosa, en el último hombre que ahorcaron sobre este cerro, piensa en lo que debió de sufrir! ¡Hace veintidós años! Casi cuando nacimos —continuó Sigbjørn—, pero hay sitios aún más tristes que este.

Tor, sin embargo, seguía dándole vueltas a su chiste sobre el monte Ararat.

—El andén de la estación, por ejemplo, es un sitio más triste que este —insistió Sigbjørn al llegar de allí un rugido que se fue con la misma rapidez con que había venido.

—Sí, el andén de la estación —contestó al fin Tor—. El lugar de tantas separaciones. De niño solía imaginar que se le partía el corazón de la pena —añadió, y siguió riéndose, pues ¿no eran libres ya, tras haber cumplido su penitencia, de volver a reír?

Echó otra mirada al periódico atrapado bajo su pie.

—Y cualquier muelle, Tor. Ese humo tan evanescente, tan parecido a la pena, al amor, a un sueño del mar. Ay, Dios, ojalá que... Pero ¡mira esto! El camino debía de parecerle tan fácil y derecho como ahora... ¿no crees?

—¿Qué camino? —Tor se desternillaba—. ¿A quién? ¿Qué quieres decir?

—A él, por supuesto. —Sigbjørn miró el poste y añadió con impaciencia—: A aquel último ahorcado, naturalmente. ¿No parece facilísimo? Como si pudieras caminar hasta el Polo Norte en un día como hoy. Parece tan sencillo, tan lleno de paz... hasta tiene una especie de ambiente marino. ¿No ves los prados al fondo? Es como la calma que anuncia la tormenta en la línea del Ecuador...

—El monte Ararat. —Tor se encogió de hombros—. Lo siento, no se me va de la cabeza. Es lo más gracioso que he oído en mi vida.

Y se echó a reír otra vez, agachándose sobre el periódico arrugado. Sigbjørn señaló hacia el mar, más allá de las marismas.

—Mi alma gira como la aguja de la brújula, hacia el Polo.

—Falta de otra cosa, tener alma es de buena educación —dijo Tor, recayendo, como a veces le ocurría, en el inglés chapurreado de su juventud.

Sigbjørn seguía señalando a lo lejos, buscando el mar con los ojos más allá del mundo plano, plano como el mar gris que a mediodía hace soñar con los prados de su tierra al marinero relevado de la vigía. Ahora que su corazón se había remansado, podía volver a pensar en la sucesión de guardias, las interminables conversaciones concéntricas que reflejaban en un torrente de palabras su propia confusión, el deslomarse paleando carbón, el bamboleo y los bandazos del barco en el verde del océano y cuya sensación inmediata le había hecho vibrar en un éxtasis insoportable; pero esta embriaguez le estaba abandonando a la misma velocidad con la que a su alrededor el reflujo de una marea de sonidos era desplazado por el flujo de otra; y en cuanto comprendió cuál era su causa precisa, desapareció por completo. ¿Cómo romper el círculo del yo cuando planea la sombra del desastre? Supo que esa era la idea que habitaba en el corazón de ambos: cómo romper con el cerro donde estaban, romper el círculo cobarde y maldito del que ninguno de los dos había conseguido emerger.

Abajo, el farolero, a plena luz del día como Diógenes,[6] encendía las farolas con su larga garrocha para hacer frente a la oscuridad que se avecinaba; pero ¿quién podía afirmar con certeza que se curvaría hacia ellos esa noche? Una ráfaga repentina agitó violentamente el pelo de la hierba;[7] las sombras desfilaban ante

[6] Alusión a Diógenes de Sinope, pintoresco filósofo cínico que, según cuentan, paseaba un día por las calles de Atenas llevando un candil encendido. «Busco a un hombre honrado y no lo encuentro», decía para explicar su extraña conducta. Platón lo llamaba «Sócrates delirante».

[7] La imagen (*the hair of the grass*) parece remitir al poema de T. S. Eliot «Rhapsody on a Windy Night».

el sol y barrían el montículo en el que se encontraban: una de ellas, dolorosa, se demoró un momento, envolviéndolos como si fueran sus víctimas, y luego siguió galopando hacia el oeste.

—La oscuridad empieza a mediodía[8] —fue el lacónico comentario de Tor entre risas.

—Como dicen los chinos. ¿O no son los chinos?

—Siempre hablas del mar —dijo Tor, recuperando al fin, temporalmente, la compostura—. Envidio tu sufrimiento. Por mucho que lo quieras negar, esa fue tu universidad. Venir aquí no te hacía ninguna falta.

Abajo dobló la campana de un reloj, cuatro o cinco veces; *doom*, *doom*,[9] resonaban las campanadas propagándose como ondas sinusoidales que hacían inaudibles las impares. Más allá del reloj, destacaba sobre las nubes que viajaban presurosas la robusta torre de una iglesia caída en vertical, como si fuera el brazo alzado de Caín que se abatía a diario en alguna parte del mundo.

—Pero Erikson[10] me arrebató el mar.

—Lo que dices hoy lo proclamarán mañana desde las azoteas[11] de todos modos; no puedes evitarlo. Ni siquiera Erikson pudo. Sin embargo, sacaste algo de esa experiencia, algo inmensamente valioso para ti, algo que yo necesitaba más que tú, y algo a lo que no diste ningún uso. Y ahora es demasiado tarde para mí.

—Hablas como si fueras un anciano. Todavía eres joven.

[8] Sentencia extraída del *I Ching*: «El declive del sol comienza a mediodía, la luna empieza a menguar cuando está llena».

[9] Aunque de sonoridad onomatopéyica, la palabra *doom* significa «fatalidad, «muerte» o «condena». Lowry hace «hablar» a la campana, un recurso que utiliza reiteradamente a lo largo de la novela.

[10] Trasunto de Nordahl Grieg (1902-1943), escritor noruego próximo a los comunistas cuya novela de tema marinero *Skibet gaar videre* (*And the Ship Sails On*, en inglés) tuvo una gran influencia en Lowry, según él mismo reconoció, hasta el punto de afirmar que su *Ultramarina* era en buena medida un plagio de aquella.

[11] Alusión a Mateo, 10:27.

—¿No has leído aquello del anciano de veintiún años que alcanzó la mayoría de edad en la muerte?[12]

—Además, me parece que si alguien puede quejarse soy yo. Si hubieras pasado, como yo, por la experiencia de escribir un libro para descubrir luego que ya lo había escrito otro, y mejor que tú, entonces tendrías motivos para el fatalismo.

Y justo cuando empezaba a aligerarse la carga del desastre del *Thorstein* sobre sus hombros, la sustituía el antiguo y aplastante peso de este descubrimiento. Porque, en esto, la incapacidad de Sigbjørn para conectar le había hecho el más flaco de los servicios. Ocho meses como mozo carbonero[13] de un buque de carga antes de entrar en la universidad, por mucho que le hubiera podido quemar, por mucho que pudiera haber sido (que por fuerza fuera) más revelador del orden social de lo que pueda expresarse con palabras, no le habían servido al parecer más que para convencerle de lo que ya sabía y todo el mundo sabe: que la vida era tan profunda e infinitamente terrible y misteriosa como el mar. Y cuando volvió, lleno de quemaduras, delgado, endurecido e insomne como estaba al principio, fue únicamente para descubrir que su hermano Tor, quedándose en casa, había alcanzado una mayor madurez que él. Y con la tensión de la absoluta incapacidad para comunicar su experiencia y, en consecuencia, de la necesidad cada vez más imperiosa de mentir al respecto, no tardó en caérsele la máscara de su aventura y se descubrió un rostro de rasgos más suaves aún que antes. Lo que le había impulsado a plasmar su experiencia en un libro no era que fuese un escritor nato, sino que se sintió obligado a conectar, a comunicarse de algún modo, aunque el intento estuviera abocado al fracaso. Esa era la salida. De lo contrario, nadie,

[12] Alusión a *Las encantadas*, de Herman Melville. En uno sus relatos, un teniente de la marina estadounidense muere en duelo a los veintiún años, «alcanzando la mayoría de edad en la muerte».

[13] Los mozos carboneros debían desmenuzar el carbón, pasárselo a los fogoneros, palear la ceniza y tirarla por la borda. Además comían y dormían aparte. El suyo era el trabajo más sucio y peor pagado.

quizá ni él mismo, conocería jamás los sufrimientos que había soportado (y vaya si había tenido que sufrir) ni se haría la menor idea de aquellos de los que había sido testigo. Porque, de hecho, había encontrado en sí mismo motivos similares a los que habían disuadido a Tor de acompañarlo cuando se presentó la ocasión en su propia reticencia a consagrarse por completo a los trabajadores. Un libro habría sido el medio para tender un puente. Pero la inviabilidad de esa salida al atolladero se le había revelado con toda crueldad. Descubrir que tu libro ya lo ha escrito mejor otra persona es una experiencia siniestra incluso para quien carece de talento.

—El fatalismo me embarga sin necesidad de tanto —contestó Tor—. Nunca he escrito un libro ni lo escribiré. Ni quiero. Y tu experiencia no es más que una iteración interesante de un proceso eterno. Pero deberías ponerte en contacto con Erikson de igual manera.

—Había pensado en enrolarme en un mercante noruego estas vacaciones y convertir *Skibets reise fra Kristiania*[14] en una obra de teatro durante mis guardias. Pero ¿me puedes explicar por qué siempre que pienso en Noruega, pienso a la vez en Rusia?

—¿No será acaso que para nosotros Rusia es el futuro y Noruega, el pasado?

—¿El futuro? ¿Los próximos mil años ubicados bajo el signo de la cristiandad de Dostoievski?[15]

—Eso es una sandez spengleriana[16] de la peor especie. Bajo el signo de Rusia tal vez, pero el de Dostoievski...

Sus miradas volvieron a perderse más allá de las marismas y los prados, de las renegridas gavillas de maíz, la triste cosecha

[14] «El viaje del barco desde Cristianía»; Cristianía es el antiguo nombre de la actual Oslo.

[15] En la década de 1930, antes de que se conocieran las atrocidades de Stalin, muchos intelectuales salidos de Cambridge apoyaban a la Unión Soviética. «Los próximos mil años», sin embargo, aluden a la retórica del Tercer Reich.

[16] Por Oswald Spengler (1880-1936), cuya obra *La decadencia de Occidente* describe la evolución cíclica de las sociedades desde la juventud a la decadencia. Europa se hallaría, según él, agonizando.

de aquel año, en la distancia en que el río Cam culebreaba entre los álamos y sauces que crecían en los pantanales.

—¡El pasado! ¿Recuerdas nuestras vías subterráneas, Tor, nuestro Holmenkollen,[17] allá en casa, en Noruega? ¿Qué supones que andábamos buscando en el hueco de aquel viejo pozo de ventilación?

—La piedra filosofal, quizá. O la cuadratura del círculo.

—El absoluto.

—Lo que siempre me ha admirado, en cualquier caso, es que saliéramos con vida cuando se derrumbó.

¡Noruega! Cambridge, las marismas y más allá, en el corazón, el mundo con su millón de barcos y sus chimeneas gigantes parecía alejarse más y más; la gente, los árboles, las aguas y un centenar de distracciones de la memoria simulaban desvanecerse al evocar ese origen único de los dos. ¡Tenían que volver! Pero en aquel instante a Sigbjørn se le apareció en la mente la ciudad de Arcángel,[18] chata y sombría, con kilómetros de maderos apilados a lo largo de los muelles.

—¿Vendrías de vuelta a Noruega, Tor?

—¿Por qué habría de volver? ¿Por qué vuelves o vas a cualquier sitio más que para regresar a casa otra vez?

Sigbjørn no dijo nada.

Ahora los remeros volvían de Chesterton, el río transitaba a través de la ciudad; y mientras una solitaria gaviota sin tierra[19] se alejaba sobre las marismas, él sintió el poder del agua al fluir a través del espíritu de todas esas cosas, del agua buscando el mar en todas partes, como dicen que el alma busca a Brahma.

El sol siguió girando ante ellos un rato más como mil aros en llamas. Luego empezó a declinar y su fiera luz se suavizó; el día

[17] Hollmenkollen es un distrito situado al oeste de Oslo. Dio nombre a la primera línea férrea de Noruega, subterránea en algún tramo.

[18] El mayor puerto del Mar Blanco, en la desembocadura del río Dviná, en Rusia. Es el puerto más septentrional que permanece todo el año libre de hielo gracias a la Corriente del Golfo.

[19] La imagen aparece en el capítulo XIV de *Moby Dick*.

se fue acortando sobre la llanura con sus mansas olas de tierra, las menudas dunas que eran el sello del mar y los pequeños lagos, ojos del mar,[20] y sobre el agua que circulaba invisible por allí, hilvanándolo todo con un hilo gris: los bosques, las aldeas y la tierra, roturada y parda a su vez como el agua revuelta por las paletas de un vapor.

Con la última luz, Sigbjørn señaló:

—Fíjate, Tor, lo recto y despejado que debía de parecer el camino. ¿Crees que aquel último ahorcado vio extenderse la senda ante sus ojos, que aunque sabía que su cuerpo pronto estaría columpiándose en el aire...?

—... su alma seguiría su marcha —remató Tor entre risas.

—Sí, su alma seguiría, arrastrándose, en cuclillas, doblada por sus caminatas interminables como el judío errante...[21]

—Puede que, como al ahorcado del tarot, le colgaran boca abajo. Un castigo de antaño. Vio la verdad.[22]

—O quizá se vio a sí mismo.

—El asesino cantante[23] conservó la alegría hasta el final —dijo Tor—, es un hecho. Ayer mismo lo leí en un periódico norteamericano en Londres. ¿Sabes? ¡De irme a algún sitio, sería a América!

—Pero ¿qué es eso del asesino cantante?

Tor se pasó la mano por el pelo.

[20] La imagen aparece en el poema de Rimbaud «El barco ebrio».

[21] Según una leyenda medieval, individuo condenado a vagar por el mundo hasta el fin de los tiempos por haber impedido que Jesús descansara en la puerta de su casa cuando el mesías arrastraba la cruz camino del Calvario.

[22] Un tratado de Ouspenski de 1913 sobre el simbolismo del tarot describe la carta XII como «un hombre que sufre horriblemente, colgado de una pierna, cabeza abajo... Un hombre que ha visto la verdad... En su propia alma aparece el patíbulo del que cuelga».

[23] Louis Kenneth Neu, ahorcado por asesinato en Nueva Orleans el 1 de febrero de 1935. Neu quería ser cantante. Cantaba en su celda, donde compuso una canción fúnebre que entonó mientras le ajustaban la soga al cuello: *I'm fit as a fiddle and ready to hang* («Estoy como una rosa y listo para colgar»). Sus últimas palabras fueron: «No me despeinéis».

—Impecablemente vestido, cabello negro y reluciente, meticuloso en sus preparativos para la muerte, etcétera.

—¡No seas tan necio!

—Sin dejar de cantar, y luego de rezar, estuvo atento a los detalles hasta que cayó por el hueco de la trampilla; y en el momento de pisarla...

—Anda, vamos, tendríamos que ir tirando —dijo Sigbjørn, impaciente.

—Y en el momento de pisarla... —prosiguió Tor, y ejecutó un pequeño baile— la probó con media docena de leves pasos de claqué.

Tor bailaba con ademán grave una especie de danza de la muerte sobre el montículo, girando lentamente, levantando con los pies nubecillas de polvo.

—El zapateado de la muerte —sentenció.

Dejó de bailar y liberó con el bastón el periódico atrapado en el poste, que se alejó flotando. Como un alma perdida, el pobre papel revoloteó indeciso en el aire durante unos instantes antes de perderse por la fría orilla de las casas.

Sigbjørn se arrebujó la toga, pero aún se demoraron un momento, esperando como el grumete en lo alto del mástil a que se pusiera el sol.

—Desde que se hundió el *Thorstein* —dijo Sigbjørn— tengo unas pesadillas horribles. Soñé que ahorcaban a un tipo en la nieve; al verdugo le temblaban los dedos, el capuchón salía volando y se alejaba por la nieve, y él salía trastabillando detrás.

—Como un hombre en busca de su alma —dijo Tor, y se puso su toga negra.[24]

—Y otra noche soñé con las hermanas de Le Mans.[25] A una la ahorcaban de un manzano; tenía las extremidades partidas, y al árbol se le partían las ramas.

[24] Los estudiantes estaban obligados a vestir la toga en la ciudad después de la puesta de sol. Aquí, la toga negra evoca además la indumentaria del verdugo.

[25] Christine y Lea Papin, sirvientas francesas condenadas en 1933 por asesinar a la mujer y a la hija de su amo. Las dos hermanas inspirarían la obra *Las criadas* de Jean Genet.

—Y luego está Pink, el poeta —dijo Tor—. «Estoy todo lo muerto que llegaré a estar», le dijo al doctor Styx mientras él le descolgaba de la viga.[26]

—Y el asesino que dijo un lunes mientras le conducían al patíbulo: «La semana empieza bien».[27]

Ya era de noche. Rompieron a reír; ¿de dónde salía todo aquello? Tor empezó a andar ladera abajo, riéndose aún, hundiendo los talones en la tierra.

Sigbjørn echó a correr tras él.

[26] Dos personajes del poema «Amaranth» de E. A. Robinson. Pink, un poeta sin talento, acaba por ahorcarse de una viga. Ya muerto, sin embargo, abre los ojos y responde cuando le preguntan si está vivo: *I am as dead as I shall ever be, /* [...] *and that's as near as a physician / Requires to know.*

[27] Esto procede del ensayo de Freud *El chiste y su relación con lo inconsciente* (1922), donde figura como ejemplo del «humor patibulario».

2

> Deja de parlotear, de encandilar con los mejores trajes de la ciudad, de dar lecciones de navegación mientras el barco se hunde.
>
> W. H. AUDEN

Los dos hermanos iban pegados a la verja de la penitenciaría. El camino de grava conducía a la carretera principal que venía de Huntingdon. Empezaron a caminar cerro abajo, hacia la ciudad y el mundo, dejando atrás la prisión.

—¿Recuerdas la historia de John Lee, el hombre al que no pudieron ahorcar?[1] —preguntó Tor.

Pero Sigbjørn no estaba prestando atención y contemplaba la puesta de sol. Ya había olvidado su terrible conversación en el cerro del patíbulo. Por un momento, hasta se olvidó del *Thorstein*. Volvía a amar la vida con la misma pasión con la que había amado el mar. Se estremeció incluso, sacudiéndose la oscuridad como un caballo intenta sacudirse el tufillo químico de una fábrica.

—Nos falta sol. ¡Estaría bien construir una casa de cristal!

—El sol te marchitaría hasta dejarte hecho una cascarilla.

—¿Y qué somos, sino cascarillas a merced de la tormenta?[2]

—Prefiero la oscuridad.

—Dios es la tormenta.

Se rieron de su recíproco desdén sin alegría ni acritud, ni siquiera convicción. Habían llegado a la esquina de Chesterton

[1] John «Babbacombe» Lee, condenado a la horca en 1885 por el brutal asesinato de su empleadora. Le conmutaron la sentencia después de que la trampilla del patíbulo fallara tres veces. Salió de la cárcel en 1907.

[2] Remite a Job, 21:18: «Como tamo que arrebata el torbellino».

Lane y Sidney Street, en cuya intersección los caminos apuntaban al norte, al sur, al este y al oeste. Mirando al norte, Sigbjørn dijo exultante:

—¿No sientes a veces el deseo de rotar, de romper con todo? ¿Nunca sientes en tu propio ser la redondez de la Tierra?

Tor se encendía un cigarrillo protegiendo la cerilla con la mano.

—Barney,[3] detesto esa energía tuya tan gratuita, ese júbilo... —contestó y, con el cigarrillo encendido, se desembarazó de la toga obedeciendo al mismo instinto que le llevaba a ponérsela en cuanto caía la noche, un instinto que en un estudiante de segundo año delataba un temor a la autoridad casi patológico; Sigbjørn hizo lo mismo; andando, andando, pasaban ya por delante del Magdalene College—. Pero te envidio el mar —continuó, y tocó las puntas de la verja—. ¡Sufrimiento tangible, muchacho! No obstante, si eres un fraude, ¿por qué te hiciste a la mar, de entrada? Quizá yo sea un fraude también, pero no tan de oropel como tú.[4] Puede que sea un fantoche —y prendió una cerilla para su hermano resguardándola del viento—, sin embargo, tal vez como se ha sugerido, como le ocurrió a Telémaco con Menelao, me haya topado en ti con un archifantoche.

—¿Hay algo en lo que creas verdaderamente, Tor? Me lo pregunto a menudo.

—«Muéstrame a un hombre famélico. —Tor blandió su bastón; mientras recitaba, trazaba un jeroglífico en la acera con la virola—. Muéstrame al hombre famélico, no le presto atención. Muéstrame al hombre famélico a punto de morir, que cojo mis víveres y —añadió impetuosamente— ¡salto sobre él! ¡Sí, salto sobre él! —Agarró a Sigbjørn riendo—. Le embucho pan hasta el gaznate y le relleno ojos y orejas de patatas. —Empujó a su hermano contra la pared—. Le descerrajo los labios para embutir-

[3] Barney es el apodo que le dio Melville a su hijo Malcolm, que se suicidó en 1867 con solo dieciocho años.

[4] En el «Infierno» de Dante, canto XXIII, los hipócritas visten una deslumbrante capa de oro falso que es de plomo en su interior.

le más comida y le hundo los dientes para atiborrarlo mejor. La explicación: ¡lo que hay de divino en mí!»[5]

Sujetaba a Sigbjørn contra la pared con los brazos extendidos, mirándolo con una mezcla de malicia y terror.

—¿Qué quieres decir con todo eso? Quítame las manos de encima. Y deja de recitarme a ese filósofo émulo de Ripley.[6]

—Con todo eso no quiero decir nada —dijo Tor, soltándole con toda calma—. Pero al igual que Charles Fort, que no era ningún Ripley, sí quiero decir algo con el sinsentido espantoso de todo eso. O sea, eso es la ley de la oferta y la demanda. Así funciona. Estamos en el estado irremediable de una existencia sin referentes.

Siguieron caminando en silencio.

—No estoy de acuerdo en que no haya referentes. Hay una fuerza que conduce al bien y cuida de todas las cosas. *Ens a se extra et supra omne genus, necessarium, unum, infinite, perfectum, simplex, immutabile, immensum, eternum, intelligens.*[7] Ayer, sin ir más lejos, dijiste...

—Pero ahora digo que todo es accidente.

—Como observó el niño Julian Green en el mercado central de carne: *il y a beaucoup d'accidents ici.*[8] Hasta ahí, es admisible.

[5] La cita entrecomillada procede de *Lo!*, obra del estadounidense Charles H. Fort (1834-1931), un investigador célebre por sus estudios sobre fenómenos anómalos como la combustión espontánea y por sus críticas a la rigidez de la ortodoxia científica.

[6] Robert Ripley (1890-1949), que firmaba una popular columna de prensa sobre hechos y datos curiosos, «Believe it or not». Sigbjørn, en definitiva, está llamando sensacionalista a Fort.

[7] Definición escolástica de la divinidad: «Ser por encima de todos los tipos, necesario, uno, infinito, perfecto, simple, inmutable, inmenso, eterno, inteligente». El filósofo William James la recoge en *Pragmatismo*, pero, según él, tal «finalidad intelectual» solo significa algo si se proyecta en los hechos. Sigbjørn debe conciliar ese escepticismo con el «poder para el bien».

[8] Julian, o Julien, Green (1900-1998), novelista nacido en París de padres estadounidenses. Escribió principalmente en francés. La anécdota la recoge Arnold Bennett en sus *Diarios* (1931). Sigbjørn compra en Oslo su *Leviatán*, como hizo el propio Lowry.

—El objetivo de quien busca la sabiduría es la conjunción de dos estragos. Uno, que no sabemos nada, y el otro, saber que no hay nada que saber.[9] ¿Qué aprendemos en este maldito lugar? Mentiras nada más.

—Puede que hayas aprendido lo que acabas de decir. Pero ¿no crees, a veces, que todo en el mundo es indicio de un conocimiento secreto, enterrado en algún sitio? Y sin embargo no encontramos profesores, o no estamos capacitados...

—Nada salido de la nada responde a eso.

—Pero si el otro día decías que...

—¡Cómo te habría odiado Voltaire![10]

Iban gesticulando nerviosos con las manos entre un denso tráfico que les daba indicios en vano —ya que no era algo que ignoraban— de la soberbia espesura de las cosas en cualquier sitio, se encogían continuamente en sus togas al paso de supervisores imaginarios que en ningún caso harían sus rondas tan temprano, y deslizaban luminosamente sus blancas cabezas, encendiendo y volviendo a encender cigarrillos que no disfrutaban ni por su placer intrínseco ni porque estuvieran prohibidos. Desde la noche de los tiempos, millones de hombres como ellos habían recorrido gesticulando las estrechas calles de Cambridge. ¿Adónde iban? ¿De dónde venían? Para estas almas, por instruidas que fueran, era como si nunca hubiera existido la serena hermandad de los filósofos. Pues ¿acaso no es por intuición como se llega a la incomunicabilidad del conocimiento, el absoluto común de aquella? Lo que le habría parecido más extraño a un observador que hubiera tenido el privilegio de escuchar su conversación era que, como científicos aficionados cu-

[9] También esta frase está extraída de *Lo!* de Charles Fort: «Quien busca la sabiduría se aleja cada vez más de la estupidez solo para descubrir que está volviendo a ella. Para él, las creencias se disipan una tras otra: así que su objetivo es la conjunción de dos estragos. El primero, que no sabe nada; el segundo, saber que no hay nada que saber».

[10] Voltaire, azote de místicas, esoterismos y supersticiones, «odiaría» la mención a un conocimiento secreto.

yos cálculos les hubieran demostrado de pronto que caminaban a lo largo de una falla en la corteza terrestre a la cual cualquier tensión podía llevar a sobrepasar su límite de elasticidad, huían de un peligro que solo a ellos les parecía real. E igual de irreales y afectadas le parecerían a ese observador sus palabras, tanto más cuanto que, como pronto se verá, parte de esa afectación consistió siempre en que eran conscientes de su irrealidad. Pero la presunción más extraña de todas era... ¡suponer que el terremoto iba, efectivamente, a producirse!

Los dos hermanos cruzaron los *backs*[11] y llegaron a un puente. Allí todo estaba desierto y desolado, las chalanas recogidas en los cobertizos, y la corriente remolona, tapizada por una abundante capa de hojas caídas a la luz doliente de las farolas de gas. Se apoyaron en la barandilla, mirando en silencio el agua apagada y sigilosa, pero no tan muda de emoción que no llegara a devolverles desde las profundidades infinitas que se abrían a sus pies el titilar del reflejo del terror encapuchado[12] que eran sus propias figuras. Sigbjørn volvió a recordar sus acerbas noches en el mar. Y luego, las muchas noches en que había estado con Nina, asomados a un puente o apoyados en la barandilla de un paseo fluvial. Entonces el río pasaba impetuoso ante ellos, y se habían agarrado el uno al otro asaltados por el temor repentino de que esa curvatura de la Tierra sobre cuya faz iban a la deriva sus destinos los separara como a dos átomos que giraban: el río discurría ahora con una lentitud infinita y, sin embargo, a él se le antojaba que pertenecía al espíritu de aquel otro movimiento veloz que, a su vez, quizá formase parte de un único y gran movimiento exterior a ambos, a la suma de las cosas que corren como un arroyo. Agua que vaga hacia el mar a través de anchas marismas, una certidumbre deslumbrante que tantea prudente su camino, como un zarcillo que se separa de la viña, por el campo reseco y hostil de la filosofía: ¿qué podía ser, sino el alma?

Algo que fluye por el aire, que nada en el agua, que se mueve

[11] Los terrenos de la zona de colegios mayores que dan al río Cam.

[12] *Hooded terror*, un apelativo que se daba a las cobras en la India.

imperceptible de mente en mente...[13] ¡Y ellos mismos eran parte de esa corriente que desemboca en el mar!

Sigbjørn miró de reojo a su hermano, que de pronto soltó un gruñido. Estaba a punto de decir algo, sin embargo dudó. Parecía de verdad que Tor hubiera visto un fantasma. Puede que fuera el caso. Puede que hubiera visto el fantasma de los veranos muertos que siempre rondaban este paraje con sus tenebrosos recuerdos de chicas de blanco y azul, pero esa aflicción que flotaba en el aire no podía escapársele a nadie que pasara todo el año en Cambridge. Volvió a mirar a Tor, preguntándose si era el recuerdo del desastre lo que hacía que aún pareciera un hombre que está ante el infierno y no lo reconoce. No obstante, esta vez Sigbjørn le tocó un hombro. Los dos hermanos se irguieron y retomaron la marcha. Aceleraron el paso involuntariamente. Y entonces Sigbjørn hizo la pregunta que había estado evitando.

—Por cierto, ¿qué tal está Nina? ¿Cuidaste de ella en Londres?

—¡Ah, Nina!

—¿Por qué dices «¡ah, Nina!» en ese tono? ¿Cuidaste de ella en Londres?

Pasaban frente al escaparate de la tienda de música de Moore, donde había una pequeña exposición de manuscritos desplegados sobre un fondo de guitarras, violines y xilófonos. «¿Qué es la filosofía? El universo es una partitura», parecía decirles el escaparate al pasar.

—¡Nina está bien!

Dejaron atrás Bridge Street y la esquina con New Market Road, y siguieron recto por Sidney Street. Sigbjørn levantó la mirada, postergando cualquier emoción. Había hombres trabajando en un centenar de habitaciones iluminadas.

Entonces arriba se apaga una luz y un rostro juvenil enciende la oscuridad, con los mil ruidos de la ciudad vieja. ¿Qué hay

[13] La frase aparece en la obra de John Cowper Powys *The Meaning of Culture* (El significado de la cultura, 1930), que a su vez remite a una cita del *Tao Te king*. Powys se refiere precisamente a la cultura.

allí? Nada. Solo juventud, nacimiento, vida y muerte, ¡ah, las señoritas de Sidney Street![14] ¿Iba a seguir por ese camino? No; no hay ningún secreto, ningún mensaje bajo la piedra para él, su deseo no va por ahí. Pero de pronto sabe que lo que quiere está en la habitación. ¿Está en ese revuelo que hay tras la estantería más que en el pasar las páginas mismas? ¿En el armario? ¿Dónde está? Imaginación. No: hay ahí alguna esencia, algún indicio de conocimiento secreto, algún código implícito en la especial negrura de la ocasión. «Algo hay ahí», piensa mientras se aleja de la ciudad y de la vida y la muerte, que le inquietará hasta sus últimos días. Y su cabeza se abandona a sus afanes.

—No está enamorada de ti, ¿verdad? —preguntó.

Tor estaba encendiéndose de nuevo el cigarrillo, cubriéndose con la mano, la cara iluminada por la llama, y parecía no oírle en ese momento. Siguieron caminando.

—Estar enamorado, no estarlo, estarlo y no estarlo a la vez, ¿qué significa todo eso? —dijo entonces—. Si de eso se trata, creo que todos estábamos medio colgados de ella. Recuerdo la noche de la fiesta en casa de Marmorstein;[15] al final estaba ella junto al piano y, pese a esa entereza de la que solías hablar, había algo tan roto en ella, además de... cómo expresarlo... absorbente... como si quisiera arrastrarte a su mundo... Yo ansiaba consolarla, pero «enamorado»... —Se rio—. ¡Todo ese mecanismo del amor!

—Por el amor de Dios —exclamó Sigbjørn—, Nina y yo queríamos intentarlo, ¿por qué tenías que interferir? ¿Por qué siempre tiene el mundo que inmiscuirse así en algo tan bonito?

—Yo no interferí.

—Lo has hecho de algún modo.

—No creo que una aflicción personal, las consideraciones personales... tengan la menor importancia cuando hay tantos...

—Nina usó esa frase en una carta que me escribió.

[14] «Las señoritas de Sidney Street» evocan *Las señoritas de Aviñón*, el cuadro de Picasso que presuntamente representa a cinco prostitutas cuyas formas angulosas fueron objeto de muchas burlas.

[15] Compañero de Lowry en Cambridge.

—Ninguno de nosotros creía que estuvieras hecho para ella. Tan vital, tan radiante ella, y tú con tu «mi alma mira al Polo», ese alma refinada que nunca ha mirado a ningún sitio más que a su interior, hacia ti mismo.

—Al fin y al cabo, tampoco te corresponde a ti interferir, aunque me odies. Dios santo, si supieras del dolor de mi corazón, de los negros presagios, de la esperanza perdida y vuelta a encontrar no sé cómo, justo a tiempo, y una esperanza...

—Que crea, de sus propios despojos, aquello que contempla —le interrumpió Tor tajantemente.[16]

—Una esperanza que tú no podías compartir, iba a decir: y la peregrinación que hicimos...

—¿Adónde?

—¿Adónde? Bueno... —El eco de Sigbjørn quedó colgado en el aire, impotente, y el viento se lo llevó como un copo de nieve sin propósito alguno pero, según los filósofos, con significado infinito—. Bueno, estábamos construyendo algo...

—Sí, sí —dijo Tor—, es cierto. Pero no tendría que haber hecho falta tanta lucha, una lucha contra falsas complicaciones, en pos de un objetivo irreal. Había en ella, insisto, un exceso de cordura muy arraigada, cordura como la de alguna comedia de Shakespeare. En fin, de teatralidad también vamos nosotros bien servidos, pero de un tipo más turbio.

—¿Qué quieres decir?

—En nuestras vidas y en nuestros actos. Y por tanto también en las influencias que se repiten en nuestras vidas. A nuestra percepción de la existencia le falta sensibilidad, y nuestra visión de los problemas espirituales es, en todo caso, tan crudamente externa que nuestras discrepancias son pura apariencia, puesto que no conseguimos evocar las verdades interiores del otro. Estudiamos filosofía, pero para las discusiones en que nos regodeamos es como si no existiera. Nos parecemos a los actores que interpretan una y otra vez un viejo drama malísi-

[16] Tor cita un verso del *Prometeo liberado* de Shelley: *To love and bear; to hope, till Hope creates / From its own wreck the thing it contemplates.*

mo hasta que las palabras ya no significan nada. Amamos y hablamos y gesticulamos de manera automática, y el espectáculo se está acabando, Barney. Está claro que esta triste representación está tocando a su fin.

—¿Qué quieres decir?

—Quiero decir que mientras estuve en Londres traté de liberar a Nina, aunque no pudiera liberarme a mí mismo. Traté de hacerle ver la decadencia que la rodeaba. Resumiendo, hice de su vida un manifiesto.

—¿Liberarla de qué?

—Pero ¿qué es lo que te preocupa, Barney? —El tono de Tor cambió de repente—. Por supuesto que todo el mundo sabía que Nina era de tu propiedad...

—Propiedad. ¿Qué quieres decir? En nuestra relación no había nada de eso. No había más que libertad.

—¡Libertad!

El enfado de los dos hermanos iba en aumento a medida que bajaban por Sidney Street. De pronto, el reloj de la iglesia redonda[17] dio las seis. Hora de apertura...[18]

En la ciudad vieja, seiscientas puertas se abrieron y se aseguraron.

Avivaron el paso, ahora caminaban tan deprisa que hablar resultaba imposible ya. Para evitar el tráfico congregado al pie de Market Hill, cruzaron la calzada hasta Peti-Curi, donde se mezclaron con el negro tropel de lugareños y estudiantes que avanzaba con la lentitud de un glaciar hacia la Plaza del Mercado.

La Plaza del Mercado en sí, a la que ahora salían, constituía una existencia aparte de realidad áspera y cruda cuyos pobladores obedecían sus propias leyes; algunos estudiantes presentes merodeaban con aire culpable entre los fuegos de nafta y el zum-

[17] La iglesia románica del Santo Sepulcro, del siglo XII y anexa al colegio mayor St. Johns, fue construida a imitación del templo homónimo de Jerusalén.

[18] La Ley de Defensa del Reino, de agosto de 1914 (tras la entrada del Reino Unido en la Primera Guerra Mundial), limitaba el horario de apertura de los bares. Estuvo vigente hasta 2005.

bido constante de los chorros de gas de los puestos de comida, y casi parecía que se debatieran nerviosamente por alcanzar este mundo objetivo en que tantos tratos se cerraban a cara de perro.

Los dos hombres cortaron por la izquierda para coger Bene't Street.

Se detuvieron en el hotel Bath,[19] «familiar y comercial», situado frente a la Friar House y a la Escuela de Arte, a las que sin duda era una alternativa tentadora. Allí, con el King's College y el St. Catharine's cerca, el Queen's justo detrás y el Corpus y el Pembroke[20] a tiro de piedra, la sombra de la vieja universidad parecía cernirse sobre ellos: bien podría ser una inmensa fábrica de conocimientos en la que ellos fueran humildes peones, temblando de noche en el patio en ropa interior, sin saber gran cosa de su maquinaria o su propósito.

Cruzaron el umbral de cobre, una acción semejante a entrar en la cabina de un barco, hacia el oscuro interior de la taberna.

Se adentraron despacio, como era habitual, buscando caras conocidas, aunque en esta su despedida de las buenas costumbres las buscaran para rehuirlas. Cosa harto difícil, ya que ahí, en un espacio abarrotado apenas veinte minutos después de la apertura, el disco de la vida sonaba ya a ritmo acelerado. Y las conversaciones de las diversas salas del bar que escudriñaban les llegaban como propulsadas por un ventilador eléctrico: «Y le dice Jock al pelanas este "sal corriendo" y él se echó a correr como una sabandija y se fue de rositas; le tiró a Jigger una botella de Worthington[21] y teníais que ver cómo corría el pelanas y se iba de rositas; corrió como una puta sabandija y se fue de rositas».

Echaron un vistazo a otra sala. ¡Los cómicos![22]

[19] Al igual que la Friar House, se trata de una taberna. Esta se anunciaba con ese eslogan.

[20] Todos son colegios mayores fundados en los siglos XIV y XV.

[21] Una de las cervezas más antiguas de Inglaterra.

[22] *The Players*. Se refiere a la compañía del Festival Theatre, que por esos años representaba cerca de allí un teatro expresionista y de vanguardia en un escenario giratorio con ciclorama. Aquí estarían ensayando un pasaje de *Carrera contra*

«Todo es una carrera contra una sombra, carrera contra una sombra: apúntame, maldita sea, apúntame. —Tras un largo silencio llegó una voz, entre bastidores—: No encuentro la puta página: cuando digan sí, ya, telón rápido, luego, rápido: ¡así, puta! Y luego telón rápido, ¡asesino!»

En ese momento, Ginger, el camarero, se acercó a la puerta.

—Justamente iba a decirles que podían pasar al comedor si lo deseaban, pero esta gente se va ya.

En ese momento, el saloncito quedó vacío de golpe. Tor le comentó a Sigbjørn en voz baja:

—¿Cómo es posible que hasta gente que nos conoce se compadezca (compadecer, ¡vaya verbo!) por lo del *Thorstein*? Detesto verlos esforzarse. ¡Bueno, Ginger —exclamó cuando se hubo acomodado en una silla de mimbre—, hemos decidido que somos unos fracasados!

—Vaya, caballeros, hoy llegan tarde a la facultad —dijo el barman por encima del hombro, y añadió—: ¡Fracasados! Señor, señor, ¡no deben darse por vencidos, caballeros! —Y, dirigiéndose a Tor—: Hacía días que no le veía, señor Tarnmoor.[23] ¿Ha estado de vacaciones?

Tor se arrebujó en su toga y levantó dos dedos. Sigbjørn asintió.

—Whisky. Dos irlandeses, largos, por favor.

Llegaron las bebidas y Ginger se retiró a las sombras, sereno y contemplativo.

—Estás temblando —dijo Sigbjørn.

—Será por Dante.

—Dante.

Alzaron sus vasos.

—*In la sua volontade è nostra pace.*[24]

---

una sombra, obra de Wilhelm von Scholz (dramaturgo alemán, nazi y fascinado con Goethe) sobre la rivalidad entre un autor y sus personajes. Durrell menciona esta pieza en *Panamá*.

[23] Tarnmoor, el apellido de los dos hermanos, es también el seudónimo con que Melville firmó *Las encantadas*.

[24] «En su voluntad está nuestra paz»; Dante, «Paraíso», III.85.

—Por las cuatro cosas por las que merece la pena sacrificarse: la verdad, la libertad, la justicia y la paz —brindó Tor.

Apuraron sus vasos, volvieron a pedir. Ahora reinaba la calma en la taberna. Pero del exterior llegaba el golpeteo de un bastón: durante un instante, alzaron la cabeza intentando sacudirse un indicio repentino de desastre inminente, misteriosamente reconocido por ambos, en el baqueteo de aquella contera; entonces los golpecillos cesaron, sugiriendo que el propietario del bastón se había detenido también en la puerta contigua, la del Eagle.

—No —dijo Tor, casi para sí mismo—, la verdad es que no me importaría hacerme a la mar. Casi siento esa... redondez, como tú dices. Esa leve redondez consciente de sí misma. ¿Tú qué eras, Barney, carbonero? ¿Qué significa eso?

—Prefiero no hablar de ello —contestó Sigbjørn.

—¿Por qué no?

—Bueno, ¿qué significa? Un trabajo infernal. Si el carbón está cerca del cuarto de calderas, puedes dar gracias a Dios por ello y por tener aire para respirar, aunque sea abrasador. A veces te toca trabajar solo, muy por debajo de la línea de flotación.

Dejó de hablar; su rostro estaba petrificado por el recuerdo, pues la decisión tácita por parte de ambos de evitar cualquier mención a Nina no hacía sino agravar la agonía incurable del mar. Pero Tor insistió:

—¡Ojos como anillos que perdieron sus piedras![25] Carbonero, por Dios, qué bien encaja con Dante. No me digas que no hay un patrón común a todo. Los rácanos de su virtud,[26] que no eran tan buenos como para ganarse el cielo ni tan malos como para ir al infierno. Ni una cosa ni la otra. Pero es una idea terrorífica lo mires como lo mires. Así que eso es lo que anhelas, ¿no?,

[25] Alusión a la *Divina Comedia*: *Parean l'occhiaie anella sanza gemme* («Purgatorio», XXIII.30).

[26] Vínculo que se pierde en la traducción: *carbonero* es *coal-trimmer* y, por otro lado, en la tradición literaria británica llaman *trimmers* a ciertas almas del «Purgatorio» de Dante (del verbo *trim*, «recortar») que «recortaban» sus obligaciones morales.

el fuego del inconsciente, que es también el vientre[27] —dijo con ironía—. Pues todas las cosas se componen de fuego, y al fuego han de volver.[28]

—Si el fuego no causara sufrimiento, ya habría consumido el mundo.

—¡Si el fuego no causara dolor!

Se produjo entre los dos un silencio en el que rompían las olas de su pensamiento.

—En Inglaterra, como en Noruega —dijo Tor—, el mar nunca está muy lejos. Y sin embargo no me he embarcado nunca. Siempre lo he deseado y nunca me he atrevido. Sí, a pesar de lo que haya podido decir. Cuando volviste de tu primera travesía, ¿no te decía la gente «hola, Barney, ¿cuándo vuelves a hacerte a la mar?» con la vaga esperanza, estarás de acuerdo, de que quizá los invitaras a acompañarte?

—Supongo que sí, ahora que lo pienso.

—¡Claro que sí! Hola, Barney. ¡Eh, hola! ¿Por qué no te pasas por casa a tomar algo, si te parece, entre océano y océano? Y luego... Oye: ¿no habría alguna posibilidad de que me llevaras contigo de travesía? Y cada vez más y más gente, y ahí me incluyo, quiere regresar a ese elemento (¡incluso si omites la parte del fuego!), más exploradores que no pueden explorar, pobres criaturas que solo quieren ir al infierno igualmente.

—¡Al *inferno*!

—¡Exacto! Un vasto ejército infortunado de vírgenes necias,[29] hambrientas de belleza, de amor, de vida sin más, voces que claman en la oscuridad pidiendo ayuda, bajando hasta allí; marineros que no saben navegar, fogoneros incapaces de avivar el fuego, comunistas que no son revolucionarios, que viven de

[27] Una identificación freudiana: abrazar el inconsciente es volver al vientre materno.

[28] De acuerdo con la idea de Heráclito de Éfeso.

[29] Alusión a la parábola de las diez vírgenes (Mateo, 25:1-13), donde se dice que debemos estar preparados para el Juicio Final porque no sabemos «el día ni la hora».

rentas, precipitándose al mar como cerdos.[30] Lo estoy viendo, y menudo cuadro componen.

—Dios los asista.

—Pero no lo hará, por supuesto que no. Por supuesto que no —repitió Tor—. Pues ¿acaso no están ya en proceso de arder, como la paja famosa de las Sagradas Escrituras,[31] junto con los demás capitalistas apestosos, entre los que me incluyo? No los verás arder, naturalmente: arden de forma invisible como, supongo, un cargamento en llamas. Pero es probable que, con un poco de suerte, puedas olerlos. A pesar de la negación última, es el cumplimiento de la antigua profecía.

—Me recuerda a los suicidios de Japón, saltando al volcán.[32]

—O a la caída de los esquiadores en el salto de Frognersaeteren.[33]

Hubo un momento de silencio, y luego Tor hizo una pregunta que evidentemente había estado urdiendo en ese intervalo.

—¿Alguna vez has oído a alguien hablar del idiota, el hombre o la mujer sin luces, ya sea rico o pobre, que ni entiende ni entenderá nunca la situación de la que se ha convertido en símbolo? Pero que no deja de ser el resultado de todas estas palabras y frases, de la producción completa de años de esfuerzo y dolor de otros, de las diferencias y oposiciones y mentiras y evasiones de otros, la persona de la que todos hablan...

Levantó la mirada al oír el golpeteo del vendedor de periódicos cojo en su camino desde la entrada del bar a la sala más alejada.

[30] Alusión a la historia del poseído por una «legión» de demonios (Marcos, 5:11-13). Jesús los expulsa y entran en los cerdos de una piara que, acto seguido, se despeñan en el mar.

[31] Alusión a Lucas, 3:17: Dios «limpiará su era, y recogerá el trigo en su granero, pero la paja la quemará en un fuego que nunca se apagará».

[32] El 12 de febrero de 1933, Kiyoko Matsumoto, un estudiante japonés de veintiún años, se suicidó saltando al cráter del monte Mihara, en la isla de Oshima. Así dio comienzo a una moda: ese mismo año siguieron su ejemplo 944 personas.

[33] El salto al que se refiere Tor no está en el *saeter* («alto pasto») de Frogner, sino algo más abajo, en la vecina Holmenkollen. Ambos lugares se hallan al oeste de Oslo.

—Pero a la que nunca ven —interrumpió Sigbjørn.

—Porque le da vergüenza que la vean.

—Y a la que nunca escuchan...

—Porque es idiota. Sí, el hombre del que habla la radio por la noche, mientras él va a lo suyo andando por la calle en una peregrinación muy distinta. Bebo a la salud de ese hombre. ¿Bebes tú a su salud?

—Faltaría más. Bebo.

—¡Muy bien, pues, bebe, no por el soldado desconocido, no por el guerrero desconocido,[34] sino por el ser humano desconocido!

Tor se puso en pie.

—Bebe en nombre de aquel que dijo «yo soy y seré». En nombre del Señor de los Ejércitos, el tetragrámaton: en nombre de los globos, las ruedas, las bestias misteriosas y los ángeles de la guarda. Y en el del gran príncipe Miguel. ¡Por el ser humano desconocido![35]

—Por la cantidad desconocida.

El barman se colocó de pie tras ellos con semblante grave; pausadamente, desdobló el periódico vespertino y se lo tendió a Sigbjørn sin decir palabra.

Calle abajo, empezó a doblar la campana del Corpus: *doom, doom*, una boya de campana.[36] ¡Alerta, bajío! ¡Bajío!

Tor se inclinó para leer él también, por encima del hombro de Sigbjørn: «Cuarenta desaparecidos en terrible desastre ma-

[34] La tumba de un soldado anónimo de la Primera Guerra Mundial enterrado en la Abadía de Westminster.

[35] «Yo soy y seré» remite a Jah-Bul-On, el nombre perdido de Dios en el ritual masónico; el tetragrámaton («cuatro letras», en griego) representa el sagrado nombre de Dios que no debe pronunciarse (YHVY o Yahveh); los globos, las ruedas y las bestias misteriosas remiten a Ezequiel, I (la visión del carro) y el gran príncipe Miguel es el arcángel san Miguel. Todo el brindis está tomado de la excomunión de Spinoza en el ensayo *Anatomy of Negation*, de Edgar Saltus, un recorrido histórico por el pensamiento escéptico y heterodoxo en torno a la idea de Dios.

[36] Una boya con una campana que, con el vaivén de las olas, advierte de escollos o peligros.

rítimo. Nueva tragedia de la naviera Tarnmoor. El oficial de máquinas asegura que él no marcó el rumbo. Más navegación anómala, una ignorancia asombrosa o un error inexplicable, claves del misterio del *Brynjarr*, segundo mercante de la Hansen-Tarnmoor que se hunde en seis semanas. El desastre del *Thorstein* hace seis semanas...».

La campana paró y dejó un silencio cóncavo.

Los dos hermanos permanecieron callados, inmóviles, aparentemente paralizados de espanto. Un ruido ocupó entonces el silencio: estudiantes que tocaban los timbres de sus toscas bicicletas y pedaleaban ligeros por Bene't Street hacia sus respectivos colegios mayores para llegar a la cena. El silencio de la oscura ciudad se atestaba con el musical tintineo de sus timbres como se colma el bosque de cantos en primavera. Llegaban de Chesterton Lane, de Mill Road, de Bateman Street, de Peti-Curi. Ya habían pasado, como pasa el viento;[37] por un instante o dos, quedó un susurro sibilante como el de un pez espada al atravesar un banco de anchoas: luego, silencio sepulcral.

Volvieron a sonar las campanadas de la última llamada a la cena.

La imagen de una escena asaltó a Sigbjørn como un fogonazo. Leadenhall Street, Lloyds.[38] De pronto se vio allí, leyendo el tablón del telégrafo: noticias de tormentas en el mar, colisiones, incapacitaciones legales, varamientos, catástrofes. En la tarima, un empleado tañía la campana del barco del tesoro perdido, el *Lutine*. ¡Dos campanadas![39] ¿Qué barco, qué barco...?

[37] Remite al Salmo 103:15-16: «El hombre, como la hierba son sus días; / florece como la flor del campo, / que pasó el viento por ella y pereció / y su lugar ya no la conocerá más».

[38] Lloyds, la compañía de seguros más importante de Inglaterra, que abrió una oficina en Leadenhall Street en 1928.

[39] La *Lutine* era una fragata francesa capturada por los británicos en 1793. Naufragó luego cerca de Holanda con un cargamento de oro que en su mayor parte no se pudo recuperar. En 1859 se consiguió recobrar su campana, que cuelga desde entonces en una sala de Lloyds y se tañe para anunciar la suerte de los barcos de los que se esperan noticias: dos veces si la nave está a salvo y una

La campana del Corpus Christi dejó de sonar.

—¿No deberíamos ir...?

—No —dijo Tor—. Es evidente que no podemos acudir al comedor.

El barman los acompañaba en su consternación con las manos extendidas en un gesto vacío: «¿Qué puedo hacer?».

Fuera, el golpeteo de un bastón en el callejón vecino era el único residuo del caos de sonidos precedente.

—Hay que telefonear a padre de inmediato.

—Dios mío —exclamó Sigbjørn.

El dueño del bastón, un vendedor de periódicos encorvado y de piel tostada, se asomó al bar a echar un vistazo: sostenía su báculo con el brazo estirado, de forma que la manga le caía muy por encima de la muñeca y dejaba ver varios tatuajes: una chica en bañador, una bandera, un crucifijo, una goleta a toda vela: exmarino.

A la cintura, a modo de delantal, llevaba el anuncio: NUEVA TRAGEDIA DE LA NAVIERA TARNMOOR.

—Solo quiero una pinta de cerveza —resolló el marinero.

El barman salió. Sigbjørn hizo ademán de marcharse, pero Tor seguía en pie, petrificado, con la mirada fija al frente. El marinero dio un golpecito con el bastón para llamar la atención de ambos hermanos y luego se lo llevó al hombro.

—Habéis oído el latón de mi vieja contera —dijo. Miró furtivamente la puerta, y luego de nuevo a ellos—. Leo la buenaventura, caballero —susurró.

Sigbjørn negó con la cabeza e hizo una seña a Tor para que le siguiera. Pero Tor, con la cara blanca como el papel, había extendido la mano al frente sin pensárselo. Sigbjørn sintió un escalofrío recorrerle la espalda mientras observaba. De repente, el marino dijo con voz ansiosa:

—Vas a emprender un largo viaje.

---

si se ha perdido. Lowry se confunde en esto: su intención es, sin duda, evocar la noticia de un naufragio.

3

> Si de verdad queremos vivir, más vale que empecemos a intentarlo ahora.
> Si no queremos da igual, pero más vale que empecemos a morir.
>
> W. H. AUDEN

Pararon un momento ante el casillero de la planta baja del alojamiento de Tor en Trumpington Street[1] a ver si tenía correo.

—Esto sí que es raro, realmente raro: han quitado tu nombre —dijo Sigbjørn.

—Pues sí.

Se quedaron mirando como tontos el panel de los nombres: Ames, Barrow, Carruthers, y así sucesivamente. Todos los demás figuraban allí como siempre, pero, para su sorpresa, el marco metálico que encuadraba el nombre T. H. Tarnmoor estaba vacío.

—Debe de ser una broma. O cosa de borrachos, lo más probable.

En el vestíbulo, no obstante, había una carta para él sobre la mesa y, por más que Tor se apresuró a cogerla, Sigbjørn alcanzó a reconocer la letra: era la de Nina.

El teléfono estaba en una esquina del vestíbulo. Tor levantó el auricular.

—Intentaremos hablar con él otra vez. —Marcó el número de la operadora—. Quería poner una conferencia con Liverpool. Sí, Royal 4321. —Colgó el auricular y sacó su pitillera—. Llamarán cuando hayan conectado.

[1] Lowry se alojó en el número 70 de Trumpington Street en 1929, pero le echaron por borracho. Otros detalles sugieren que se trata del lugar donde se aloja Tor.

En silencio, se produjo entre ellos el ofrecimiento y el rechazo de un cigarrillo.

—¿Es de Nina, esa carta? —preguntó Sigbjørn.

Sonó el teléfono y Tor lo descolgó. Se dirigió a Sigbjørn de soslayo, por la comisura de los labios.

—Tenemos línea. ¿Hablo con el 4321 de Royal?

Sigbjørn oyó una voz distante responder:

—Sí.

—¿Podría hablar con el capitán Hansen-Tarnmoor, por favor? Es muy importante.

—¿Quién pregunta? El capitán Tarnmoor no puede...

—Su hijo.

Al cabo de un instante Sigbjørn oyó tenuemente la voz de su padre por el aparato.

—Hola.

—Hola, papá... —Se volvió hacia Sigbjørn—: ¿Qué le digo?

—Sabe Dios. No le preocupes.

—Soy Tor, estoy con Barney. Queremos que sepas que estamos contigo hasta el final: cualquiera que sea la responsabilidad en que hayas podido incurrir, ya sea un defecto en la construcción del barco o un fallo del elemento humano la causa del accidente, sabemos que tú personalmente no tienes la culpa.

Una pausa, y luego se oyó, débilmente:

—No asociamos esta fatalidad a nosotros mismos.[2]

—¿Qué dice? —preguntó Sigbjørn.

Tor prosiguió:

—Cualquier plan que puedas tener respecto a nosotros, que nos incluya, aunque suponga que abandonemos los estudios, no nos importa: cualquier sacrificio personal que debamos hacer lo haremos de buena gana.

Otra pausa, en que hubo un silencio absoluto.

—Gracias —respondió al final de forma casi imperceptible.

[2] La frase está tomada de un cuento del *Libro de las maravillas* de Edward Lord Dunsany (Ediciones Alfabia, 2009).

—¿Qué dice?

—Dice que no asociamos esta fatalidad a nosotros mismos. Nada más.

Empezaron a subir la escalera de caracol.[3] En su ascenso, el sonido de las radios, que emitían todas la misma melodía, se colaba por debajo de las puertas.

Conforme iban subiendo, la furia de los celos de Sigbjørn se disparaba, pero era como si su emoción la experimentara otra persona, de la que él era en parte responsable, pero con la que en su fuero interno no tenía relación. Al margen de esto, como en sus propios pensamientos, tenía la impresión de que alguien más, que aunque invisible se cernía sobre ambos, subía con ellos. El montañero solitario del Everest había sentido, al acometer su peligroso ascenso final, que iba protegido, pero Sigbjørn sabía que esta figura no los protegía.[4]

—Cuando muere una abeja —decía Tor por encima de él, con la mano apoyándose apenas en la barandilla de forja—, ¿deja de zumbar?[5]

El grotesco absurdo del comentario tintineó contra la aletargada consciencia de Sigbjørn. Siguió subiendo. «Vueltas y más vueltas, ascendiendo en espiral, como en la Torre de Londres», pensó.[6] No podía creer que solo ellos, los dos hombres, subieran por las escaleras, pues estaba convencido de que el ser atormentado por los celos, así como aquel que los tenía cercados, avanzaban ambos a toda prisa. Sus nervios poblaban ya la subida con

[3] Evoca el «Infierno» de Dante y el *Skibet* de Grieg.

[4] La figura invisible, protectora y providencial es descrita por el explorador polar Ernest Shackleton en su libro *Sur* (1919), lo que daría pie al tercer individuo «que siempre camina a tu lado» en *La tierra baldía* de T. S. Eliot. En cuanto al «montañero solitario», Lowry debía de tener en mente la fatídica ascensión al Everest de George Mallory y Andrew Irvine en 1924, ya que la primera ascensión en solitario la llevó a cabo Reinhold Messner en 1989.

[5] Tor parafrasea un proverbio inglés: «El mundo dejará de girar cuando la abeja deje de zumbar».

[6] En la torreta nordeste de la Torre Blanca, una escalera de caracol conduce a un observatorio.

un tropel de densas figuras de la conciencia, del miedo, que ascendían con ellos atropelladamente.

—*Post mortem nihil est. Ipsaque mors nihil.*[7]

—*Post mortem*, al menos.

Tor abrió la puerta, encendió la luz. Cruzaron el pasillo hasta su estudio.

—Pues aquí es donde el gran pensador expresa sus reflexiones.

—Y ahí también está el Gólgota.[8]

—Sí, el Gólgota —suspiró Tor—. Cualquiera diría que estamos en los noventa. Los revoltosos noventa.[9]

Sigbjørn se acercó a la ventana. Vio al otro lado de la calle el Corpus Christi, que con una única luz que brillaba tenue en la conserjería parecía inclinarse hacia ellos sobre King's Parade[10] como el casco sombrío del *Edipo Tirano*[11] atracado a lo largo del muelle número seis de Singapur.

—¿Por qué he dicho lo que he dicho? —rumiaba Tor—. Claro que ha sido culpa suya. Del autor terreno de mis días,[12] y sabe Dios de la de cuántos más...

De espaldas a Tor, Sigbjørn preguntó:

—¿Por qué no abres la carta?

—¿Por qué tendría que abrirla?

—¿La estás reservando para luego, para leerla a solas?

Tor se dirigió al aparador.

[7] «Tras la muerte, nada; la muerte misma no es nada.» La frase pertenece al drama *Las troyanas* de Séneca. Edgar Saltus la cita en su *Anatomy of Negation* como antecedente de la defensa del suicidio que hace el barón de Holbach durante la Ilustración.

[8] En arameo, «lugar de la calavera»; cerro donde Cristo fue crucificado.

[9] La decadente década de 1890, durante la cual murieron muchos jóvenes de la «generación trágica».

[10] King's Parade, calle donde se ubican varios colegios mayores de Cambridge.

[11] El buque *Edipo Tirano*, donde Sigbjørn ha estado embarcado, aparece en *Bajo el volcán*, así como en la primera novela de Lowry, *Ultramarina* (1933), aunque solo en las ediciones posteriores a la publicación de aquella (en un principio su nombre era *Nawab*).

[12] Tor está citando a Shakespeare: *O thou, the earthly author of my blood* (*Ricardo II*, II, 3, 364).

—¿Te apetece un whisky con soda?

Sacó una botella de John Jameson, un sifón y dos vasos.

—Es de Nina, ¿no?

Tor sirvió el whisky en silencio. Luego cogió su vaso, empujó el otro hacia Sigbjørn, que lo rechazó con un gesto, se echó un trago cumplido y se sentó frente a la biblioteca.

—¿Quién ha oído hablar de Holbach hoy en día? —preguntó retóricamente mientras echaba un vistazo a sus libros. Se levantó, se acercó a una estantería y, con un dedo arqueado y refinado, tocó el Holbach—. Sí, ¿quién ha oído hablar de este precursor de la revolución?

—Tor, corta ya. Esa carta es de Nina, ¿no? Deja de actuar. Dámela.

—Bueno, es de Nina. *So what?*, como dicen los americanos. ¿Y qué? Deja tú de actuar. —Cogió el Holbach—.[13] «El hombre, por tanto, no está obligado en modo alguno. Y si se hallase privado de sostén, bien puede abandonar una posición que se ha tornado desagradable y enojosa. En cuanto al ciudadano, está en deuda con su país y sus socios únicamente en virtud de la hipoteca sobre su felicidad. Si el vínculo ya ha sido amortizado, él queda libre.»

—Suena anticuado. Además de ser falso. ¿He de tomarlo como una sugerencia que me haces, o es para tu provecho?

—Mi provecho.

—¿El tuyo? ¿No estabas pensando en padre?

—No —dijo Tor—, pensaba en mí. O, más bien, en que la medida del dolor no puede permanecer vacía ni estar más que colmada.[14] —Daba vueltas por la habitación—. Pero, dime, ¿en quién estabas pensando tú? En Nina no, ¿verdad? ¿Intentaste liberarla alguna vez? Tampoco en padre. Pensabas en Barney.

[13] Paul Henri Thiry, barón de Holbach, fue un escritor y filósofo francoalemán del siglo XVIII. Colaboró en la *Enciclopedia* y fue un crítico feroz de la religión.

[14] De acuerdo con Schopenhauer (en *El mundo como voluntad y representación*), la naturaleza de cada individuo determina una «medida del sufrimiento» que admite poca variación por mucho que pueda cambiar de forma.

¡Yo! ¡Yo! ¡Mi! ¡Mi! Hasta cuando pasa algo así, parece que no sea sino un reflejo del naufragio de nuestras propias vidas, que oímos despedazarse en los afilados arrecifes del mundo. O una colisión. La colisión entre... Mi mente se rompe en el choque. El Señor es mi hospital, me casa por partos pastera panduce.[15] ¿Recuerdas el ejemplo clásico de hebefrenia del doctor Berg?[16]

—¿De verdad intentaste liberar a Nina?

—¡Escucha, Barney, así no vas a llegar a ninguna parte, ni yo tampoco! ¡Para de una vez! Tienes que ir frenando ese tiovivo tuyo del yo. Si has de llegar a ser un hombre o un escritor mínimamente decente, esto se tiene que acabar.

—¿Por qué no nos apuntaríamos a Ciencias, entonces, en vez de escoger Letras? Leer informes sobre la tipología de seiscientos tornados... ¡Esa habría sido la jugada! Pero ¿de qué sirve hablar del desastre? Ha ocurrido. Se acabó. Los muertos están congelados en la postura de los vivos. Se acabó. Seguir hablando es inútil. Hemos hablado y hablado y hablado más de la cuenta. ¡Si pudiéramos actuar, ya sería otra cosa!

—Escucha, Barney. Escucha esto. Quizá podamos...

Echó a andar por la habitación otra vez. Tenía una costumbre curiosa, la de abrir la puerta sin un motivo razonable, quedarse escuchando un momento y volver a cerrarla muy suavemente.

Sigbjørn tenía los nervios tan crispados como su hermano, y cada vez que Tor hacía aquello era como si se arrancara la venda de una herida. Ahora Tor volvía a interpretar su numerito para acabar junto a la ventana, donde, al ver a un policía al pie de la farola de la esquina de Silver Street, se apresuró a bajar la persiana y retomó su deambular.

[15] Versión delirante del Salmo 23 («el Señor es mi pastor, nada me falta; / en verdes pastos me hace descansar; / junto a aguas tranquilas me conduce»). El psiquiatra Karl Menninger refiere en su obra *The Human Mind* (1930) el caso de un paciente con daño cerebral que es incapaz de recitarlo a derechas: «El Señor es mi hospital nada me falta; me casa verdes partos pastas; me conduce me conduce me».

[16] El protagonista de *Wozzeck* (1925), la brutal ópera de Alban Berg basada en una obra dramática de Georg Büchner, padece una esquizofrenia paranoide.

—A ver, escucha: oí a alguien sugerir que el diseño del *Brynjarr* debía emplear un sistema más eficiente de... ¿mamparos estancos?

—Sí.

—Mamparos estancos... Así el buque habría logrado volver a puerto por sus propios medios sin daños apreciables ni más pérdida de vidas que las de los muertos en la colisión. El hecho de que se hundiera en relativamente poco tiempo, que no sé cuánto fue... Estoy divagando...

Tor acompañaba casi cada una de sus frases de un gesto febril, abrir y cerrar la puerta de un armario, sacar un libro y volver a ponerlo en su sitio, agacharse inopinadamente a alisar la alfombra sin necesidad... y cada uno de esos movimientos nerviosos estaba imbuido de una especie de propósito, de una lógica irreductible en torno a la que se atropellaba su mente saturada, emocionalmente exhausta, horrorizada.

—Pues, como iba diciendo, ¡eso pone de manifiesto la necesidad de formular un conjunto eficiente de normas de construcción que prevengan la repetición de este tipo de cosas! Pero es importante no olvidarse de los demás barcos del viejo, el *Arcturion*[17] y el resto, que siguen a flote y es de esperar que en condiciones similares corran una suerte similar. ¿Qué, no tienes ahí algo que podrías estudiar, algo que pueda distraerte de tu propio ombligo? ¡Y empezando por tu casa, además, como la caridad bien entendida!

—¿Por qué no le encargas a Nina que lo estudie ella? Sus inclinaciones sociológicas son mucho más pronunciadas.

—Barney, estás sufriendo, sufriendo de verdad, estoy convencido. Pero, dejando eso de lado, dime si no estás de acuerdo. Por cierto, ¿se dice «telémetro»?

—¿Telémetro?

—Según dice el periódico, la causa de que el *Brynjarr* se hundiera tan rápido tras la colisión fue que el repetidor resultó es-

[17] Nombre dado por Melville al ballenero de *Mardi*.

tar congelado... Que el oficial de máquinas estaba en aquel momento en el... ¿timón de emergencia, se dice?

—¡Timón de emergencia!

—¡En el timón de emergencia! Exacto. Bueno, que el oficial de máquinas estuviera en el timón de emergencia solo, que el cambio del telémetro al timón se produjera yendo el *Brynjarr* a toda máquina y estando a distancia relativamente corta fueron consecuencia de la causa primera, a saber, el deficiente diseño del barco. ¿De acuerdo? Como marino, ¿estás de acuerdo?

—Preferiría no pronunciarme.

—Muy bien. Entonces... que las órdenes pudieran malinterpretarse en ese momento concreto también podría atribuirse en parte a esa causa. Pero lo que es sorprendente en un barco es el hecho en sí de que se malinterpreten las órdenes, ¿no? ¿No te parece sorprendente, como marino, que el puente diga a babor y el oficial de máquinas vire a estribor? ¿En aquel momento?

—Sí, supongo. O, pensándolo bien, sí. ¡Increíble!

—Esto a mí me sugiere dos cosas. Una: cómo formular y promulgar un conjunto de normas universales de construcción que eviten estas catástrofes en todo el mundo. Dos: cómo puede un hombre situado en cierto entorno[18] dirigir su vida conforme a una ley que pertenece a otra dimensión. Esos dos problemas, de un modo u otro, son lo que hay que resolver, y sin embargo ocuparse del primero implica negar el segundo, y un hombre podría volverse loco intentando conciliar lo inconciliable.

—No intentes conciliarlos —dijo Sigbjørn—. Si fueses coherente, no te plantearías embrollos semejantes. Son el tipo de cosas que me quitan el sueño a mí, no a ti. Tú te limitarías a de-

[18] En el libro *Experiment with Time*, del ingeniero aeronáutico y escritor irlandés John William Dunne (1875-1949), el desplazamiento del tiempo en un universo serial «explica» por qué las órdenes del puente al primer oficial de máquinas (del repetidor o telémetro al timón de emergencia) parecen distintas para todos los involucrados. El «diseño deficiente» refleja un universo donde, conforme a un concepto que a Lowry le fascinaba, el tiempo es una ilusión para evitar que las cosas ocurran simultáneamente.

sear que se construyeran barcos más seguros. Además, ¿no has repetido hasta la saciedad que las reglas ya están promulgadas?

—Sí, es verdad. Lo digo mucho. Pero ten esto presente: tú has descendido a la orilla de la humanidad sumergida bajo la marea, por así decirlo, has sufrido con tus congéneres; me llevas todo ese sufrimiento, esa experiencia, de ventaja. Yo me quedé en casa leyendo. Soy lo que se dice un pequeñoburgués incorregible. Pero tú vuelves del mar y ¿qué traes? Lo último que cabría esperar: una especie de vago misticismo que no casa contigo en absoluto. Y es de eso, también en lo que me toca (pues como Voltaire al morir, amo a Dios pero detesto la superstición,[19] aunque a diferencia de él yo soy supersticioso, y sin embargo quizá, quizá... sea el amor norteño a la verdad)... es de eso, pues, de lo que he intentado liberar a Nina.

—Pero ¿no has dicho que...?

—Sí, sí, ya lo sé. Yo también estoy implicado. Sufro angustia y pavor. A veces siento la presencia de Dios y trato de reprimirlo. ¡A veces siento que me he equivocado de planeta! Si supieras lo que me ha hecho sufrir la confusión... Dios no explica que se hundiera otro de nuestros barcos después del *Thorstein*, ni tampoco explica lo del *Thorstein* si vamos al caso; ni esas corrientes que eran «imprevistas, insólitas e incalculables».[20] Ni la idea de Dios mitiga la culpa de ese mar estridente. Ni la culpa que hay en nosotros, Barney. Y ahí está el problema: nos olvidamos de Job. De que Dios está por encima de este efímero accidente. En realidad, no me creo lo que estoy diciendo. No creo nada. Sé que la desesperanza no está de moda hoy en día. Siento que me abandono a ella. Lo único que pregunto es si no con-

[19] Voltaire escribió esto tres meses antes de su muerte: «Muero adorando a Dios, amando a mis amigos, sin odiar a mis enemigos y aborreciendo la superstición».

[20] En *Aurora: reflexiones sobre los prejuicios de la moral* (1:9), Nietzsche afirma: «En los estados primitivos de la humanidad, lo "malo" se identifica con lo "individual", lo "libre", lo "arbitrario", lo "insólito", lo "imprevisto", lo "incalculable"».

templó la propia causa primera, su falta de talento, con dolor infinito alguna vez.

—¿Y bien?

Tor se acercó a la ventana y se quedó ahí de pie sujetando la cortina.

—A mí lo que me asombra es que, al margen de este segundo accidente, que cada vez parece más una pesadilla espeluznante que otra cosa, ninguno de nosotros es real, ninguno tiene sustancia; nos fundimos el uno en el otro; somos falsos, cosas falsas, fárragos falsos, batiburrillos de viejas citas y experiencias de segunda mano. Tú eres algo parecido a mí, parecido a padre, parecido a Erikson. ¡Hasta al *Brynjarr*!...

»A mí ahora mismo me parece el mero reflejo de un naufragio mayor, de una gran colisión en algún otro lugar. O quizá sea simplemente la resolución contundente de un debate cuyos términos se pusieron de manifiesto en el destrozo del *Thornstein*. ¿No crees que si yo muriera podrías dejar que todas estas contradicciones, esta desesperación y todo lo demás pasaran a mí como si fuera un árbol moribundo? Pero déjame morir, déjame caer sin más en la oscuridad, y así tú podrías avanzar, alejarte de todo esto deslizándote como un barco, o no, como un barco no, no un barco...

—¿Qué diablos quieres decir?

—He estado pensando en suicidarme, Barney.

—Ah, yo he estado pensando en matar a alguien, si a eso vamos.

Tor se rio. Y Sigbjørn, atisbando en el espejo su propia cara, que en aquel momento parecía la de un payaso de circo profundamente angustiado o, mejor, la del cómico Stan Laurel, se rio también. Entonces le vino a la cabeza una frase de Erikson, y su reflejo, como un personaje de película muda, articuló las palabras sordamente: «Caín no matará hoy a Abel».[21] Si no hay un Dios, asesinar es lícito...

[21] En *And the Ship Sails On* de Nordahl Grieg, Benjamin ve la sonrisa de Sivert y se ablanda: «Hoy Caín no pudo matar a Abel». «A poem of God's Mer-

—Bueno, ¿por qué no? —se oyó decir a sí mismo Sigbjørn...

—¿Por qué no qué?

—Suicidarte. Sí, ¿por qué no? Ve y muérete, y entonces lamentarán lo mal que te trataron. Te verán ahí tendido bien muerto y sabrán lo mucho que sufriste.

¿Era realmente él quien hablaba? Sigbjørn oyó lo que había dicho como si oyera a otro; así de ajeno a sus palabras se sentía. Dio un largo trago al Jameson.

—Del tumulto del hastiado mundo[22] —decía Tor pausadamente— vuelvo al fin a la madre que me dio a luz y me retiro al refugio de su vientre. Muchos de nuestros amigos han emprendido ese mismo viaje, para bien o para mal. Y al fin y al cabo, ¿por qué no?

Tor se encendió otro cigarrillo.

—¿De verdad crees todo eso? —preguntó Sigbjørn.

—En realidad, no. Y sin embargo... No, no me lo creo. Alguien dijo que todo el mundo empieza a sentirse así cuando desea no haber nacido. Aun así, si yo me suicidara y tú te enrolaras en un barco noruego como dices que harás (igual que yo estoy diciendo siempre que me voy a suicidar)... que te llevara de vuelta a Noruega, o nos embarcáramos los dos en un barco noruego, asignados a la bodega, sería como si...

Un miedo cerval clavó de pronto sus garras en Sigbjørn. Olvidó todo, salvo el miedo. Volvió a oír a su madre diciendo: «Que no os pille yo escarbando ahí abajo, u os mando al tren subterráneo».

Una nueva espiral absurda se había abierto camino hacia arriba. Ahora estaban avistando el fondo.

Sigbjørn dio un trago y su cara, que había dejado entrever algo parecido a amor por su hermano, se endureció de nuevo para lucir la máscara de la vanidad del mundo.

---

cy» («Poema de la misericordia divina»), del propio Lowry, empieza igual, pero acaba así: *For at dawn is the reckoning and the last night is long* («Pues al alba se ajustarán cuentas y la última noche es larga»).

[22] La expresión la toma Lowry del himno XV del *Carmina Mariana* de Novalis, poeta del primer romanticismo alemán.

—Estoy tentado de seguir tu consejo —dijo Tor—. ¡Dios, qué harto estoy de este lugar! ¿Para qué valen todos estos exámenes espantosos, además, y por qué vamos a clase si el conocimiento disponible puede obtenerse en los libros que escriben los mismos que las imparten? De todos modos, ya he leído todos los libros. No quedan libros por leer.[23]

—Bueno, vamos a tener que marcharnos de todos modos.

—Aun así, ¿de aquí adónde iríamos? No quedan libros por leer. ¡El monte Ararat está en erupción! —Recorrió toda la longitud de sus estanterías recitando—: Virgilio, Dante, Homero, el *logos*, el *mythos*,[24] las brumas partidistas,[25] estadísticas de laboratorio, ¿qué más tenéis?

»¿Qué dijiste que eras? ¿Carbonero? ¡Ni lo bastante bueno para el cielo, ni lo bastante malo para el infierno! ¿No es eso lo que leíamos en Dante hace un rato? «Ah, mísera suerte de las almas rácanas que vivieron sin aplauso y sin infamia. Mezcladas están ahora con el coro aquel de ángeles malos que ni contra Dios se rebelaron ni le fueron fieles: para sí reservaron su deseo. Por no empañar su gloria, el cielo los rechaza. Ni los recibe el erebo, no sea que hasta los condenados ganen gloria de ellos. [...] Su nombre de la tierra se ha esfumado.»[26]

Tor iba de aquí para allá sin cesar, y dejó otro cigarrillo a medio fumar en uno de los ceniceros de los que en cada rincón de la habitación salían ya volutas de humo como del puente de un vapor listo para zarpar.

[23] Lowry evoca aquí el poema de Mallarmé «Brisa marina»: *La chair est triste, hélas ! Et j'ai lu tous les libres* («la carne es triste, ¡ay!, y todo lo he leído», según la traducción de Alfonso Reyes).

[24] *Logos* y *mythos*, la oposición junguiana entre ciencia y mística. El *logos* representaría la tradición racionalista griega (no la palabra divina, como en el cristianismo) y el *mythos*, las narrativas culturales.

[25] *Partisan mists*, expresión propia de la política estadounidense: durante una crisis habría que arrumbar las diferencias para despejar las «brumas partidistas».

[26] «Infierno», canto III; aquí traducimos la versión inglesa de Jefferson Butler Fletcher, que Tor califica de «penosa» unas líneas más abajo.

—¡Qué traducción más penosa, en todo caso! Es terrible. No quedan libros por leer... —Echó otro vistazo a sus estanterías—. ¿Sabes? De todos estos libros, Aristóteles, Spinoza, Kant, Bergson, Croce, no recuerdo absolutamente nada. De todo lo que tengo, ya solo me rondan la cabeza dos cosas. ¡Aunque incluyamos a Karl Marx! Una de nuestro (es un decir) Søren Kierkegaard, su afirmación, con efecto general, de que aunque lo educaran desde su infancia en la obediencia le dotaron de la creencia temeraria de que podía hacer cualquier cosa menos una, y esa era ser libre como un pájaro, aunque fuera solo por un día. Y la otra (te vas a reír de mí) es la historia de Charles Fort sobre el pescadero loco de Worcester.[27]

—¡El pescadero loco de Worcester!

—¡Sí, la profunda, imponderable y totalmente espuria historia del pescadero loco de Worcester, la mejor mentira de pescadores jamás contada!

—No la conozco.

—Bueno, parece ser que se produjeron misteriosas apariciones de bígaros y cangrejos en Worcester, que está a ochenta ki-

[27] Otra alusión al ensayo *Lo!* de Charles Fort: «El 28 de mayo de 1881, cerca de Worcester, en Inglaterra, un pescadero apareció cuando nadie miraba en una vía muy concurrida con una caravana de carretas cargadas de cangrejos y bígaros y acompañado por una docena de vigorosos ayudantes. El pescadero y sus ayudantes agarraron sacos de bígaros y, corriendo frenéticamente, fueron lanzando los bichos a ambos lados del camino. A la carrera fueron a varios jardines y, subidos a hombros de sus compañeros, cogieron sacos que les pasaban desde el suelo y los vaciaron por encima de los altos muros. Entretanto, otros ayudantes, en una docena de carros, arrojaron furiosamente paladas de bígaros a lo largo de unos dos kilómetros de la vía. Además, al mismo tiempo, varios mozos entremezclaban cangrejos con los bígaros sin parar. Nada de esto lo anunciaban, lo hicieron todo en el máximo secreto. Aquello debió de costar cientos de dólares. Aparecieron sin que nadie les viera en el camino y se desvanecieron del mismo modo misterioso. Había casas por todas partes, pero nadie los vio». Fort rechaza la idea de un pescadero loco que esparce bígaros, ya que nadie lo ha visto y quienes repiten la historia «olvidan los cangrejos y hablan solo de los bígaros». Se reafirma en la sincronicidad: «El pescadero loco de Worcester está en todas partes».

lómetros del mar, cuando la víspera era imposible acceder a un bígaro o un cangrejo vivo allí. De la noche a la mañana, aparecieron miles y miles de bígaros y cangrejos, pero sin que vinieran acompañados de conchas ni de algas. El suceso anduvo de boca en boca y dio pie a la historia del pescadero loco de Worcester. Pero ¡al pescador no lo vio nadie! La cuestión es, si el pescador fue el responsable de los bígaros, ¿lo fue también de los cangrejos, fue cosa suya?

—¿Y a qué conclusión llegó Fort?

—¿Su conclusión? ¿Conclusión, dices? ¡Cuál iba a ser, sino que el pescador loco de Worcester está en todas partes! ¡Naturalmente! ¿Qué aprendemos aquí, más que mentiras? ¿Qué aprendemos de barcos que encallan sin motivo y de barcos que consuman su terrible unión en la oscuridad?[28]

—Sí, ¿qué? Pero...

—Barney, todo esto me hace sentirme fatal, sencillamente. En estos momentos nos veo a los dos como catamitos, ¿catamitos,[29] se dice?, de la vejez del mundo. Sí, nada más que los juguillos de su senectud babeante, pegajosa y gruñona. No te quepa duda, Barney, te voy a poner los pelos de punta. El mundo es viejo y sucio y está loco y tiene el miembro marchito entre las piernas. Y tú, ¿no vas a hacer nada con ese vejestorio de pesadilla? Haz que tenga que correr para pillarnos, al menos, haz correr a ese carcamal agusanado como si le fuera la vida en ello, hasta que sude sangre por los poros y le castañeteen las costillas y caiga redondo.

—*So what?*, como dicen en América. ¿Qué ha podido provocar dos desastres así? —prosiguió Sigbjørn—. ¿De qué sirve hablar?

[28] Lowry evoca aquí el poema de Thomas Hardy «The Convergence of the Twain» («La convergencia de los dos»), sobre el hundimiento del *Titanic*. En el último verso habla de la «consumación» de su choque (o unión) con el iceberg.

[29] Voz derivada del latín *catamitus*, que procede a su vez del nombre propio Ganimedes, el joven raptado por Zeus para que le sirviera de copero en el Olimpo. El término, que aparece tanto en la poesía latina como en la española del Siglo de Oro, está consignado en las primeras ediciones del diccionario de la RAE. Designa, en general, al joven que mantiene relaciones con un hombre mayor.

—Se inventarán mil explicaciones, pero seguirá habiendo accidentes.

—Que atribuirán a los rojos.

—Sí, «se cree que ha sido obra de los rojos», dirán mañana los periódicos. Empiezo a sentir vergüenza de vivir en este país... ¿O será que me avergüenzo de vivir en este mundo tal como es ahora, y tal como soy?

—Me pregunto si no será que el futuro, como con el *Titanic* y los desastres que precedieron a la Gran Guerra,[30] está enviando manifestaciones sobrenaturales de algún tipo, de cambio, de revolución...

—¿Y por qué tiene que morir gente inocente, entonces?

—La naturaleza siempre ha sido pródiga, ¿no? Hasta los rusos, en el mismísimo cuartel general del futuro,[31] son incapaces de prevenirlo: un millar de reveses aparentemente inexorables, pese los cuales se las arreglan para seguir adelante. Los patrones sádicos de la naturaleza resistirían cualquier simbología humana, pero que siga escupiendo contra el viento si se empeña: construiremos nuevos barcos; transformaremos el mundo; como a un escenario giratorio, le daremos la vuelta y en un minuto se estará representando una escena nueva.

—Es curioso que algo así no haga más que acrecentar el deseo de escaparse. Pero tienes razón. ¿De qué sirve hablar? Ante algo así, hasta la razón queda paralizada. ¡Qué sabremos nosotros!

—Azar, coincidencia... No, ahí ha de haber algún orden, algún sentido. No puedo creer que sea simplemente una fuerza ciega y maligna.

—Cultivemos nuestro jardín —dijo Tor—. Pero tal vez la respuesta de Cándido no resulte tan concluyente hoy en día.[32] ¿Dón-

[30] Aparte del naufragio del *Titanic* (1912), se produjeron varios desastres marítimos en el periodo anterior a la Primera Guerra Mundial, entre ellos los del *Florence* (20 de diciembre de 1912), el *Southern Cross* (31 de marzo de 1914) y el *Empress of Ireland* (29 de mayo de 1914).

[31] Imagen tópica entre los comunistas que Sigbjørn empezaba a cuestionar.

[32] Así acaba el *Cándido* de Voltaire: «Eso está muy bien dicho, pero cultive-

de está ese jardín, por ejemplo? ¡A menos que sea una sociedad nueva, un mundo nuevo!

—O ¿dónde estaba? —preguntó Sigbjørn, cuyos pensamientos volvieron súbitamente a centrarse en sí mismo—. Es esa idea de que puedes hacerlo todo tú solo, esa cualidad tuya, esa confianza en la voluntad, lo que es fatídico.

—¡Es una maldita farsa! No creo que pueda hacerlo todo yo solo —replicó Tor—. No lo creo. Pero lucho contra la sensación de que no puedo. Y traté de arrancar de Nina esa sensación cuando vi que tú la habías plantado en su ánimo. Y Nina es más feliz sin ella.

—Pero también es verdad que Nina y yo éramos felices hasta que llegaste tú. ¡Sí! Nina era feliz. Pero tú le prometiste otro tipo de felicidad. Es exactamente lo mismo que les pasó a Adán y Eva. En el mismo instante en que una persona es tan vanidosa como para creerse enteramente responsable de su propia felicidad, para creerse (por así decirlo) capaz de obrar milagros, esa felicidad le es arrebatada.

—Si me interpuse entre Nina y tú no fue por mí. Fue por Nina y por ti. Os quería a los dos. Diantre, tú me unes a la vida, Barney, ¿no lo ves? Pero no puedes...

Desde lo alto de la biblioteca, la fotografía de Nina sonreía a los dos hermanos con galante indiferencia a sus palabras.

—Sí —dijo Tor—, quería liberaros a ambos. Le dije que teníamos que cambiar; que se han acabado los días de dulce melancolía de la generación perdida,[33] etcétera. Sí, y los días de «te quiero solo a ti» también. Ya has oído antes todo eso, y es incómodo... y es cierto.

—Y es maliciosamente falso.

---

mos nuestro jardín». De ese plácido modo se acaba rechazando el optimismo de Leibniz.

[33] Gertrude Stein bautizó así al grupo de escritores norteamericanos que forjaron su carrera tras la Primera Guerra Mundial: Hemingway, Dos Passos, Steinbeck, Henry Miller, Pound, Faulkner, Scott Fitzgerald, etc.

—¡Por el amor de Dios, mira a tu alrededor! ¿Es que los árboles no te dejan ver este bosque de ambivalencia en que vivimos? Mira al cielo y verás que la estrella Ajenjo[34] está dispuesta y arde con furia para nosotros dos.

—Si es verdad que liberaste a Nina —empezó Sigbjørn—, quizá no te importe enseñarme esa carta más tarde. Así tal vez pueda hacerme una idea, probablemente, de hasta qué punto, según dices, la...

—Tampoco pienses que unas pocas conversaciones pudieran bastar para forzarla a abandonar su patrón de conducta anterior, por lo menos no contra su voluntad, aun así...

Tor le tendió la carta a Sigbjørn, pero este se sorprendió a sí mismo rechazándola con un gesto de la cabeza.

—No quiero verla —dijo, miró a otro lado y se sirvió otra copa; acto seguido, no sin asombro ante lo que consideró su propia hipocresía, devolvió la carta a Tor.

—Escucha, Barney —ordenó Tor—: de nada sirve sustituir explicaciones psicológicas y evasivas por hechos sociales o económicos. ¿Qué construimos? ¿Qué estamos construyendo? ¿Quién es esta gente que nos estafa? ¿Por qué nos dejamos engañar todos los días, a todas horas? ¿Por qué vamos por ahí andando en círculos, escuchando mentiras despreciables mientras el barco se hunde, mientras el mundo se hunde? ¿Tan perezosos somos que no hacemos nada al respecto? ¿Qué has hecho tú?

—Bueno, yo me embarqué...

—¿Por qué?

—Para luego volver, me dices siempre.

—No. En realidad, no. Te fuiste porque viste en la universidad la misma decadencia que ahora veo yo a mi alrededor, con una diferencia: yo la he visto demasiado tarde. No es solo cuestión de política, es ley natural. Nuestro viejo yo tiene que renacer, tiene que desprenderse de su entorno rancio, si no en unión

34 La estrella que cayó sobre la tercera parte de los ríos y sobre las fuentes de las aguas en Apocalipsis, 8:11: «Y muchos hombres murieron a causa de esas aguas, porque se hicieron amargas».

consciente con la «solidaridad viril del proletariado»[35] —hizo una pausa—, al menos en todas partes, en todo aquello que la verdad golpea.

Y concluyó con un estremecimiento forzado, como si la verdad por fin, y en ese preciso instante, le hubiera sido revelada.

—Pero, hombre, por Dios —respondió Sigbjørn—, ¿qué sabrás tú de la «solidaridad viril» del proletariado, como tú la llamas? ¿Alguna vez has tenido la menor experiencia de esa solidaridad, de esa virilidad, en la forma que sea? ¿O lo consideras simplemente una moda literaria?

—Si es una moda literaria, el mundo está esperando esa moda literaria igualmente. Cuando pienso en Cambridge —añadió con voz rabiosa— siempre pienso en aquella escena en Helgefjoss, la del niño que saltaba encima del caballo muerto, disfrutando al sentirle las costillas.

—Es posible que un observador imparcial nos viera a nosotros bajo el mismo prisma —observó Sigbjørn.

Tor sacaba una carpeta azul con papeles de sus exámenes.

—«La tragedia, tal y como se componía en la Antigüedad, se consideró siempre, dentro de la poesía, la forma de mayor gravedad, moralidad y provecho; de ahí que Aristóteles le atribuyera el poder, al concitar compasión, temor y terror, de purgar la mente de tales pasiones y de otras semejante. Comentar.» ¡Valiente sandez que es todo! No hace falta que parloteemos de modas literarias. Esta es la sandez que tenemos que recitar de carrerilla mientras el mundo se precipita hacia su propia destrucción como un niño lerdo a oscuras. Nuestro mundo está esperando una revolución, y no hay nada más que decir.

—Pero ¿qué clase de revolución? ¿Y alguna vez ha esperado el mundo otra cosa? Y esperara lo que esperase, ¿es razón suficiente para que estés esperando tú también?

Sigbjørn interrumpió lo que quiera que fuera a decir. Estaba de pie junto a un extremo de la librería de Tor frente a *Das Kapi-*

[35] Granville Hicks le atribuye la expresión a Auden en la antología *Proletarian Literature in the United States* (1935).

tal de Marx y unos cuantos libros sobre cine soviético: Pudovkin, Eisenstein, Fejos...

—¿Una revolución social? —Se fijó en el *Haveth Childers Everywhere*—.[36] ¿O una revolución de la palabra? —Seleccionando con una mano *Amerika* de Kafka y con la otra *Ensayos*, de Kierkegaard, preguntó—: ¿O revolución del alma? —Tomó de la estantería *Fantasía del inconsciente*—.[37] ¿Una revolución del sexo? —Sigbjørn volvió a sentarse y añadió—: Lo cierto es que ninguna de estas revoluciones contaría con nosotros en sus filas. La vida nos ha dejado atrás. Somos como corredores en una carrera en la que van tan rezagados que...

—Quizá ganen la próxima.

—Y entretanto la meta ha cambiado. Cuando empezamos, la meta era Dios, y en la certidumbre de nuestra infancia puede que fuera realmente Dios, pero ahora hemos extraviado el camino. Era tan pavorosamente vasto...

—Sí, pero ¿no ha valido la pena? —preguntó Tor—, ¿no valía la pena derribar las barreras? ¿Hacer la transición no merece el esfuerzo? A fin de cuentas, tú tendrías que derribar barreras incluso si, como siempre sospecho que estás a punto de hacer, te convirtieras en una especie de místico (y no seré yo quien se ría de la idea de algún tipo de esoterismo). Resumiendo: da igual el acto de fe que hagas, que ninguno te va a evitar el tormento. —Tor dio unos pasos en silencio antes de retomar su discurso—. Es una transición agónica. Acaso doblemente dura para ti, que una vez quisiste compartir la suerte de los trabajadores. A veces pienso que hay demasiadas vidas que nunca podremos olvidar. Ojalá pudiéramos purgarnos de tanto conocimiento e historia inútiles. Sobre un pasado tan limpio como un campo de batalla cubierto de nieve quizá fuera posible avanzar hacia algo parecido

[36] Obra del Joyce más experimental publicada en París y Nueva York en 1930 y en Londres en 1931; acabaría siendo el final del capítulo 3 del libro III de *Finnegan's Wake*.

[37] Estudio del psicoanálisis freudiano escrito por D. H. Lawrence.

a una actitud. Pero ¡en este *teatre cruel*[38] en que seguimos ensayando es prácticamente imposible! A menos que sepamos claramente lo que debemos sacrificar. Entonces, es verdad, podríamos romper con todo radicalmente, volver a empezar.

Echó una mirada desesperanzada a los libros.

Pitágoras, Jenófanes,[39] Empédocles...[40]

—Uno dice que el universo comienza con el fuego; otro, que con el aire. ¿Qué se puede hacer con estos filósofos, de todos modos?

—Aquí hay otro que dice que comienza con el agua...[41] Sí, la verdad, ¿qué se puede hacer con ellos?

—¿Alguno dijo que comenzó, y probablemente acabará, con sangre?

Sigbjørn cogió el volumen de Empédocles, con su correa de cuero.

—Ya lo sé —dijo Tor—. Lo único que cabe hacer con ellos es quemarlos. O tirarlos por la borda, como hizo Giraux con las obras de Oscar Wilde.[42] ¿Esparcirlos a las causas primeras que cada uno postuló, al fuego, al agua, a los cuatro vientos?

—Pues tienes razón, Tor —comentó Sigbjørn—. No se puede

[38] Forma distorsionada de *théatre de la cruauté*, el «teatro de la crueldad» propugnado en 1932 por Antonin Artaud en un manifiesto que lleva esa expresión como título.

[39] Jenófanes de Colofón, poeta y filósofo griego (c. 570-475 a. de C.), fundador de la escuela de Elea. Fue el primero en tratar el problema de Dios: criticó el antropomorfismo y la inmoralidad de los dioses clásicos y postuló la existencia de una divinidad única. Se le considera precursor de la investigación científica.

[40] Empédocles de Agrigento (c. 480-430 a. de C.) formuló la teoría de las cuatro raíces (Aristóteles las llamaría luego «elementos») que se unen y separan para formar todas las cosas movidas por las fuerzas opuestas y complementarias del amor y el odio. Según la leyenda, murió tras arrojarse al cráter del Etna.

[41] Entre los presocráticos, Heráclito de Éfeso consideraba que el elemento primario de la creación era el fuego; Diógenes de Apolonia, el aire, y Tales de Mileto, el agua.

[42] Stanley Rogers, en *The Atlantic* (1930), dice que Gerbault lanzó por la borda algunas obras de Wilde porque su «falta de sinceridad exacerbó un tempera-

evitar el tormento. Empédocles en el Etna: un momento de sufrimiento incandescente; todos debemos saber lo que es eso.[43]

—Cada alma debe conocer su propio Getsemaní.

Y mientras Tor volvía a reír, a Sigbjørn se le desplegó por dentro otra pena antigua, una pena tan amarga que siempre había postergado su reconocimiento pleno. Y sin embargo había permanecido, desatendida, en un rincón de su consciencia durante muchos años. Ahora se revolvía de nuevo, y al igual que él se había agitado en el vientre, el dolor del recuerdo de la muerte de su madre rebullía en él. Más incluso que eso, empezó a sentir en ese momento, de modo casi físico, la presencia admonitoria de su madre en la habitación. «Como un niño de escuela que siente en la escalera a su propia madre muerta y dispone en la mesa su silla y su cubierto.»[44]

Eso expresaba la sensación, pensó. Pero aunque entendía esa sensación, aunque era consciente de su presencia, algo —un miedo, un miedo a ser poseído— le impedía aún ceder a ella.

Y como si en aquel momento le uniera a Sigbjørn algún pensamiento, Tor enderezó la fotografía de su madre en la repisa de la chimenea, por encima de ellos, y dijo:

—Me pregunto por lo que debió de pasar la pobre, en verdad.

Su madre, que en la foto tenía el aspecto de una joven rubia típicamente noruega, con los ojos azules de contemplar el mar, los observaba desde lo alto de su posición sobre los libros; había algo inflexible en aquel rostro, y algo imponente y a la vez nada

---

mento que el contacto con el mar había inclinado a la simplicidad». Alain Gerbault (1893-1941), «ermitaño de los mares», aviador y campeón de tenis, dejó Francia en 1923 para emprender un viaje de seis años en un velero.

[43] En «Empédocles en el Etna», poema dramático de Matthew Arnold publicado en 1852, el sabio, hastiado de la vida, se lanza al Etna. Y en su novela *Blue Voyage*, Conrad Aiken (que fue amigo de Lowry) se pregunta: «¿Por qué queremos todos ser crucificados, lanzarnos al corazón mismo de las llamas? Empédocles en el Etna. Un momento de sufrimiento incandescente. Sufrir intensamente es vivir intensamente, ser intensamente conscientes».

[44] Sigbjørn está citando *The Locomotive-God* (1927), la autobiografía psicológica de William Ellery Leonard.

positivo en aquellos ojos, incluso sin fijarse en su color: como si cualquier realidad o convicción suya no existiera por sí misma, y fuera una simple reacción a otra cosa.

Y lo más curioso de todo a los ojos de Sigbjørn, en aquel momento, era que la cara de su padre, en la fotografía de al lado, parecía expresar exactamente lo mismo: en su caso, el aire inquisitivo de los ojos lo refutaba una boca enérgica; era como si la mirada dijera «¡busca, averigua!», mientras que la boca advertía «si lo haces, bastará con que seas aquello que buscas».

Se le ocurrió que, de hecho, podría decirse que tenía los ojos de Hamlet, pero la boca del rey Lear. Un hombre caótico, en efecto, que en su vida intentó representar ambos papeles a la vez.

Y tanto a Sigbjørn como a Tor les parecía que, sin embargo, eran dos personas que habían luchado a muerte por sus opiniones antitéticas.

Considerando lo palmariamente que sus caras delataban que esas opiniones podrían fundirse en tantas aproximaciones como quisieran, bien podrían haber decidido ponerse de acuerdo en la única cuestión fundamental sobre la vida que parecían haber pasado por alto, que era, al fin y al cabo, vivirla felizmente.

Pero en el mismo instante en que Sigbjørn llegó a esa conclusión comprendió también lo difícil que es ser feliz, aunque no sepa uno la razón de su infelicidad, cuando el sistema mismo en el que vives puede hacer la vida insostenible para otros miles de personas.

—*Alma mater* —decía Tor—. Es curioso que todo acabe siempre reduciéndose a ese símbolo, hasta en una universidad.

—Matriculación, por ejemplo. Por cierto, ¿qué es una matriz?

Tor sacó un diccionario; Sigbjørn se había puesto en pie otra vez y miraba por encima de su hombro, y los dos, una vez que encontraron la palabra, leyeron su definición:

—Matriz: es algo que soporta...

—... incrustado en su interior...

—... otro objeto al que da forma...

—... pero también es un molde o cuño, como el de los tipos de imprenta...

—... y también una roca en que hay incrustada una piedra preciosa...

—... es el útero o vientre; la sustancia que subyace a las células de un tejido...

—... las células formativas a partir de las cuales crece una estructura...

—... como parte de la dermis de debajo de las uñas.

Tor devolvió el libro a su sitio.

Sigbjørn volvió a tomar asiento, se sirvió otra copa; bebió en silencio. ¡Matriz! ¡Las células formativas a partir de las cuales crece una estructura! ¿Seguía creciendo aún la estructura? Ciertamente, los celillos y sufrimientos menores no eran más que olas rompiendo en el vasto mar de desgracia que la pérdida del *Brynjarr* había formado en él. Pero Tor estaba en lo cierto: era innegable que esas masas acuáticas lamían una especie de espigón que separaba una vida de otra. Imaginó que esa barrera se rompía en un aluvión de agua, que el mar la atravesaba imparable y, entonces, libre otra vez su espíritu, vio un barco de tres palos avanzar corriente abajo, un remolcador deslizarse veloz con él, gaviotas como nubes de humo en la distancia acerada. *Mon âme est un trois-mâts cherchant son Icarie!*[45] Y ahora veía otro barco saliendo del muelle, con gaviotas revoloteando a su alrededor, el oficial en el castillo de proa con el contramaestre y los marineros de guardia: largar cabos, virando seguido, todo despejado...

Pero ahora entra un navío, las barcas ancladas le dan la bienvenida humillando la proa, un marinero en pie oye el traqueteo de los cordajes, espera la llamada a congregarse del contramaestre, los mozos de fogón del turno de doce a cuatro acuden ya a la dársena, los puntales se elevan lentamente hacia el muelle.

Muy muy al norte, el pastor que lleva sus rebaños a pastar por la mañana se cruza con el amigo que conduce los suyos de vuelta a casa por la noche.[46]

[45] «Mi alma es un barco de tres palos que busca su Icaria»; verso del poema «El viaje» de Baudelaire, salvo que Lowry cambia «nuestra» por «mi».

[46] El índice del tratado sobre mitología de Bulfinch describe a los lestrigones

La aguja respeta todos los puntos de la brújula por igual.

—...

—No está bien que tuviera que morir —dijo Tor, por fin—. Ella nos entendería ahora, nos habría infundido valor para pasar al ataque, para saltar el muro de la cárcel de Van Gogh.[47]

—Quién sabe.

—Entre ella y padre se daba el mismo conflicto que el que había entre...

—O que tú creaste...

—... que había y debe haber siempre entre hombre y mujer —exclamó Tor—, y entre hombre y hombre, el conflicto entre las pretensiones de esoterismo espiritual y las de emancipación física. Es de suponer que de no haber habido pretensiones entre ellos, de haber sido todo real, no se hubieran destruido mutuamente como lo hicieron: no, de haberse dado esa realidad por parte de alguno, o por parte de los dos, se habrían separado del todo o se habrían unido indisolublemente, convirtiéndose en una sola persona.

—O habrían podido dejar de lado sus pretensiones, o su realidad —replicó Sigbjørn—. Pero ya soy yo un individuo lo bastante torturado para saber lo difícil que es eso. Gracias a Dios que en el mar no se espera de nosotros que tengamos pretensiones, de todas formas.

—¿Recuerdas el día en que murió? —seguía Tor—. Poco antes de que nos fuéramos de Oslo.

Sigbjørn descorrió la cortina y, mirando por la ventana, dijo:

—Una vez la oí decir que, de no ser por la pasión, el amor sería eterno. Podría decirse que ella misma era como la tierra, con su florecer en primavera y sus veranos de sumirse en sueños cuando todo es tiempo de ocio. Y luego ese invierno, ese rostro

---

como «una raza de gigantes caníbales que visitó Ulises en su país septentrional [...] donde los días son tan cortos que el pastor que lleva sus rebaños a pastar por la mañana se cruza con el pastor que vuelve a casa por la noche».

[47] Alude al cuadro *La ronda de los presos*, que Van Gogh pintó durante su estancia en el manicomio de Saint-Rémy.

contraído, demacrado... Nunca la olvidaré, ni a su amor por el mar, y la lluvia, cosas humanas que uno recuerda cuando toda la ideología se ha olvidado. Gracias a Dios, no vivió lo suficiente para tener que soportar todo eso, en todo caso.

—Humana sí que era —dijo Tor—. El día que el tío Bjorg se declaró en bancarrota, fue a su oficina y se ahorcó, allí mismo, con el cordón de la cortina. Y padre, que entró por casualidad, llegó justo a tiempo de cortarlo y bajarla. Luego se fueron de copas. Y padre me dijo una vez que fue una de las contadas ocasiones desde que se casaron en que hablaron como seres humanos.

—Después de aquello los dos se dieron a la bebida.

Tor sacó su violín y se puso a tocar junto a la ventana. Hacía la parodia de un virtuoso. Pero, así y todo, la melodía que interpretaba, la *Valse Triste* de Sibelius, resultaba extrañamente conmovedora. Por la cabeza de Sigbjørn desfilaban imágenes, glaciares, fiordos, bosques que eran símbolos en el corazón; cordilleras que sugerían el vasto cambio montañoso de la propia humanidad. Sus conductos lacrimales se activaron; sintió como si en cualquier momento fuera a quebrarse y romper a llorar, llorar por los ahogados, llorar por su padre, llorar por Tor, llorar por algo que nunca pudo entender, porque su vida era real solo a medias, llorar porque le gustaba ese tipo de música y no la sobria y depurada que pensaba que debía preferir. Ahora veía el invierno en Noruega: una nación entera con los esquís calzados, todo era blanco... Pero Drammensveien se confundía de algún modo con King's Parade.[48] Se durmió.

Los dos niños, Tor y Sigbjørn, se hallaban a la sombra del muro en el jardín trasero de la casa vacía. Era su cumpleaños. Miraron como conspiradores a un lado y a otro para comprobar que no los observaba nadie. Entonces empezaron a cavar. Dejaban el trabajo de lado, lo retomaban. La luz se filtraba inclinada entre las ramas de un manzano. Trepaba sobre los niños mientras cavaban. Volvieron a mirar a ambos lados: ¡nadie a la vis-

[48] Drammensveien y King's Parade son calles de Oslo y Cambridge, respectivamente.

ta! Ahora seguirían cavando hasta las vías subterráneas, el *Holmenkollen.*

De pronto, con un estrépito, el túnel de vehículos se desplomó sobre ellos: estaba todo oscuro. En la oscuridad había gente buscando con linternas. Sigbjørn se deslizó por debajo de un puente de poca altura: ATENCIÓN: ARCADA BAJA. Ahora estaba de pie en una ciénaga. Todo eran pantanales y caminos encharcados en torno a él. Una fábrica se levantó sola ante sus ojos. Un gran buque mercante se deslizaba sin ruido más allá del juncal desde el que él miraba. De la cercana fábrica llegaba un latir de sonidos; el horno número tres resplandecía. En la distancia, las noticias de un rótulo luminoso del diario *Lysadis* discurrían sin cesar: TARNMOOR NAUFRAGUNG. De súbito, confusión, fuego, explosiones de remaches en ráfagas, gente que gritaba por todas partes, los huesos de una mujer se hacían añicos, las ramas de los árboles se quebraban, el mundo se desmoronaba.

Una vez más, se encontró de vuelta en el túnel y le caía tierra encima; una avalancha de tierra se desplomaba sobre su sueño. El fragmento de un verso aprendido en su infancia se le susurró en alto al oído: «Patito, buen patito, somos Hansel y Gretel, y aquí estamos, no hay puente ni escalerita que nos lleve a casa sanos».[49]

—¿Cómo así? ¿Hamlet está muerto y Ofelia, en un desmayo? El sueño es amigo de todos, dicen. —La sombra de Tor se elevaba ante él; estaba zarandeándolo—. Más de una vez me habría liberado de su suerte con una daga, pero... Venga, hombre. Levántate y resplandece,[50] como tú dices.

Sigbjørn se fue despejando poco a poco; sin embargo, una vez que tuvo los ojos abiertos, la sensación de cambio o de error fue tan poderosa que se incorporó tieso como un palo.

—¿Cuánto tiempo he dormido?

[49] En el cuento de los hermanos Grimm, Hansel y Gretel escapan de la casita de turrón e intentan salir del bosque. Llegan a un río, pero no hay puente ni barca. Entonces Gretel pide ayuda a un pato blanco con estas palabras.

[50] Otra referencia bíblica: Isaías, 60:1.

—Unas dos horas.

—¿Te has acabado el whisky?

—No, aquí tienes.

Tor le sirvió un vaso y Sigbjørn, que se había levantado estremecido, se echó un buen trago.

—He tenido pesadillas. Estábamos otra vez cavando en aquella maldita vía subterránea...

Tor no respondió. Entonces salió de la habitación. ¿Qué tramaba? Durante los momentos siguientes la cantidad de atención que se sintió obligado a prestar al mundo exterior mientras se ponía el abrigo, se peinaba, restablecía su conciencia de la habitación, bastó para mantener sus pensamientos en una relativa pasividad y, aunque se agitaban sin parar, tampoco estaban ellos del todo despiertos; pero uno por uno, como ojos de su espíritu, notó que se abrían y cada uno abarcaba un desastre; y la batería entera de ojos parecía estar centrada en el estado de la verdad al completo. ¡Dios santo! ¡Dios mío, el *Brynjarr*! No puede ser verdad. Cada incidente, la vana tarea de llegar a dominar Dante a tiempo, Nina y, a escala titánica, los desastres en sí, y ahora otro centenar de pequeñas cargas de la conciencia, cada una con su particular visión hacia su propia e inevitable catástrofe molecular, le aplastaban, se apilaban sobre él con el efecto de golpes físicos, algunos formidables, otros leves, y bajo el efecto acumulado de todos ellos se tambaleaba. ¿Era esto lo que se sentía al despertarse a una conciencia real de la vida real? Anduvo a trompicones por la habitación sintiendo no solo todo el peso de la verdad, sino también, otra vez, aquel extraño cambio periférico. ¿Qué era? ¿Era visible o alquímico? ¿De dónde venía? Ese cambio, como si en una partida de ajedrez su contrincante hubiera movido a espaldas suyas. Pero no tenía muy claro qué movimiento había hecho. Miró a su alrededor. Sí, estaba seguro; igual que un vagabundo al despertarse está seguro de que mientras dormía se han producido en el bosque pequeños corrimientos, secretos, inciertos. Tor volvió a entrar en el cuarto.

—¿Qué hora es? —preguntó Sigbjørn.

—Casi hora de irte —replicó Tor en tono algo peculiar—. Si quieres llegar antes de las doce, tendrás que irte. Pero ahora ven a ver el dormitorio.

Sigbjørn le siguió por el pasillo, vaso en mano. Tor encendió la luz.

—Mira, ¿ves?, he sellado las ventanas con periódicos. Para que no entre nada de aire. Antes de meterme en el sobre, una vez que me haya acabado el whisky, abro el gas y ya está. Me encontrarán por la mañana: tendido, como tú dices, bien muerto. Es una moda literaria.[51]

—Idiota, no lo dirás en serio, ¿no?

—Sí —respondió—, en serio te lo digo.

Sigbjørn apartó la mirada. Pero ¿tan idiota era?

—A fin de cuentas —decía Tor—, ¿no me has dicho que lo haga?

—¿Decirte que lo hagas?

—Y el hombrecillo al que le faltaba una pierna, «Vas a emprender un largo viaje». Todo encaja perfectamente. Con continuidad y armonía. Como cuando suena el despertador por la mañana y tú ya te estás levantando, todo se alinea. Es lo único que puede pasar, no hay más posibilidades.

Esta vez Sigbjørn no dijo nada. En el silencio que mediaba entre ellos, volvieron al estudio.

—Son las doce menos veinticinco. Si quieres cenar un bocado y llegar a St. Eligius Street antes de las doce, tendrás que darte prisa. La patrona me ha traído algo mientras dormías y se lo he cogido en la puerta. He pensado que era preferible que no te viera. —Tor se acercó a la mesa, junto a la chimenea—. Más vale que comas algo. Te sentirás mejor.

Tor hablaba nervioso, pero con una extraordinaria deliberación calculada, y entre frase y frase cerraba un armario o apartaba un libro.

[51] Método de suicidio empleado por Paul Fitte, amigo de Lowry en Cambridge. Parece que Lowry intervino de algún modo en el hecho. Sea como fuere, esa muerte le llenó de remordimientos y se refleja en varias de sus obras.

—Estás agotado —dijo Sigbjørn, que no daba crédito a nada de aquello.

Entonces, los dos hermanos partieron el pan juntos, en silencio. Sigbjørn desmenuzó su comida, pero después de llenarse la boca no consiguió tragársela. La masticó lenta y mecánicamente, pero no le supo a nada. Se vio la cara reflejada en el espejo y, de nuevo, le vino a la cabeza otra frase de Erikson: «Es peor traicionar a Judas que traicionar a Jesús».[52] Sigbjørn sintió un escalofrío.

—Tor, no piensas hacerlo, ¿no? ¿No hablarás en serio?

—Sí, en serio —dijo Tor—. Hablo muy en serio. Es una salida definitiva. La objetividad de los muertos. Es traición al partido.

—¿Qué quieres decir? —A Sigbjørn le castañeteaban los dientes. Le dio un sorbo al whisky—. ¿Qué sandez es esa, la objetividad de los muertos? ¿Qué demonios quieres decir? Estás loco. ¿Aún no hemos dejado atrás tanta tontería surrealista?

—Se puede ir mucho más allá. Y luego, aún más allá.

Sigbjørn se echó otro trago, y otro más. De pronto le parecía que Tor tenía toda la razón después de todo. Era una salida; era una salida desesperada y definitiva; era un esfuerzo táctil de avanzar hacia algo. Lo era para él... pero ¿lo era para él? Era una muerte rancia, como un suceso mencionado en un resumen de noticias de hace un año en la oscuridad de algún cine. Y, sin embargo, era de lo que había estado hablando toda la noche. Podía animar a Tor tanto como sus conocidos le habían animado a él a hacerse a la mar unos años antes: «Adelante, será una gran experiencia, pero a mí me falta coraje para hacerlo».

Además, en este momento no le deseaba a Tor ningún bien. Tor le había ganado la partida con Nina, ¿verdad? Muy bien, ojo por ojo, diente por diente. Esa era la cruda y dura ley de la vida.

[52] En *And the Ship Sails On*, la novela de Grieg, Benjamin recuerda cómo había rechazado a otro personaje, «despreciado e infinitamente solo», y comprende que en cierto modo lo ha matado al negarle su amistad: «Le guardaba rencor a Anton, pero ¿qué excusa era esa? Es peor traicionar a Judas que traicionar a Jesús».

Pero no podía creerse aquel asunto, y como la amenaza de un asunto así formaba parte en cualquier caso del propio misterio inexplicable de esta última (lo que no hacía sino redoblar en consecuencia su carácter remoto), la competencia entre los dos se reducía a los términos más simples del más simple de los juegos.

Miró a su alrededor. Naturalmente que esto no iba en serio, no era verdad, era solo un juego, una mascarada, una farsa, una sombra de otra cosa. No asociamos tanta... No. Claro que no. No lo hacíamos. ¿O era porque siempre se engañaban por lo que acababan enfrentándose a hechos irreales, al hecho irreal del hundimiento del *Thorstein*, de la colisión del *Brynjarr*? No, no estaban ahí meditando fríamente el suicidio de Tor. El barco de su padre no se había hundido. Nina le esperaba con los brazos abiertos: tenías razón en cuanto a la necesidad de... Estaban a salvo. Porque ahí estaban las fotos de familia, y ahí los filósofos de la familia. Y ahí Kwannon, diosa de la misericordia,[53] y aquí sus buenos guardianes, Kafka, Kierkegaard, Rilke, y ahí, sentado enfrente de él (pero ¿por qué tenía que disfrazarse de su hermano Tor?), vigilando cada paso que daba, estaba Erikson.[54]

Inopinadamente, de un lado a otro de la mesa, Sigbjørn dijo:

—Está bien, adelante, hazlo.

Tor le miraba con toda calma.

—Te congratularás de matarme, supongo. Pero estás muy equivocado, ¿me oyes?

A Sigbjørn le sobrevino de pronto un tembleque aún más violento: le castañeteaban los dientes, las manos se le contraían convulsiva y repetidamente; un espasmo de horripilación le barría el pelo. Agarró a Tor por el brazo.

—¡Eres un Judas de bolsillo! ¡Un maldito drama póstumo! ¡Un error tipográfico! ¡Sí, adelante! ¡Buena suerte!

[53] Kuan Yin: en el budismo chino, *bodhisattva* o «espíritu de la compasión».

[54] El escritor protagonista de *Oscuro como la tumba en la que yace mi amigo*, Sigbjørn Wilderness, comenta: «Erikson era N., pero Erikson era también el principio del mal».

Tor seguía mirando a su hermano tranquilo, impertérrito. Lentamente, dijo:

—Tardaría el equivalente a mil años en expresar con una palabra lo que siento.

—Dame esa carta otra vez —exigió Sigbjørn.

Sin mirarlo, Tor se la tendió y se puso en pie.

—Vente conmigo —dijo de improviso.

Por un instante, Sigbjørn vaciló. La sensación de que Tor (pues ya se había convencido de que aquel era Tor) tenía razón, de que iba a soltar amarras hacia una vida acaso más fría, más limpia, mejor, le invadió. Durante un breve segundo dudó si acompañarlo. Pero ahora le tocaba a Tor hacerse a la mar.

—Ve tú solo —dijo.

Sin embargo, al oírse decir eso, se preguntó: «¿Qué me ha hecho decirlo?».

—Tendrás que irte ya —respondió Tor sin moverse.

Sigbjørn se estaba poniendo la bufanda y el abrigo. Estaba en el pasillo. Se había enfundado la toga. De pronto sintió el impulso de abrazar a su hermano. ¡Quedaban tantas cosas por decir! Adiós. *Bon voyage.* ¿Has cogido tus botas de gavia?[55] Pero aquello era solo una broma, naturalmente. Entonces se acordó del *Brynjarr.* Esta vez, el recuerdo apenas le afectó, pero bastó, aun siendo la sombra de un mazazo, para convencerle de que, por más que últimamente los acontecimientos pudieran parecer ficticios, su realidad permanecería inalterada a la mañana siguiente. Se dio la vuelta con intención de volver, pero la puerta se le había cerrado en las narices. En la escalera, un reloj decía 23.53. Corrió escaleras abajo. En la planta baja, oyó que la casera subía del sótano para abrirle la puerta.

[55] En la novela de Melville *Redburn*, el protagonista lamenta, ya embarcado, la escasa adecuación de su vestuario a las circunstancias, y especialmente de sus botas, con las que se tropieza en el cordaje. Los marineros las llaman «botas de gavia» (la gavia es una vela triangular que se coloca en el mastelero del palo mayor).

—Tendrá que darse prisa —dijo la mujer—, si quiere llegar antes de las doce.

Salió a la carrera a King's Parade. Volvió la mirada una vez. En lo alto de la casa había un cuadrado naranja: la habitación de Tor. Llegando a Peterhouse[56] se arrebujó la toga; al pasar por el hospital Addenbrooke, vio a su izquierda la esfera luminosa del reloj en la oscura fachada: 23.59.

Aminoró el paso con el corazón batiéndole sonoramente. «Vuelve», le decía, latiendo como un loco, y por todas partes oía voces que decían «vuelve, vuelve, vuelve». Se detuvo en seco. El hospital Addenbrooke (la vaga idea de una investigación que había tenido lugar allí cruzó fugazmente su cabeza), *post mortem, nihil.*

Vuelve.

El reloj luminoso empezó a dar los cuatro cuartos, preludio de la medianoche: *sing, song, hang, soon.*[57] Volvió a apretar el paso. ¡No, tenía que llegar antes de las doce, no había más que hablar! Por la mañana se aclararía todo. *Soon, hang, sing, song,* lanzaban al viento las absurdas campanadas lentas a su espalda mientras corría. Hasta llegó a imaginar que sus ecos zumbaban sobre las marismas hacia el mar, al Atlántico del alma...

Su sombra corría delante de él por Trumpington Street. Aquello era irreal, ¡irreal!, era en realidad una carrera contra una sombra. Una descripción precisa, pues ahora se alzaba sobre él un anuncio: TEATRO DEL FESTIVAL. «CARRERA CONTRA UNA SOMBRA». DE WILHELM VON SCHOLZ. TODAS LAS NOCHES A LAS 20.30. «Corrió como una puta sabandija y se fue de rositas.»

La medianoche debía de haber empezado ya sin que él lo oyera. Paró en seco otra vez, con el corazón palpitando. Vuelve. Esperó a oír el sonido del reloj, pero el reloj no sonaba. De hecho, el reloj dudaba, y dudaba si decir algo. Y lo que dijo fue esto:

56 El más antiguo y pequeño de los colegios mayores clásicos.

57 El reloj vuelve a «hablar» a Sigbjørn. Empieza como una canción —*sing, song* («cantar, canción»)— y sigue con una nota ominosa: *hang, soon* («ahorcar, pronto»).

Womb...[58]

Sí, dijo «vientre»: el reloj le imploraba que volviera, las voces le susurraban «vuelve, vuelve, vuelve». Su madre se erguía sobre él: «Vuelve». Oyó que el reloj volvía a vacilar y esta vez pareció dudar mucho más tiempo, y los árboles y los edificios parecían acercarse a oír lo que iba a decir el reloj, y el reloj dijo:

Tomb...[59]

El reloj dijo «tumba» y él echó a correr de nuevo. El reloj lo instigó a la acción frenética. Si no lograba llegar antes de las doce podían expulsarle. Si volvía sería imposible entrar. Por otra parte, iban a tener que marcharse de todos modos. ¿Lo harían? ¿La policía? Era difícil evitarlos de todas formas. Por ahí se acercaba ahora un policía, pero no lo miraba raro, porque de todos los rincones de la ciudad llegaban estudiantes corriendo para llegar a sus alojamientos a las doce. De hecho, ahora venía alguien por detrás, persiguiéndolo a la carrera, le iba a alcanzar si no tenía cuidado. Los dos corrían, jadeando faltos de aliento. A Tor le estaría faltando el aire también. Oyó el ruido de su propio jadear. Pero esto era una pesadilla. Despertaría a la claridad del sol tras una noche de espanto. Nada de aquello era verdad. No asociamos tanta...

Doom, dijo al fin el reloj.

En el rellano superior de la escalerilla reclinó la cabeza en la puerta y con lo que eran prácticamente las últimas fuerzas que le quedaban tiró del timbre. El timbre sonó abajo, en el sótano, subterráneo, *ting-ting*. Bajo el mar, *ting-ting: ting*. Ocho campanillas.[60] Dio otro tirón al timbre y oyó al casero que subía.

—Buenas noches, señor Tarnmoor —le saludó el casero en la puerta—. Las doce en punto. ¿No le ha visto nadie? ¿Cómo dice? ¿Nadie, salvo un policía? ¿Supervisores, ninguno? Muy bien, registraremos su entrada a menos un minuto.

[58] Vientre, útero.

[59] Tumba.

[60] Cuatro tañidos dobles como los que ponen fin al turno de guardia.

Desde encima de sus libros, su padre y su madre le miraban. El cuarto se abarrotó de voces. Vuelve, vuelve, vuelve, atrás.

Debajo de ellos había una fotografía del *Edipo Tirano*, que navegaba pegado a la costa de Arabia con un montón de caballos asustados enterrándose y revolcándose en su camino: ¿volver a casa o seguir adelante? Se desplomó en una silla. Ahora creía oír en su cabeza el crujir de los guardines,[61] la médula espinal del barco, los ruidos nocturnos del vasto mar, el batir del agua contra planchas de hierro, el bramido del vendaval en los estayes de las vergas, y vio pasar de nuevo el mar veloz ante sus ojos como un inmenso negativo; o desenrollarse sin cesar el oscuro pergamino del mar como se desenrolla un manuscrito musical.

Vuelve.

Sacó la carta que Tor le había dado, pero estaba dirigida a su padre. Se le resbaló de entre los dedos. Oyó al casero en el pasillo echando el cerrojo a la puerta. A la desesperada, probó con las ventanas, pero estaban atrancadas. Las piernas le temblaban: ¡la asesina de Le Mans!

Forcejeó con las ventanas; barrotes de hierro. Estaba en un manicomio. Le tenían preso. No había nada que hacer. Un rato antes estaban fuera de la cárcel, alguien los había visto, la policía se lo había llevado. Le habían encerrado. Se acabó. Pero ¿y Tor, dónde estaba? La cabeza le colgaba hacia un lado.

El señor es mi hospital nada me falta. Me casa por partos pandos panduce, me condúceme conduce me conduce...

[61] Cabos, cables o cadenas que transmiten los movimientos del timón para el gobierno de la nave.

4

Dos observadores, aun muy distantes en el tiempo y en el espacio, sujeto cada uno a experiencias sociales e idiomas propios, al observar el mismo conjunto de referentes llegan a construir referencias enormemente distintas y, sin embargo, se aproximan mucho en la simbolización verbal.

OGDEN Y RICHARDS

(A)

Trinity College, D5
Cambridge, Inglaterra

«¿De dónde has salido, Hawthorne? ¿Con qué derecho bebes de mi jarra de vida? Y cuando llevo a ella mis labios... he aquí que son los tuyos, no los míos; siento que se ha partido la divinidad, como el pan en la Cena, y que nosotros somos los trozos. De ahí esa fraternidad infinita de sentimiento.»[1]

A/a Hr. William Erikson
Christiania Bokhandel Forlag, Raadhusgt 199, Oslo, Noruega[2]

[1] Melville habló a Hawthorne de su sentir «panteísta» y su «inefable sociabilidad» y afirmó que «se sentaría a comer» con él y con «todos los dioses del panteón de la antigua Roma». Su ferviente llamamiento nos lo refiere Mumford citando una carta del 17 de noviembre de 1851 que aparece en *Memories of Hawthorne* de Rose Hawthorne Lathrop. La tragedia de Melville, afirma Mumford, es que Hawthorne no pudo responder a su invitación.

[2] Oslo se llamó «Christiania» entre 1624 y 1897 y luego «Kristiania» hasta 1925, año en que recuperó su nombre original. *Bokhandel* es «librería»; *forlag*, «editor», y *Raadhusgt*, «Calle del Ayuntamiento». El número de portal ha de ser un error tipográfico, ya que la calle tiene menos de cuarenta números.

Muy Sr. mío:
No es en modo alguno gratuito que haya elegido estas palabras del escritor estadounidense Herman Melville como exordio a mi carta. Como quizá no lo sepa, las escribió muy al norte, en los hielos profundos que arden como más tarde ardió el alma de ese gran autor al toque de lo humano cuando encontró en el monte Monadnock su solitaria determinación espiritual, en una carta a Nathaniel Hawthorne, un colega con el que se identificaba con menos motivos, en algunos sentidos, que yo con usted. Nathaniel Hawthorne, aunque era cónsul en Rock Ferry de la transoceánica Liverpool, nunca se hizo a la mar. Pero seré lo más concreto posible.

Me llamo Sigbjørn Hansen-Tarnmoor. A lo largo de los últimos meses, le he escrito varias cartas que no llegué a echar al correo, y he dedicado casi un año a aclarar mis motivos para abordarle de esa forma. Soy de ascendencia noruega. Mi madre, que ya murió, era noruega, y yo mismo nací en Christiansand[3] y pasé mi primera infancia allí y en Christiania, que ahora los hombres llaman Oslo, ¡la ciudad sobre el lodazal!

Cuando yo era demasiado pequeño para acordarme, dejamos el país y nos establecimos en Liverpool, donde mi padre era armador.

Pero Noruega me dejó una herida que ningún verano ha conseguido curar. Ya de niño la simple visión de una bandera noruega me hechizaba. Me pasaba horas en los muelles esperando a ver buques noruegos. Y cuando llegaban era como si fondearan en mi corazón.

Sus nombres (el *Suley* de Trondhjem, el *Oxenstjerna* de Bergen —la ciudad del prado al pie de la colina— y, sobre todos ellos, el *Direction* de Oslo, cuyo evocador nombre elegí para el barco del libro del que le hablaré más adelante, por mencionar solo algunos) eran para mí más que un recuerdo, y cuando dejaban de nuevo el puerto sentía como si hubiera perdido a viejos amigos,

[3] Ciudad portuaria del sur de Noruega. Sigbjørn afirma más adelante que nació en Helgefjord.

y andaba inexplicablemente desconsolado hasta su regreso, que a menudo se demoraba años. Y siempre soñé que navegaría a mi país natal en uno de ellos, pero nunca lo hice.

Por fin, hace no muchos años, cuando yo contaba diecisiete, me embarqué en un mercante inglés como carbonero. La travesía era al Lejano Oriente, y el barco recorrió la ruta despacio, de puerto en puerto por la costa de China y, convendrá usted conmigo, tan hasta el extremo en dirección opuesta a Noruega como cabe imaginar...

Solo la «travesía» lo fue de veras, supuso en cierto sentido el cumplimiento de mis sueños; mi travesía interior, la travesía de mi alma hacia su herencia, mientras que mi cuerpo, torturado y desgajado de aquella, sufrió todos los tormentos de la privación; de modo que, a pesar de su naturaleza, aún siento que esta travesía fue un viaje de retorno o, podría decirse, una peregrinación hacia un objetivo o hacia un comienzo (¡o hacia una actitud!) que no es posible alcanzar jamás en esta vida. ¿O fue para cumplir, empecinadamente, el aprendizaje de la vida más amargo que pude encontrar? ¿Para prepararme para una vocación distinta del mar? ¿En busca de un conocimiento secreto? ¿O sencillamente en busca de la vida, de la realidad objetiva?

Fuera lo que fuere (y en el eclecticismo de estas alternativas debe de estar implícitamente presente su objetivo) el resultado es que ahora me hallo, como me hallaba hace tres años, antes de conocer el mar siquiera, aquejado, al igual que la mayor parte de mi generación, de ἄσκησις,[4] con un anhelo invencible de plenitud, de culminación de la existencia presente. Y me hallo en la fase en que se hace necesario volver a partir...

(INACABADA)

[4] «Ascesis», renuncia a los placeres para alcanzar la perfección espiritual.

(B)

11 St. Eligius St.
A Hr. William Erikson *Cambridge*

Muy Sr. mío, etc.:

Etc. Hace mucho tiempo que vengo pensando en escribirle. Y es que este es solo uno de tantos intentos. ¿Cómo empezar? Tal vez debiera decir de entrada que son muchas y diversas las neurosis que me han llevado a mi actual situación, es decir, al punto en que siento que debo escribirle, y son también muchas y diversas las que me llevaron a la situación o (¡disculpe la expresión!) la falta de una situación en que llegué hace unos años al umbral de mi primera travesía, de la que le hablaré más adelante. Pero difieren una de otra, tanto como se asemejan, en un detalle fundamental. Hace tres años deseaba encontrarme a mí mismo, ahora deseo perderme. Entonces quería descubrir mi sitio en la tierra, convencido de que era el de escritor: ahora sé que jamás encontraré realidad verdadera o permanencia alguna en mi universo (o multiverso) personal. ¿Por qué? Porque mi deber es lo que popularmente se conoce como la viril solidaridad del proletariado. No obstante, aunque lo sé, parece que todavía me precio en mi fuero interno del privilegio de ser consciente de ello y no hacer nada al respecto. La religión, las supersticiones, el escepticismo y la experiencia están en el fondo del asunto. Le repito que, así como antes me preocupaba descubrir cuál era mi vocación, la aflicción personal, asentarme de algún modo específico, ahora me preocupa en idéntica medida olvidarme por completo de mí mismo y consagrar mis dones, cualesquiera que sean, al movimiento común en favor del cambio. Es extraño, de todas formas, que en esta carta parezca, en cambio, llamar desmedidamente la atención sobre mi persona. Mi hermano...

(INACABADA)

(C)

¿Qué vamos a hacer sin nuestra desgracia? ¿Ha pensado alguna vez en toda una generación que hace, al unísono, en un grito de auxilio, esa pregunta? Me encuentro ahora en un estado de transición, como entre dos mares, un estado del que usted es en parte responsable, haciéndome y respondiéndome esa pregunta. Pero mi hermano...
(INACABADA)

(D)

Trinity College
Cambridge

A W. Erikson

Muy Sr. mío:
¿No sabe usted quién soy? Aun así, un examen atento de la presente carta le convencerá de que su autor es sin duda un amigo de toda la vida, cuyo mensaje a [*hueco en el manuscrito*] es una partitura en que hay escrita una canción revolucionaria. La revolución es la solución a problemas existentes. Sin debacle, la revolución es imposible. Yo hago una debacle del yo.

Atte., etc.
(NO ENVIADA)

(E)

11 St. Eligius Street
Cambridge

A/a Hr. William Erikson
Christiania Bokhandel Forlag, Oslo

Muy Sr. mío:
Le he escrito numerosas cartas, de las que no he enviado ninguna, de modo que tal vez no sea de extrañar si esta parece empezar por la mitad. Por supuesto que me resulta tan difícil responder a la pregunta «¿por qué fui?» como a usted, ya que en

Skibets reise fra Kristiania escribe esto al presentar a su protagonista: «Un rostro juvenil se detuvo en el muelle, mirando el barco, Benjamin Wallae, el hijo del armador, que quería averiguar cómo era el mar antes de meterse en el negocio». Y tal vez venga a ser eso lo único que cualquiera de los dos estamos dispuestos a admitir. Pero no nos cerramos a que se nos pregunte.

No era seguridad lo que yo quería, pues deliberadamente me procuré el trabajo más peligroso, ni tranquilidad, pues me gastaba temerariamente la paga en todo tipo de locuras, ni el amor lo que anhelaba, ni el poder lo que me tenía frustrado. ¡No! O podría usted decirme que, teniendo una necesidad inconsciente de todas esas cosas, las buscaba de forma también inconsciente. O podría personificarlas todas en mi madre, y decir que quería volver al útero materno, al nacimiento, que es la muerte a una nueva vida, al alfa y el omega del que el mar era el símbolo, el principio y el fin: es eternidad y aniquilación, de la *a* a la *z*, ¡ah, Atlántico, cebra de rayas estridentes de lo definitivo! Podría decirme que Noruega no tiene nada que ver. Podría decirme todas esas cosas y, aun así, estar equivocado, o lejos de la verdad, si es que tal verdad existe.

Pero tal vez era algo parecido a esa verdad desconocida lo que yo perseguía, lo que ambos perseguíamos: buscábamos el conocimiento, el secreto contenido en la Esfinge, el secreto guardado en volcanes que roncan e islas aciagas bajo mantos de nieve, el secreto de aquella palabra que equivale a mil años; pero al final preferimos leerlo donde más pasajero era, en la tormenta de los mares helados o en la sombra escorada del albatros solitario.

Y no tardé, a la luz de mi experiencia arterial en el mar, en perder de vista ese objeto, si puede llamársele objeto: sería suficiente, pensé, más que suficiente, contar al hombre cómo era el mar; eso sería un quehacer magnífico, yo era el único que lo sabía, el único sufridor del mundo. Escribiría sobre todo ello, sería el único escritor que, habiendo vivido sus sueños de infancia, había conservado sin embargo intensidad y maleabilidad de conciencia suficientes, había aportado a aquella vivencia urgencia suficiente para hallar belleza en ese terreno, para hacer el relato soportable al contarlo; ese era mi plan antes de descubrir que todo había sido escrito previamente por usted, si bien con más belleza e intensidad, en *Skibets reise fra Kristiania.*

¡Yo! ¡Yo! ¡Yo! Qué escarnio, que el tópico «no hay nada nuevo bajo el sol» fuera a adoptar esa forma. Qué portada también para el nuevo libro de la vida cuyas páginas se están cortando ahora mismo. El dolor privado, aunque se proyecte, ¡qué poca validez tiene! No sé si percibo su invalidez última con tanta rotundidad como cuando se aplica a aquellos que ahora, en este mundo, ya no están vivos siquiera, cuyo dolor no es dolor, sino solo la ansiedad sin sentido de los que duermen el sueño eterno, que despiertos se encontrarían en un mundo en que ninguna idea que se hicieran del sentido del dolor sería comprensible. Quién sabe si algún día, para unos pocos, todo esto cambie de un modo u otro.

Pero a lo que iba. Su libro, entonces, no solo hizo que el mío pareciera inane, sino que despojó a mi travesía de su último vestigio de significado; en un sentido esencial, anuló aquella travesía; me expulsó del trazado de mi destino, de forma que la travesía ha de rehacerse, el trazado ha de recomponerse pieza a pieza.

Por la época en la que estaba escribiendo mi libro, mi travesía real me parecía a veces algo respecto a lo que el libro se había convertido en precedente, algo que todavía no había sucedido; y otras veces lo que había escrito parecía identificarse con lo que había sucedido. Pero ¿quién puede decir ahora cuál es la verdad, o qué fuerzas pudieron haber despertado o desatado nuestros libros? ¿Quién, afirmar a quién pertenecen qué fantasmas? ¿Y qué sería aquel significado comparado con aquellos cuyas vidas comprenden muchas travesías; qué hay de ellos? Uno no espera que tales travesías tengan significado, como no espera de sus mejores amigos que sean genios: y sin embargo siento que al menos esto lo tiene, que en esas travesías un alma puede rastrear la curva inicial de su vida, pero es precisamente esta curva lo que no vemos.

(INACABADA)

(F)

Café Mecca
Liverpool

...
Tengo muy presente que Goethe dijo que la relación de un actor con su personaje puede ser una carrera con una sombra. Conozco la obra de Von Scholz –la representaron en Cambridge no hace mucho– y sé que la idea escénica del *doppelgänger*[5] es un recurso antiguo; y de forma más mundana, uno sabe que hay quienes escriben a los autores y les dicen «su personaje Smith soy yo» o «su personaje Jones soy yo». También he leído, en una revista, la crítica de una novela sobre un tema similar, que por eso mismo he evitado deliberadamente leer, de Louis Adamic.[6] Y hay una historia de A. Huxley.[7] Pero esto es real, está ocurriendo, ahora, a mí...
(NO INSERTADO)

(G)

Café Kardomah
Liverpool

...
Pero su libro destruyó completamente mi identidad, tan próximo estaba a mi experiencia personal, tanto en los hechos como en mi propio libro, que casi empiezo a creer que puede que yo sea Benjamin Wallae, su personaje. Pero si eso es así me pregunto dónde está y quién es X, la proyección de mí mismo en

[5] El doble. Sigbjørn insinúa que, con Benjamin Wallae, Erikson creó deliberadamente «otro» Sigbjørn.

[6] Autor esloveno (1899-1951) que emigró a Estados Unidos con catorce años. Lowry dice de él que es un «croata con talento». La novela que se menciona podría ser *Grandsons* («Nietos»).

[7] Aldous Huxley (1894-1963), novelista inglés. La historia aludida podría ser el cuento «Farcical History of Richard Greenow», de *Limbo*, cuyo protagonista escribe distintas obras empleando sus dos identidades de hombre y de mujer.

esa novela mía que nunca acabaré. ¿Dónde está, quién es él y quién es usted?

He dicho que su libro despojó a mi travesía de su último vestigio de significado. Pero al igual que su arte maléfico dio a luz un ser, una sombra en este caso, que podría responder al nombre de Benjamin Wallae...
(NO INSERTADO)

(H)

Café Kardomah
Liverpool

Muy Sr. mío, etc.:
Hace tiempo que siento el impulso de escribirle. De hecho, le he escrito infinidad de veces. Pero cuanto más escribo, paradójicamente, más compleja se vuelve mi posición con respecto a usted y más imposible se me hace formular mi posición con claridad. Para un espíritu cultivado no hay sino un diálogo, dice Barrès:[8] el que mantienen nuestros dos egos, el ego momentáneo que somos y el ego ideal que pugnamos por llegar a ser. Pero dejemos eso. No puedo decir, en honor a la verdad, que esta identificación (a saber, de lo que yo había escrito con lo que me había sucedido, a mí) fuera del todo exacta, ya que no transcribí directamente en el libro mi experiencia personal. Podría describir mi travesía «real» como un desastre «espiritual» que me partió el corazón, lo que, en un sentido fundamental, me mató, preparándome para una nueva vida «física», mientras que lo que había escrito era un desastre «físico» que me preparaba para una nueva vida «espiritual». De su libro, saqué la impresión de que Benjamin Wallae, que presumo es una proyección de usted mismo, era yo en realidad (entendido como distinto de mi yo proyectado), moviéndome entre sus personajes en *Skibets reise fra Kristiania* con apenas diferencias mínimas en cuanto a

[8] Maurice Barrès (1862-1923), escritor y político francés; exponente del «yoísmo» estético y del nacionalismo católico.

documentación, modo, etc. —exceptuamos el idioma— respecto a mi novela sin título. Pero esto es irrelevante...
(INACABADA)

(I)

Café Mecca
Liverpool

...
Permítame que sea más explícito y le diga cómo sucedió todo. Cuando volví del mar, tras mi primera y terrible travesía a China y Japón, vine a Cambridge a estudiar literatura inglesa en la universidad. Allí descubrí que la literatura en su conjunto, por la que siempre supuse que sentía una pasión (me refiero con esto al «arroyo» de la literatura)[9] parecía objetivamente atraer a otros más que a mí. Desarraigado y perdido como me hallaba, tenía que encontrar a otros que hubieran sufrido de forma similar, tanto en la literatura como en la vida, lo que implicaba que no podía pasar de la fase de «identificación histérica»,[10] lo que hablando ahora con un juicio algo más maduro —¡que no maduro, en modo alguno!— no es más que una fase, si bien una experiencia importante, de la adolescencia de un escritor creativo. Después de volver del mar, después de una experiencia que se ha denominado «el quebranto del corazón»,[11] descubrí que mi enfoque de la literatura siempre había sido el mismo: había sentido devoción más por la idea de Chatterton y Keats,[12]

[9] Washington Irving señalaba en «The Mutability of Literature» (1819) que la difusión del papel y la prensa había convertido en escritor a cualquiera: «El arroyo de la literatura ha crecido hasta volverse un torrente que se convierte en río y se expande hasta volverse mar».

[10] Término acuñado por Freud en *La interpretación de los sueños* para explicar cómo un ego, al percibir afinidades significativas con otro, construye una identificación distorsionada (histérica) para completar el proceso.

[11] Expresión de Freud en su análisis del *El rey Lear*.

[12] John Keats(1795-1821), gran figura de la poesía romántica inglesa, murió de tuberculosis a los veinticinco años. Thomas Chatterton (1752-1770), poeta y

la idea de que murieron jóvenes y de que eso era lo más apropiado que un escritor joven podía hacer, que por su obra; de hecho, descubrí un ejemplo que abundaba en esto cuando observé que se desarrollaba en mí el mismo apego a Rupert Brooke,[13] una pasión, en realidad, por su muerte, por su sino, ya que, aunque como hombre y como crítico merecía mi respeto, como poeta se me antoja que le falta sangre en las venas o, podría decirse quizá, que es un fantasma con el que se revuelcan los veteranos de Leys en la poza de Byron.[14] Así que bajo la guardia y le ofrezco a usted mis preceptos heridos... *Le suicide, est-il une solution?*[15] A ese punto tan bajo habíamos caído, pero llegado el momento de pasar a los hechos mi hermano...
(INACABADA)

(J)

Café Kardomah
Liverpool

Mi supervisor, un crítico amistoso de mi obra, me dispensó de asistir a clase y al comedor para que pudiera acabar mi novela del mar. Pero cuando, durante las vacaciones de Navidad, adquirí en una librería de Liverpool una traducción de su novela *Skibets reise fra Kristiania* ofrecida en saldo por los editores, y

---

falsificador literario, se suicidó a los diecisiete; su vida y su obra despertaron el interés de otros autores tras su muerte. El propio Keats le dedicó su poema «Endymion».

[13] Rupert Brooke (1887-1915), poeta a quien supuestamente describió W. B. Yeats como «el joven más apuesto de Inglaterra», tuvo también una muerte temprana (aunque poco romántica) causada por la infección de una picadura de mosquito mientras navegaba hacia Galípoli durante la Primera Guerra Mundial.

[14] La poza de Byron, en el río Cam, donde se dice que se bañaba el poeta. La expresión «los veteranos de Leys» se refiere a los alumnos de The Leys, una estricta escuela a la que fueron los hermanos Lowry.

[15] «¿Es el suicidio una solución?» André Breton lanzó esta pregunta en la revista *La Révolution Surrealiste* (enero de 1925).

que traducida y todo se había publicado siete años antes, yo... Y este libro hizo...
(INACABADA)

(K)

Café Mecca
A W. Erikson *Liverpool*

Muy Sr. mío, etc.:
Etc. Si, concluyendo, semejante situación, así orquestada, parece elegida específicamente por alguna fatalidad infernal para acercarme más a mi fin, en que supongo que por virtud de algún tipo de magia perversa la identidad de mi conciencia desaparecerá por completo, no puedo evitar pensar no obstante que mi aprieto personal no es tan digno de atención como las implicaciones generales que de él pueden inferirse; pero basta sin embargo que me ponga a extraer dichas implicaciones para que dejen de ser ciertas o, más bien, se vuelvan dependientes de otras especulaciones mucho más complejas que a su vez sugieren otras, y así sucesivamente, de lo impalpable a imponderable hasta llegar acaso, digamos, a la «traición al partido»...
(INACABADA)

(L)

(BORRADOR)
En mi novela sin nombre no me valí tanto de mi experiencia física, sino, si puedo expresarlo así y si tal cosa existe, de la metafísica. X, el personaje que elegí como héroe trágico, era noruego (es decir, era yo), y la novela trataba de un proceso de ajuste dolorosamente convulso que comunicaba una experiencia real según la viví en mi carne en relación con los demás miembros de la tripulación, que personifiqué en el mozo de fogón W, un irlandés de Liverpool; son todos nombres que no llegué a decidir.

(Pero sí había decidido el nombre del barco: era el *S. S. Direction*, igual que un barco auténtico que había visto en Liverpool. Pero el barco en el que navegué de verdad se llamaba *Edipo Tirano*.)

Todos los personajes se vieron afectados por este proceso, la expresión elemental hacia el exterior del caos interior de X, con el resultado de un desastre físico que involucró a la tripulación entera.

De forma similar, en su *Skibets reise fra Kristiania* la acción desastrosa del marinero Aaalesund[16] tiene como único equivalente la del personaje de Wallae, Benjamin Wallae, que podría ser mi X, que podría ser yo, que podría ser usted, por el simple hecho de enrolarse en el barco, del nombre que sea, y tras esa acción o acciones, como en mi novela sin nombre, la destrucción tiene el comodín en la mano. Benjamin Wallae ha tenido que identificarse con, rodear la posición de, o en definitiva ser Aalesund, el bruto, el monstruo, antes de ajustarse a la tripulación igual que mi personaje X tuvo que conquistar a Y para ser, por decirlo así, X más Y, para así posibilitarle un ajuste similar a la tripulación y a la vida. ¡Y lo mismo con esa sombra de esas sombras que soy yo! Pero ¿cuál es yo? ¿Ha caído de su pie la sandalia que soy yo?[17] ¿Qué colegimos de todo esto? Sencillamente, nada...[18] O que hemos tenido experiencias similares, y hecho un uso extrañamente similar de ellas. Pero mientras que mi libro se preocupa hasta el final por el preciado destino de X, usted disuelve completamente a sus personajes en la masa, en el

[16] Un marinero del *Mignon* cuya suerte anuncia la de Benjamin. Atractivo, pero desaprensivo, lleva a bordo a la hermana de Anton, un mozo de fogón, y manda «al infierno» a quienes intentan disuadirle. Luego, cuando contrae la sífilis, lía su petate y huye. Benjamin elige luego el infierno al decidir quedarse.

[17] Alusión a Deuteronomio, 25:5-10: cuando muere un hermano, el otro debe desposar a su viuda, y si se niega a hacerlo ella le quitará una sandalia del pie y le escupirá en la cara: «Así se le hace al hombre que no quiere edificar la casa de su hermano».

[18] En castellano en el original.

futuro. Si mueren, es por algo en lo que creen. El peregrinaje de sus personajes es un proceso de ajuste hacia el proletariado: mi personaje es meramente un peregrinaje más introspectivo a esa región del alma en la que el hombre deja también de ser su propio divisor. En mi libro, la masa solo tiene importancia para el ajuste personal que le permite realizar a un hombre; en el suyo, el ajuste personal tiene importancia, y justa importancia, solo porque fortalece cabalmente a la masa...
(INACABADA)

(M)

Hotel Bath
Cambridge, 21.30 h

Y manos nuevas se alzan penosamente para coger las sobras que las viejas han dejado; esto lo damos por sentado: solo Wallae y X permanecen constantemente en el punto de mira, avanzando de forma constante y visible hacia un objetivo; el resto, dentro de un símbolo, fijo, unificado, está en flujo. El hecho de que demos cuenta de ellos nos honra como artistas. ¿De todos? No: de Gustav en *Skibets reise fra Kristiania*, y en mi libro de un personaje (sin nombre) no damos cuenta. Esto representa la falla, el matiz perjudicado, que a mi entender hace más perfecto un patrón del destino, porque no podemos verlo todo y no hay comunicación posible entre las dos dimensiones, entre la concepción divina en un plano y la ejecución infrahumana en el otro, y esta falla me parece un reconocimiento por parte del artista de que...
(INACABADA)

(N)

Pero ¿cómo se llamaba el barco en que viajó usted en la vida real? ¿O es *Skibets reise fra Kristiania* una obra salida enteramente de su imaginación?
(INTERRUMPIDA)

(O)

¡Pseudodostoievskiana![19]

(P)

Oficina General de Correos
Cambridge

Privado y confidencial
A W. Erikson, Oslo

Muy Sr. mío:
Su libro, *Skibets reise fra Kristiania*, me interesó extraordinariamente y, dado que en Inglaterra hay cierto espacio para las traducciones del noruego, le escribo esta postal para preguntarle si se ha publicado en este país alguna otra obra suya. De no ser ese el caso, aunque personalmente tengo el noruego bastante olvidado, podría serle de cierta ayuda. El proceso por el que un marino, un superhombre en valor y recursos en su elemento natural, se vuelve un alfeñique y un niño cuando pone pie en tierra nunca se había revelado con más dolorosa verdad que en su obra maestra.

Sinceramente suyo,
(NO ENVIADO)

[19] Lowry comentó a su colega David Markson que «el hermano dostoievskiano» de su protagonista se burla del libro de X y enoja a A hasta el punto de que «involuntariamente lleva a su hermano a verter todo su veneno sobre él en una escena dostoievskiana que desemboca en la muerte del hermano». Los dilemas morales de *Crimen y castigo* están muy presentes en toda la novela.

(Q)

A J. Trygvesen[20] *y Cía., S. L.*
105 Charlotte Street, Londres

Muy Sr. mío:
¿Podría usted facilitarme la dirección particular (no la de sus editores noruegos) de William Erikson, uno de sus autores, que escribió *Viaje en barco desde Oslo* (1926), traducido por S. H. Retach, a mi entender una obra maestra?

Atentamente, etc.

SIGBJØRN TARNMOOR

(R)

Al Sr. S. Tarnmoor
Trinity College D5, Cambridge

Muy Sr. mío:
Lamentamos no poder facilitarle la dirección particular de William Erikson, pero con mucho gusto le haremos llegar cualquier carta que quiera enviarle por mediación de esta oficina.

Sinceramente suyo,

A. E. SMITH (en nombre de J. TRYGVESEN)

(S)

A/a William Erikson
J. Trygvesen y Cía, S. L., 105, Charlotte Street, Londres

Ruego envíen al destinatario.
(NO SE ADJUNTA CARTA)

[20] Olaf Tryggvason, rey desde el año 995, unificó el reino de Harald Haarfagre («Cabellera Hermosa»), convirtió a los vikingos al cristianismo y fundó Trondheim.

(T)

(De Sigbjørn Tarnmoor, Liverpool)
Benjamin Wallae, Esq.
Trinity College, Cambridge

(NO SE ADJUNTA CARTA)

(U)

Trinity College D5

A...

¿De dónde has salido, Benjamin? ¿Con qué derecho bebes de mi jarra de vida? Y cuando me la llevo a los labios... he aquí que son los tuyos, no los míos; siento que se ha partido la divinidad como el pan en la Cena, y que nosotros somos los trozos. De ahí esta fraternidad infinita de sentimiento.
(NO INSERTADO)

(V)

¿Qué tienes, hombre, que puedas llamar tuyo?
¿Qué hay, hombre, en ti que conocerse pueda?
Oscuro flujo que no puede fijar el pensamiento,
vago espectro forjado de pasado y de futuro,
vacua hermana del gusano...[21]

[21] Del poema «Conocimiento de uno mismo» que Coleridge compuso en su lecho de muerte. De este mismo poema extrajo Conrad Aiken los epígrafes de *Blue Voyage* y *Ushant*.

(w)

Trinity

Caín no...
Abel no...
Judas no...
Traicionar hoy a Abel es peor para Judas.
Caín no matará hoy a Jesús.
(SIN DESARROLLAR)

(x)

Conclusiones finales. Aquí se encierra todo el secreto de nuestra vida entera, de la vida del mundo, ojalá fuera capaz de descifrarlo: viejas creaciones que nuevas vidas han borrado. Una creación tiene significado y ser físicos, igual que nosotros tenemos nuestro ser por obra de dios (a falta de palabra mejor), quien se mueve también como un escritor por su oscuro pergamino. ¡Y tú, Plotinus Plinlimmon![22]
(NO INSERTADO)

(y)

Querido William
(INTERRUMPIDA)

(z)

Querido Benjamin
(NO ESCRITA)

[22] El extravagante autor del panfleto que encuentra el protagonista de la novela de Melville *Pierre o las ambigüedades*.

5

> Cuando ha señalado a un hombre como su presa, el infortunio le seguirá hasta el confín del mundo: no se librará de él por más que ascienda hasta las nubes como un halcón o se hunda en lo profundo de la tierra como un armadillo.
>
> W. H. HUDSON[1]

Los dos hombres, padre e hijo, paseaban tranquilamente arriba y abajo por el enlosado de la Plaza de la Bolsa.

En medio de la increíble agitación de Liverpool —el estridor de las locomotoras al cambiar de vía en la estación de ferrocarril; los trenes eléctricos rechinando en los raíles por encima y por debajo de las casas; el alarido de los tranvías a lo largo de las dársenas; el río Mersey (¿miseria?)[2] con sus muchas voces; un centenar de olores que mudaban inconteniblemente; un millón de ruidos de pesadilla—, el capitán Hansen Tarnmoor y su hijo Sigbjørn parecían impregnados del absoluto orgánico que define el presente.

Corredores de bolsa, mercaderes, tártaros, lascares,[3] trabajadores y parados, timadores y timados desfilaban apresurados

[1] Escritor y naturalista inglés (1841-1922) nacido en Argentina. La cita procede del cuento «El ombú» (titulado en castellano en el original), de su obra *Tales of the Pampas* (1912).

[2] *Misery* («miseria» o «desgracia») es también el nombre que se da al Mersey en la jerga de los marineros.

[3] En Liverpool llamaban «tártaros» a los individuos de tez oscura y origen vagamente asiático; los «lascares» eran los soldados y marineros indios enrolados en barcos británicos con contratos «lascar» (término derivado del persa *lashkar* o el árabe *al-askar*, «soldado»). Estos contratos daban a los patronos el control total de las condiciones de trabajo.

ante ellos en una dirección; había por todas partes, mientras aquel complejo parlamento de rostros fluía a su lado desde el mar (pues parecía que aquellas criaturas hubieran surgido realmente de ese elemento, y pudieran estar recorriendo a ciegas el camino entre esa eternidad y otra), una mutabilidad y una premura frenéticas, inflamadas, furiosas, en medio de las cuales su propio radio, corto y permanentemente redefinido, conllevaba, como se ha sugerido, algo fijo y verdadero para la eternidad.

Podría decirse que, en efecto, padre e hijo eran conscientes de este absoluto; que se habían metido, aprovechándose de su silencio, en sus propios seres; que el pasado, el futuro, esas revelaciones demasiado horrendas para contemplarlas, estaban bajo siete llaves en la caja fuerte junto con las cuentas y contratos del *Thorstein* y el *Brynjarr*, y las facturas de la universidad de Tor; ecuaciones que debieron saldarse con un balance equitativo, pero que habían quedado canceladas... con un borrón.

Era de esto y también de una suerte de consideración atribulada por parte de algunos de sus empleados, más difícil de sobrellevar que la indignación condenatoria más general (salvo la de los realmente afligidos por pérdidas personales), en cuanto que los primeros tendían a descargar con exceso el peso de la culpa sobre la cabeza de un hombre, cuando en este caso bastante difícil era ya descargarla sobre la cabeza de un sistema (por más que ese sistema fuera sin duda culpable), de lo que habían huido, primero de una sala de aseguradores contigua,[4] luego de uno de los abogados noruegos de la empresa, el señor Tostrup, con sus escritorios de persiana y sus feroces grabados de Edvard Munch en la pared, y por último del extrañamente inapropiado despacho personal del propio capitán, con su solitaria y en aquel momento trágicamente incongruente acuarela de un velero con todo el trapo recogido, tan inquietantemente en calma como una gaviota dormida sobre las olas chatas que preceden a la tormenta.

[4] «Sala de aseguradores» como las dispuestas en centros bursátiles (o en el edificio de Lloyds en Londres) para acomodar a «caballeros interesados en el negocio de asegurar barcos» (T. Kaye, *Picture of Liverpool*, 104).

¿Una huida? ¡Apenas! Pues estaba, como los asesinos, circunscrita por las consecuencias del hecho del que huían. Estaban atados en aspa a esa rueda del tormento. Se habrían ido ya hasta los Bajíos de la Angustia o el Cabo Desolación[5] de no suponer que hallarían testigos en los confines mismos de la tierra. En consecuencia, con la tácita aceptación de que cualquier evasiva ulterior a su desgracia sería inútil una vez que durante la investigación en curso ya se habían hecho todos los penosos esfuerzos constructivos oportunos, andaban plaza arriba y abajo como en otro tiempo anduvieron por el castillo de proa del chigre al molinete y del molinete a la guía proel.[6]

Pero hoy las olas de la ciudad rompían en torno a sus pies.

El capitán no decía palabra. A medida que pasaba el tiempo, ralentizaban el ritmo. Apretaron cada vez más sus zancadas alrededor de la estatua de lord Nelson del centro de la plaza, caminando como prisioneros en un barco cuyas cadenas, cada vez más tensas en el cáncamo, fuerzan sus pasos lastrados a la retirada una y otra vez, hasta el hastío. Y cada mirada que se les dirigía contenía la amenaza de un castigo; y cada acercamiento, un posible menoscabo de la poca libertad que aún les quedaba.

—Esto es calamidad sin la sal de la razón —dijo al fin el capitán—. ¡Ojalá hubiera estado allí! ¡Ojalá pudiera volver atrás!

Bajó la mirada hacia sus zapatos, perfectamente abrillantados. De hecho, Sigbjørn no recordaba haberle visto nunca vestido con más esmero, como si a cada reciente requiebro de la desesperación se hubiera dicho: «¡Ah, no, mundo, aún no me has derribado!».

Y ciertamente, de no ser por un nerviosismo inhabitual que, bajo su calma aparente, le hacía sobresaltarse a cada aceleración del tráfico como un recluta ante un disparo, así como por el aire

[5] El Cabo Desolación está a la entrada del Canal de Magallanes, en el extremo sur de Chile. Los Bajíos de la Angustia no existen.

[6] Los chigres son mecanismos de manivela usados para subir y bajar los cabos; el molinete sirve para subir y bajar el ancla. La guía proel es un puesto de vigilancia situado en la popa.

de terror absoluto que le cruzaba el rostro cada vez que ese sonido en concreto –en sí mismo como un vasto sacudirse de cadenas por toda la ciudad– se prolongaba más de lo habitual, Sigbjørn le hubiera atribuido una insensibilidad fuera de lo común; y así y todo, solo ahora, de tanto en tanto y por primera vez, una nota de desolación y desesperanza en su voz empezaba a delatar la agonía que había soportado y que seguía soportando.

–Mi propósito y mi proceder ha sido en todo momento acceder a cualquier arreglo pertinente con dignidad –dijo entonces, con extravagante concisión–. De puertas afuera, puedo mostrarme directo, rutinario, al verme con mis colegas. De puertas adentro...

Aquel aire de terror volvió a cruzar su rostro al entremezclarse el crujir de las cajas de cambios y los alaridos eléctricos cuando, casi simultáneamente y a ambos lados de Tithebarn Street y Dale Street, los semáforos se iluminaron en verde contra la luz del mediodía, y permitieron el paso del tráfico retenido.

–Abraham siempre en pie con su trabuco[7] –añadió con una especie de risa llorosa que, al mismo tiempo, constituía una advertencia patente a un conocido que se había vuelto a mirarle con hostilidad.

Le dieron la espalda y siguieron con su deambular; pero Sigbjørn, poniéndose en el lugar de su padre, percibió la conspiración por parte de aquellos mercaderes apresurados y de tantos otros que se les acercaban con sigilo; sintió la difamación vertida por fuentes hipócritas, la presencia del diablo, y su imaginación llenó el silencio que se hizo entre ellos con sus voces: «Son los Tarnmoor, ¿ves a ese tipo?, como le ponga las manos encima... Mira que intentar cobrar el seguro por sus barcos, una vergüenza para Liverpool, tenía dos hijos en Cambridge, llevó a uno al suicidio, ese es el otro, antes era un hombre muy respetado...».

[7] Isaac D'Israeli (1766-1848), erudito inglés y padre del primer ministro de la reina Victoria Benjamin D'Israeli, evoca en su obra *Curiosities of Literature* un «ridículo» cuadro holandés que representaba la escena bíblica del sacrificio de Isaac donde Abraham portaba un trabuco y el ángel estaba orinando.

—Habría dado igual, padre —dijo Sigbjørn—. Nada de lo que hubiera podido decir usted, nada de lo que hubiera podido hacer, habría cambiado nada.

Se detuvieron en el centro del paso entre zonas,[8] apoyados en la barandilla que rodeaba el monumento a la memoria de lord Nelson. La regularidad de la escena le servía a Sigbjørn, cada vez que reparaba en ella, para potenciar esa curiosa sensación de presente; la arcada, que abarcaba tres lados del cuadrilátero —dos acogían oficinas mercantiles, y el ala este, la Bolsa y los locales de las aseguradoras—, le sugería una vez más que en medio de tantas cosas fluctuantes y transitorias —pues aquella solidez arquitectónica había alojado muchas quiebras— se ensayaba algo que bien podría, como su padre extrañamente había apuntado, ser tan patente en toda relación humana como el proyectado sacrificio por parte de Abraham de su hijo Isaac.

Su padre ahora tuvo la peculiar reacción de concentrar toda su atención en la estatua, como si de algún modo esta simbolizara lo que ocurría, y se puso a leer las palabras inscritas en su base...

—«Erigida en 1813 a partir de diseños del señor Matthew Charles Wyatt, tras ser modelada y vaciada en bronce por el señor R. Westmacott»[9] —leyó en voz alta.

—Es fea como un demonio, creo yo.

—A ver, las cuatro figuras que rodean el pedestal probablemente representen las cuatro victorias.

—O los cuatro ángeles que ahí fueron convocados[10] —dijo Sigbjørn.

—Bueno, la figura principal es la de Nelson. Y Victoria está coronando la espada del héroe con otra conquista.

—Mientras que se ve a la Muerte (¿no es la Muerte, aquella?) asomando subrepticiamente bajo los pliegues de la bande-

[8] Los cambistas se distribuían por las distintas zonas de la plaza según el ramo.

[9] El monumento no lleva esa inscripción. Lo que en realidad «lee» el capitán es un dato extraído del libro *Picture of Liverpool* de Thomas Kaye (1834).

[10] Del poema de Melville «Healed of My Hurt»: «Sanado de mi herida, alabo la mar inhumana. / Sí, benditos sean los cuatro ángeles allí reunidos».

ra capturada al enemigo para tocarle el corazón (sí, el corazón nada menos) con la palma de la mano.

—Sí, ya lo veo. Una palma casta y clásica. Y entretanto Britania (esa es Britania, a buen seguro) llora la suerte de su hijo mientras vemos ahí a un intrépido marinero, sin duda el apuesto marinero de la ficción, que se lanza al frente con toda la energía de la vida para asestar un golpe mortal.[11] Convendrás conmigo en que resulta sumamente irónico: «Inglaterra espera de cada hombre que cumpla con su deber».[12]

—Con la bandera caída oculta la mano que perdió —observó Sigbjørn.

—Dios mío, ojalá... —Sin previo aviso, el capitán Tarnmoor se hundió de pronto en el asiento de hierro—. ¿No podías haber hecho algo para ayudarle? ¿No podías haberlo evitado, como fuera? ¿De algún modo?

Palideció de tal manera, se había inclinado tanto hacia delante, que le dio la impresión de que iba a caerse de verdad, casi como se desplomó el capitán español Benito Cereno en brazos de su criado negro.[13] Sus siguientes palabras brotaron en apenas un hilo de voz:

—No soy un sir Arthur Henderson ni un Currie ni un Booth,[14] ¿y por qué estrella gobierna uno su vida, en cualquier caso? ¿La estrella Ajenjo?

[11] Se refiere al Billy Budd de la novela homónima de Melville.

[12] La inscripción con las palabras que Nelson dirigió a su flota desde el buque *Victory* al comienzo de la batalla sí figura en la basa del grupo escultórico.

[13] *Benito Cereno* es una novela corta de Herman Melville donde se narra una rebelión de esclavos transportados por un buque español. El capitán de un barco estadounidense interviene al advertir que el buque negrero está en apuros, pero los esclavos obligan a los marineros a fingir normalidad; en un momento dado el capitán se desmaya a causa de la tensión, pero le coge a tiempo su «criado» Bubo, que es en realidad el líder de la revuelta.

[14] Arthur Henderson (1863-1935), líder laborista y ministro de Exteriores en el gobierno de Ramsay MacDonald, recibió el Premio Nobel de la Paz en 1934. George Currie, célebre capitán del buque de Liverpool *Wanderer*, murió al caerle encima un verga. William Booth fundó el Ejército de Salvación.

Las rodillas le temblaban de un modo preocupante y, de hecho, todo el cuerpo le tiritaba cuando Sigbjørn le ayudó a enderezarse en el asiento. El capitán se pasó una mano por la cabeza lanzando una mirada de desesperación a varios porteadores de algodón[15] sin trabajo que se habían acercado curiosos, pero que se daban ya la vuelta con los ojos vacíos.

—Dios, antes que volver a pasar por lo que he pasado preferiría... —El capitán volvió despacio la vista hacia la estatua, tembloroso—. Hubo quienes murieron de pena.[16]

Sigbjørn siguió de pie a su lado, en silencio.

—La batalla de Copenhague fue cosa de Nelson[17] —dijo el capitán algo más animado—. Pero tú no te vuelvas, no vuelvas allá al norte, allá con la gente rubia, como Tonio Kröger,[18] o te encerrarán en la biblioteca pública o en una celda de desintoxicación, o lo que fuera que le hicieron.

—Voy a volver —replicó Sigbjørn—. No quiero ser cruel, haré por ti todo lo que esté en mi mano, pero voy a volver.

—¿Vas a volver? ¿Qué has dicho? Que vas a volver, sí. Pero ¿volver adónde? ¿Qué quieres decir?

[15] Encargados de llevar las balas de algodón de los muelles a la Bolsa, apilarlas, pesarlas y cargarlas para su transporte. Durante la Depresión rondaban por la zona buscando trabajo.

[16] Parece aludir a la conmoción nacional que causó la muerte del almirante Nelson.

[17] Nelson dirigió el ataque desobedeciendo la orden de retirada del almirante Hyde Parker. Después alegaría que no había visto la señal, pero se había puesto el catalejo, a la vista de sus subordinados, en su ojo ciego.

[18] Doble referencia literaria: la «gente rubia» remite a la trilogía del danés Johannes V. Jensen (1873-1950), Premio Nobel en 1944; *The Long Journey* («El largo viaje», *Den Lenge Rejse* en el original) es una fábula que transcurre entre la Prehistoria y la época de Colón; allí se recoge una teoría «evolucionista» según la cual el progreso de la humanidad en Europa habría sido obra de «la gente rubia» del norte frente a «la gente morena» del sur. La idea también aparece en *Tonio Kröger*, de Thomas Mann, cuyo protagonista, que se debate entre su doble ascendencia mediterránea y escandinava, viaja a Dinamarca a la casa de sus antepasados, convertida en biblioteca pública. Allí le confunden con un criminal y es interrogado por la policía antes de poder continuar viaje.

—Que vuelvo al mar. Y quién sabe, puede que vuelva con la gente rubia también.

Desvió la mirada mientras del río llegaba un gemido prolongado como un comentario irónico a su decisión. Cuando se volvió hacia su padre de nuevo, le sorprendió verle encendiéndose un puro.

—Hay algo de Micawber[19] en todos nosotros —dijo el capitán, y soltó una copiosa bocanada de humo gris—. El problema es que no duermo nada. Pero voy a tratar de sobreponerme, una temporada al menos.

Y tiró el cigarro que prácticamente acababa de encender. Se puso en pie, cogiendo del brazo a Sigbjørn, y echaron a andar hacia Dale Street.

—Odio caminar despacio por esta plaza, en cualquier circunstancia —dijo—. Verás, el *Thorstein* fue...

Dudó, intentando encontrar las palabras, y a Sigbjørn le dio la impresión de que era un hombre sometido a un auténtico tormento físico al que le habían hurgado una vez más en su herida más dolorosa y se debatía penosamente. El hijo había llegado a la conclusión de que había una serie de asignaciones de culpa, de errores, de imputaciones a causas equivocadas y racionalizaciones acertadas, de evasivas y, quizá, algún momento puntual de hacer frente a la verdad que su padre había ensayado, pero referidos siempre a asuntos algo anteriores o algo posteriores al hecho en sí. Era como si, rodeado de una inflamación dolorosa, hubiera en el centro un núcleo de horror que apenas podía llegar a tocarse siquiera. Entretanto, sin embargo, seguía estando en disposición de evaluar la fuerza de otras partes afectadas del sistema. Sin embargo, al estar afectado todo el organismo, tan imposible era evitar descubrir sufrimiento en casi cualquier parte como evitar llamar la atención sobre él.

Ahora, como en una película fantástica de dibujos animados en la que un automóvil puede desplegar unas alas al llegar a un

[19] Wilkins Micawber, personaje de *David Copperfield* que hace gala de un optimismo irreductible pese a las muchas desgracias que le persiguen.

callejón sin salida, seguía su camino más allá de las tierras baldías, al otro lado.

—Pero estaba dispuesto a cargar con el peso de la culpa por aquello. Hubiera cumplido cualquier penitencia por esas vidas. Mantuve un tira y afloja agotador conmigo mismo sobre si debía suicidarme o no y decidí... Vamos aquí, a esta Bodega[20] —y cruzó la puerta batiente empujando a Sigbjørn—. Decidí que un capitán que cree haber cumplido con su deber no se hunde con el barco; en cuanto al propietario, tiene responsabilidades que descargar sobre los que quedan. Suponiendo que quede alguien. O puede que tenga hijos... un hijo, sí, que le quede un hijo.

El capitán pidió dos copas de jerez. Una vez que se las trajeron, no bebió, sino que se quedó mirando fijamente el líquido cobrizo, como si pudiera enfermar solo de pensar en él.

—No puedo beber. No puedo comer. Pero me gusta estar con gente que come y bebe. —Sonrió—. Me siento extrañamente propenso a reírme con nimiedades ridículas. —Y sacudió beligerante la cabeza en respuesta a varios conocidos que le miraban desde el fondo del bar con los ojos muy abiertos y una mezcla de horror y asombro—. Pero no tiene explicación, ninguna en absoluto. No acierto a aventurarla. Dime, si tu barco se dirigiera al sur y quisieras virar al este, ¿qué harías, Barney?

—Giraría la rueda a estrib... no, a babor.[21]

—Hoy gobierna terca como un demonio[22] —dijo pausadamente el capitán. Entonces se volvió hacia su hijo con una duda cósmica escindiéndole el pensamiento en dos trayectorias separadas, como la estela de dos barcos—. ¿Crees que fui yo el responsable, Tor? Digo... ¿Barney? Dime: ¿crees que fui yo el respon-

[20] En español en el original. Jean des Esseintes, el protagonista de *A contrapelo*, novela decadentista de Joris-Karl Huysmans, también frecuenta una taberna con este nombre.

[21] Según la norma antigua, el primer impulso de Sigbjørn es correcto ya que «girar a estribor» indicaba al timonel que debía dirigir el timón hacia estribor, con lo que la pala y el barco quedaban a babor, pero con el nuevo código lo procedente es la orden rectificada. Es el equívoco que pudo causar el desastre del *Brynjarr*.

[22] La nave... o la cabeza de su hijo, pero expresado en jerga marinera.

sable? La investigación concluyó que el timonel estaba loco.

Se apiñaron como dos conspiradores.

—Es curioso cómo se resiste uno a creerlo —continuó—. Toca esa madera, es igual de dura. Aquella jarra de cerveza, igual de fría. Y luego están nuestras reflexiones; sabemos quiénes somos, pero no asociamos tantas fatalidades a nosotros mismos.

»¡Dios santo todopoderoso! —exclamó de pronto—. No puedo dejarme abatir por todo esto. Sé que tu madre hubiera... Pero no debe quedar ninguna duda. No dejes nada a la duda. ¡Como si fuera posible! El veredicto de la investigación...

»No grites —se advirtió él solo, bajando la voz—. El veredicto de la investigación, igual que tus explicaciones, fue ambiguo. Cuéntame todo lo que sepas. Admito que Tor fue siempre terriblemente infeliz. En cierto modo casi podría alegrarme por él, ya que se ha librado de las cargas de la vida si es que no se las está viendo con algo peor. Pero no dejes nada a la duda... Como si hubiera algo más que dudas... —Empujó su copa intacta hacia Sigbjørn, que la rechazó con un gesto de cabeza—. Todo esto me ha sumido en un estado risiblemente macabro, no soy responsable de lo que digo. ¡Quiébrate! Sí, ¡quiébrate! ¡Date por vencido!

Sigbjørn, que estaba temblando, trató de dominarse, de recobrar la compostura lo justo para responder algo. Miró a su alrededor, sosteniendo la copa de jerez, miró los rostros hostiles que lo rodeaban, las formidables barricas, manzanilla, amontillado, fino; y el anuncio del oporto hizo que le viniera a la cabeza un estribillo estúpido: «Oporto viejo, ligero, delicado, el mejor reserva de Cockburn». Pero fue incapaz de decir nada, siguió mirando impotente las barricas.

Se pusieron en pie para marcharse, se abrieron paso hacia la mañana fría, templada, azul... azul como el océano cambiante en los ojos de Nina...

—¡Yo le maté!

Durante unos instantes, el capitán Hansen-Tarnmoor se pegó al escaparate de la Bodega como un hombre alcanzado por un rayo. Y Sigbjørn, a su lado, esperando lo que le pareció una eternidad a que se desplomara, vio con su ojo interior el equivalente elemental de este ataque cerebral, el súbito fogonazo del relámpago como la advertencia de un faro sobre el cielo sin nubes de una noche de verano, pero cuya advertencia envía además una invitación a la tormenta; el hombre que cae despacio en la lejanía mientras los segadores avanzan a través de los campos;[23] mangos que al sol quemaban se vuelven ahora como alas oscuras a la sombra.

Pero igual que un mozo de fogón, agotado tras una noche de borrachera en el puerto, se las apaña para cumplir con la última media hora del primer turno en el mar, medio inconsciente pero sostenido por no se sabe qué heroísmo interior, como si el hierro de sus propias herramientas abrasadoras hubiera penetrado en su espíritu, el capitán, despacio y con una dolorosa determinación infinita, pareció hacer acopio de todas sus fuerzas en un esfuerzo por no desplomarse. Entonces, como si el sufrimiento lo hubiera vuelto clarividente, o como si (para algún otro ser en cuyo espíritu hubiera entrado en otra parte del mundo al caer la noche) ese mismo fogonazo de relámpago no hubiera hecho sino iluminar todo aquello que hasta entonces se había agitado en la oscuridad, dijo con total claridad:

—Lo que dices no es estrictamente cierto. No te creo.

Estaban de cara al tramo de la calle que descendía en empinada pendiente hacia el Mersey, y Sigbjørn recordó el día en que Tor y él habían contemplado el frío mundo desde el cerro del patíbulo en Cambridge.

—No eres responsable de haber traído a su asesino al mundo —dijo Sigbjørn—. Y mal podrías haber imaginado que era eso lo que ibas a hacer.

—No, no te creo —repitió su padre.

Bajaban ahora a paso lento y desconsolado por una calle oscura cerca de los muelles: los almacenes apiñados, los postigos de hierro, los tejados, los cables apilados en los embarcaderos

[23] Lowry seguramente se inspira en el cuadro atribuido a Peter Brueghel el Viejo *Paisaje con la caída de Ícaro*, aunque ahí la figura del primer plano no es un segador, sino un labriego que está empujando un arado.

parecían querer hablarles sin palabras: la verdad no es ni una cosa ni la otra, daba la sensación de que decían, todos tenéis razón, no podéis evitarlo, solo la causa está equivocada.

—Recuerdo a viejos capitanes aquí mismo, quemados por el sol, entrando y saliendo y hablando de Valparaíso.

Miraron las nubes viajeras, cargadas con recuerdos del pasado: una nube solitaria flotaba muy por detrás; la *Nave Blanca* en una travesía malograda.[24]

El padre entonces tomó al hijo por el brazo.

—Tú no lo hiciste, lo sé. Sé cómo funciona el mundo, hijo mío. He hecho mis guardias al timón. ¿Has llevado alguna vez el timón de emergencia? Me he paseado por el castillo de proa, hijo mío.

—¡Como si lo estuviéramos haciendo ahora!

—Sí, he hablado con los hombres, conozco a los hombres tan bien como tú. He hecho mi *dhobi*[25] con ellos, sé montar un polipasto;[26] muchos capitanes fueron amigos míos. Yo mismo fui capitán, he cruzado el Atlántico varias veces por, digamos, negocios... Estoy divagando, creo. La aflicción es una especie de delirio, no me hagas caso. Pero los que deliran viven muchos años.[27] Barney, ¿sabes el disgusto que me llevé cuando te embarcaste la primera vez? Y, sin embargo, ¿te quieres creer que me alegraba de que tuvieras que irte? ¿Cómo podemos estar ha-

[24] La *Nave Blanca* se hundió en el Canal de la Mancha el 25 de noviembre de 1120 tras chocar contra un escollo. Solo hubo un superviviente y, entre las víctimas, una muy distinguida: el único hijo legítimo de Enrique I. Ningún barco, se dijo, llevó nunca a Inglaterra tanta calamidad: Stephen de Blois usurpó el trono dando paso a un periodo conocido como «la anarquía».

[25] Término hindi usado en la India, Malasia y el este de África para designar a quien recoge y lava la ropa sucia. Aquí tiene valor metafórico: el capitán dice que ha compartido las penalidades de los marineros y, al mismo tiempo, parafrasea las últimas palabras del almirante Nelson: «Gracias a Dios ya he hecho mi colada».

[26] Máquina para levantar cargas compuesta por dos o más poleas.

[27] Esta frase y la anterior («La aflicción es una especie de delirio») proceden casi literalmente del cuento «El ombú» de W. H. Hudson.

blando de esta manera? Pero no asociamos tantas calamidades a nosotros mismos, ¿verdad, Barney? A la mayoría de la gente no le pasan estas cosas. Y a aquellos a quienes les pasan, a aquellos a quienes les pasan, no les está permitido...

—¿Qué no les está permitido?

—Pongamos que no les está permitido tomar parte en los misterios.[28]

—¿Qué demonios quieres decir?

—Algo se ha desatado y anda suelto... Sí, algo hay que anda desatado. ¿Sabes?, es tan misterioso como la causa primera de todas las cosas y, sin embargo... ¿has leído *Moby Dick*?

—Muchas veces —dijo Sigbjørn.

—¡Muy bien! Bueno, entonces te harás una idea, tendrás algún indicio, de que hay en el mundo una fuerza ciega y maligna (pero ¡que parece dual!), que trasciende... Ya sabes, aunque tú no eres supersticioso, ¿no? Por cierto, Melville estuvo aquí, anduvo por aquí, por este mismo lugar.[29] En Liverpool. Sí, y fue aquí donde debió de hablar con Hawthorne. ¡Melville estaba convencido de que había hallado en Hawthorne un aliado espiritual! ¡Creía sinceramente que todos sus libros los había escrito Hawthorne mejor que él![30] ¿No me decías que habías encontrado a un noruego que había escrito tu libro mejor que tú?

—¡William Erikson!

[28] Se refiere a los ritos (órfico, báquico, eleusino, cabalístico, etc.) que conducen a la iluminación de los adeptos a un culto.

[29] Melville hizo escala en Liverpool de camino a Tierra Santa en noviembre de 1856. Allí se encontró con Hawthorne, que era cónsul en esa ciudad. Hicieron buenas migas, pero Hawthorne cuenta en sus *English Notebooks* que Melville se obsesionaba con «preocupaciones literarias demasiado constantes» y padecía un «estado mental morboso».

[30] Lo que dice el capitán no es exacto. En una carta del 29 de junio de 1851, Melville lamentaba que su deseo de discutir «el heroísmo ontológico» no hubiera sido correspondido. Tampoco creía que Hawthorne hubiera escrito sus propios libros mejor que él mismo, aunque en su reseña de *Musgos de una vieja casa parroquial* (1850; Acantilado, 2009) admitió que Hawthorne había sembrado «semillas fecundas» en su alma».

Sigbjørn mostró por primera vez su *hyrkontrakt.*[31]

—Espero verlo en Noruega —dijo—. La lástima es que, por lo que sé, mi barco va a Arcángel.

—¡Tu barco! ¿Cómo se llama tu barco?

—El *Unsgaard.*

—¡*Aasgaard*![32] El antiguo mito escandinavo nos cuenta que hasta Asgard se consumiría al final, y los dioses mismos serían destruidos.

—He dicho el *Unsgaard.*

El capitán cogió con una mano la libreta verde de registro noruego que Sigbjørn había recibido del Norsk Konsulat por la mañana y se puso las gafas con la otra.

—Sí, ya veo. *D/S Unsgaard, Sigbjørn Tarnmoor, limper* —leyó—. *Skibets reise fra Prester til Archangel/Leningrad.*[33]

Devolvió la libreta a su hijo con parsimonia, como si por fin hubiera aceptado su travesía.

—¡En fin! Ahora toda la pesca ballenera se la han llevado los noruegos. Vendí uno de mis barcos a la pesquería de Larvik,[34] el *Sequancia.* Bien, por ahí estará ahora Moby Dick.

—Allí es donde voy.

—Bueno, Oslo es la nueva Nantucket, y Larvik su Sconset.[35] Allí es donde empezó la caza de Moby Dick, ¿o empieza aquí, donde vagó su gran creador? Pero ¡ay!, aunque el propio Liverpool había sido un sueño de su imaginación —dijo el capitán

[31] O *hyre kontrakt* en noruego (curiosamente, Sigbjørn emplea el término sueco): contrato que detalla las condiciones de trabajo en el barco.

[32] Uno de los nueve mundos de la mitología escandinava; allí habitan los dioses gobernados por Odín y su esposa Freya.

[33] Vapor Unsgaard, Sigbjørn Tarnmoor, fogonero. Viaje del barco desde Preston a Arcángel/Leningrado.

[34] Ciudad portuaria situada al sudoeste de Noruega.

[35] Nantucket, isla situada al sur del Cabo Cod (Massachusetts), era un centro de la industria ballenera; de allí zarpa el *Pequod*, el barco del capitán Ahab. Sconset (en realidad Siasconset, pero rara vez se la llama así) es una localidad de Nantucket. Su nombre significa «junto al hueso de la gran ballena».

Tarnmoor—, el Baltimore Clipper le decepcionó.[36] ¿Sería el hotel Riddough's, donde se alojó su padre, y que él no pudo encontrar (¿y dónde estaba, además?), su siguiente motivo de amargura?[37] ¿La mujer famélica del almacén de algodón?[38] ¿Para qué seguir?

—Si hubiera visto Liverpool hoy en día, ¿no se habría amargado aún más, acaso?

—La segunda vez que vino a Liverpool la dejó para ir a Tierra Santa.[39] Hoy quizá, como tú, se hubiera ido a Rusia. ¡O puede que se hubiese quedado en Liverpool y hubiese diseccionado su particular heroísmo, los desastres a los que ha hecho frente heroicamente!

—¡La idea de Rusia como Tierra Santa sin duda es falsa!

—Pero, al margen de todo esto, ¿qué es lo que descubriste? ¿Que en realidad no eras escritor? —divagó el capitán—. Bueno, quizá sea el descubrimiento más satisfactorio de todos, que no eres lo que crees que eres, que tus aparentes colegas no son tuyos en absoluto, que... ¿Para qué seguir? Después de todo, tal vez tengas razón, cambia este mundo, mata a tu anciano padre, pero sobre todo no escribas sobre ti mismo.

Sigbjørn hizo una mueca de agravio.

—¿Te ha dolido eso? —prosiguió su padre—. No me hagas caso. Solo me duele a mí. Espero que tus libros tengan todo el éxito del mundo. Sabe el cielo que tienes que encontrar tu lugar en la tierra.

[36] El protagonista de *Redburn* cena en el Sign of the Baltimore Clipper flanqueado por «el unicornio británico y el águila americana», pero en Liverpool nunca hubo un local con ese nombre. Sí existía un hotel llamado American Eagle. Los clíperes de Baltimore eran barcos de dos palos; el término se aplica a naves de belleza y velocidad excepcionales.

[37] En su guía de Liverpool (un ejemplar de *Picture of Liverpool* de 1808), Redburn lee una nota de su padre con el nombre de este hotel, pero no consigue encontrarlo.

[38] En Lancelot's Hay, una calle donde había almacenes de algodón de aspecto carcelario, Redburn ve a una mujer agonizante con un bebé muerto en el regazo. Intenta socorrerla, pero en vano.

[39] Melville ya había visitado Liverpool en 1839.

Sigbjørn soltó una risa, pero no de hilaridad, sino una de esas risas que dicen que se permitía De l'Isle Adam[40] cuando le invadía un exceso de jovialidad extravagante y alborotada y que, repetida por ecos nocturnos, hacía aullar a los perros y a Adán revolverse en su tumba. Alzó la mirada a las nubes, una flota que zarpaba sin cesar.

—Cuéntame —dijo su padre—, ahora ya puedes contármelo. Qué pasó por la mañana. Lo demás ya lo sé.

—Salí a la calle temprano —respondió Sigbjørn, como recitando algo que hubiera ensayado mucho en espíritu—. No acababa de creerme que lo hubiera hecho. El viento soplaba sobre las marismas. Y sin embargo, al mismo tiempo, sabía de alguna forma que estaba muerto. Había oído su corazón latiéndome al oído toda la noche.

—¿Qué quieres decir?

—Como el tictac de un reloj en una habitación vacía. Y sobre las seis de la madrugada pareció parar. El reloj de St. Mary señalaba las seis. Corría un viento limpio, fuerte y fresco, como el viento que corre alrededor de un cabo. Tenía la extraña sensación de haber tardado en enviar un SOS.

—¿Y bien? Puedes contármelo.

—De pronto, me sobrevino un deseo de hacer el bien, de aliviar el sufrimiento...

—Sí. Continúa.

—No hay nada más que decir. Nadie puede hacer el bien a un estudiante muerto tendido en un catre.

—¿Quién sabe?

—Pero ¡el futuro!

Sigbjørn volvió a visualizar el mar, las grandes olas grises rompiendo lentamente, los petreles desperdigados, el negro barco carbonero francés hundiéndose en las olas,[41] y gris, gris, gris...

[40] Jean Marie Mathias Philippe Auguste, conde de Villiers de l'Isle-Adam (1838-1888), esteta simbolista cuyo «escarnio cruel y aviesas chanzas» recordaban a la «negra rabia contra la humanidad» de Jonathan Swift (*A contrapelo*, XIV).

[41] Una «sombra» de la *Nave Blanca*.

Oh, hermosa nave, temblando en cada palo:[42] zarparé...

—Escucha, Barney. Uno de los dos ha de conservar la cordura o acabaremos derrumbándonos los dos. Conozco todos los hechos del caso. Sé lo que no dijiste en la investigación y, ahora ya, lo que hiciste. Que no lo disuadiste y todo eso. Pero, dejando todo este dolor a un lado, tenemos que dejar de hablar en bucle como dementes, Barney. Tenemos que estar cuerdos, por mucha carnicería y muerte inesperada que nos rodee. En primer lugar, dudo que se den muchos suicidios así, por un impulso repentino. Sí, sin saberlo a ciencia cierta, me doy cuenta de que a Tor le rondaba esa muerte desde hacía años. De que lo cercaba una extraña fatalidad que emanaba de ella, me doy perfecta cuenta de que el suicidio, de hecho, se había convertido en el único objetivo de su vida. ¡Dices que había desaparecido la placa con su nombre! Desde luego que no tienes que culparte, porque era como si ya hubiera dejado de existir. No, en última instancia sigo siendo yo el culpable por las mil ocasiones en que pude haberle mostrado más comprensión, haberle ofrecido el acicate de la camaradería,[43] es como si a cada oportunidad le hubiese negado, traicionado...

Y manos, como aves frenéticas en una galera, revoloteando por las ramas de la rueda, mientras el *Thorstein* enfilaba las rocas...

—¿Qué vamos a hacer? ¿Dónde podemos ir? ¿Por qué nos pasan estas cosas?

»¿Cómo podemos pensar en Tor, cómo podemos siquiera estar pensando en esto cuando hemos perdido tantas vidas?... Cada una con sus temores y esperanzas, temblando en la oscuridad, ya solo voces que gritan en alguna parte, que gritan en la oscuridad pidiendo auxilio; toda la noche estoy oyéndolas... ¡prisioneras en vientos invisibles![44] ¡Dios santo, no tiene el menor sentido!

[42] *Trembling in every mast*: expresión tomada del poema «Vigil Forget», escrito por el propio Lowry.

[43] Remite a un verso del poeta victoriano James William Thomson en *City of Dreadful Night*.

[44] El terror de Claudio en *Medida por medida* de Shakespeare.

Por encima de ellos un aeroplano maniobraba despacio, increíblemente despacio... volando en círculo contra el alto viento, y entonces paró el motor, y pareció que descansaba como lo hace una gaviota en sus alas; luego volvió a caer en picado, el motor se encendió de nuevo con un fuerte rugido; giro Immelmann lento.[45]

ATENCIÓN: ARCADA BAJA.

«Es más tarde de lo que crees.»[46]

Echaron a andar lentamente por la carretera contigua a los muelles, pero iban sin rumbo, y sin saber a dónde se dirigían, atajando por callejuelas laterales de olores intensos entre almacenes de descarga abiertos, y se quedaban parados mirando por las trampillas abiertas de los sótanos como si escudriñaran un vacío en su propio interior; una docena de veces hasta iniciaron conversaciones perfectamente intrascendentes. Pues el horror jugaba en esta escena un papel otorgado voluntariamente similar al de la irrealidad en una obra delicada, donde lo que importa no es la realidad de la vida, sino aquella específica del universo teatral: representación e ilusión solo son satisfactorias cuando permiten al público proyectar sus propias fantasías. Se podría decir que el capitán y Sigbjørn eran espectadores del naufragio de sus propias vidas en una obra que se les hacía interminable, en la que se desarrollaba una fantasía tan reiteradamente poco convincente que perdía todo interés para su conciencia o sensibilidad.

Cerraron los ojos a aquella comedia, con una sensación similar al tedioso dolor que sigue a la saciedad física. Resultaba curioso, pero eran víctimas de una atención errática a su propio drama por la que era posible, incluso, olvidarlo por completo

[45] Acrobacia aérea atribuida a Max Immelmann, as alemán de la Primera Guerra Mundial: medio *loop* ascendente seguido de medio giro de modo que el avión queda volando a mayor altura y en dirección opuesta a la que llevaba.

[46] Verso del poeta Robert William Service: «Inspírame, musa, te lo ruego, / es más tarde de lo que crees».

durante largos ratos hasta que, como un mazazo, el espanto de la ilusión intencionada del teatro parecía de nuevo circunscrito a sus propias vidas, como en una obra en la que se espera del público que participe. Y ahora, paseando, se olvidaban con frecuencia de «aquello» como se olvidan la causa primera de todas las cosas, la caída del hombre, y todos los misterios que se dejan absorber por cientos de inútiles contrariedades que no hacen sino implicar tales cosas.

Sin darse cuenta, estaban trazando un gran círculo[47] de la ciudad, que los llevaba de vuelta a su punto de partida, la Plaza de la Bolsa, así como, casualmente, a aquellas preguntas que los atormentaban y que nunca obtendrían respuesta. Su trágico deambular dibujaba sobre la urbe un enorme signo de interrogación. Se detuvieron en silencio ante un semáforo. Cuando se encendió la luz verde y liberó a los coches, se liberó también entre ellos un flujo de charla retenido, charla que versaba sobre temas manidos, cualquier cosa que eludiera lo que los carcomía en realidad. Subieron por una pendiente y hallaron un extraño consuelo en este mero hecho, porque durante un rato, por breve que fuera, eran libres de auparse lejos de ese elemento al que todas las pendientes inevitablemente descienden: el agua, el mar. No obstante, incluso durante su ascenso, el padre volvió a preguntar, por décima vez:

—¿Así que quieres volver al mar?

Y por décima vez, Sigbjørn respondió:

—Sí, tengo que poner distancia, volver sobre mis pasos, a las fuentes de mi ascendencia.

—Es decir, a tu propia madre, a Noruega.

—Bueno... En un barco noruego. Pero va a Arcángel a buscar madera. No sé si pondré los pies en Noruega.

—¿Y qué hay de Erikson, entonces?

[47] En geometría se denomina «gran círculo», «círculo mayor» o «círculo máximo» al obtenido cuando un plano secciona una esfera pasando por su centro y la divide en dos hemisferios.

—Si no piso Noruega, no lo veré. Pero podré dramatizar ese libro durante mis turnos en la bodega.[48] Y conoceré Rusia, donde se está forjando el futuro...

De pronto, a la vuelta de una esquina cerca de la Plaza Gladstone, donde se levantaba el Instituto de Marinería y marinos y fogoneros desempleados rondaban en pequeños grupos con los ojos vueltos al mar perdido igual que los hombres embarcados contemplan con melancolía la extensión gris del agua pensando en hogares a los que tal vez no regresen jamás, se encontraron retenidos en medio de una muchedumbre. Un olor intenso y tibio a ropa húmeda como el del interior de una lavandería penetraba en sus narices. Súbitamente: gritos, repique de cascos, caos.

No veían nada, tenían los brazos inutilizados, paños ásperos les rozaban la cara. Estaban sumergidos en un bosque umbrío de seres humanos. Atravesarlo era tan imposible como apartar troncos de árbol. Pero luego algunos retoños más flexibles cedieron. Por un instante, Sigbjørn sospechó que los habían reconocido y que se había organizado una manifestación contra su padre. Pero enseguida comprendieron que se trataba de una concentración de trabajadores en vías de ser disuelta por la policía. Durante unos minutos los arrastró un airado torrente que parecía crecer con avenidas procedentes a un tiempo del norte, el sur, el este y el oeste. Todo lo atravesaba el aullido de la sirena de una ambulancia. Tres policías a caballo se les plantaron delante, los desviaron.

La calma volvía a reinar allí donde estaban, en Post Office Road, como barcas arrastradas a toda prisa playa adentro a lugar seguro, mientras más abajo las olas exhaustas se retiraban hacia las que llegaban ávidas tras ellas, y sus predecesoras corrían a su vez a perderse tras los salientes de la costa. Subiendo un poco más, nada podría verse ya de aquello que tan rápido había sucedido. Apenas les llegaba aún algún indicio del tumulto que se

[48] Lowry le dijo a Grieg en 1939 que había adaptado *And the Ship Sails On* para el teatro, pero solo nos han llegado dos páginas de un primer borrador de *Ultramarina.*

desarrollaba más allá de su conocimiento y —quién sabe— hacia el futuro. Pero tal vez no hubiera habido tal tumulto. Tal vez no había sido más que un fenómeno químico reflejo de su propia distracción. Fuera lo que fuese, no había conseguido sacudir las ataduras de su funesta fijación por lo aparentemente baladí. Quizá pudiera decirse, en todo caso, que el caos precedente había condensado en su atropellado transcurso parte de la confusión mental del capitán.

—Así pues, tu propósito, o tu despropósito, es dual —dijo el capitán mientras caminaban por Post Office Road—. Tienes que partir; te has enrolado en un barco noruego; y con eso ya estás en casa. ¡Y lo que es más, en casa sin ni siquiera pisar Noruega, a donde no estás seguro de llegar, en todo caso! ¡Como tampoco estás seguro de si quieres conocer a Erikson! O, espera a ver si lo conoces... porque a lo mejor también sin saberlo, cuando ya estés en casa, en cierto sentido, en ese barco noruego, el *Unsgaard*, también te habrás encontrado con Erikson, si lo identificas con un miembro de la tripulación. En resumen, te encuentras contigo mismo. Solo que con un nuevo tú. O... Pero ¿a dónde se dirige el *Aasgaard* después de Arcángel?

—¿El *Unsgaard*? Vuelve a Preston con la madera. Pero... supongamos que me da igual adónde me conduzca. ¿Qué dirías a eso? Porque ahora mismo cualquier cosa parece mejor que llevar todo tu horizonte en el bolsillo...[49]

Habían llegado al centro comercial, donde las ajetreadas madres entraban y salían de inmensos grandes almacenes con sus niños con gorras de colegio y había un intenso olor a café. La amarga destilación de algún recuerdo de infancia empujó a padre e hijo a avivar el paso. Sobre ellos, sombras de nubes corrían cruzando vigas y barriendo altos edificios desde cuyas ventanas superiores brillaban tejidos suaves. Los tranvías avanzaban pe-

[49] Expresión que Lowry usó varias veces (también aparece en *Ultramarina* y en el poema «China» de *Psalms and Songs*), pero que tomó prestada de un poema de Grieg, «Rund Kap det gode Haab», donde un alma cansada cumple con su tarea cotidiana «y lleva en el bolsillo el horizonte entero de su vida».

sadamente hacia Calderstones, Old Swan, London Road, Islington Mossley Hill, Aintree.

—Eres afortunado de tener algo, lo que sea, que llevar en el bolsillo —dijo el capitán, y agregó, como si fuera su deber—: En fin, solo tengo una cosa que añadir al respecto. Tienes veintiún años y, si quieres irte al infierno, habrás de hacerlo por tu cuenta y riesgo. —E inmediatamente cambió el tenor de sus comentarios—. Pero ¿por qué, por qué tienes que someterte a la vulgaridad de la travesía? Si te enrolas en un barco noruego... no sé, ¿no mitiga eso tu necesidad íntima de volver a Noruega? ¿Por qué, como Huysmans, no das el viaje por amortizado?[50] Después de todo, tu gravitación espiritual hacia Noruega lleva en sí misma su propia satisfacción. Además si, como se ha dicho, la revolución es la solución de los problemas actuales, harías mucho mejor no escapándote, sino volviendo a casa conmigo, que en cierta medida necesito tu colaboración tras sentir el estímulo físico y la fatiga moral de un hombre que regresa a su hogar tras un azaroso viaje.

—No me escapo. Y al fin y al cabo, ¿de qué puedo servirte?

—Un hermano, o un hijo para el caso, lo suscribo, «es más difícil de conquistar que una ciudad fortificada y sus intenciones son como las rejas de un castillo...».[51] Podría disponer tu cuarto con anuncios de la PNSC, la RMSPC[52] y demás. Y carteles de

[50] Joris-Karl Huysmans, autor de *A contrapelo*. Des Esseintes, el protagonista, llevado de su amor por Dickens, decide visitar Londres. Mientras espera el momento de partir se compra una guía, luego visita una taberna llena de personajes dickensianos donde come típicos platos ingleses. Entonces recuerda que su viaje a Holanda, con la cabeza llena de imágenes de los maestros holandeses de la pintura, le había decepcionado. Finalmente decide ahorrarse el esfuerzo y una probable decepción y vuelve a su casa sintiendo «el agotamiento físico y la fatiga moral de un hombre de vuelta al calor del hogar tras un viaje largo y azaroso».

[51] Se cita Proverbios 18:19 cambiando *contentions* («contiendas, disputas») por *intentions*.

[52] La Pacific Steam Navigation Company y la Royal Mail Steam Packet Company, dos importantes navieras.

La Paz y Buenos Aires y Batavia.[53] Además —el capitán tosió y volvió a cambiar de enfoque—, ¿no conoces ya todo esto? China, Borneo, Japón... ¿Qué más quieres? ¿No te dieron esos sitios un acopio de montañas más hermosas,[54] no reconociste paisajes más amenos?

Sigbjørn, casi a la carrera junto al capitán, parecía hablar consigo mismo al murmurar, mirando al frente:

—Tengo que ir... ¡Debo hacerlo! Tengo que ver a Erikson... Es como si me hubiera robado mi primogenitura.[55] Y no es que le tenga envidia, es solo que tengo la impresión de ser su personaje. No, su personaje no: de ser Erikson...

El capitán, sin resuello y jadeando, replicó:

—Bueno, se han dado coincidencias similares, a veces falaces e imaginarias, pero otras muy reales, en grandes inventos de la humanidad. Maeterlinck[56] lo comenta de forma más bien vulgar, casi con las mismas palabras. ¡Están flotando en el aire, por decirlo así! Es como si algunos individuos privilegiados, más sensibles o perspicaces que los demás, captaran simultáneamente una advertencia de más allá del mundo y bebieran del pozo espiritual secreto que la naturaleza abre de tanto en tanto.

—No se trata de eso en absoluto.

En el tramo más empinado de la pendiente de Lord Street, por donde subían ya, el capitán resopló:

—Bueno, la gravitación misma es engañosa... igual que las matemáticas superiores. ¿Qué sabremos nosotros?

Un recuerdo de Tor parpadeó en Sigbjørn y se evaporó.

—Cada alma conoce su propio Getsemaní. No hay mucho más que decir.

[53] Antiguo nombre de Yakarta, capital de Indonesia.

[54] Se cuenta que Keats pronunció estas palabras cuando proyectaba un viaje por el norte de Gran Bretaña.

[55] Como Jacob a Esaú.

[56] Maurice Maeterlinck (1862-1949), escritor belga premiado con el Nobel en 1911.

Habían ido girando hasta Mount Pleasant, una de esas calles que, junto con Great Homer Street y otras que convergen en los canales principales que descienden hasta el Pier Head,[57] son como afluentes menores del propio Mersey. Los rótulos de un cine llamaron su atención.

TEATRO CENTURY, LA SALA DE LAS PELÍCULAS SINGULARES. EL FIN DE SAN PETERSBURGO DE VSÉVOLOD PUDOVKIN.[58]

Entraron sin pensárselo dos veces, como si llevaran todo aquel rato dirigiéndose a ese refugio. Pero una vez dentro casi se sintieron perdidos. Como ciegos, avanzaron a tientas hasta sus butacas. Se estaba proyectando la película principal. Gente desfilando, a saber dónde; Sigbjørn pensó: «Unos pocos, hartos, se arrastran hasta el arcén. Válgame Dios... "El gobierno de Kérenski es el mismo perro con distinto collar. ¡Sin concesiones!"».[59]

Un hombre susurraba a una joven, tal vez una alumna de la universidad, y al oírlos a su espalda Sigbjørn se volvió rápidamente.

—¿Ves que a estos trabajadores ya no los enredan hablándoles del alma? —cuchicheó la estudiante—. No tienen tiempo para neurosis, para hablar de sí mismos, tienen cosas mejores que hacer, están listos para hacerse con el poder...

Cerca de ellos, otra voz advirtió en la oscuridad «¡chis, chis!», y la conversación cesó.

Padre e hijo permanecían en silencio en sus asientos, inclinados al frente con avidez como si quisieran que los transportaran desde sus butacas a aquel mundo, a buen seguro no menos

[57] El Pier Head es un conjunto de edificios situado a orillas del Mersey. La Unesco lo ha declarado Patrimonio de la Humanidad como parte de la ciudad marítima y mercantil de Liverpool.

[58] Película muda de 1927, parte de una trilogía conmemorativa del décimo aniversario de la Revolución Bolchevique. A Lowry le impresionó la «pura belleza» del filme.

[59] Esto no figura en el texto de la película. «¡Sin concesiones!» era un eslogan bolchevique esgrimido antes de la revolución contra el gobierno reformista de Kérenski.

trágico que el suyo, pero donde la esperanza ocupaba el lugar de la esterilidad, y el valor, el de la desesperación; pues aunque aquella película no celebraba el hecho consumado —el éxito—, se mirara como se mirase, de una república de los trabajadores, era sin embargo precisamente su ambiente de clamar por algo que aún no se había materializado, y la posibilidad de avanzar de verdad hacia una realidad, una solución, lo que los cautivaba, por más que su objeto conexo debiera servirles tan solo para recordarles que, como dos náufragos, ahora podían izar cualquier bandera en la costa berberisca[60] de sus vidas con las mismas escasas esperanzas de socorro. Pero ahí, en aquel drama cuyas sombras se les hacían al menos más reales que sus propios conocidos, había implícita una esperanza y su materialización no remota, y en eso podían hallar consuelo.

A su espalda, las voces volvieron a la carga.

—«Que Dios nos asista», le ha dicho al campesino la mujer de ese obrero —comentaba la chica de detrás—. Pero han acabado con Dios. Ahí ya no hay alma que valga. ¿O es verdad que fueron los curas los que acabaron con Dios y el gobierno se limitó a reclamar que hicieran algo útil?

—Que Dios asista a los que creen eso y además creen en Dios —dijo el chico.

—¡Chis! ¡Chis! —volvió a advertir la voz en la oscuridad, y se hizo el silencio.

Tomaron el palacio de Invierno ante sus ojos. San Petersburgo pasó a llamarse Leningrado. Los trabajadores entraron en fila en el palacio, con la mujer del líder huelguista en último lugar, cargada con un balde de patatas. Al verla, así como al campesino, los obreros se deshacían lentamente en sonrisas. De pronto, la pantalla se aclaró, se encendieron las luces. Había finalizado la sesión, que no era continua. No habría otro pase hasta las 20.30 y se pusieron en pie para salir. En todo el cine no ha-

[60] Se llamaba así (también «Berbería») a la costa mediterránea de África entre Marruecos y Libia. El nombre (derivado de *bereber* o *berberisco*) está asociado a la piratería.

bía más que un puñado de gente, y en la última media docena de filas, donde se habían sentado, solo tres personas más en total: los estudiantes, que parecían amantes y ahora salían tranquilamente cogidos del brazo, y el viejo que les mandaba callar.

Sigbjørn no volvió a verlos.

En la entrada, el encargado se disculpó con ellos:

—Ya no hacemos sesiones continuas, lo lamento. El negocio no da para tanto... Parece que estas películas son solo para un público de clase alta.

Padre e hijo bajaron por Mount Pleasant en dirección al hotel Adelphi. El capitán soltó un sonoro gruñido. Si bien habían conseguido mitigar el dolor un rato, este no había hecho sino aguardar, como su conciencia (en la oscuridad de los nervios), a la siguiente ocasión para golpearlos.

—El comunismo se las está haciendo pagar al hombre viejo —dijo el capitán—, y no solo por descuidar vuestra preciosa educación sexual. —Sigbjørn hizo un gesto de asentimiento—. Ya me disculparás esta afirmación tan délfica —añadió con aire reflexivo, cuando alcanzaban a ver la fachada del hotel.

Un poco más abajo, se detuvieron ante una valla que anunciaba la película que acababan de ver. Al contemplar el llamativo cartel, con el pobre campesino volviendo el rostro hacia la ciudad como un peregrino, acariciando con esfuerzo y dolor la esperanza de hallar allí algo mejor, Sigbjørn vio reflejado tras él su propio rostro, otra alma con anhelos de renacer, que tal vez buscara a Dios precisamente allí donde lo habían destruido.

Volvió a sacarse del bolsillo su *hyrkontrakt* y leyó para sus adentros: *D/S Unsgaard, Sigbjørn Tarnmoor, limper. Skibets reise fra Prester til Archangel/Leningrad.*

No dijo nada, pero tenía otra vez la peculiar fantasía de que aquel campesino ignorante, torturado por la idea de Dios, que se tambaleaba bajo el peso de su antigua vida y, no obstante, volvía la vista hacia las masas sufrientes y heroicas, era él mismo. Padre e hijo caminaban codo con codo, individuos de quienes no da cuenta la vida, y rara vez los libros.

—Supongo que piensas que nosotros no luchamos. Te diré una

cosa, a su particular manera, he visto tanto heroísmo aquí, en el algodón, en la actividad naviera, como pueda verse en cualquier... Pero ¿de qué sirve hablar? Las reacciones siempre van demasiado lejos... En este mundo, parece que resulta absolutamente fatal tener una inteligencia penetrante; no me refiero a ser listo sin más, o brillante... no sé qué digo... sino a «saber», a tener una respuesta para todo. Eso es fatal, si no usas tus dones, y es fatal para todos los que te rodean... El asunto es no saber.

—No estoy seguro de entenderte, pero yo no «sé» —dijo Sigbjørn, con la cabeza en otra cosa—. Soy tan ignorante como ese campesino, o mucho más, porque yo solo dispongo de conocimientos inútiles, finales de citas, epigramas ajenos, párrafos plagiados en que apoyarme. Ese campesino, azuzado por el hambre como estaba, tenía cuando menos un residuo de la cultura, de la tierra, de esa verdad que se encierra en las cosas que crecen. Yo no tengo ninguna cultura. No me cabe duda de que en Cambridge no he aprendido más que mentiras sin valor. En cambio, el radiotelégrafo me dice lo que soy, lo que tengo que hacer, cuál es mi sitio... mientras estoy aquí —y se encontró repitiendo las palabras de Tor—, «andando por la calle en una peregrinación muy distinta...». Cientos de personas son así. Y Benjamin Wallae era así.

Por encima de ellos, según bajaban por Lime Street, les sonreían los anuncios, en cada uno una cara monstruosa, grotescamente dispuesta, perteneciente a un apóstol anodino del individualismo más acérrimo. ¡Tome Phosphorine para los nervios! ¡Damaroids para el cerebro! ¡Pildoritas hepáticas de Carter para el hígado! Con qué convicción te embaucaban, pensó Sigbjørn. ¡Cómo se parecían a los filósofos! Y al final el mismísimo apóstol de pictórica y rubicunda salud los invitaba a beber tal o cual whisky, es de suponer que al objeto de llevar sus hígados a un estado lo bastante receptivo para las pildoritas solubles, mientras por debajo miles de desempleados se pudrían en la tierra mugrienta. ¡El círculo vicioso del capitalismo!

Al mismo tiempo, Sigbjørn se preguntaba cómo hombres que toleraban semejante civilización podían encontrar tiempo para otra cosa que no fuera beber. Sin duda, eso era una excusa para la ceguera de Inglaterra.

Al cruzar Lime Street, pasado el hotel Washington, hacia el istmo de Manchester Street, una visión de Leningrado seguía superpuesta a Liverpool en su ojo interior.

Su padre caminaba callado junto a él, inmerso en sus propios pensamientos.

Sigbjørn escrutaba las caras de quienes bajaban hacia Pier Head. Ciertamente: ¿la muerte había deshecho a tanta gente?[61] ¿No había una señal de vida, un destello, una chispa de entusiasmo por ningún sitio? Sin dejar de caminar, iba imaginando atropelladamente a aquella gente con los nervios destrozados y el cerebro reventándoseles, mientras, a la vez que se les disolvía, los engañosos antídotos para aquello, que tampoco podían permitirse, clavaban en ellos su mirada burlona. Aquellos hombres descendían hacia el mar con el paso tambaleante de quienes habían sido víctimas de un engaño atroz. ¿Quién los había engañado? ¿Adónde apuntaba aquel vacío gris de los ojos de los desempleados? ¿De dónde salían esos hombres, pálidos como el lecho reseco de los ríos, que aparentemente arrastrados por el viento bajaban hacia el Mersey a la deriva? Era horrible; nunca hasta entonces había percibido el horror de aquello, su espanto, su tragedia. Y ni siquiera lo veía todo aún, ya que su visión surgía más de una intuición de esta podredumbre que de la inmediatez de la experiencia. Tal vez estuviera muy equivocado.

Pero entonces observó algo más.

Todo el mundo, hasta donde alcanzaba la vista Dale Street abajo, por donde ahora descendían, iba cojeando. Aquello era como una gran procesión de tullidos, paralíticos y cojos en Lourdes. Y de pronto se dio cuenta de que no era sino una redu-

[61] *Deshecho* en el sentido de «destruido». Sigbjørn vuelve a recordar el «Infierno» de Dante, donde los ruines siguen una bandera que avanza a gran velocidad: *Si lunga tratta di gente, ch'i' non averei creduto che morte tanta n'avesse disfatta* («tan larga fila de gente que nunca hubiese creído que la muerte a tantos deshiciera») («Infierno», III.55-57).

plicación monstruosa de los andares titubeantes del viejo mundo. El viejo mundo, clarividente en sus últimos momentos, que acaso quería ser destruido, con milagros y todo.

«¿Habéis oído el latón de mi vieja contera? Vas a emprender un largo viaje.»

Y de pronto sintió que Tor había salido bien librado.

—Sí, Barney —iba diciendo el capitán—, la situación es trágica. Pura, llana y descarnadamente trágica. Trágica, porque no puedo hacer nada. Me hallo en una posición bastante similar a la de un suboficial, no un contramaestre, digamos que... el suboficial pañolero encargado de las luces de posición... «subjudas», como los llamábamos,[62] que mandan en el pañol de proa pero son mandados a su vez por el puente. Comprenderás que, al margen de mis convicciones personales, me encuentre en una posición comprometida, dadas mis simpatías políticas y económicas. Un infierno. Si hago trabajar a la gente todo lo duro que puedo y por tan poco como puedo no es por hacer yo una fortuna. Al contrario, prácticamente me he arruinado. Ahora mismo, apenas tengo lo justo para ir tirando.

La palabra «infierno» reverberó en la cabeza de Sigbjørn. ¿Qué había ocurrido? Y otra vez: ¿qué había ocurrido? ¿Qué significaba todo aquello? ¿Acaso su padre, deliberadamente, había...? Pero no, ¡eso era imposible!

—Lo que le pasa a la gente como yo es que las grandes líneas reducen mis ingresos brutos al emplear tácticas de reducción de precios y demás. Es la historia de siempre: rebanarse el pescuezo unos a otros... Además, los propios trabajadores, con sus huelgas, me crean muchos problemas. No solo los marineros, también el personal de tierra. Aumentan los gastos, y encima está la política de ahorro...

»En fin, nadie podrá decir que no he trabajado desesperadamente duro para poder manteneros a vosotros en Cambridge, y

[62] Suboficial encargado de comprobar que las lámparas de aceite en los topes de proa y popa y en los dos costados permanecían encendidas durante la navegación nocturna. Era la mano derecha del contramaestre.

aquí y allá. Y sigo haciéndolo, ahora que estoy en una situación desastrosa (y peleo como gato panza arriba para darle la vuelta) de bancarrota... no mitigada en lo más mínimo por el hecho de que sea consciente de las causas. ¡Y ni así soy capaz de tomar medidas para ponerme remedio!

Por un instante, la compasión de Sigbjørn parpadeó como una bombilla a punto de fundirse. ¿Qué podía inferirse de aquello? ¿Que estaban deshaciéndose de algún modo de sus barcos para cobrar el seguro y luego eludir todo el embrollo cargándoles el muerto a un puñado de oficiales de Marina? ¿Que el retraso de la llamada de socorro del *Thorstein*, que había costado la vida a ciento cincuenta personas, podía tal vez atribuirse directamente a una política de la naviera de posponer tales llamadas a fin de reducir los gastos de salvamento y rescate en beneficio de los accionistas?

Pero ni siquiera eso lo explicaba todo. Sigbjørn llevó las elucubraciones un poco más lejos.

Había oído que el informe oficial había ignorado todos y cada uno de los testimonios de los supervivientes y miembros de la tripulación del *Thorstein*. Era muy posible que sucediera lo mismo con el *Brynjarr*. Eso convertía a su padre, entonces, en un instrumento, una especie de instrumento, en manos del sistema. Y por primera vez Sigbjørn comprendió el significado de las palabras «clase media». Pero ¡no podía creer que su padre tomara parte voluntariamente en semejante corrupción! Ni voluntaria ni deliberadamente. No. ¿Lo habría hecho por él, por Tor, para que siguieran en Cambridge? Eso también parecía imposible. A menos que...

A pesar de lo que acababa de decir —se preguntó Sigbjørn mientras caminaban en silencio—, ¿era posible que su padre estuviera buscando consuelo en especulaciones complejas y ruinosas, no ya por razones financieras, sino, de entrada, como poderosa compensación por alguna otra cosa que hubiera fallado? ¿Que su vida fuera un ejemplo de «alopecuria», el hábito del zorro que perdió la cola?[63]

[63] En *The Whirligig of Taste* («El carrusel del gusto», 1929), un repaso históri-

¿Cuál, pues, había sido—se preguntó Sigbjørn— ese primer fallo en concreto? ¿Qué siniestra pérdida había sufrido primero? ¿Por qué vergüenza había pasado? Quizá la respuesta estuviera enterrada con su madre, en Noruega. Nunca lo sabría.

Sin embargo, cuando intentaba pensar en eso, por alguna extraña razón la vida entera de un hombre sencillo que no era su padre desfiló velozmente ante sus ojos. Vio a ese hombre, escritor tal vez, cobrar importancia a medida que se avergonzaba de su simplicidad, envidioso de las conclusiones aparentemente titánicas de sus coetáneos, y refugiarse al final en las abstracciones de estos para ocultar un corazón ingenuo que le había gritado en su día con demasiado desgarro, pero con honestidad, una honestidad que le había causado vergüenza, a un Dios exterior ante cualquier indicio de sufrimiento o injusticia. Y luego Sigbjørn notó que esas fronteras[64] se volvían demasiado traicioneras para él; lo vio traspasarlas y vio ese paso acabar, como suelen acabar los intentos tibios de explorar más allá de los límites del conocimiento humano, en la locura y la desesperación.

Ahora llegaban a un semáforo, los coches pasaban en densa aglomeración, pronto tendrían que detenerse. Su padre seguía caminando en silencio. Los pensamientos de Sigbjørn cruzaban su cabeza al galope. Podía, por supuesto, justificar la explotación, pero para la maldad que la conformaba, si es que había una maldad explicable, no había justificación posible. Si su padre se había metido en aquello, movido por la envidia, movido por un ánimo de compensación o sencillamente como si de un juego se tratara, ahora todo había llegado a su catastrófico final.

---

co del gusto literario, E. E. Kellet (que fue director de The Leys y tutor de Lowry) identifica una peculiaridad psicológica en los imitadores que no alcanzan a tener el talento de sus modelos, pero se vanaglorian de su deficiencia. Él mismo le pone nombre: «A falta de una palabra inglesa, me inventaré una griega: *alopecuria*, el hábito del zorro que perdió la cola».

[64] Las fronteras de la conciencia, de las que habla también el cónsul en *Bajo el volcán*.

Tal vez quedara mucho por aclarar cuando parecía que ya se había explicado todo; es posible diseccionar la araña y que la telaraña, sin embargo, siga siendo un misterio inexplicable.

—Quién sabe —decía ahora su padre mientras esperaban ante la luz roja del otro lado de la calle—, puedo ser muy consciente de las implicaciones de la lucha de clases, de la inmundicia intrínseca de los periódicos que leo. Pero tal vez esté tan harto de batallar con organizaciones abusivas (y te aseguro que conmigo son abusivas) que no pueda evitar que me diviertan esos mismos periódicos. Tal vez, tal vez, ¿quién sabe? ¿Es de extrañar que me encuentre racionalizando mis actos? Sabe Dios que mal podría yo desaprobar tus sentimientos hacia las masas. Al contrario, Escandinavia siempre se ha dejado seducir por cualquier idea emancipadora. ¿No ha seguido siempre Noruega con especial atención las grandes conmociones, y hasta las mínimas oscilaciones, que agitan a los países grandes, o simplemente forman ondas en su superficie? No te olvides del gran Herman Bang,[65] que entregó el alma en un vagón de primera en Utah.

El fantasma de Herman Bang se irguió en su asiento en un vagón de tren en Salt Lake City y dijo, con la voz de Sigbjørn:

—No hay solución, caballeros y generaciones sin esperanza del momento presente, sino en el inexorable fin de la decadencia capitalista y la victoria de la clase trabajadora...

—Es bonito creerlo[66] —dijo el capitán—. Pero si alguna vez hubiera insinuado que alguna forma de esoterismo es una huida de la realidad más que una huida hacia ella no habría hecho más que subestimarme. ¡Y de eso más te vale no reírte!

—¡Yo no he insinuado tal cosa! Y no me he reído. Pero ¿qué quieres decir?

—No, pues sería Tor. Él...

[65] Herman Bang (1857-1912) fue un autor danés que describió la «pacífica existencia» de vidas ordinarias con relaciones sin amor; alguna de sus obras fue prohibida por obscenidad.

[66] El capitán alude a la frase con que concluye *Fiesta* de Hemingway.

El semáforo se puso en verde. Dejaron atrás tranvías parados que bajaban desde Islington, Everton o Scotland Road por Pier Head hacia el mar. Con el rugido del tráfico que marchaba en la otra dirección, Sigbjørn no oyó el resto de la réplica de su padre.

—Y además, era una empresa fantasma —seguía diciendo el capitán, añadiendo aún más misterio, cuando giraron por el lado oeste de la Calle de la Bolsa—. Aunque la culpa es en parte del sistema —continuó—, el destino le jugó una mala pasada.

»Pero ¡la gota que colma el vaso es que me vengas a hablar de Rusia como si fuera un absoluto! —volvía a divagar—. Porque ya te adelanto que seguro que no lo es, ni mucho menos. Aparte de que me sorprendería que te dejaran pasar del muelle, si es que llegas.

El día tocaba a su fin. Al oeste, el cielo era de un bermellón feroz mientras volvían calle abajo hacia la Plaza de la Bolsa; no obstante, por encima de sus cabezas los escoltaban nubes blancas como la tarde, siempre apresuradas, incesantes.

—Tendrás que quedarte en el castillo de proa con el barco atracado, jugando al fan-tan como los ancianos chinos de la Blue Piper.[67] No dices más que paparruchas, si me disculpas la expresión. Claro que si la consigna en Cambridge no fuera, como seguro que es ahora, tal y como van las modas, «Abajo la psicología», podría hacerte algunas observaciones, y puede que aún te las haga, sobre sólidos fundamentos psicológicos. Después de todo, la psicología es una asignatura muy descuidada.

Se quedaron parados a mitad de calle. No era que desearan prolongar esta escena entre ambos, sino acaso el temor de volver a enfrentarse al mundo solos, cosa que tendrían que hacer en cuanto regresaran a su punto de partida, las baldosas de la Bolsa, lo que los detuvo.

[67] El fan-tan es un juego de mesa que se juega con habas. La Blue Funnel Line, popularmente conocida como Blue Piper por las chimeneas blancas y azules de sus barcos, era una compañía naviera que cubría trayectos al Lejano Oriente.

—No obstante, tal vez puedas desentrañar tus propios conflictos tan bien como yo cuando te informe de que desde que volviste de Cambridge has atribuido tus motivos para querer hacerte a la mar de nuevo a más de doce causas distintas. ¡No es posible que quieras irte por todas ellas!

—¿Acaso mis motivos para irme tienen tanta importancia como el hecho de que me vaya a ir?

—Sí que la tienen. De eso se trata, nada más... si lo que pretendes no es más que portarte como un niño. ¡No puedes apartarte de mí con esa pureza, con esa distante intangibilidad de la adolescencia! ¡Esta vez no! Porque no puedes ir a Rusia si tus motivos son que quieres ver a Erikson, que probablemente esté en Noruega. Y si quieres ir a Noruega, la cuna de nuestros antepasados, como tú dices, ¿por qué habrías de enrolarte en un barco que va a Rusia?

Sigbjørn meditó su respuesta y, cuando la dio, fue como si saliera de boca de Tor.

—Erikson es mi conexión con el futuro, de algún modo.

—Pero, insisto, ¿para qué vas a irte? Ten...

Un avión volaba sobre sus cabezas, rígido, hierro contra un fondo de acero azul. Los dos hombres retomaron su caminar, observando las evoluciones de la máquina en el cielo.

—¿Quién puede querer cruzar el Atlántico volando? Hay tantos preparativos, consideraciones, interferencias de la prensa y molestias de todo tipo que para cuando le llega al piloto el momento de despegar ya le parece que ha hecho el trayecto mil veces.[68] ¿Por qué irte? Si fueras más joven, sería excusable. Ahora mismo, justo ahora mismo, es una regresión. No te vayas...

De pronto se dio cuenta de que estaba suplicando y vaciló un instante, luego continuó:

—En fin, mira, ¿para qué? Hace unos años, los jóvenes como tú se hacían estetas, ahora se hacen comunistas.

[68] Aún estaban recientes los primeros vuelos transatlánticos, el de la pareja Alcock-Brown (1919) y la travesía en solitario de Lindbergh.

»¿Para qué...?

¡ATENCIÓN! ARCADA BAJA.

«Es más tarde de lo que crees.»

En lo alto, el avión describía círculos. Sigbjørn reparó entonces en que estaba anunciando algo: DEWAR'S WHISKY. Era su particular *mené tekel*,[69] escrito en la pared del cielo mientras estiraban el cuello mirándola. Pronto solo quedó la primera palabra. De esta, la *d* y la *e* se dispersaron ante sus ojos. Y de esta evanescencia celeste resultó una palabra solitaria: *war*.

Luego el avión volvió a alejarse haciendo círculos, trazando lentas figuras de desesperanza.

—¡Pues nada, si quieres regodearte en tu desgracia, allá tú! —El capitán sacó su reloj de bolsillo, lo miró y lo comparó con el del edificio de la Bolsa—. Ese reloj adelanta —dijo.

Se quedaron mirándose frente a frente, pues el frenesí de la ciudad los había cercado una vez más en el cuadrilátero del enlosado ante la Bolsa. Solo que ahora una procesión densa e interminable bajaba apresurada en dirección opuesta, hacia el mar, hacia las voces negras del tren subterráneo.

—Y luego hablas de la muerte del dolor personal.

Bajo la anestesia de la tarde se habían abierto nuevas heridas. Ahora estaban perfectamente despiertos pero seguían sin mirarse por no leer el dolor en el rostro del otro. El capitán se guardó el reloj en el bolsillo.

—Bueno, es hora de que pongamos fin a esta conversación más o menos inconveniente.

A su espalda se erguía la estatua color carbón del almirante

[69] Alusión a un episodio del Antiguo Testamento (Daniel, 5). Durante un banquete en el palacio de Baltasar, rey de Babilonia e hijo de Nabucodonosor, aparece una mano gigante que escribe en la pared las palabras *Mené, Mené, Tekel, Uparsin*. El profeta Daniel es llamado para interpretarlas y revela el sentido de la advertencia divina. MENÉ: Contó Dios tu reino y le ha puesto fin. TEKEL: Pesado has sido en balanza y fuiste hallado falto. UPARSIN: Tu reino ha sido roto y dado a los medos y a los persas. Baltasar fue asesinado esa misma noche.

Nelson,[70] lóbregamente profunda en su perfecto sinsentido, inicua con su ojo ciclópeo vuelto hacia la señal[71] que un millón de vigilantes[72] contrarrestarían.

El avión descendió casi en picado en dirección norte, perseguido por una regata de nubes blancas, delante del viento.

—Tengo una cita con uno de nuestros abogados en el café Mecca.

—¡Muy bien, pues, señor! Usted a La Meca, yo a Arcángel.

[70] Hasta que en 2005 lo limpiaron con motivo del bicentenario de Trafalgar, el monumento a Nelson estaba completamente negro.

[71] Los cíclopes tenían un solo ojo y Nelson era tuerto. «La señal» alude a la que el almirante alegó no ver en la Batalla de Copenhague.

[72] Los vigilantes de Daniel 4:17, ángeles que velan por los dones divinos.

6

> Es, pues, en los estados intermedios donde «ser» positivo significa generar la negatividad correspondiente y, tal vez, equiparable. En nuestra aceptación se da la conciencia de un hecho real bajo una forma cuasiexistente, premonitoria, prenatal o prediurna.
>
> CHARLES FORT

Caía la tarde en las calles miserables por las que Nina y Sigbjørn iban discutiendo.

Todo parecía haber terminado entre ellos. Inopinadamente, ella se dio la vuelta y se alejó. Sigbjørn se quedó mirándola. Hizo ademán de seguirla y después dejó caer el brazo en un gesto de desesperanza. La lluvia le resbalaba en gruesas gotas sobre los ojos. Tristeza. En su última noche juntos, habían elegido un pequeño restaurante donde una vez fueron felices y que por aquel entonces, además, iba viento en popa. Ahora estaba en las últimas. El camarero había estado todo el rato repantingado en una silla, medio dormido; un gramófono en que sonaban discos rayados se paraba cada dos por tres. En conjunto, la situación había constituido una abstracción siniestra, risible y cruel de su propia relación. Su aspecto trágico podía haber conferido dignidad a la escena, pero parecía, por el contrario, bordear continuamente lo ridículo, como de hecho ocurre en muchas situaciones trágicas, como si estuvieran pidiendo un comentario sobre la vida del tipo «No puedo evitar reírme en su funeral». Habían abandonado el café sin acabar de cenar. El recuerdo doloroso de Tor se había colado en todo lo que había habido de verdaderamente hermoso y bueno entre ellos. Y esto, el recuerdo no tanto de su muerte como de su vida, había ejercido una censura intimidante hasta sobre esa frivolidad altiva antes mencionada que es lo único capaz de mitigar el hastío de un sufrimiento insoportable. ¿Por qué habían convenido entonces en verse al día siguiente antes de que ella subiera a bordo del *Arcturion*?

Así el sufrimiento puede seguir arrastrándose cansinamente por el matorral de las vidas humanas, como un tigre herido.

Sigbjørn no se había movido del sitio. Permanecía plantado allí donde lo había dejado Nina, siguiéndola con la mirada como un pasmarote. No era tarde aún. Habían quedado temprano y el metro seguía tragando gente. Nina, apenas una luz blanca que desaparecía, una luz a la que hay que admitir que desde hacía varios meses le costaba poco desaparecer, se extinguió en un momento entre la multitud. Del todo. Era como si alguna poderosa sustancia la hubiera atraído y estuviera ahora atrayendo silenciosamente bajo tierra al resto de Liverpool; una fuerza de la que no podían escapar tiraba de ellos, mientras, agarrados a sus paraguas, a sus periódicos, a sus sombreros, eran arrastrados al fondo de las líneas subterráneas Central y de James Street del ferrocarril del Mersey. Tuvo la impresión de hallarse elevado sobre la gran ciudad, posado como un ala en una enorme calle mojada, en ángulo respecto al universo como el señor Cavafis;[1] la sensación de que los habitantes se erguían oblicuos, de que volaban, alados con paraguas que batían con fuerza: almas barridas por la marea a un sumidero, almas arrastradas como cascarillas, como hojas a merced de la tormenta.

El reloj de Water Street señalaba las 18.30.

Water Street, pensó, agua que fluye a través de todas las cosas, hilvanando todas las cosas con un hilo sin color; lluvia para vidas resecas... En algún sitio, gente manifestándose. Los vendedores de periódicos gritaban a su alrededor «¡últimos *Echo* y *Express*!»[2]

[1] El poeta Constantino Cavafis (1863-1933) emigró con su familia a Liverpool, donde su padre regentaba un negocio. Volvió a Alejandría en 1885. E. M. Forster, en *The Poetry of C. P. Cavafy*, lo imagina así: «Un caballero griego con sombrero de paja, de pie absolutamente inmóvil en ligero ángulo con el universo».

[2] Los vendedores anuncian las ediciones vespertinas del periódico liberal *Liverpool Echo* y del conservador *Evening Express*.

y las voces de la ciudad rompían en torno a ellos como el oleaje.

DESASTRE DE LA NAVIERA TARNMOOR.

Los últimos hombres de negocios seguían siendo transportados como por una corriente a través de la ciudad, hacia donde el vórtice negro del Metro, el punto de desaparición, abría sus fauces para ellos. Eran arrastrados hasta allí y en un momento se esfumaban. Ahora la ciudad estaba vacía. El estruendo de los tranvías resonaba como por dentro de una inmensa caracola hueca. Sin embargo, no tardaron en sonar campanas, y una nueva marea de gente irrumpió calle abajo, atestando los pavimentos y las plazas y llenando la ciudad de sonido en su pelea contra el gélido viento que bajaba hacia el río. El fragor del tráfico y los gemidos del tren aéreo[3] se elevaban mezclados con las otras mil voces de la ciudad y del mar para acabar perdiéndose sin cesar, como la propia canción de la vida, en el viento. Por breves instantes, se hacía el silencio; pero inmediatamente la ciudad entera se ondulaba con el ruido como por la vibración de un gigantesco flexatón.[4] Sigbjørn se sumergió en el bronco torrente de la vida laboriosa que se precipitaba hacia el Pier Head y, despreocupadamente, se dejó arrastrar por él un rato, hasta que lo depositó como a un tronco barrido por la corriente y varado con la basura en la ribera. Se quedó un tiempo orillado contra la fachada del edificio Honduras. ¿Por qué se comportaba de forma tan curiosa? ¿Acaso era una criatura de otro planeta? ¿Extraviado en esta tierra por error? ¡Una especie de Kaspar Hauser![5] Como el pobre periódico desvaído que había bajado

[3] El *Overhead railway* o *Docker's umbrella* («paraguas de los estibadores») fue la primera línea ferroviaria eléctrica elevada del mundo. Recorría más de diez kilómetros a lo largo de los muelles y estuvo en funcionamiento entre 1893 y 1956.

[4] Instrumento de percusión consistente en una lámina de metal flexible sujeta a un marco de alambre con dos bolitas de madera que golpean los lados al agitar el artefacto. Fue patentado en 1922.

[5] Adolescente que apareció en Núremberg el 26 de mayo de 1828 y afirmaba que había pasado su vida retenido en una mazmorra. Acogido por un maestro de escuela, el 14 de diciembre de 1833 llegó a casa con una herida en el pecho de la que murió tres días más tarde. El misterio de su origen y de su muerte

flotando de Castle Hill, aquel día con Tor se dejó ir a la deriva. Y a la deriva bajó por las calles, a la deriva por Water Street, a la deriva hacia el edificio Liver.[6] En las Goree Piazzas,[7] con una especie de automatismo perverso, compró el *Echo* y lo ojeó a la luz de una farola. En España había una revolución. En Italia, rumores de guerra. En todas partes, sombríos rumores de guerra, revolución, desastres, cambio. Pasó página. En todas partes, debacles. En algún sitio, gente que se manifestaba. Algunos desfilaban hacia la muerte, otros hacia una vida nueva...

DESASTRE DE LA NAVIERA TARNMOOR. TESTIMONIO DE BRUUS.

Otro artículo le llamó la atención, y lo leyó con extraña avidez, con el alivio ansioso que le brindaba ver que había otras noticias de interés en el mundo.

«Yokohama. De nuestro enviado especial. Durante mucho tiempo, la catarata Kegon, un salto de agua casi vertical de ochenta metros de altura, fue el altar de los infelices y autocondenados. Por centenares se arrojaban a ese vórtice, y sus cuerpos desaparecían para siempre. Cuando las autoridades decidieron que la cascada se había cobrado suficientes víctimas, cerraron todos los accesos con alambre de espino. Poco después, los candidatos al suicidio descubrieron la pequeña isla volcánica de Oshima, situada cerca de la costa. Allí acudieron en tropel, en número cada vez mayor, para incinerarse en lava incandescente...»[8]

---

lo hicieron célebre en toda Europa y dieron pie a todo tipo de especulaciones, entre ellas la de Charles Fort, para quien podía ser un caso de teletransportación desde otro planeta.

[6] Edificio de Liverpool coronado por dos estatuas de la mítica «ave Liver», símbolo de la ciudad: una mira al mar y la otra, tierra adentro.

[7] Dos enormes almacenes portuarios situados cerca del Pier Head. Tienen unas arcadas (*piazzas*) de las que toman el nombre.

[8] Este párrafo reproduce literalmente un reportaje radiofónico de Edwin Conger Hill publicado luego en la cadena de periódicos de William Randolph Hearst y en 1934 en su libro *The Human Side of News* («El lado humano de las noticias»).

Levantó la mirada y con su ojo interior vio cuerpos cayendo al interior del volcán, y luego, por todas partes, cuerpos cayendo en combate y estallando en llamas. En su mente, caían cuerpos por el mundo como los saltadores de esquí en Frognersaeteren. Pasó a otra página. Allí lo fulminó una noticia, con palabras que se arremolinaron en torno a él amenazantes como un enjambre.

«El capitán Nils Bruus, comandante del buque *Thorstein* de la naviera Tarnmoor y uno de los cincuenta supervivientes a su naufragio en los arrecifes de Antigua, defendió ayer en el Custom House[9] su pericia marinera ante los inspectores. Estos declararon que esperarían a haber estudiado todas las pruebas antes de tomar una decisión. El capitán Bruus compareció para hacer frente a una acusación de negligencia criminal en la navegación, presentada por los inspectores tras una audiencia celebrada varias semanas antes en la que dio explicaciones sobre su gobierno del barco en la noche del desastre. Citó al único oficial del *Brynjarr* superviviente y a otros dos capitanes de marina familiarizados con las Islas de Barlovento para que respaldaran su afirmación de que había actuado como debía.»

¡Que había actuado como debía! Sigbjørn volvió sobre sus pasos.

ATENCIÓN, ARCADA BAJA.

«Es más tarde de lo que crees.»

LESLIE HOWARD EN *OUTWARD BOUND*.[10]

Se había detenido ante una cartelera de cine, que representaba esta vez, no a un campesino ruso, sino un barco de los muertos con destino a lo imponderable, a navegar por el nexo entre este mundo y el siguiente, a tumba llena; hacia fuera.

«Que respaldaran su afirmación de que había actuado como debía.» Estas palabras atormentaban a Sigbjørn; ¿de qué ten-

[9] Edificio clásico del muelle viejo de Liverpool construido entre 1828 y 1939. Albergaba las oficinas de Correos y Telégrafos y de la Mersey Docks and Harbour Board, compañía propietaria y administradora de los muelles.

[10] «Hacia fuera», película de 1930 (no estrenada en España) protagonizada por Howard, Douglas Fairbanks Jr. y Helen Chandler.

dría que rendir cuentas el capitán Nils Bruus el día del Juicio Final? Pero probablemente no fuera más que un chivo expiatorio. Ahora cuatro marineros que hablaban en noruego lo adelantaban haciendo eses. Ellos y las criaturas que andaban buscando[11] tomaban ya posesión de la gran ciudad. Ahí llegaban más marineros caminando con su característica energía. ¿Estaría él pronto jugando al mismo juego con la misma seriedad?

Buscaban la vida, tras amargas guardias en el mar. Y Sigbjørn ¿qué buscaba?

Tener como único objetivo la búsqueda de la vida es el camino más corto hacia la muerte. ¿Quién podía decir quién se libraría?

Anduvo siguiéndolos un rato, como atraído él también por una corriente magnética; o como si su propio ser se hubiera visto atrapado en su oleaje, de modo que lo arrastraban para acabar dejándolo atrás de un bandazo, bamboleándose en una cavidad del espíritu tan en blanco como las paredes del útero. Las mismas paredes que volverían a expandirse para abrir paso a su alma sumergida en la catarata objetiva de la vida.

Se mantuvo ahí, inclinado hacia el umbral de una vida antigua, entre dos mundos: uno, viejo y desmantelado, podrido hasta su médula misma, que estaba ya derrumbándose, pues los puntales de su memoria, sus preceptos y sus conclusiones, así como toda su vieja ideopología, se derrumbaban como las grúas y bitas de un barco que se hunde ante una avalancha atlántica de vida y energía nuevas en la mente; el otro, apenas aún la sombra que se alarga de un mundo, percibido de momento solo por su auténtica sustancia, por la sombra de sí mismo, por su yo venidero. ¡Muerte a las viejas evaluaciones, desesperaciones, desesperanzas y sofisticaciones, y también a los viejos sacrificios, muerte a la vieja vida edificada sobre esos cimientos tambaleantes! ¡Muerte a una vida en la que los hombres solo son visibles en urinarios públicos y vagones de tren! Partiría por el agua hasta el fuego, por el fuego hasta la tierra; por la

[11] Las *Maggie Mae* de Liverpool, sus prostitutas.

tierra hasta un aire que pudiera respirar. De pronto recordó las palabras de Tor: «Si yo muriera podrías dejar que todas tus confusiones pasaran a mí como si fuera un árbol». Y supo que era justamente eso lo que había pasado. O que un yo había muerto un poco cada día desde la muerte de Tor. ¡Pronto abandonaría la existencia por completo y no quedaría más que una intuición, una parte de esa ley divina y no secular que determina el lugar de un hombre sobre la tierra!

En la esperanza de acallar sus pensamientos, se metió en una taberna, la Piernas de Man.[12] Pidió una cerveza, se fue a un rincón y se sentó. De forma mecánica, repasó los letreros dispuestos por el bar: BASS EN BOTELLA; CERVEZAS CAERGWLE; NO OFREZCAN CHEQUES EN PAGO, EL RECHAZO SUELE OFENDER; ALMUERZO ESPECIAL, TERNERA CON PATATAS 1/6;[13] NUESTRO ESPECIAL DE HUEVO CON JAMÓN Y QUESO 1/9; SALCHICHA Y PURÉ DE PATATA 1/3; TEATRO FUTURISTA, LESLIE HOWARD EN *OUTWARD BOUND*. Pero ni siquiera aquí halló refugio. Los ojos se le fueron a la ventana. A través de ella, vio las grandes cristaleras de las oficinas de su padre, y la bandera, una cruz roja sobre fondo blanco con las letras *H* y *T* en cuarteles contiguos, ondeando desafiante sobre el tejado.

LÍNEAS HANSEN-TARNMOOR.

OSLO, LIVERPOOL, NUEVA YORK.

TRAVESÍAS A LAS INDIAS OCCIDENTALES.

«Oficinas también en Londres, Glasgow, Bremen, Amberes, La Habana, Cienfuegos, Guantánamo, Montreal, Nápoles, Marsella», leyó. Y debajo, en la pared ennegrecida, alguien había escrito recientemente (ya que no se apreciaba ningún intento de borrarlo): «Le deseamos un feliz viaje al infierno, si no es este año, el que viene». Un temblor violento se apoderó de la mano con la que sostenía el vaso que le acababan de traer. En su mente se desató una tormenta. Aunque a esas horas la conversación

[12] El *triskelion*, formado por tres piernas dobladas y unidas por los muslos, es el emblema de la Isla de Man.

[13] 1/6: un chelín con seis peniques.

en la taberna era sosegada, llenaban la sala ruidos que normalmente no oiría, pero que ahora tamborileaban en sus nervios. El goteo de cerveza del tirador, el rechinar incesante de la puerta batiente y hasta el arrastrarse de los pies del dueño eran como una tortura para él, y en el exterior el repiqueteo de las botas con punteras de hierro sobre la acera y la amarga canción del hierro mismo al traquetear el tren aéreo a lo largo de los muelles le sonaban a alaridos de los condenados desde el corazón del Malebolge;[14] le vino a la cabeza un ripio idiota: «El mundo es la Isla de Man, localízalo en Castletown, en una orilla lejana, siempre en una orilla lejana concibe». Trató de dejar fuera del mundo cualquier pensamiento sobre sí mismo, sobre Nina, sobre Erikson, sobre su padre, para liberar su ser a la pura existencia; la tensión de ese esfuerzo le sugirió la curiosa idea de que estaba, de hecho, tomando parte por segunda vez en su propio parto; pero de momento no era sino una agonía pasajera, y supo, mientras volvía a llegarle el sonido del mundo, que aún no había llegado el tiempo de su liberación. Los sonidos del mundo se transformaron en los crujidos nocturnos de un barco: el crujido de madera de las literas, el crujido metálico del mecanismo de gobierno... ¿Era aquello otra vez el sonido persistente de la putrefacción del centro del mundo? El viejo mundo crujía acartonado como una casa abandonada, vacía de música y de luz y de tapices; los incontables ruidos moleculares y atómicos del maderamen roído, la sensación del sonido del mundo dentro de él como el chasquido de los árboles al embate del viento de poniente, y el ruido lejano de las hachas transformaban su alma en madera podrida que crepitaba en la taberna de la vida; la vida misma fluía ya sin cesar haciendo realidad aromas de viajes y de remotas ciudades turbulentas en la propia sala, impregnándola e inundándola como había visto al mar bravo inundar el come-

[14] Las diez fosas del octavo círculo del Infierno dantesco, donde sufren condena los proxenetas, los aduladores, los simoníacos, los magos y adivinos, los malversadores, los hipócritas, los ladrones, los consejeros fraudulentos, los sembradores de cizaña y los falsificadores.

dor de maestranza, de modo que después la puerta se abría para el otro lado; trató de distinguir las caras de la vida, las particularidades de las caras muy particulares, el sentido trágico específico de cada vida, intentó imaginar lo que hacía posible la vida para cada una y entonces, con horror, comprendió la verdad: no podía distinguir una cara de otra; a eso había sido conducido: ¡todas las caras eran la misma!

Y ahora todas las caras eran la suya. ¡Y ahora los sonidos, y solo los sonidos, llenaban absolutamente su mundo! ¿Era aquello el principio de la locura, o la oscuridad que precede a un renacimiento? De oscuridad a oscuridad. De eternidad a eternidad. Aquello era derrumbamiento, hundimiento, debacle. Se había explotado hasta la extenuación, había llegado a la última frontera en todos los niveles de su ser. Podía o bien ingresar en un manicomio, ceder a esa tentación y consolarse durante lo que le quedara de vida con las exquisitas y terribles indulgencias polares de la locura, o bien podía seguir adelante, permitiendo que una parte de él, o un yo, se sumergiera absolutamente en aquella oscuridad y abstrajera de ella todo su desordenado y cinético poder al servicio del valor humano, cuyas fuentes son siempre dudosamente explicables, pero cuya cualidad es absoluta. ¡Sal! Vuelve al mar. ¡O al fuego!

Pagó su cerveza y salió de la taberna, con la cabeza cantándole. Sí, ¡era casi como si en realidad estuviera saliendo de su viejo cuerpo! Pero un tifón bramaba en el abismo de agua que mediaba entre uno y otro. Los ruidos, transformados en voces, le seguían, susurrándole desde todos los lados como el viento, invitándolo, repeliéndolo, aprobándolo. Rompe, decían, rompe, rompe, rompe el círculo cobarde. Mientras el barco se hunde. Mientras el mundo se hunde. Libérate a la vida, que se te viene encima desde todos lados como si fuera lava. Rompe.

¡ATENCIÓN! ARCADA BAJA.

El pánico lo golpeó desde la superestructura de hierro y madera del tren aéreo que lo envolvía en su arco como golpea el calor al mediodía. Se alejó, buscando refugio una vez más, cuando la taberna del Baltimore Clipper se alzó ante sus ojos. Quizá allí, con los fantasmas de Melville y Redburn haciéndole compañía, hallaría respiro.[15] Y de golpe, como en el mar la puerta del castillo de proa deja fuera la tormenta, allí se quedaron también los ruidos y las voces. En el bar, un marinero y alguien del personal de tierra conversaban, y Sigbjørn se encontró escuchándolos tranquilamente. Ahí estaban las voces de los herederos del futuro en que bramaba el mar mismo, tan alejado del delirio como lejos quedaba de esos eunucos de Cambridge que recitaban *limericks*[16] entre risitas con su aliento apestoso, o de las charlas elegíacas en habitaciones llenas de humo. Pidió una cerveza y se sentó en la esquina.

—Me acuerdo del viejo *Peleus*,[17] sabes, ¿no?, ¡Dios!, por poco no se le rompieron todos los mástiles. No tenía nevera, ¿sabes?, solo un cajón con hielo.

—¿Y el viejo *Achilles*, eh?[18]

—Tres veces hubo que subir el cargamento para Ámsterdam. ¡Con pabellón holandés!

—Ah, pero ahora está fondeado, a órdenes.[19]

—Los barcos de la Ellerman los tienen varados en Preston.

—Ay, ojalá pudiéramos...

—Ahora está a órdenes.

—¡Daría la mano derecha por volver a navegar!

—Es verdad, se le parte a uno el corazón al ver esos barcos fondeados.

—Pero ¡seguro que encontramos barco!

Dejaron de hablar, sus rostros petrificados por los recuerdos.

Y volverían a navegar, pensó Sigbjørn. Sí, ¡y esos barcos fondeados volverían a navegar también, volverían a navegar por el mundo por sí mismos, proclamando sus agravios a los cuatro

[15] En la novela de Melville, Redburn cena en esa taberna.

[16] Breve poema humorístico con un esquema de rima *aabba*.

[17] Barco de la Blue Piper que tenía fama de estar gafado.

[18] Otra nave de la Blue Piper.

[19] Es decir, no tiene fletes, está inactivo a la espera de carga que transportar.

vientos! Se fue a fijar en la bandera papa[20] fijada con chinchetas tras la barra. Qué extraño, encontrarse de vuelta en el punto de partida. ¡Papa! ¡Todo el mundo a bordo!

Sabía que en el bar no había más que tres personas, pero le pareció tan atestado como el día que subió las escaleras de Tor acechado por los siniestros espectros de su conciencia y de su miedo. «El punto de partida, sí —masculló una voz por encima del hombro—. Sí, adelante, idiota, adelante, masoquista melancólico, adelante hacia el pasado, ahonda un poco más en el catálogo sangriento del sufrimiento.» «Adelante —dijo otra—, llevas razón al intuirlo... Porque ¿qué mecanismo lleva a los hombres a volver sobre sus pasos una y otra vez?» «El futuro se incuba en el océano[21] —añadió una tercera—, la vida no tiene tiempo que perder.» «Sí, pero ¿qué es lo que los llama —preguntó una cuarta—, que desde la oscuridad los induce a volver a emprender el viaje incluso cuando es imposible?» «¿Es la voz de la memoria —inquirió la quinta— más fuerte que cualquier necesidad, que pide a gritos ser liberada?» «¿Es la esperanza olvidada de que sea posible cambiar el pasado —intervino una sexta— la que atormenta sus mismas almas?» «El futuro puede cambiar el pasado», dijo una séptima...

Sigbjørn levantó la mirada de nuevo, forzándose a afrontar la realidad. Los marineros hablaban. Él trató de escuchar, de combatir las voces que le zumbaban desde el abismo, así como el absoluto agotamiento que lo reclamaba. Pero no regateó el precio de lo que oía. Y es que se aproximaba tanto a los dictados de su propia conciencia que de entrada le costaba distinguirlo. El cuadro que pergeñaban estaba demasiado próximo a sus propios ojos. Y aunque no debía de ignorar que por todo Liverpool tenían lugar conversaciones similares, su pensamien-

[20] Bandera del código internacional de señalización náutica formada por un rectángulo blanco sobre fondo azul. Indica que el barco está a punto de zarpar y toda la tripulación debe subir a bordo.

[21] Verso del soneto «A Clock Striking at Midnight» del poeta inglés Thomas Love Beddoes (1803-1849).

to se alejó de ellos en una reacción de pura autodefensa, y recorrió la sala con la vista.

—Ese puto bote y su pescante estaban congelados. Lo mismo que las poleas, ¿eh?

—Seguramente. Se sacrificó todo en pro de los beneficios.

No, la taberna apenas había cambiado desde los tiempos de Melville. Aunque nunca se había parado a fijarse hasta entonces. ¡Ahí seguía, tal como Melville dejó escrito: «La estrecha sala con cortinas rojas que daba a un patio lleno de humo», igual que escribió «La lámpara mortecina balanceándose en lo alto metida en un barco de madera suspendido del techo»! Las mismas paredes «cubiertas con un papel que representaba una interminable procesión de bajeles de todas las naciones circunnavegando la estancia. Y a modo de vela mayor pictórica de uno de esos barcos, un mapa colgado encima de él». Todo tal cual lo escribió. Hasta, procedente de la calle, el mismo alboroto confuso de «baladistas, mujeres desgañitándose, bebés y marineros borrachos». Y lo más extraordinario, la misma putrefacción en el centro de todo, el mismo engaño monstruoso en el corazón voraz de la miseria. Su pensamiento siguió discurriendo así un rato, y no fue hasta que saltó de la conversación la palabra «naufragio», tan cargada para entonces de sentidos sensibles, que volvió a prestar atención a lo que decían los marineros. Asombrado, como antes, de que en el bar solo hubiera dos personas cuando se sentía rodeado de una turba, se serenó para no perder detalle.

—El naufragio se debió a ese puto hecho, Horsey,[22] que la mezcla de glicerina y agua de la bomba hidráulica se congeló, ya fuera porque había poca o porque la glicerina era, en fin, de mala calidad o así.

—Lo dije de primeras, ¿sabes?, que el *Thorstein* era un puto barco de la muerte.[23]

[22] Horsey es el nombre de un marinero en la novela *Ultramarina*.

[23] Un «ataúd flotante», barco en mal estado que se mantiene activo para cobrar el seguro tras su hundimiento.

—Sí, ya te digo. Yo subí, con el personal de los muelles y el jefe de estibadores, ¿eh? Y te diré más. Vi los barcos con todos los mecanismos tiesos como un carámbano. Sí, las poleas y todo. Hostia, habrían tenido tiempo de sobra para abandonar el barco si las poleas hubieran funcionado como Dios manda...

—¡Nadie debería haber perdido la vida en ese barco!

—Y los pescantes estaban todos escarchados de hielo. Y recortando gastos en tripulación, ¿no? Luego resulta que no hay gente para una emergencia.

—¡Si hubiera estado conectado el aparato de gobierno manual...!

—¡Ahorro criminal!

Sigbjørn hundió la cara entre las manos. Era como si el destino hubiera estado esperando a clavar esa cuña de verdad en su mente atormentada. Sí, era cierto, por muchas ambigüedades sobrenaturales que *Moby Dick* hubiera circunscrito en su vuelo desde el pensamiento moderno o a través de su propio cerebro, nada había alterado el hecho abrumador de la existencia real de la ballena blanca. ¡Hecho! ¡Ballena blanca! ¡Mar Blanco! La cuña —¿o era un arpón?— de la atroz verdad penetró un poco más y el dolor le hizo estremecer. Todas aquellas tragedias podían haberse evitado. Podían evitarse en el futuro. No obstante, que hubiera que construir barcos más seguros no era suficiente. La única salida era una sociedad nueva en que esa primacía de la razón económica fuera imposible. No, se dijo a sí mismo, aunque allí sentado parecía estar hablando a muchos otros: la fuerza ciega y maléfica que campaba por el mundo quizá no siempre pudiera eludirse, y menos así perseguida, pero la codicia y la maldad del actual estado de los asuntos del mundo solo conducían a ponerse en manos de esa fuerza. Pues hundido hasta la médula de la unidad original de esa sociedad —le martilleaba el corazón— estaba el viejo arpón de su aniquilación inevitable y supurante. La sociedad capitalista portaba dentro de sí sus propios presagios herrumbrosos del desastre, como la ballena llevaba las lanzas cuyas heridas la debilitaron en la acometida final. ¿Cómo iba a servir él en esa acometida, aislado, sin lugar asignado en el mundo, quizá indeseado por uno y otro bando? En todo caso, se haría a la mar de nuevo, no iba a echarse atrás. Aun estando destrozado, partiría. ¿Era un gesto vacío? ¿Un gesto no solo vacío, sino egoísta, puesto que para seguir adelante con su plan alguien más necesitado que él debía quedarse sin trabajo? ¿Dinero? Cincuenta libras era todo lo que poseía en el mundo. Y nunca iba a pedir más. Tal vez pudiera considerársele necesitado a él, en realidad. Miró por la mugrienta ventana. Mugre y cal... si el orden y el desorden pudieran distinguirse con la misma claridad, la sabiduría no haría ninguna falta.

Fuera caía la lluvia, estampando de oscuro las aceras a la luz de las farolas en su avance desde el mar. Los vagones del tren aéreo traqueteaban sin cesar, sin cesar. Los tranvías pasaban gimoteando. Un joven vendedor de prensa local caminaba despacio y en silencio, ronco de gritar. Pero el cartel que llevaba encima decía ahora:

CONMOCIÓN EN EL DESASTRE DE LA TARNMOOR. DETENIDAS LAS ROTATIVAS: ¡BRUUS SE SUICIDA AL SALIR DEL MUELLE!

Desapareció.

¿Qué nuevo horror era este? Sigbjørn, hastiado, se lo creyó solo a medias. Lo olvidó como un enfermo olvida en un hospital una figura que pasa. ¿Qué oscuro coloso es este que golpea mis párpados? Ya pasó. El suicidio de Bruus. El suicidio de Tor... El suicidio de un barco al zarpar de los muelles. Si hubiese leído que el mundo mismo se había suicidado, ya no le habría sorprendido, pues parecía que este se desintegraba a su alrededor de todos modos. Este nuevo hecho ni lo asistía en su declive en picado ni se lo entorpecía. Hasta se escurrió de su conciencia. ¿El *Liverpool Echo*? Entonces aquello era el eco de un eco. Un eco también del suicidio estudiantil de la vergüenza que había sido prólogo del catálogo negativo y mortal de sucesos en la prensa que rodeó el suicidio de Tor, del que solo ahora evocaba el horror. Y era ahora cuando la culpa y el espanto de aquellos días, que resonaban contra la calle, desde las luces que se recortaban sobre la tarde y desde las voces de la taberna, caían a plomo sobre sus hombros, con un peso de conciencia más terrible aún que cualquier evocación de la muerte en sí, un horror más oscuro que la noche que arrojaba ya su sombra. En lo que a él se refería, Bruus bien podría haber sido un sueño con cuyo nombre hubiera soñado alguna vez: la cara reducida a pulpa con cada martilleo de su corazón era la de Tor. Sigbjørn murmuró algo muy parecido a una plegaria: «¿Hacia dónde irías, Melville, si vivieras?». Entonces, aunque como un ciego aún, entendió algo de lo que lo rodeaba, el camarero secando vasos, los dos marineros, las luces del patio y de la calle, y la melancolía de la lluvia marina. Se durmió. A través del sueño le llegaban las voces de los marineros, pero transferidas a la suya propia y a otra más en una escena suspendida en una época distinta. Se hallaba en una altura entre desolados montículos de arena. A sus pies, el mar respiraba con resoplidos roncos. Sigbjørn se inclinó en dirección opuesta, hacia el mundo, y se oyó decir:

—Oh, Madre Tierra que no eres ya mi madre y no me acogerás nunca en tu seno. Oh, humanidad, de cuya...

(—Eh, hola, ¿dónde estás?, ¿dónde? —dijo una voz.)

—... hermandad me desprendí y cuyo gran corazón pisoteé. Oh, estrellas del cielo que me alumbraron desde antiguo para iluminar el camino de mi avance y mi ascensión: ¡adiós, y que venga de una vez y para siempre el elemento mortífero del fuego!... De aquí en adelante, algo familiar para mí... Abrázame como yo te abrazo...

Se abrieron ante él las puertas de la caldera del *Unsgaard*. Salió despedida una espiral de llamas. El fuego tremolaba como una bandera, ¡la bandera ondeante que cubría a los ruines en el «Infierno»! El fuego, en la forma de su madre, saltó a abrazarlo, a atraparlo en las fauces de las llamas. Ocho campanadas. En cubierta, el mozo de fogón libre de guardia bajaba al mar el cadáver de su madre, envuelto en la bandera noruega. Pero a través de las llamas ondulantes se dibujaba aún la silueta de las dunas.

—¡A quién tenemos ahí, sino a mi viejo personaje Erik Brandt!

¡El bueno de Benjamin Brandt! ¿Qué haces por aquí, entre estas tristes dunas?[24]

—Pero ¡Nathaniel! ¿Eres tú? ¿Sigues saliendo solamente de noche, como de costumbre?

—¡Hombre, Herman![25]

—Pues sí. Lo cierto es, viejo amigo, que mi *tripo*... ¡perdón, mi hipocondría!... ha podido conmigo una vez más, vuelvo a ponerme a la cola de todo cortejo fúnebre que me encuentro... Lo cierto es que tenía prácticamente decidido ser aniquilado. Yo...

—¿Ya empezamos, Melville? ¿No es la tuya propia la forma en que el destino se ha encarnado, tú el principal hacedor del mal venidero que presagias? ¿Acaso pone trabas el destino a sus decretos?

—Sí, Nathaniel. ¡Ay, si no llego a engañarte esta vez, Plotinus Plinlimmon! A engañarte sobreviviendo yo. ¡Te he engañado, Erikson! Al encerrar en mi pecho mi muerte y mi funeral. Y con ellos... ¿tú qué crees? El pecado imperdonable.[26] El pecado del intelecto que ha triunfado sobre el sentimiento de hermandad humana. ¡El pecado imperdonable! Parto a reunirme con mis camaradas. Mi viejo cuerpo no es sino posos de mi mejor ser. Mi viejo yo, que se lo quede quien lo quiera. Que se lo quede, digo, no soy yo.[27]

[24] Las «desoladas dunas» de Southport, en Liverpool, donde Melville le comentó a Hawthorne que estaba «decidido a ser aniquilado» con un ánimo que este describiría luego en parecidos términos: «Tan desolado y monótono como las dunas donde estábamos».

[25] Sigbjørn recrea de forma ritual el encuentro de Hawthorne y Melville en 1856.

[26] «El pecado imperdonable» era el título original del cuento de Hawthorne «Ethan Brand» (*Cuentos contados dos veces*, Acantilado, 2007). Ethan Brand, un calero, se propone descubrir cuál es ese pecado y concluye que es el de «un intelecto que ha triunfado sobre el sentimiento de hermandad con el hombre y de reverencia a Dios y sacrificado todo a sus grandes pretensiones».

[27] Son palabras tomadas casi literalmente de las reflexiones de Ismael en *Moby Dick* cuando comprende, y acepta, que probablemente le espera la muerte.

¡Se dio la vuelta, de cara al océano!

Sanado de mi herida, bendigo la mar inhumana,
sí, y a los cuatro ángeles que ahí fueron convocados.
Pues me sana siempre su aliento despiadado
destilado en salubre rocío que llaman rosmarina.[28]

[28] Primeros versos de un poema de Melville al que Sigbjørn ya aludió en la conversación con su padre ante la estatua de Nelson. Lowry, sin embargo, cambia «alabo» por «bendigo».

7

Una telaraña de nieve se iba tejiendo lentamente en el aire sobre Sigbjørn mientras daba vueltas por el circuito de tranvías del Pier Head[1] esperando a Nina, sobre el río en su incesante fluir hacia el mar y sobre la ciudad blanca, trazando el patrón —se figuró— de la cuarta dimensión. Nieve, agua gris blancuzca y más nieve hasta donde alcanzaba la vista. Una gaviota que volaba en círculos desde el oeste se quedó planeando unos instantes, suspendida, como atrapada en la red de nieve, y luego se liberó y se desvaneció rápidamente en la oscuridad de la que había surgido, dando graznidos roncos y escandalosos, y devanando una estela de neblina plumosa. Nieve, oscuros nimbos de nubes, cirros de nieve cayendo en Woodside,[2] en las Goree Piazzas, en el muelle de Brocklebank, arremolinándose sobre los barcos que zarpan: ¿para qué hacer la travesía al Mar Blanco?

Y es que en Liverpool ya se encontraba allí en Arcángel según se la imaginaba: en una vasta calma blanca en la que el cielo se confundía con el mar y de la que emergería para él un orden nuevo, o un nuevo caos donde ya había un orden nuevo. Era como si el fantasma del Mar Blanco hubiera acudido a él bajo la forma temible de los espíritus elementales que ven los marineros en la niebla de Okee Chobee.[3]

Debacle del yo; su pensamiento se demoró nerviosamente en la expresión que había usado en cierta ocasión:[4] ¿era ca-

[1] Tres círculos interconectados que constituían el corazón del sistema viario de Liverpool.

[2] Woodside es una terminal de ferri y ferrocarril.

[3] El Lago Okeechobee, en Florida, al que fluyen las aguas pluviales formando la región pantanosa de los Everglades. En su *Book of the Damned*, Charles Fort lo asocia vagamente a fenómenos sobrenaturales.

[4] En una de las cartas que no llegó a enviar a Erikson.

paz de acometerla?, ¿no se entrometía a cada paso esa conciencia suya de sí mismo, ese viejo yo doloroso, yo, yo a vueltas conmigo, encasquetando sus problemas insaciables en cada inmolación?

¡Si es que se había inmolado alguna vez!

Debacle del yo; pataleó de frío mientras contemplaba el circuito de los tranvías, y luego su lenta procesión por el cambio de agujas para encaminarse a Calderstones —¡sabañones!—, Mount Pleasant y Old Swan. Volvió a patalear y agitó los brazos al frente y atrás, observando el vapor del aliento de los caballos elevarse y entremezclarse con el vuelo caprichoso de la nieve. Se levantó el cuello del abrigo y fue tiritando hasta la barandilla del Pier Head, que, como la de un barco, tenía sirgas y salvavidas enganchados.

Apoyado en el antepecho con ambas manos, contempló el mar hasta quedarse rígido de pasmo.[5]

Mañana de sábado...

Era el día en que los barcos zarpaban con la marea alta;[6] juntos avanzaban despacio hacia la desembocadura del río, como avanzaría el barco de Nina, y desde allí sus estelas se extenderían a través del mar como la ancha mano de un dios entre cuyos dedos se trazaba el destino individual de cada uno, a China, a Norteamérica, a Costa Rica.

Mientras las discursivas sirenas lanzaban sus avisos a través de un cielo desapacible, él fue a fijarse en un mercante en particular: descendía ligero por el Mersey con la marea, la bandera noruega ondeando alto en la popa. En un costado tenía escrito en esbeltas letras blancas: DIRECTION–OSLO.

Era el barco cuyo nombre había dado al mercante de su novela (cuyos manuscritos llevaba bajo el brazo). Casi era un bar-

[5] En heráldica se llama «águila pasmada» a la que aparece en reposo con las alas pegadas al cuerpo. Con las manos agarrando la barandilla, Sigbjørn recuerda a un ave posada en una rama.

[6] Era tradición zarpar los sábados porque el viernes estaba asociado a la mala suerte.

co imaginario, aunque estaba limitado a etapas cortas: una era el atracadero hacia el que viraba ahora con la corriente, en dirección a Glasgow, para recoger fletes.

Así y todo, aquel barco, el *S. S. Direction*, se llevaba consigo sus anhelos y sus decepciones, que, como las gaviotas que daban vueltas a su alrededor entre la nieve —embajadoras de la nave—, volaban por delante de ella hacia Port Said, pasaban rozando los Lagos Amargos de camino al estrecho de Bab-el-Mandeb, y surcaban el océano Índico hasta Penang.[7]

Tres años antes —pensó—, exactamente en tal día como ese, ¡con un tiempo exactamente igual de desapacible!... y en su imaginación, el vasto paralelogramo inclinado del *Edipo Tirano* se alzó de nuevo ante él, y la diagonal reglada del arco que formó era el palo de trinquete.

Ahora le parecía que en su último día en Liverpool antes de hacerse a la mar había perdido una vez más los tres años transcurridos desde la última vez que la surcó; que se hallaba una vez más en el umbral de aquella primera travesía. Era casi como si hoy y, tras haber conjurado la idea durante tanto tiempo que ya no le inspiraba miedo alguno, debiera decir adiós no solo a Nina, sino a sí mismo.

Tal vez fuera verdad que podía cambiarse el pasado...

Adiós, *Direction*, pero tu creador Sigbjørn carga también con una cruz semejante...

Forzó los ojos escudriñando su estela en la bruma y, como en respuesta a los interrogantes de su corazón, replicaron las voces multiformes de los clarines del mundo: ¡sirenas de mercantes que por todos lados hacían sus salvajes y abominables comentarios desde la blanca oscuridad, como si un tonto de pueblo tocara tangencialmente los acordes de un órgano catedralicio! Dio la espalda al mar y, a través de la envolvente niebla y de la nieve, la

[7] Ciudad situada en la entrada norte del Canal de Suez; los Lagos Amargos son dos lagos salados aprovechados por el canal; Bab-el-Mandeb (en árabe, «puerta de las lágrimas») es el estrecho que comunica el Mar Rojo con el océano Índico; Penang es una isla ubicada en el noroeste de Malasia.

catedral se alzó ante sus ojos por un instante como un almacén que dominaba Liverpool desde las alturas; allí estaba, solitaria, parecía ahora un castillo adentrándose solo a nado en la oscuridad sobre riscos de niebla, un castillo feudal para sacerdotes; inacabada, coronada por la grúa.[8] Nosotros éramos los jóvenes aprendices, los jóvenes obreros, andamios tambaleantes. Ah, Nina, ¿qué hemos abandonado?

Por encima de él se hacía visible ya el reloj del edificio Liver, con su dedo enjoyado, que tan a menudo contemplaron Nina y él, avanzando hacia las once.[9] ¿Cuántas veces habían aguardado aquí pobres criaturas a que llegara la hora esperada, noticias del *Titanic*, del *Vestris*,[10] del *Lusitania*,[11] y ahora del *Thorstein* y del *Brynjarr*? ¿Noticias de aquellos reclamados por los posos helados del vino de añada inmemorial?[12] ¿Noticias que, si acaso llegaban, eran fragmentarias, dispersas y falsas?

Dios, ¿cómo podía estar ahora soñando, tan ciego a ese aspecto ya experimentado de la realidad como ciego estuvo entonces al horror que lo esperaba... los sueños de hacía tres años? ¿Cómo era posible que deseara ser crucificado otra vez...? Conociendo ya el misterio del volcán, ¿por qué iba a desear su terror una vez más? Y quizá la suma de todo aquel misterio fuera solo una mujer, después de todo. ¡Esfinge, dime tu secreto! ¡Esfinge, Yocasta!... *Edipo Tirano*.

[8] La catedral anglicana de Liverpool no se acabó hasta 1978.

[9] El edificio Liver tiene dos torres con relojes de esferas de ocho metros de diámetro; están iluminadas para que sean visibles para los marineros.

[10] Barco de la naviera Lamport & Holt botado el 16 de mayo de 1912. En 1928 naufragó durante una tormenta. Sigbjørn insinúa después que llevaba exceso de peso. La nave fue abandonada cerca de las costas de Virginia. Murieron 112 de sus 322 tripulantes.

[11] Barco de la naviera Cunard hundido cerca de Irlanda por un submarino alemán el 7 de mayo de 1915. Murieron 1198 de sus 1959 tripulantes. Desató alguna polémica, porque transportaba municiones, pero el incidente determinó la entrada de Estados Unidos en la Primera Guerra Mundial.

[12] El mar «oscuro como el vino» de Homero.

El reloj dio las once y, durante los minutos que siguieron, le pareció que cada mujer que se acercaba era Nina que caminaba por la nieve hacia él para saludarle. Hola, hola. Una veintena de veces creyó verla y una veintena de veces corrió a su encuentro, con el corazón batiéndole en el pecho. ¡Tampoco era esa! En su cabeza la vio muchas veces tal y como había venido a él en tiempos, por la nieve, con los quitanieves aparcados alrededor como coches acorazados, llegando tarde al café Cantante, corriendo a saludarle en verano; chicas de triste azul. ¡Y cómo hacen las chicas azules y cómo son las blancas![13] Nervioso, examinó los horarios de la LNER[14] y rememoró inquieto su conversación de la noche anterior. ¿Y si Nina hubiera decidido al final no acudir a su cita allí? Aquel desastroso último encuentro en el restaurante...

Pero ahí apareció de pronto, con sus largas piernas, sonriente, inclinando como una seta un paraguas escarlata contra la súbita y turbulenta racha de nieve que caía como flechas de lluvia, dirigiéndose a zancadas hacia él como si no hubiera pasado nada. Sin mediar palabra, bajaron apresuradamente hasta el muelle por el arcén peatonal de la grada para coches. Los automóviles pasaban despacio a su lado, titubeantes, por la temblorosa pasarela de hierro que conducía al embarcadero flotante, con los limpiaparabrisas agitando las antenas; bajo sus pies se iba congregando una multitud; por poco no los derribó. Por allí los coches circulaban en primera, muy despacio también, avanzando a sacudidas hacia los transbordadores a Woodside, a Rock Ferry y a Egremont. Veían los ferris de pasajeros alejarse lentamente de la marea, cruzando con cautela el Mersey como cangrejos. Del lado de Birkenhead, la nieve cruzaba por delante de las grúas de caballete recortadas contra el cielo. Un cuatro palos, el *Her-*

[13] Verso del poema en prosa de Rainer Maria Rilke «La canción de amor y muerte del alférez Christoph Rilke».

[14] London North Eastern Railways, la compañía ferroviaria que conectaba Escocia y el nordeste de Inglaterra con el sur. También tenían autobuses de dos pisos conocidos popularmente como *liners*.

zogin Cecile, era atoado río abajo desde Wallaroo. Detrás de ellos, los coches seguían avanzando penosamente hacia el muelle entre remolinos de nieve, con sus neumáticos de globo envueltos en cadenas. El *Herzogin Cecile* desapareció de su vista. «Rodeando el cabo de Hornos, plumas blancas en la nieve, el golfo las reclama»,[15] cruzaba el verso por la cabeza de Sigbjørn mientras se desesperaban aguardando a que avanzara la multitud.

Cerca de ellos, casi delante de sus narices, había avisos y anuncios encolados: LNER: HORARIOS; TEATRO FUTURISTA; LESLIE HOWARD EN *OUTWARD BOUND*; SEMANA LOCA EN EL EMPIRE, DOS SESIONES POR NOCHE; 18.30, 20.30. ¿Qué tenían que ver esos estúpidos mensajes con aquel partir al exterior, aquel separarse con el corazón roto y los recuerdos de ilusiones malogradas, de cosas pasadas? Pero tanto Nina como Sigbjørn se rieron e inclinaron la cabeza ante ellos.

Luego la turbamulta los arrastró.

El *Arcturion* se tambaleaba imponente en el embarcadero. Parecía que fuera a desplomarse sobre él de un momento a otro. Ascendían hasta el barco pasarelas forradas de tela por las que se afanaban sobrecargos cargados de maletas en una carrera sin fin; más cerca, una cinta transportadora subía lentamente equipaje plano en su rotación: *perpetuum mobile*; pero la tabla en que hubiera debido figurar el nombre del barco estaba vacía. En su lugar no había nada.

Un terror repentino hizo presa en Sigbjørn, pero la idea que se le había pasado por la cabeza era inadmisible. Aquello no podía ser cierto, era una pesadilla soñada en la cárcel en la que esperaba a ser ejecutado por el asesinato de Tor. Tocó el abrigo de Nina, sintió la textura del paño; pero ese toque visible de realidad no le trajo alivio alguno. También habían retirado el nombre de Tor...

Se forzó a apartar de la mente el patrón de esta coincidencia siniestra: por ahí iba derecho a la locura. Optó mejor por observar, ya que estaban parados otra vez, a los desempleados con-

[15] El verso en cuestión pertenece al poema «Gerontion» (1920) de T. S. Eliot.

gregados a los pies de la pasarela: aquellos cuyo propósito en la vida se había trasvasado a una despedida; aquellos cuyas despedidas de cada día podían estar congeladas a saber dónde, suponía que en estructuras de hielo no soñadas por la mente; aquellos a quienes la esperanza abandonaba a diario, con la marea.

Nina y Sigbjørn, con los cuellos de sus abrigos subidos bajo el paraguas escarlata, levantaron la mirada hacia el barco mientras esperaban a que llegara la multitud.

—¿Sientes como un orgullo de padre al verlo? —preguntó Nina.

Sigbjørn soltó una risa parca por toda respuesta.

—¡Lo elegí a propósito, claro! —dijo Nina—. Quiero ver qué está pasando de verdad... Tengo que hacer algunas averiguaciones; ¡aclararme yo misma con algunas cosas!... y tengo que hacer un informe. Al margen de todo lo demás, América es el único lugar al que puedo ir. El resto del mundo está tan muerto para mí como las montañas de la Luna.

La multitud se puso en movimiento.

—Ven, sube a bordo.

Pero un nuevo tumulto los retuvo cuando ya pisaban la pasarela. En el lado más alejado, otro gentío llevaba un rato esperando, tal vez a alguna celebridad, y ahora esa gente se acercaba. Intentaron ver qué pasaba, a quién esperaba la muchedumbre. Por fin lo vieron. Un par de gemelos siameses llegaban por el muelle cuidadosamente escoltados. Juntos subieron grácilmente por la pasarela, seguidos por su escolta, quien por un momento se había desviado, o más bien había pivotado, a un lado, y que acaso fuera su mánager, un hombre con la cara como una manzana pasada de madura a punto de criar moho, que ahora avanzaba tras los gemelos con paso vacilante, como si hubiera adoptado ya lo que quizá considerara un andar adecuado para subir a bordo de un barco. La multitud los siguió curiosa con la mirada, pero sin manifestar ninguna emoción. Compasión que teme acercarse, pensó Sigbjørn, terror que no se repliega.[16] Pero

[16] Paráfrasis de la definición aristotélica de la tragedia que hace I. A. Richards en *Principles of Literary Criticism* (1924): «Compasión, el impulso de acercarse, y

el gentío se fue dispersando y Nina y Sigbjørn acabaron de recorrer la pasarela.

Pasaron al corredor de la cubierta C, en la que un óvalo de barandillas formaba el foso, en cuyo fondo estaba el comedor de turistas. A cierta distancia, fuera de la vista, la orquesta del barco acometía el *Fausto*.[17] Nina siguió por el corredor en busca del sobrecargo y Sigbjørn se paró a esperarla.

En el salón, varios jóvenes comían antes de hora como en virtud de algún privilegio. Quizá ni siquiera hubieran bajado del barco. Al lado de Sigbjørn, en un camarín lacado y ornamentado, algunos pasajeros mandaban sus últimos telegramas. Estaban apelotonados, tocando hombro con hombro, silabeando en silencio con bocas torturadas para formar las letras difíciles.

Volvió a mirar abajo, hacia el salón. Era algo extraño, pero nunca acababa de librarse de la idea de que un barco de pasajeros resultaba falso comparado con un carguero y, sin base para el prejuicio más sólida que esa, se había encontrado odiando el *Arcturion*. «¡Qué hipocresía! —se sorprendió mascullando—, ¡qué retorcido engaño! Esa gelatina, esos jamones adornados como caniches franceses, y el propio barco, como un gigantesco cadáver emperifollado, o poco menos, con los dolores de su agonía recompuestos en una sonrisa superficial. ¡Cuánta participación accionarial había aquí, engalanada con buenas maneras y frivolidad, cuánta cornucopia repleta de dividendos! ¡Para nuestros clientes, solo lo mejor! ¡Cuánto "arte" había aquí también, para aquellos que viven con gentileza y mueren con dolor!» Y mientras observaba la vida que bullía a su alrededor, en su interior ardía un odio hacia su padre, aunque un odio —se vio obligado a admitir— fundado en aquel momento en una evaluación bastante superficial de esa vida que lo rodeaba. Su odio obedecía a la mezquindad del rostro de los sobrecargos más que a las causas de esa mezquindad, así como a los oficiales con in-

terror, el impulso de replegarse», llevados a «una reconciliación que no hallan en ningún otro lugar».

[17] El «coro de los soldados» de la ópera de Gounod.

digestión, al radiotelegrafista que estaría ya promoviendo altercados en la despensa,[18] y a los engrasadores, los limpiadores, los ladrones, que recorren perpetuamente el barco de puente a puente, de mamparo a mamparo, al empalago blando y cruel común a todos y cada uno de estos criados domésticos en aquel vasto molino del infierno. NO SE FÍA, decía un cartel a la entrada de la barbería. Eso era. ¡Falta de confianza! Explotación... Trató durante unos minutos de obviar el aspecto económico. Pero, claro, ¡sus impresiones serían básicamente espurias! Era una conclusión inevitable. Él no iba a ser capaz de entenderlo. Cómo iba a entender un asunto tan complejo si no alcanzaba a advertir cosas que, suponía, eran evidentes para otros, como un rostro verdaderamente humano en cualquier parte, iluminado por una sonrisa amistosa; pasiones en camarotes; peligros en cubierta y ambiciones en el puente; parcelas asignadas que se dejan atrás, la desgracia de la partida en seres humanos tomados de uno en uno, por no mencionar la responsabilidad o la labor heroica de esos mismos seres; si no alcanzaba, en resumidas cuentas, a ver la fe que ninguna especulación filosófica o económica puede afirmar de forma concluyente que no forme parte esencial de la lucha, incluso en pos de fines necesariamente mutables.[19] Y si no alcanzaba a identificar eso, ¿acaso era probable que pudiera percibir las mil implicaciones económicas que de ahí se derivaban?... Pero lo que quizá sí veía, se dijo, y no de forma tan superficial como podría sospechar, precisamente porque estaba instalado en ella, era el alma, no ya del barco, sino de su propia clase, y eso —por mucho que constituyera un misterio abisal— era un espectáculo desprovisto de alegría. Sí: ¿tan superficial era su visión? Por supuesto que no entendía lo que veía, pero en aquel momento estaba dispuesto a admitir que su inclinación a tildar de superficiales sus verdaderos sen-

[18] La oficina del «chispas», el radiotelegrafista.

[19] Por oposición a «fines necesariamente inmutables» (rectitud divina, fe determinista); la condición humana como necesariamente imperfecta, pero capaz de alcanzar un estado perfecto e inmutable.

timientos bien podía emanar de la misma causa que la indudable superficialidad de sus conocimientos, a saber: su renuencia a hacer frente a la verdad. Verdad, eso sí que eran palabras mayores, de cuyo significado no pueden permitirse desviaciones.

—Hola, Nina —dijo.

—¡Bueno...!

—Aquí me tienes, odiando con odio infinito —continuó Sigbjørn.

—Puedes odiar cuanto quieras, pero si a este barco le pasa algo lo atribuirán a un sabotaje de los rojos.

—«Se cree que ha sido obra de los rojos.» Sí, ya me tragué una vez algo por el estilo.

Sus palabras se perdieron fatídicamente, porque ¡qué fácil era suponer que a un barco nunca va a pasarle nada, aunque fuera un mercante de la Tarnmoor!

—¿Te apetece un cigarrillo?

—Gracias.

Fumaron, apoyados en la barandilla, charlando tranquilamente.

—Pues aquí nos tienes, tú con tus perspectivas, de camino a Rusia —dijo Nina al fin—, y yo con las mías, de camino a América. Resulta un poco confuso todo.

Volvieron a reírse.

—¿Perspectivas? ¿Qué son perspectivas? ¿Tengo alguna perspectiva? —exclamó Sigbjørn—. Anoche lo veía todo clarísimo. Y lo que me lo aclaró, de forma paradójica, fue una especie de visión mística. El camino que debo seguir, el inevitable proceso de ajuste, su inevitable resultado, etcétera: todo. Pero hoy vuelvo a estar hecho un lío.

—Yo me he sentido igual de perdida alguna vez —replicó Nina con complicidad, pero no mostró mayor curiosidad.

—Mal asunto, cuando no distingues una montaña de un valle, o —pasó el dedo por uno de los barandales— el óxido del revestimiento del hierro...

—Y la resiliencia de la putrefacción.

—Exacto.

Se echaron a reír los dos de nuevo, como de amable chanza, de forma puramente amistosa por primera vez en muchos meses, como si por fin se hubieran liberado de verdad de las ataduras que los constreñían en presencia del otro.

—Bueno, y suponiendo que vayas a Rusia... ¿cuál sería tu siguiente paso?

Sigbjørn advirtió cierta sorna en el tono de su voz, una sorna que comprendía perfectamente. ¿Cuál sería su próximo paso, en verdad, si es que llegaba a Rusia algún día? Lo cierto era que no tenía ni idea y prefería ignorar el hecho de que su travesía, que, volvía a parecerle, no conducía sino a una solución tan tenebrosa como la «tierra verdaderamente mejor» de Novalis,[20] ocultaba un objeto que no tenía nada que ver.

—No estoy seguro de ir a Rusia. Pero sí que siento esto: que obedezco órdenes selladas,[21] que pronto sabré qué debo hacer, adónde debo ir. Y que cuando lo sepa, cuando ya vea mi estrella, la seguiré hasta mi muerte.

En el silencio que se produjo a continuación, Sigbjørn analizó aquella afirmación, que había quedado, por así decirlo, flotando en el aire ante él. No cabía duda de que se creía cada palabra. Sin embargo, aunque fuera cierta, no era convincente.

—Bueno —dijo Nina al fin—, no puedo evitar pensar, si me lo permites, que la bandera debería ondear a media asta cada vez que un artista realmente bueno se pone «metafísico».

—Gracias por lo de «artista realmente bueno». —Sigbjørn sonrió con cierto exceso de cordialidad.

—Si te paras a pensar que la condición humana es un organismo adaptable... —siguió diciendo Nina.

[20] Georg Philipp Friedrich Freiherr von Hardenberg (1772-1801), figura destacada del romanticismo alemán. Lowry se hace eco de un comentario de Thomas Mann: «El principio revolucionario es sencillamente la voluntad de avanzar hacia el futuro, lo que Novalis llamaba "el mundo verdaderamente mejor"».

[21] Una misión que solo se revela al abrir un sobre con las instrucciones en algún momento posterior a la partida.

Pero Sigbjørn apretó los puños, dolido. Era una de esas cosas de Nina que siempre le sacaban de sus casillas. Esos insultos al alma, ante los que se volvía como un niño, impotente al no poder defender algo que parecía morir en él cada vez que era objeto de un ataque.

—Un organismo —proseguía Nina— atrapado en un equilibrio intacto de fuerzas, desde los electrones que siembran nuevas estrellas en el vacío a los que vibran en las bombillas medulares de nuestro cerebro, no se puede alcanzar esa «paz» mística: no hay paz...

Sigbjørn no escuchó el resto, hasta que oyó:

—... y de ahí no hay más que un paso al fundamento de toda religión organizada, que convendrás en que es...

—Sí, pero, Dios mío, cómo te odio —la interrumpió—. Y sí, también puede haber paz. ¿Y con qué derecho das por sentado que un concepto abstracto de Dios tenga la más remota relación con la Iglesia? ¡Aunque te admito que se pueden aparcar tales consideraciones!

Se sentía aún más insultado, puesto que el día anterior, sin ir más lejos, había decidido que estaba completamente de acuerdo con ella.

—Todo es parte de lo mismo —dijo entonces Nina—. Bajemos. —Se dirigió a las escaleras de caracol.

—Para nada —gritó Sigbjørn muy enfadado, pero la siguió de todas formas—. ¿Cómo demonios puede una criatura brillante como tú, con unos conocimientos más o menos flexibles, además, equivocarse de esa manera? ¡Y la mayoría de las mujeres sois así! Quítatelo de la cabeza, no todo es parte de lo mismo, en absoluto. —Bajó por las escaleras tras ella—. Cuando no sales con algo de este estilo —hablaba atropelladamente, porque iba poco menos que corriendo para no quedarse atrás—, este meter en el mismo saco, sin más, cualquier noción religiosa con la patraña organizada del capitalismo, distorsionas convenientemente las enseñanzas de Jesucristo para que encajen con tu ideal personal de inmolación erótica... —bajaba gritando—, que es, podría añadir —había llegado a otra cubierta en pos de ella— de donde surge la patraña. Es todo una distorsión espantosa de algo que, de entrada, nunca estuvo pensado para ti. Y tú lo has distorsionado. Lo has hecho. Llevas haciéndolo toda la vida. Y ahora tienes la condescendencia de suponer que estás desechando, junto con unas organizaciones perversas que indudablemente reconoces, aunque no como responsabilidad tuya, algo que nunca te ha pertenecido. Tú...

Pero sus palabras se perdieron en el caos de la siguiente cubierta, en un barullo de sobrecargos, porteadores, camareros, entre los que distinguieron de pronto a los siameses, altivos y recelosos junto a su equipaje; «Los nuevos Chang y Chen, Schenectady, hotel Nazaret, Galilea»; y señoras mayores zigzagueando cada vez más lentas y lánguidas en la penumbra, como lagartos, iniciado ya en sus entrañas el proceso de petrificación que la travesía completaría, y señores mayores, repentinamente más cordiales, más reflexivos o más circunspectos, dependiendo de su naturaleza, en asuntos que requirieran de su autoridad, de lo que era su costumbre en tierra. «Un gordo con un bistec y una botella. Aviva mi fe en Dios todopoderoso.» Siguió bajando por una tercera escalera. «Pero una mujer que lee a Aristóteles sacude mi fe en Afrodita.»[22] Abajo, abajo, de aquí para allá,[23] lo que pasa bajo la consciencia de un barco, extremos homicidas en las profundidades en que Dios habita, donde hace calor y está oscuro...

Retenido un momento por la multitud, se dio cuenta de que había perdido de vista a Nina por completo.

No obstante, Nina estaba a salvo. Tampoco era como la mujer aristotélica de Spender,[24] pensó. De hecho, era imposible de-

[22] Doble cita de procedencia incierta, pero que parece típica de los juegos de ingenio al uso en Oxford y Cambridge.

[23] *About and about*, que remite a la «Sátira III: sobre la religión» del poeta metafísico inglés John Donne (1572-1631). En ese poema compara la búsqueda de la verdad con una ascensión por riscos empinados; Sigbjørn, en cambio, desciende por escaleras de caracol hacia un lugar caluroso y oscuro.

[24] Alude sin duda al poeta inglés Stephen Spender (1909-1995), pero, más allá de su bisexualidad, no está claro qué relación puede tener con «la mujer aristotélica» de la cita anterior.

terminar cómo era o, más bien, qué forma adoptaría esta mujer del futuro. ¡Ciertamente, era magnífica y, con la misma certeza, era capaz de morir por aquello en lo que creía! Y quizá su mismo ser, que de tal forma aunaba valentía, materialismo despiadado y belleza, la pura belleza física de la revolución, identificaba una energía muy superior a la que cabía esperar que invirtiera él en su andar de aquí para allá por la montaña de la verdad. Quizá aquella energía suya se fundiera con una entidad más activa, con un elemental superior,[25] en el mismo mundo interior que negaba...

Pero alcanzó a verla mucho más abajo, esperándolo. Y quizá sin saberlo —siguió pensando mientras descendía, liberado ya de la multitud— ella estaba en realidad ayudándole a construir el arca en la que guarecerse del diluvio inevitable mientras él se limitaba a especular en la oscuridad exterior sobre la forma que esta tomaría. Quizá, de toda la gente del futuro, mientras siguiera titubeando (y quizá Tor tuviera razón), él pertenecía al género más fatuo. Y cuando llegara el diluvio lo dejarían allí para que se lo tragara la oscuridad, sin más trascendencia que un petrel ante las aguas. O, como la mofeta,[26] solo podría enrolarse a última hora, en las condiciones dictadas por la compañía, para evitar que lo echaran por la borda.

Aunque una cosa era innegable, pensó mientras bajaba corriendo los últimos escalones a la cubierta F, que la existencia de aquellos que...

Pero había llegado.

En el camarote, las maletas de Nina ya estaban apiladas en una esquina; el ojo de buey, cerrado y asegurado contra la nieve; la luz quemaba en el globo de su concha alambrada. Las mantas limpias dobladas a la marinera y el latón reluciente su-

[25] Los espíritus elementales de Paracelso, seres espirituales asociados a los cuatro elementos: gnomos (tierra), ondinas (agua), sílfides (aire) y salamandras (fuego).

[26] Referencia a Génesis, 7, donde Dios ordena a Noé que embarque primero a los animales puros y luego a los impuros.

gerían un orden engañoso. Era sin duda un nicho en el acantilado de un mundo tormentoso en cuya seguridad no se podía confiar.

Nina palpó la litera con las palmas de las manos antes de decidirse a sentarse en ella e invitar a Sigbjørn a hacerlo a su vera. Cuando se quitó el sombrero, Sigbjørn se sorprendió ruborizándose, no de deseo (estaba demasiado atacado de los nervios para eso, por más que ella fuera deseable), sino de culpa. Culpa, sí. Había ahí algo entre ellos que él se había encargado de arruinar para sí mismo, y que no estaba pertrechado para salvar.

Nina se había puesto en pie y se atusaba el pelo.

—No pareces feliz —dijo animada, hablando al espejo.

—¿Cómo iba a estarlo? Estoy tan dividido contra mí mismo...[27] Dividido... Puede que me esté desmoronando.

—Bueno —replicó ella con un suspiro—, es muy sencillo. Tienes el mal por un lado; y el bien haciendo frente común contra el mal.

Ahora se peinaba ante el espejo, sonriendo; y Sigbjørn se preguntó qué furias acecharían tras esa cándida frente.

—Parece sencillo. O blanco o negro, ¿no?

—Es sencillo. Pero tampoco tanto. Y en ningún caso tan sencillo como quedarse entre dos aguas, que es lo que tú haces.

Era de hierro esa mujer... una máquina, pensó Sigbjørn. Inexorable en tiempos de guerra, un bombardero que trae la muerte a los asesinos.

—Eso está mal —dijo Sigbjørn cogiendo un cigarrillo—. Pero ¿es eso lo que hago yo? Después de todo, yo no soy responsable de mi educación. Y casi me deja incapacitado. Son desventajas incapacitantes que te brinda la escuela pública inglesa. Y hábitos también, en particular ese tan encantador que has mencionado de quedarse entre dos aguas. Forjan por ti todo valor real, de modo que cuando sales al mundo de los elementales y te devuelven directamente los cheques tú te quedas sin nada.

[27] Alusión a Mateo, 12:25: «Todo reino dividido contra sí mismo queda asolado».

Soy consciente, por supuesto, de que hay muchos que prosperan y sobreviven sin llegar nunca a pasar de la fase de falsificación, o a verse cuestionados por ello, ni a cuestionarse a sí mismos siquiera. Pero esos no salen de las mazmorras, las aceptan tal como son. No desean escapar porque no saben que están en una cárcel...

Nina siguió peinándose en silencio. El ruido del muelle y los cabrestantes de cubierta llegaba hasta ellos amortiguado. ¿Qué había dicho, «cárcel»? Grandes verjas se cerraron con estrépito en su cabeza. ¿Era allí donde estaba en realidad? Un teatro de sombras de algo que debía de haber pasado en otra existencia parpadeó en su mente. Estaba tumbado en una cárcel, mirando el techo, hora tras hora, condenado a muerte por el asesinato de su hermano. ¡Si pudiera escapar...! Un tremendo esfuerzo y los barrotes, los muros, la verja exterior, los guardias se disiparon. Estaba tumbado al raso, en verano. Pero allí, ahora que en su imaginación había escapado, el auténtico horror de su conciencia lo acechaba para clavarle las garras. Planeaba sobre él. Era un cernícalo, un halcón, que ahora caía a peso; cerró los ojos aterrorizado a aquella realidad y, antes de que el ave pudiera capturar al ratón tembloroso que era él mismo, se había escabullido otra vez, proyectándose de forma asombrosa, un poco como en *El vagabundo de las estrellas* de Jack London,[28] muy lejos, al camarote de un crucero transatlántico donde decía adiós a una chica llamada Nina.

—Pero le echas demasiada literatura —decía aquella chica—, puedes salir de ese mundo de perplejidad en que hibernas y hacer frente a los hechos. ¿Me oyes? Hechos. Y con valor. Igual que tuviste que hacer frente a la muerte de Tor como un hecho, ahora debes hacer frente a la muerte de una clase social: tu propia clase.

Dejó el peine junto al espejo y se acomodó a su lado en la litera.

[28] Novela cuyo encarcelado protagonista, Darrell Stranding, aprende a proyectarse en el plano astral como vía de liberación.

Pero ¿es un hecho?, se preguntó Sigbjørn. ¿Era un hecho la muerte de Tor? ¿No estaba presente su influencia en todas partes, como el mar arramblando mente a través? ¡Si al menos la luz del sol se derramara sobre la oscuridad invernal de su memoria...!

Y en cuanto a la muerte de una clase...

—La diferencia sustancial entre Tor y tú —dijo Nina— es esta: él no buscaba ayuda exterior. Para él, el mundo era un juego de azar disparatado. Y no pretendía ver en él orden alguno. Y no trataba de imponer un sentido a cosas que no tienen el menor sentido. Y solo veía una salida, una forma en la que el hombre pudiera, en cierta medida, soslayar esa malevolencia, esa malignidad y esa fuerza naturales, y hasta canalizar esa fuerza en su propio beneficio, una forma de vivir en la que al menos sufriría como un ser humano, y no ya como un animal: y era mediante la revolución y el objetivo de esa revolución, una sociedad sin clases...

Pero ¿era un hecho la muerte de Tor? ¿No había seguido viviendo después algo de él, que escapaba a la vista? ¿Observando y ayudando? (¿Había también algo de él que pedía ayuda?) Algo que existía en esencias que él jamás sospecharía, como esos ruidos de las calles de Londres que sonaban de noche como voces chillando sin fin de dolor o suplicando ayuda, una ayuda que nadie presta ni sabe cómo prestar.

Y en cuanto a la muerte de una clase...

—Tor tenía razón. En parte, también la tengo yo —dijo.

—Ah, no. No.

—¿No? Antes de ir Cambridge, durante una temporada, que aunque no fuera larga es al menos la época más importante de toda mi vida, viví como un trabajador. Y pasado mañana, no más tarde que pasado mañana, vuelvo a ser un trabajador. Te parecerá cuando menos que traigo a mi vida la necesidad adecuada de una nueva orientación.

—No, no —dijo Nina—. Todo eso estaría muy bien si lo único que importara fuera el sentido trágico de la vida... Eso no lo admito. No hay cruz personal o intelectual con que podáis cargar tú o los de tu calaña que...

—¡De mi calaña! Eso es un poco... Pero ¡no sigas, ya sé lo que vas a decir!

—En pocas palabras, que os odio a todos, los metafísicos.

Esta vez, Sigbjørn no mordió el anzuelo. Se rio y le ofreció un cigarrillo.

—Una expresión curiosa. Me recuerda a la camarera de Cambridge que me dijo: «La verdad es que me encanta conocer a *famosidades* como tú».

—Me odio a mí misma por ponerme pedante conversando —dijo Nina entre risas—, y por el tono *au grand sérieux*[29] también. Estoy atrapada entre los dos y no es bueno.

—Y yo me odio a mí, por lo mismo. ¿Cuánto falta para que zarpe el barco?

—Como una hora.

—¿Qué ruta seguís?

—Ah, no es la habitual; de entrada, vamos costeando. Creo que hacemos escala en Belfast un día.

—¿Y luego?

—Glasgow. Ese es nuestro verdadero punto de partida.

—Entonces puede que nos crucemos.

—Barcos que se cruzan... ¿Te parece que abramos la ventana? —preguntó inopinadamente.

—Portillo.

—Portillo. En el ejército decimos «portillo».

Sigbjørn se estiró por encima de la litera para abrir el disco de pesada montura; una ráfaga de aire frío entró en el camarote, trayendo ruidos nuevos del mar y la ciudad. Los copos de nieve pasaban flotando por ese lado, momentáneamente a sotavento; un copo fue a posarse en la almohada, y tal cual empezó a deshacerse. Miraron los dos más allá del puerto, Mersey arriba. Ya no se alzaban las grúas de caballete de Birkenhead con su aire de permanencia severa y negra; serían invisibles durante un rato y luego, veloces, casi como deslizándose hacia su sitio,

[29] «Con gran seriedad, solemne»: un tono que D. H. Lawrence reprocha a Melville.

reaparecerían de manera misteriosa, sombrías aún al lado de la nieve, pero ilusoriamente más cerca. Los remolcadores y los ferris se arrastraban a medio gas a través del río. Desde las salas de máquinas de barcos que no llegaban a verse, los telégrafos tintineaban con un ruido extraño, casi lúgubre, como salido del fondo del mar. Las sirenas lanzaban su lamento desde la oscuridad gris. El río al pasar parecía más bien un glaciar recorriendo sigiloso su camino fatal. Y a Sigbjørn se le antojó que aquella escena en que el mar se confundía con el cielo era como la vida misma, que todo lo puede, todo lo corroe, pero revela solo fragmentos de su auténtica naturaleza, un barco, una cárcel, un mástil, una catedral, una grúa, objetos inconexos entre los que era difícil o imposible establecer un vínculo. Bueno, ahí estaban la vida y la muerte también: la muerte absoluta que la vida daba pródigamente a tantos amantes, como lo hacía el mar que reflejaba a ambos. «Y aquí está el horror de la campana agrietada de la iglesia»...[30] En un ataque de pánico, volvió a cerrar el ojo de buey a aquella desolación.

—No lo soporto. Es como un paisaje embrujado. O como el diluvio, el fin del mundo, la disolución.

—Lo que no soportas no es eso, sino tu forma de verlo —dijo Nina—. No eso tal y como es.

—Pero ¿cómo sé que tú lo ves tal como es?

—¿Yo? ¿Por qué yo?

—Igual que sé que tu materialismo no detiene el flujo del pensamiento, y por tanto es falso. No solo falso, sino reaccionario. No solo reaccionario, sino en última instancia suicida. ¡Así que no soy yo el reaccionario, sino tú, tú!

—Ah, no —replicó Nina—. Lo que pasa es que, como se ha señalado muchas veces, solo tras el triunfo de los trabajadores podremos preocuparnos por temas sociales que no son urgentes. El nuevo orden mundial no será estático. Contendrá sus propias

[30] Nueva referencia a los comentarios de Lawrence sobre Melville: «Oye el horror de la campana agrietada de la iglesia y vuelve a bajar a la orilla, vuelve de nuevo al mar... vuelve a los elementos».

contradicciones. La gente seguirá discutiendo sobre sus reacciones a escenas como esta, y sobre mil cosas más. Pero esto dista de ser un tema urgente ahora mismo.

—Dios santo, Nina, entonces... en fin, es lo que yo pensaba... ¿quieres decir acaso que el materialismo absoluto solo es un arma circunstancial, y que una vez que se haya establecido una sociedad sin clases... los problemas de este tipo cobrarán importancia con el tiempo?

—¿Los problemas de qué tipo, más concretamente?

—¿He olvidado mencionarlo? Pues problemas a cuya naturaleza apenas hemos aludido; ¿quieres decir que con el tiempo puede que vuelvan a cobrar importancia, para unos pocos... con la única precisión de que ahora mismo hay que archivarlos, que posponerlos?

—Mira, todo esto está más que visto, pero no hay organización que...

—No, de ninguna manera —la interrumpió Sigbjørn, y enmudeció, pensativo.

Sus últimas palabras le parecieron de nuevo una especie de revelación. ¿Posponerlos? Eso era. La elucidación de los enigmas y contradicciones del universo se pospondría hasta que no quedaran contradicciones de clase. Sin embargo, ese «posponer» empezó a parecerle paulatinamente una evasión de los auténticos problemas en la misma medida en que en los instantes previos le había parecido una solución revelada. Más aún, ¿no se trataba de un simple sentimiento personal? ¿No era él quien quería posponer tales asuntos por la personalísima razón de que su inteligencia era del todo inadecuada para ocuparse de ellos en aquel momento? Posponerlos le proporcionaría tiempo para encontrar un maestro. Pero ¿maestro? ¿Qué quería decir «maestro»? ¿Qué falsa premonición del inconsciente, qué lógica en la metafísica era esa?

—El problema es... —empezó a decir.

No obstante, ¿cuál era el problema? No había ningún problema. Al contrario, estaba todo demasiado claro. De hecho, en aquel momento podía anticipar esa premonición en el mismo instante en que se formaba en lo que los hombres llaman el «ello inconsciente»: era en el acto de preverla que él mismo se cegaba con los rayos que ese vórtice dispara como una luz de calcio giratoria[31] ante la proximidad de cualquier observador, salvo de los más audaces, y en los que tanto la intuición como la razón peligran. Solo en la oscuridad que se produjo a continuación una convicción le hizo a Sigbjørn sentirse más rico: que el esfuerzo de renacer a la conciencia que se requería no debía confundirse con el verdadero infantilismo, la puerilidad literal de pensamiento y sentimiento en la que ahora se envolvía y a la que tantas veces había corrido a refugiarse últimamente. «Vuélvete como un niño otra vez.»[32] Era verdad que había que hacerlo. Pero la dirección en que ahora corría en busca de auxilio —y corría en oblicuo, además— no era el camino verdadero.

Aunque ahora sabía esto:

—El problema es otra vez esta ignorancia. No «sé» nada. Nada. Tú probablemente te das cuenta. No creas que no me afectan la pobreza y la explotación de los trabajadores o de los indígenas. Me afectan. Fui un trabajador el tiempo suficiente para sentirlas y odiar el sufrimiento que provoca el sistema de clases. Es que no tengo nada valioso que decir sobre el tema. Parafraseando un comentario intolerable: *la bêtise est mon fort.*[33] Es mi punto fuerte, mi armadura. Quítame eso y no me quedaría nada, como no le quedó nada a la anciana de Chejov cuando le quitaron la religión.[34]

[31] La «luz de calcio» o «luz de Drummond» es la blanca de gran intensidad que se produce al proyectar una llama de oxígeno e hidrógeno sobre una malla cilíndrica de cal viva. Fue de uso común en los escenarios teatrales del siglo XIX hasta que se introdujo el arco eléctrico.

[32] Referencia a Mateo, 18:3: «En verdad os digo que si no os volviereis y fuereis como niños no entraréis en el Reino de los Cielos».

[33] El comentario parafraseado «la estupidez no es mi fuerte» es una frase de Paul Valéry en *Monsieur Teste*, texto que los socialistas más ortodoxos considerarían «intolerable» por irónico y solipsista.

[34] Posible alusión al cuento de Chejov «En el cementerio», aunque ahí no es una anciana, sino un varón, quien, ante una tumba, reprocha al muerto que le quitara su religión.

—Eso no son más que mentiras y evasivas —contestó Nina—. Y en cuanto a...

—Dentro de un minuto, me contradiré, por supuesto. Pero una cosa tendrás que admitir: si tengo algo valioso que decir, antes de poder hacer nada valioso debo llevar a cabo algunos ajustes personales. Hasta un loco lo entendería.

—Sigues en las mismas —insistió Nina—. Primero insinúas que eres tan magnífico que estás más allá del juicio humano; luego que eres tan tonto que eres incapaz de entender nada de nada; y al final tu queja es que estás enfermo y primero tienes que curarte para poder empezar a entender.

—Es que estoy enfermo. Tengo que curarme primero.

—¿Quieres decir que no funcionas en una sociedad mercantilista? ¿Y qué artista como tú lo hace? Esto tiene toda la pinta de no ser más que un método para llamar la atención. Primero dices, a propósito de tu fracaso en esa sociedad: *noli me tangere*,[35] voy en busca del Santo Grial. Cuando se demuestra que el Santo Grial es ilusorio, tu argumento es: «Si no lo encuentro es solo por mi estupidez». Y de ahí no hay más que un paso a «¡pues mucho menos voy a entender las teorías económicas de Ricardo!»[36] habiendo admitido tú mismo entre tanto que el Santo Grial te resultaba de los dos el objeto más sencillo. Y después puedes decir tranquilamente: «Estoy enfermo y, por tanto, para poder aclararme con algo antes tengo que curarme».

—Pero es que para poder entender algo antes tengo que curarme.

—Ay, ¿con qué locura me vas a salir ahora? —repuso Nina con un suspiro, y había algo en su voz parecido al amor... Pero casi de inmediato, como dando un «no» tajante a la seducción de semejante sentimiento, añadió—: Y entonces es cuando empiezas a buscar fuera de ti mismo, a Dios, a un dios personal, a un

[35] «No me toques», palabras de Cristo a María Magdalena tras la resurrección (Juan, 20:17).

[36] David Ricardo (1772-1823), que en *Principios de economía política* expuso las teorías de la renta diferencial y de la ventaja comparativa.

ángel de la guarda; o al contrario, te repliegas hacia dentro, hacia alguna forma de esoterismo. ¿Fe en la vida, fe en la acción? Eso, nunca.

—Es que el ángel de la guarda existe —exclamó Sigbjørn—, aunque eso en sí ya es contradictorio, quizá, con el Santo Grial. Y sí, eso también existe. Pero no me digas que es una locura buscar fuera de uno mismo sin más, Nina —prosiguió—. ¿No es razonable suponer que es la existencia del hombre lo que justifica al ángel que lo protege?

—Toma un poco de chianti —dijo Nina.

Estaba abriendo la maleta. Ahora se hallaban más distantes de lo que nunca habían estado; distantes en sus corazones y en sus pulmones; tan distantes como barcos que, anclados uno junto al otro en la Bahía de Yokohama, son arrastrados en su atracadero en direcciones opuestas cuando cambia la marea.

Nina le había pasado una botella de orvieto forrada de paja y un sacacorchos. Mientras ella sacaba unos vasos de plástico, Sigbjørn abrió la botella.

—Se me ha ocurrido esto —decía Nina—. Es una tontería que nos separemos odiándonos tanto. Vamos a brindar por tu fantasía viva del inconsciente.

Sigbjørn vertió un poco de vino en su vaso, llenó el de Nina y luego el suyo. «El perfecto caballero —pensó aborrecido—. Pero ¿yo qué soy?» Y le vino a la cabeza el extraño comentario que entreoyó al suboficial de luces del *Edipo Tirano*: «No aguanto a ese puto desclasado de Tarnmoor». ¿Qué ángel era ese?

—Está bien. —Alzó su copa, risueño—. Como quieras, bebamos. El hombre no se somete a los ángeles, ni a la muerte, por completo, salvo por la debilidad de su pobre voluntad... *Selah*, me rindo.[37]

[37] «El hombre no se somete...» son las últimas palabras de Ligeia en el relato homónimo de E. A. Poe, quien se las atribuía al clérigo y filósofo Joseph Glanville (1636-1680). *Selah* es una palabra de significado dudoso con la que concluyen de forma retórica varios salmos de la Biblia; se suele interpretar como una llamada a la reflexión.

Brindaron, cada uno a la salud del otro. Nina se levantó a estirar las piernas. Se miró en el espejo, se atusó el pelo, se empolvó la cara y se quedó mirando fijamente sus propios ojos. Ojos profundamente castaños como la tierra. Sin embargo, ¿cómo conciliar eso con su singular cualidad maquinal? ¡Quizá tenía la misma clase de correspondencia con la tierra que un tractor! Y detrás de ella, observando, los ojos azules de él, sabios pero sin humanidad: compasivos pero fríos y abstractos como el mar... ¡En fin, tal vez fueran máquinas los dos! Pero de distinto tipo. Hasta sus recuerdos eran mecánicos. ¿Era un recuerdo de Tor lo que se agitó en la cara de Nina? No importaba, podían retomar su relación en un plano distinto, en el plano abstracto de las máquinas, ahora que sabían que estaban sujetos a leyes distintas, a distintos mecanismos, y que reaccionaban de forma distinta a la atmósfera, aunque últimamente tal vez estuvieran siendo conducidos por distintos caminos hacia el mismo objetivo.

—No te deseo ningún mal —dijo riéndose aquella máquina llamada Nina—. Al contrario.

—La cosa va así —dijo la máquina Sigbjørn, y echó un trago—. Ya sé que es una historia galante. Me das puerta por mi bien porque quieres verme convertido en alguien más fuerte y autosuficiente. Y siempre seremos amigos. Como hermanos, de hecho. En fin, brindo por nuestra oscuridad y nuestra luminosidad, que se digan adiós con un gesto de extrema...

—*A votre santé*.

Se rieron. El chianti los hacía entrar en calor. Bueno, eso era la vida en aquel momento, un vaso de chianti. Así seguiría. Hacían bien en reír. Hasta era divertido.

—Aparte —dijo—, hablas de la preciosa unicidad de tus motivos para ir a Estados Unidos, por oposición a la ambigua multiplicidad de los míos para ir a Rusia; pero, si fuera más listo, podría pensar en al menos doce razones por las que vas, y también en dos docenas de objeciones a que vayas.

—Bien, dime solo una.

—Qué raro, no se me ocurre ninguna, así, a bote pronto.

Al fin y al cabo, tal vez no le conviniera destruir él mismo, o poco más o menos, su amor propio.

—Lo que sí podría —dijo— es señalar algunas «confusiones» en tu pensamiento: aquí estás tú, una comunista, buscando tu destino «fuera» de ti misma, y no contenta con verter desgracias personales a un pozo común... Ya no sé qué iba a decir.

—La verdad; tenemos injusticias reales que enmendar, enemigos reales que combatir, agravios reales que reparar. No estamos cargando contra molinos.

—Pero mi estilo no es combatir, sino dejarme ir a la deriva; soplar como un viento ululante, como una piedra de moler, y sin embargo, sí, luchar. Luchar con mis contradicciones a cuestas, no contra ellas... Como el electrón, que es bala y onda a un tiempo.

«En absoluto —pensó—. No lo digo en serio, estoy mintiendo. Pero entonces ¿por qué derivan siempre las conversaciones con Nina a estas majaderías envenenadas? ¡Rompe con el pasado! ¡Romped, romped, romped, oh, frías piedras grises, oh, mar!»

—Pero, Sigbjørn, ¿es posible que seas tan débil como para ir a buscar ayuda externa en un dios?

—¿He dicho yo que hiciera tal cosa? Pues si lo hago no es porque mi psique se haya desintegrado. Y además, es por negar eso por lo que hemos sido expulsados de nuestro edén. Cometes el error de creer que podemos hacerlo todo por nosotros mismos. ¡Y ahí radica todo el secreto de la caída del hombre! Por eso hemos roto, por eso nos separamos y por eso, en definitiva, murió Tor.

—¿Por qué murió?

—No comprendió que tendría ayuda.

—¿De quién?

—No, eso tampoco es cierto... De todos modos, aunque no hubiera muerto, tú lo habrías destrozado... No, retiro eso también.

Nina guardó unos instantes de silencio y entonces dijo, despacio y con amargura:

—¿No eres tú el que está cada vez más confuso?

—Sí, lo siento... Y siento haberle negado mi ayuda. ¿Y por qué le negué mi ayuda? Por la sencilla razón de que la ayuda cuando se niega se retira.

—Tú, por ejemplo, solías decir que la verdad estaba dentro de ti, que el reino de los cielos estaba dentro de ti[38] —decía Nina—. ¿Cómo puede estar dentro de ti y también fuera? Me da la impresión de que no sabes qué quieres decir.

—Algo que nada en el aire, fluye por el agua y hurga bajo la tierra.[39]

—Pero no puede estar a la vez dentro y fuera.

—No, ¡salvo que la sustancia esté tanto abierta como cerrada!

—¡Cómo! ¿En el sentido que le da Spinoza? ¿Sustancia? ¡Qué loco estás! En fin, por las mismas podrías estar fuera y dentro de un movimiento al mismo tiempo.[40]

—Igual que puedes estar a bordo de un barco de mi padre y, sin embargo, dentro del movimiento.

—Todo esto no demuestra nada.

La nieve flotaba de manera sorda tras el portillo, nieve que caía sobre los remolcadores del Mersey, enterrando tristemente tierra y mar, enterrando el pasado y el futuro, la misma nieve que cae sobre los habitantes de Liverpool cae sobre Alfred Gordon Pym,[41] cautivo de hordas bárbaras en costas de desesperación en el confín de la tierra, donde mueren los caminos, donde se le escurre la vida. También cruzaban ante el ojo de buey gaviotas con sus sádicos picos abiertos, marineros muertos, según decían (o más probablemente filósofos muertos), hostilidad alada; el «cra, craaa» del positivismo, el símbolo de la gaviota en la conciencia humana. Algunos copos de nieve se quedaban

[38] Alusión a Lucas, 17:21: «Ni podrá decirse: helo aquí o helo allá, porque el reino de Dios está dentro de vosotros».

[39] Parafrasea el *Tao Te King*: el Tao puede resolver la paradoja.

[40] El filósofo panteísta Baruch Spinoza (1632-1677) negaba el dualismo cartesiano al reducir toda materia a una única «sustancia divina» simultáneamente interior y exterior a las cosas.

[41] En realidad, Arthur, protagonista de *Las aventuras de Arthur Gordon Pym*, la única novela de E. A. Poe.

pegados al exterior del cristal. El mal que le había hecho a Tor, que en un principio parecía poco más que un copo, y luego el glaciar que avanzaba pesadamente en el exterior, un glaciar que arrastraba todo a su paso con fuerza, consecuencia y causa por igual. Como esta idea tuvo el efecto de sofocarlo, tiró de nuevo del cerrojo metálico, bastante contrariado, y abrió el disco de cristal montado en latón, descubriendo por su marco circular las blancas aguas del Mersey; el verdadero mar blanco, pensó por un instante, más que el mundo imaginario que cobraba formas borrosas a través del vidrio, como si su objetivo se hubiera trasladado súbitamente ante él al abrir el portillo al aire helado. Pero un momento más de contemplación y el mar volvió a ser lo que era, una abstracción: como son sin duda la mayoría de las apariencias, a sotavento de la vida.

Inspiró profundamente varias veces, observando... ¿el qué? ¿El fin del mundo? ¿Un cataclismo? No es ya una clase social, sino todo el círculo exterior del mundo lo que espera el golpe mortal: este estúpido ripio se garabateó en su mente. Y para entonces, según insinuaba Nina, no quedaría de él más que su particular lógica irreductible. En fin, ¿qué importancia tenía eso? Aun así, casi de inmediato algo le dijo que quizá tuviera una importancia considerable. Alguna vez había tenido la intuición de que la naturaleza puede ser pródiga en sus intentos de producir algo, o alguien, que evolucionara por sí solo; ¿acaso no surgía en la vida de algunos hombres, sin saberlo ellos, el dilema de seguir una de dos frías espirales, la que asciende hacia la vida real y otra de curso descendente al pétreo suelo de la verdadera muerte? Desde la oscura caverna de su vida él había emergido ante aquella escalera que a sus pies descendía en una espiral infinita, pero que también se elevaba como un fantástico muelle sin fin hacia una oscuridad equiparable. ¿Qué dirección debía tomar?

¿O era mejor no escoger ninguna y retirarse a su nicho, a la caverna, receloso de emprender cualquier acción, como una especie de hongo de la vida dotado de conciencia? Tal vez a Nina no se le presentaran de forma consciente tales dilemas, y por tanto fuera imposible lograr la menor coherencia discutiendo con ella.

Estas consideraciones tenían en él el mismo efecto que una obra de teatro cuyo argumento no conseguía seguir o un libro que leyera medio dormido. Su desganado impulso creativo particular seguía con atención dispersa las líneas generales de la realidad, para acabar saliendo por la tangente de su discurrir independiente; un camino que conducía indefectiblemente al callejón sin salida del sueño. En el exterior, la neblina de la nieve se aclaraba y volvía a espesarse; un mercante seguía el curso del río. De pronto estaba a plena vista y, al cabo de un instante, se había desvanecido como tragado por las aguas. Con la vida pasaba lo mismo. La víspera, en ausencia de Nina, le parecía que todo estaba claro. Ahora, más o menos en el mismo momento, estando ella a punto de partir, observando los dos el tiempo desapacible por el ojo de buey, todo resultaba tan embrollado como antes: el mar con el cielo; los reflejos con la realidad; la causa con el efecto. Tal vez el solo hecho de su separación, tan teñida en sí misma por tantos viejos enfrentamientos, rupturas, acuerdos, rencillas económicas y demás, bastaba para sobrecargarlo como a un ataúd flotante, con un lastre mal repartido cuya abrumadora distribución hacía que su propio ser se partiera y se hundiera en su interior. Nada que ver con ningún otro cargamento...

—Quizá esté apoyando inconscientemente a mi padre —dijo, de cara al enemigo—. Tal vez por eso no puedo llegar al final del camino.

—Tienes que llegar al asesinato, con menos no te vale —dijo Nina.

—Asesinato... —empezó a responder él.

Pero su cabeza no podía seguir por ese camino. Para acrecentar su confusión, vino a burlarse de él como una mueca el recuerdo de unas palabras que había oído a su padre hacía tiempo: «Nuestra filosofía no se basa en ninguna fe». ¿Qué significaba eso? Quizá lo mejor, intelectual y espiritualmente, fuera quedarse al pairo de momento y dejar que el temporal descargara sobre las montañas traicioneras del pasado hasta amainar. Además, había llegado ya a la conclusión de que era la filosofía más que otra cosa, y no tanto sus frutos, tampoco, como sus escombros, lo que le hacía ir cargado muy por debajo del disco plimsoll...[42]

¡En lastre hacia el Mar Blanco, en efecto! Lanzad el cargamento por la borda, incluida la mujer del capitán.[43] Así y todo, un barco en lastre no es fácil de gobernar con mala mar, y si llega a encontrarse con tiempo muy feo...

—En el centro de todo tornado que se precie hay un vacío —dijo—. La verdad es no sé de qué estoy hablando.

Nina le sirvió otro vaso de chianti.

—Repito: si estás esperando, o proponiendo, que se produzca algún otro tipo de revolución, una revolución psíquica o algo así, antes de la revolución social, en fin, para el caso lo mismo podrías esperar resucitar un cadáver con un trago de esto.

—O hablar de la revolución en el bar del Midland Adelphi...[44]

—O, ya puestos, en el *S. S. Arcturion*, joya de la flota Tarnmoor, construido por contrato con el Gobierno y con ruta directa al infierno...

Se sirvió otro vaso ella también y bebieron a su recíproca salud.

—O en áticos de bolcheviques del tipo que sea.

—Tienes razón.

—Si ha de haber una revolución del alma —siguió diciendo Nina—, o de la palabra, o de la larva (ya que es de suponer que la larva se transformará), o lo que quiera que sea lo que insinúas, prejuicios aparte, pues estupendo (un asunto personal y privado, de acuerdo), pero aun así no se organizaría de forma capitalista, por la sencilla razón de que...

[42] La marca de francobordo, o disco plimsoll (por Samuel Plimsoll, parlamentario inglés que promovió su imposición en 1875), es la señalización que deben llevar los buques en el casco para indicar el calado máximo con el que pueden navegar.

[43] Según una superstición marinera, una mujer a bordo trae mala suerte, y en condiciones muy adversas había que lanzarla al agua para aligerar peso.

[44] El Britannia Adelphi, antes llamado Midland: el hotel más grande de Liverpool, ya mencionado en el capítulo V.

—Son pocos los elegidos[45] —contestó Sigbjørn—, ya lo sé. Seguro que tienes razón. Desafortunadamente, dentro de nada disentiré. Claro que eso no sirve de nada; ir hacia ti es un puro acto de fe. Es algo completo, y yo tendría que entregarme a la tarea tan por completo como tendría que entregarme a lo otro.

—¿Qué otro?

—Algo de lo que no sé nada. Algo parecido a la muerte, pero parecido también a una nueva vida.

—¿No podrías ser más concreto? ¿Quieres decir que vas a unirte a los Alces?[46]

Sigbjørn se rio.

—Bueno, ahora mismo estoy como quien dice en tierra de nadie. ¿Eso es ser concreto?

—No mucho.

—Pues el caso es que aquí estoy. ¡Por retorcer otro aforismo, siendo yo la asignatura no voy a encontrar profesor por más que busque! Tan solo espíritus como el tuyo, y en su momento el de Tor, y en otros aspectos el de mi padre, ¡todos al borde de tremendos abismos, o creaciones, pero que a pesar de todo han afirmado la vida! Mantenerse firme significa soltar las manos que te sujetan, eso ya lo sabes. Te arrastran en todas direcciones, y no puedes cogerte de todas.

—Pero ¿no has hablado de «luchar con tus contradicciones a cuestas»?

—¿Eso he dicho? Es probable que sí. Pero no es eso lo que quiero decir, en absoluto. A menos que me refiriera a que no puedes evitar que esas contradicciones penetren en tu misma psique. Digamos que cambiar no es tan fácil como saltar a una bañera de agua caliente. Es probable que esté en tu bando, que esté gravitando hacia tu bando, es decir, si es que tu bando quiere realmente la revolución. Bueno, claro que la quiere,

[45] Alusión a Mateo, 22:14: «Muchos son los llamados y pocos los elegidos».

[46] La Benévola y Protectora Orden de los Alces (1868), una fraternidad estadounidense que en tiempos de Lowry estaba restringida a varones blancos y creyentes. Sigbjørn reuniría los requisitos para entrar.

claro, claro. En todo caso, podría seducirme, aunque solo fuera por su pura belleza.

—No es cuestión de que te seduzca —dijo secamente Nina. Y a continuación lo enfatizó con rabia—: La seducción no tiene nada que ver. Pero luchar a pesar de las contradicciones, de hecho, viene a ser curiosamente lo que quiero decir, porque la dialéctica...

Sin embargo, su irritación previa había desencadenado en Sigbjørn un tren de objeciones que había sobrepasado ya la estación de su posible entendimiento. «Nada de seducir —pensaba, ya sin escucharla—, pero en tu mentalidad hay un cierto obstruccionismo diabólico. Y lo que obstruye, llevado a sus últimas consecuencias lógicas, es precisamente el propio discurrir de la mente más allá de los estándares materialistas. Pero también en mi mentalidad hay un obstruccionismo, y lo que obstruye es precisamente el discurrir de la justicia humana.» Dijo:

—Sospecho que eres espiritualmente injusta.

Aun así pensó: «Físico, espiritual, ¿qué significan estas palabras? ¿Qué juicios acríticos son estos?».

—Yo sospecho que eres espiritualmente deshonesto —se vio obligada a replicar Nina, perdida ya toda oportunidad de entendimiento—. ¿Por qué has dicho eso?

—No he dicho que sospechara que eras, digamos, una oportunista —se explicó él—. Esperaba que respondieras, y de hecho te estaba invitando a responder: «Pues yo sospecho que tú eres humanamente injusto». ¿Por qué no combates con las armas que te ofrezco?

—Muy bien, lo digo. Tú eres... eso que has dicho que eres.

—Entonces, sugiero que debería darse una reconciliación de estas desarmonías: el producto de dos negativos, después de todo, es un positivo.

—Bueno, la reconciliación podría llegar de forma inconsciente si vivieras esa religión desconocida tuya, en vez de hablar de ella.

—¿Igual que llegaría contigo, si vivieras aquello en lo que crees?

—Voy a vivirlo. ¿No hablas demasiado de ti mismo? —preguntó Nina.

—Muchísimo, ya lo creo.

«Pero voy a vivirla —pensó—. Voy a cambiar. Primero habrá que rehacer el patrón psicológico. Aunque, por otro lado, ¿cómo puedo estar seguro, si solamente me siento libre en parte? ¿Si parece que en parte me controlan, que obedezco órdenes de algo o alguien exterior a mí, cuya exigencia del bien es absoluta: el viejecito del inconsciente?[47] "Debo confesar que, personalmente, jamás he experimentado este sentimiento oceánico", dijo Freud.[48] Una vez más, una síntesis incompleta.»

—Voy a vivirla —añadió Sigbjørn.

—Me asombra.

Sigbjørn pensó: «¿Cuya exigencia del bien era absoluta? Y por cualquier cosa que sea incuestionablemente buena es evidente, por más que desconfíe de esta palabra, que hay que sacrificar algo, incluso aquello que dentro de su propio contexto aislado (y al margen de sus causas corruptas, respecto a las que nada puede hacerse) no esté mal».

—Tal vez me una a ti después de todo —dijo.

—Palabras, palabras, palabras...[49]

—Ya.

—Salgamos a cubierta. Es imposible que haga más frío que aquí. Hemos dejado entrar demasiado aire.

—¡O no el suficiente! —Y masculló para sí al cerrar el portillo—: Ni muchísimo menos.

«Simulacro de evacuación esta tarde a las tres.

»Se ruega a los pasajeros que se pongan los salvavidas cuando suene la señal y acudan a la posición que se les ha asignado, información que encontrarán en sus camarotes.

47 El viejo Adán de la conciencia del hombre tras la caída.

48 En *El malestar en la cultura*, Freud explica su incredulidad respondiendo a su amigo Romain Rolland, quien, tras leer *El porvenir de una ilusión*, le contradijo respecto al origen del sentimiento religioso: no sería el simple deseo humano de una vida futura o de un padre protector, sino «una sensación de "eternidad", un sentimiento de algo ilimitado, algo "oceánico"».

49 *Hamlet*, II, ii, 192.

»Chaleco salvavidas Boddy Finch.

»*Arcturion*, Liverpool.»

Estaban en una cubierta de toldilla inferior del lado de sotavento, mirando hacia New Brighton; entre ellos había amainado la tormenta y de momento se encontraban solos, sin pasajeros ni marineros que los molestaran. Muy por encima de su nivel, un pinche de cocina tiraba basura por un vertedero. Pasó ante ellos silbando en su caída al mar. Tantas medias creencias, creencias espurias, creencias en que uno no podía estar equivocado, de las que deshacerse... Vieron pasar otro montón de basura. Deshazte de todas las confusiones. Tíralas por la borda. A ver, esos pinches; tira este montoncito, ¿quieres, chico? No eran más que dos seres humanos que habían amado y cuya propia visión refractada del árbol del conocimiento los había traicionado, y ahora se separaban. ¿Qué trascendía a la mortificante verdad de aquello?

—Nina —exclamó Sigbjørn—. No cojas este maldito barco, vámonos juntos a algún sitio. Yo tampoco cogeré el *Unsgaard*. Nos vamos donde sea y empezamos de nuevo. Será un...

—Renacer.

—Sí, eso será. Sí, la única verdad está en nosotros, en nuestro amor, en nuestro...

—¿Y adónde iríamos?

—No lo sé, pero por lo pronto no zarpes en este barco. No sabes en qué clase de carraca estás.

—Ah, sí que lo sé. Y sabré mucho más para cuando atraquemos en Nueva York. Bueno, estoy esperando una respuesta. ¿Adónde iríamos?

¡El monte Ararat en erupción! ¿Adónde, sí? Absurda fantasía adolescente, se vio navegando con ella a ras de olas de color bermellón, como dos gaviotas en vuelo, ¡io, io!, donde los recolectores de berberechos hurgan con los puños en el limo salado: dos aves marinas volando juntas sin fin y tan felices las dos juntas. ¡Io, io! ¿O era cuac, cuac? ¿No cojas este barco? Pero ¿adónde? ¡El Ararat en erupción! Un solitario copo de nieve viró hacia ellos bajo el techo de la cubierta y fue a posarse en la palma de su mano. ¿Adónde? En el momento de la separación, de dolor exquisito, una gota de la sangre de Dios cae como una bendición.[50] ¿O es una lágrima, el regusto salado de la eternidad? Ya se había evaporado.

—Antes de que sea demasiado tarde, Nina, haz la travesía conmigo, no a América, ni a Arcángel, ni a Lyonesse,[51] sino a la región de ese dolor.

Pero se limitaron a caminar hacia la popa: por un pasillo estrecho, pasando por una pequeña sala de fumadores en la que había revistas y folletos dispuestos —Sigbjørn, distraídamente, cogió uno— y subiendo por una escalerilla a la cubierta D de popa, para acabar en la popa misma, bajo la protección del techo del puente de cubierta; esa fue la extensión total de su escapada, el límite de su viaje juntos.

Algo más al extremo y por encima de ellos, en su mástil cubierto de hielo, la bandera ondeaba y restallaba; la bandera que cubría a los pecadores en el «Infierno», agitándose y fluctuando con un ruido igual al del mismo fuego que los torturaba. La bandera, la cruz...[52]

—Puede que nos crucemos —decía Nina—, si zarpáis de Preston.

—Ya te lo comenté, pero no despertó tu interés.

Ella echó un vistazo al folleto que estaba leyendo Sigbjørn, por encima de su hombro.

—Aunque esto sí que te interesará. Escucha: «En un crucero Tarnmoor, equipado como está con un servicio de sobrecargo de amabilidad y eficiencia máximas, no puede uno sino sentirse como en su casa. Es esta característica la que ha granjeado a los barcos de esta línea una reputación de calidad y variedad sin igual. Todos los barcos de nuestra compañía se han construido

[50] Alusión a *Fausto*, quien, próximo a su perdición, ve en el firmamento una veta de la sangre de Cristo: una sola gota le salvaría.

[51] En los mitos artúricos, isla donde nació Tristán, situada frente a las costas de Cornualles.

[52] La bandera de la naviera Tarnmoor, que lleva la cruz de Noruega.

por contrato con el Gobierno y deben superar un estricto examen a cargo de oficiales de marina antes de entrar en servicio. Buques excepcionalmente marineros. Camarotes de lujo, luminosos y bien ventilados».

Sonó una corneta en la distancia, y los dos echaron a andar, movidos por el mismo impulso: darse el último adiós.

—Está todo decidido, entonces, es definitivo —concluyó Nina.

Sigbjørn había plegado el folleto. Ahora le tendió otra vez su *hyrkontrakt*: *Sigbjørn Tarnmoor, limper, 21: skibets reise fra Prester til Archangel/Leningrad.*

—Sí. Definitivo todo.

—Te deseo buena suerte —dijo Nina—. Supongo que sientes lo mismo que yo, que partes a una tierra nueva, a tierras recién descubiertas[53] donde...

—Como si fueras a descubrir América por primera vez.

—Como Erikson.

—Leif Erikson.[54]

—O Cristóbal Colón con la *Nina.*[55] ¿No fue el...? ¿No recuerdas que solías decir que...? Bueno, espero que tengas buen viaje, de verdad.

—En fin, supongo que tengo que bajarme ya.

Un oficial con galones dorados, guerrera azul Prusia con el cuello vuelto hacia arriba y la cara oculta en él como una castaña en su erizo, murmuró al pasar a su lado, casi como para sí:

—Sin prisa, niños, queda mucho tiempo. Solo era el primer aviso. Aún faltan tres cuartos de hora para que zarpe esta palangana.

Se esfumó.

[53] *New found land*, que en inglés es también el nombre de Terranova (Newfoundland): Lowry establece a partir de aquí un paralelismo entre los viajes de Nina y Sigbjørn y el doble «descubrimiento» de América por Colón y, quinientos años antes, por los vikingos, primeros europeos en llegar a Terranova.

[54] Leif Erikson (c. 970-1020), hijo de Eric el Rojo (y posible antepasado de William Erikson), fue el caudillo vikingo que llegó a Terranova.

[55] La *Niña*, cuyo nombre transcrito al inglés es el mismo que el del personaje.

—«Los pasajeros que viajan por primera vez con la línea Tarnmoor no dejan de reparar en el insólito interés que en su confort y disfrute de la travesía ponen los oficiales del barco.»

—«También evitamos la incertidumbre en los horarios de salida, y este particular impresionará por igual a los viajeros habituales y al turista ocasional, ya que nada hay más exasperante al llegar a un puerto de enlace que encontrarse con que el vapor que uno esperaba que zarpara al poco tiempo podría no salir hasta al cabo de dos o tres días, ocasionando molestias y gastos considerables.»

Se rieron. Sigbjørn la tomó de la mano. Durante unos instantes fue como si los hubieran indultado; no había surgido ningún conflicto entre ellos, no había crispación ni infelicidad: estaban perdonados; no había prisa por abandonar el paraíso. Aquel instante era su matrimonio. Así debió haber sido su relación: nunca más se separarían.

Luego el momento pasó.

—Dios, cuánto lamento que te vayas —estalló al fin Sigbjørn, apretándole la mano—. ¿Recuerdas ese poema noruego: «El tiempo y el mar nos desgajaron, y las noches en poniente son sombrías»?[56] ¿Cómo era? —Rompió a reír.

—El mar y el tiempo; ahora mismo no suena nada bien.

Sigbjørn tiró de su mano, acercándola más a la barandilla.

—¿Ves aquel madero a la deriva de ahí? ¿Lo ves?

Sacaron medio cuerpo por la borda para observar los desechos flotantes del puerto: periódicos viejos, cajas de naranjas, bloques de hielo medio derretidos, residuos cubiertos todos de nieve sucia.

—Sí, ahí está. Lo veo.

Y se quedaron los dos mirando el ajado trozo de madera. El hielo se había fundido alrededor del barco. Las olas corrían a la velocidad de un tren expreso, pero aquel madero parecía no

[56] Versos del último poema incluido en *Stene i Strømen* («La piedra en la corriente») de Grieg, que también aparece en *Ultramarina*, parte V.

avanzar en absoluto mientras le pasaban por debajo, limitándose a elevarse y caer en un cansino movimiento de vaivén.

—¿Te das cuenta de cómo puede parecerse a eso un alma humana? —preguntó Sigbjørn.

Nina permaneció en silencio un instante antes de responder:

—Solo veo cómo es en su forma, pero no la materia de las olas que barre su superficie.

—Precisamente. Pero ¿ves, Nina, lo parecida que puede ser un alma humana a ese pobre madero, absolutamente solo? El caos se desata sobre su cabeza, pero apenas lo mueve ligeramente, ya acercándolo, ya alejándolo de su objetivo, ese objetivo hacia el que viaja inexorablemente. Pero ¿ves lo solo que puede estar, quizá durante siglos, lo absolutamente solo en el universo, como el despojo de un naufragio en medio del Atlántico?

—Nunca lo habría pensado. Además, no está solo, tiene la compañía de otros desechos. Y se me antoja la del propio Atlántico, que lo mece. Pero, Barney, sabes que no tienes que pensar en ti en esos términos, tú no estás solo, no...

—Reconozco que me lo imaginaba en alta mar. Y luego esa alma muriéndose como muere allí un pobre marinero, como si una ola rompiera por última vez y no se la volviera a ver ni a oír. La verdadera muerte. Eso es aterrador. ¿Tú crees que Tor murió, de verdad, en ese sentido? ¿Que desapareció de la existencia, que está muerto, tan muerto como muerto está este momento? ¿O crees que puede uno renacer, incluso en esta vida? ¿Lo crees?

—Tuvo el coraje de hacerlo, estoy segura de que logró lo que quería. —Nina hablaba de forma vaga con una imparcialidad que obviamente estaba lejos de sentir—. Estoy segura de que logró lo que quería —repitió, y añadió con acritud—: Pero por norma no podía simpatizar con lo que hizo (aunque lo haga).

—Dime: ¿hasta ese punto te convirtió Tor? ¿O habías llegado a esas conclusiones por tu cuenta?

—Creo que yo lo conectaba a la vida, a los hombres. Eso me dijo. En el fondo, puede que le doliera el hecho de que fuera yo, y no él, quien se interponía entre tú y la vida.

—¿Que tú te interponías...?

—Según él, sí. Pero es verdad que intentó liberarme, hacerme libre. Libre en mí misma, y eso es lo que tú no has querido nunca. Y Tor amaba sinceramente a la humanidad, la amaba como algo de lo que él nunca formaría parte. Y esa es una de las razones por las que...

—No, no es por eso por lo que...

—¿Qué quería? Dime: ¿qué quería? ¿Qué...?

—No me...

Se abrió una puerta a su espalda de golpe, la del comedor de oficiales, del que salió un torrente de conversación como si hubiera estado allí reprimido. «La caldera de babor perdía a chorros, tuvieron que conectar los tubos a la fila de abajo», «la bomba de alimentación de babor no funcionaba», «la bomba de alimentación de estribor daba unas sacudidas que no veas», «¡vaya, qué diantre!, las dos putas calderas perdían a chorros», «inyector averiado», «aguantaron las sacudidas de la puta bomba de alimentación», «perdía lubricante... inclinada treinta grados», «se cascaron los cristales de los portillos», «porque la bomba daba sacudidas».

Un oficial con mono amarillo cerró dando un portazo; la conversación se silenció.

—Pero no veo en ese madero un símbolo del alma —dijo Nina—, como tú lo llamas. Lo veo como algo pequeño que se ha desgajado, quizá de un dique en que se pudría, pero que aún encontrará en la oscuridad caótica del mar un camino que lo lleve hacia su objetivo. Lo mismo que has dicho tú, en realidad, solo que de otra forma.

—Se pudrirá igual; o se hinchará con el agua y se hundirá. Además, ¿no ha perdido su finalidad al desgajarse de la masa? Podría, por supuesto, significar cualquier cosa.

—Podría significar cualquier cosa, por supuesto.

«La puta bomba de alimentación estaba dando sacudidas.»

«Simulacro de evacuación esta tarde a las cinco. Se ruega a los pasajeros que se pongan los salvavidas cuando suene la señal y acudan a la posición que se les ha asignado, información que encontrarán en sus camarotes.

»Chaleco salvavidas Boddy Finch.»

«En beneficio de nuestros clientes... el *Arcturion* está equipado con nueve mamparos estancos con puertas de cierre hermético con control eléctrico, nueve camaretas de acero en las cubiertas, nueve sistemas eléctricos automáticos de detección de incendios, nueve extintores portátiles de diez litros, nueve bocas de incendio y nueve botes salvavidas con capacidad para nueve personas cada uno... La seguridad es lo primero... para nuestros clientes, solo lo...»

«Caballeros.»

Caminaban ligeros hacia popa, pasando junto a botes salvavidas cuyos pescantes, se decía, estaban congelados e inservibles, dejando atrás blancas puertas de camarote con umbrales de latón que gemían como el viento cuando los sobrecargos, cargados de equipajes, las abrían con la rodilla; vagaban por aquel barco caro y sin alma, rodeados por todas partes de sistemas de ventilación, huecos de ascensor, el balcón de entresuelo (pues el barco se había construido para el tráfico tropical) y cortinajes y mobiliario extravagantes; en suma: decoración capitalista de la peor clase por doquier. En los rincones por los que tenían que pasar con escotillas por las que no estaban trajinando cargamento, la cubierta parecía una tarta nupcial, pero en la mayor parte de ella habían enrollado la lona y apartado las cuñas para dar paso al equipaje y las mercancías, que iban subiendo a bordo con eslingas para, a continuación, dejarlas caer sordamente por las escotillas; los chigres traqueteaban con furia; y en las escotillas los estibadores trabajaban como presos de alguna fiebre y luego paraban de golpe, soltando la red, y volvían la mirada al cielo negro, al jefe de cuadrilla asomado al borde del hueco o a la nieve, mientras esperaban la señal para recibir la siguiente carga. En esos momentos, Nina y Sigbjørn se echaban corriendo al otro lado, por seguridad.

—Bueno, podría simbolizar la civilización burguesa.

—¿El qué?

—¿Qué va a ser? Ese madero.

—¡Ah, eso!

—Sí, tablas que todo el mundo asociaba a seguridad; madera, calculada y adecuada... Un barco. Pero está podrida. La masa le pasa por encima, vasta, caótica, poderosa, un Atlántico apasionado. Se hunde.

—¿Eso no es un poco desproporcionado?

—En términos del bien y el mal, no.

—Pero ¿caótica? Eso conduce a la locura o, como mínimo, al «eclecticismo aforístico».[57]

—Disquisiciones bizantinas. ¿Qué estamos tratando de evitar, a todo esto?

—¿Separarnos?

Estaban ahora a estribor, cerca de la proa, del lado de barlovento, donde el viento les cortaba la carne hasta el hueso. Ahí todo parecía más concreto, más real, que en el lado de sotavento; era como si el mundo hubiera abandonado su pose elemental, abstracta, e intentara ofrecer un aspecto muy distinto. Por otra parte, incluso lo concreto, lo táctil, lo obvio estaban sujetos a los mismos inconvenientes de cualquier presentación; no se podía mostrar todo de una vez; ni siquiera una parte el tiempo suficiente para suscitar una respuesta adecuada. Un instante se extendían ante ellos los muelles melancólicos con su manto de nieve; al siguiente, como si otra vez los hubiera ocultado un biombo y se hubiera corrido a su sitio una nueva escena, aparecía el tren aéreo; y del mismo modo iban emergiendo sucesivamente los almacenes, las oficinas que se asomaban apiladas unas sobre otras, casas de aspecto carcelario sobre edificios carcelarios, feos, feos, revelándose de uno en uno y, por encima de todos —encarnación hueca del mal del día—,[58] la catedral.

—Bueno, ahí está, allí arriba...

[57] «La corrupción [del pensamiento metafísico] causada por cierto eclecticismo aforístico y ametódico que desdeña no solo los sistemas, sino también las conexiones lógicas» (Coleridge, *Biographia Literaria*).

[58] Alusión a Mateo, 6:34: «Así que, no os afanéis por el día de mañana, porque el día de mañana traerá su afán. Basta a cada día su propio mal».

—Éramos los jóvenes aprendices, los jóvenes obreros, en un andamio tambaleante...

—Y también estábamos construyendo algo, que ahora hemos abandonado. Inacabado, con la grúa encima. Quizá con el tiempo se desmonte del todo.

—Igual que han hecho allí con la Torre de New Brighton...[59]

—Que hoy no se ve...

—... que la han desmontado.

—Exacto, o más bien... Vamos a resguardarnos un poco, hace muchísimo frío.

«Simulacro de evacuación esta tarde a las cinco. Se ruega a los pasajeros que se pongan sus...

»Chaleco salvavidas Boddy Finch.

»*Arcturion*, Liverpool.»

—¡Lo que he dicho al principio! ¿Qué hay en nosotros que nos arrastra lejos del otro, que siempre ha estado ahí, dentro de los dos, separándonos?

—Eso es lo que te decía yo al principio —contestó Nina—. Pero te negabas a escuchar. Tenemos necesidades distintas, muchas y variadas; tendríamos que aceptarlas y, al mismo tiempo, alegrarnos de habernos tenido el uno al otro. Nuestras diferencias en sí mismas no tuvieron la culpa. Pero tú no podías admitirlo, ¡tenías que intentar absorberme!

—Pero si eso es precisamente... lo que debí haber hecho. Un hombre y una mujer deberían ser uno solo. Tor...

—No, ahí es donde se infiltra la muerte. De todos modos, no tenías razón, no eras el tipo adecuado de pionero, ni el prospector idóneo. Y encima explorabas terreno prohibido. No quería seguirte.

—Pero Tor...

—No quería seguirte.

[59] Inaugurada en 1900 y construida a imagen de la Torre Eiffel, con sus 173 metros era el edificio más alto del Reino Unido. Durante la Primera Guerra Mundial se descuidó su mantenimiento, y el precio del acero hizo luego su restauración inviable para los dueños, que la derruyeron en 1921.

—Pero sí querías...

—No hables de eso.

—Pero, Nina, Nina, por el amor de Dios, estábamos construyendo algo. Es cierto. ¡Es cierto! No hay nada más triste que un edificio inacabado, abandonado por su alma, por todo el amor, para pudrirse sin esperanza.

La nieve cruzaba flotando por delante de la aparición de la catedral, hacia la que se habían girado y ahora miraban tras haber desandado sus pasos en dirección a la popa.

«¡Cuidado con las hélices! ¡Prohibido el acceso a esta cubierta a los pasajeros en turismo!»

—Al contrario, no hay nada más triunfal que abandonarlo. Pero ha de haber algo más que un simple separarse... ha de haber muerte. No es que yo sea cruel por naturaleza.

—¡Lo eres!

—No. Es necesaria una cierta medida de fuerza, eso es todo. Pero, para serte despiadadamente sincera, lo construimos con ladrillos de paja. ¡Y lo sabes! ¡Y lo sabes! Esto es el final, en serio. Es mejor cortarlo todo con un cuchillo, mucho mejor. Ya sé que es traicionar a la juventud, reconocer que hemos sido derrotados.

Por un momento, ese *hemos*, en primera persona plural, pareció brindar algo de consuelo a Sigbjørn. Luego se le enfrió el corazón.

—Pero no estamos derrotados. ¿Cómo vamos a estar derrotados, cuando lo cierto es que he estado de acuerdo contigo de principio a fin?

—Aun así has vacilado, nunca se puede contar contigo... ¡No! Mejor terminar de una vez por todas, la muerte de Tor me lo dejó claro. ¡Se acabó! ¡Ya está!

—¿Tanto significaba Tor para ti, entonces? ¡Dios mío, ya está ahí la corneta!

Desde un piso inferior llegaba el gemido de la corneta, seguido del rugido estruendoso del gong que llamaba al primer turno de comedor. ¡Agonía! ¡Dolor privado! Volvió a retumbar el gong. ¡Punzadas! ¡Rompe! ¡Rompe! Al fondo del pasillo, a horcajadas de la borda, un marinero con un impermeable reluciente moteado de nieve aflojaba un cabeza de turco[60] con un pasador. Trabajaba con premura febril. Un parto fácil para el pobre barco. Corta el nudo. Deshazte de él con un cuchillo. Corta todos los nudos. La corneta sonó de nuevo con admonitoria rotundidad.

¡Toque de silencio! ¡Toque de diana!

Nina se echó a reír:

—Un día voy a matar al corneta.

—Un día lo van a encontrar muerto —dijo Sigbjørn—. Un día encontrarán a ese corneta con la corneta rota en la cabeza. Así, Eloísa, que esto es el principio del fin.[61]

—No, el fin.

¡Toque de silencio! ¡Toque de diana!

Ya se iban; pero el mismo oficial de antes volvió a aparecer ante ellos, mascullando al paso antes de desvanecerse en la cabina del contramaestre:

—Sin prisas... Aún queda media hora... ¡Falta un buen rato para que zarpe esta lata!

¡Indultado de nuevo! No obstante, esta vez la sensación fue menos satisfactoria. No muy distinta de la de ser víctima de un intento frustrado de ahorcamiento. Permanecieron en silencio, apartando la vista del rostro del otro, cada uno guardián de sí mismo. Sigbjørn recorrió con la mirada toda la eslora del barco. Al cabo de dos días estaría a bordo del *Unsgaard*, un buque ni la mitad de grande. En ambos, sin embargo, los turnos de guardia, en cubierta o en el cuarto de calderas, se sucederían a las mismas horas. El flujo de la vida en el castillo de proa seguía la misma corriente. Aunque ¡con qué diferencias tan fundamentales! A bordo del *Unsgaard*, imaginaba, capitán, oficiales y tripulación serían uno solo con el propio y esforzado navío. Pero el *Arcturion* ¿qué era? Un hotel anticuado, un restaurante caro cuyo negocio iba a menos; una oficina de telégrafos, unos

[60] Nudo ornamental con forma de turbante.

[61] Alusión a la historia del filósofo Abelardo y su discípula Eloísa, célebres amantes del siglo XII. El tío de Eloísa, canónigo en la catedral de París, hizo castrar a Abelardo cuando su sobrina quedó embarazada.

urinarios públicos, un antro de jugadores, un espectáculo de cabaret con gemelos siameses como cabeza de cartel, pero también una especie de espíritu, una tosca integración de actividades infinitamente pequeñas, una entidad tan esquiva y casual como el *Zeitgeist*; ¡un mundo misceláneo en el que sin duda se habían omitido muchos componentes esenciales, que se hacía pedazos ante sus ojos! O que volcaba. Y en su imaginación vio el *Vestris* zarpar de Hoboken con su exceso de carga, escorarse de forma alarmante y, lenta, lentamente, voltearse en el gris del océano, como el sistema con exceso de peso en la cúspide del que era símbolo, como el mundo sobrecargado que llevaba en sí la semilla de su propia destrucción.

Sí, ¿qué era aquel barco? Como el tao, un cuadrado sin ángulos, un fuerte ruido que no puede oírse, una enorme imagen informe.

Ese segundo aplazamiento tuvo el efecto de impacientarlos ante su propia incapacidad para separarse: pese a sus diferencias, parecían ser tan ineludibles para el otro como unos nuevos Chang y Chen, cuya separación podría causar la muerte de ambos, o más terrible aún, la de uno.

—En fin, que aquí estamos, yo (qué ironía) enrolado como mozo carbonero con destino a Dios sabe dónde y tú, al menos en comparación...

—La diferencia es esta: tú no estás haciendo un acto de fe absoluta. Y yo sí. Todo lo que me has dicho no son sino pruebas de que vacilas. Y se trata de jugarse el todo por el todo.

—Pero me voy. Se puede decir que me juego el todo por el todo. Y si a eso vamos, ¿lo tuyo es un acto de fe absoluta?

—Totalmente. De la vieja ideología, nada sirve ya para nada. Menuda farsa. Lo tuyo, aunque superficialmente pueda parecer una identificación con el proletariado, no deja de ser simplemente una huida de ti mismo. Para ti es más un asunto religioso, de tensión personal, que otra cosa.

—¿Religioso? ¿El mar? No te sigo.

—Lo que intento expresarte es que en tu modo de actuar no hay coraje; al contrario, tu valor es tan ciego como las fuerzas que invocas; pero lo que haces no es racional, no lo sometes a la crítica del pensamiento, y por eso es, en definitiva, sentimental.

—¡Sentimental!

—Qué puñetas, ¿es que no te das cuenta de que toda esa monserga de ir a tu hogar, a Rusia, a Noruega, a Spitzbergen[62] o adonde sea no es más que otro intento por tu parte de refugiarte en las enaguas de tu abuela?

Sigbjørn soltó una carcajada.

—Agrias palabras, Nina. Pero ¿y qué hay de tu vuelta a América?

Pero Nina obvió la pregunta:

—Comprenderás que el tuyo no es en absoluto un gesto de conciencia de clase —dijo—, sino un acto primitivo de rebelión, sin más. Bárbaro... Más aún, es entregarte a las fuerzas oscuras del inconsciente, tan celebradas por tu querido Lawrence,[63] y de ahí al fascismo, que no al comunismo, no hay más que un paso, dado también a oscuras. Es como ir a la guerra: implica el mismo tipo de ceguera. De hecho, pienso que son muchos los que, en tu misma posición, sienten que deben dar algún paso violento por el estilo, en la oscuridad, como compensación por aquello por lo que sus padres y hermanos tuvieron que pasar en la guerra.

—Agrias palabras, Nina. Pero en siete años las cosas cambian mucho. Lawrence se habría pasado a tu bando si siguiera vivo. Siempre sospechó que la gente «espiritual» sufría una desintegración psíquica. Habría comprendido el peligro que entrañaba su credo de la «conciencia sanguínea» para el mundo; creo que se habría vuelto «rojo» como tú. Pero, al margen de todo eso, tú misma has dicho que el primer paso hay que darlo a oscuras, por una voluntad de caminar a ciegas que es inherente a la creación de algo nuevo y nunca visto.

—Cierto. Pero el ciego ha de saber que está cruzando un puente. Su ceguera lo es con referencia a un objeto.

[62] Isla noruega situada en el Océano Ártico.

[63] D. H. Lawrence (1885-1930), escritor a quien algunos atribuían ciertas veleidades fascistas.

—¿Cuál es tu objeto, entonces?

—Bueno, está claro que en América hay trabajo que hacer. Ese país también corre el riesgo de caer en el fascismo y, si es posible salvarlo, ha de hacerse en los dos próximos años. Además, me han ofrecido un trabajo concreto.

—A mí también. Pero eso es personal. ¿Qué hay del objeto, del objeto desinteresado de referencia?

—Bueno, en América los escritores son una fuerza importante, se les respeta más que aquí. Mucho más, diría yo, que aquí, donde no hay escritores que puedan respirar, salvo algunos americanos exiliados. Y si pueden respirar es solo porque con ellos la desilusión se ha elevado a desesperación cósmica. Ya no respiran a pleno pulmón. Y en América hay muchos así. Su desesperación se deriva sobre todo del hecho de que no se les quiere, de que no son necesarios, de que su arte no es más que jugar con bloques de colores. Elimina esa sensación y, dado su talento, se convierten en nuestros aliados.

Sigbjørn sonrió.

—Dicho así, parece fácil. ¿Por qué no empezar por casa? La caridad bien entendida...

—Intento hacerte comprender. Pero tú eres mucho más difícil. Eres una especie de falso radical. En cierto modo, no eres más que parte de una moda universitaria impredecible.

—No tardará en dejar de ser la moda si va a recibir este trato —dijo Sigbjørn—. Pero ¿y si en mi caso fuera auténtico? ¿Y si fuera otra clase de revolucionario?

—Bueno, ya lo veremos. A mi entender, solo hay otra clase de revolucionario, el revolucionario pequeñoburgués; la máscara de lobo de un Goering, revolucionario de la guerra.

—¡Eres más despiadada que Hedda Gabler![64]

—¡Mucho más!

—Pero ¿qué hay de mí, si, traicionado por mi propia estupi-

[64] Protagonista de la obra homónima de Ibsen (1890) que acaba suicidándose.

dez, lo más despiadado que he pretendido hacer es no sobrevalorar el atractivo de una idea nueva?

—A falta de otra cosa, insisto: la estupidez es de buena educación.

Sigbjørn dio un respingo. «¡La estupidez es de buena educación!» ¿No había dicho Tor «a falta de otra cosa, tener alma es de buena educación»? Este uso erróneo de la expresión, tan peculiar, despertó en él una sospecha inquietante. La obvió, sin embargo. Bastante raro resultaba ya meditar sobre la naturaleza de las personalidades que fluían de una a otra, de modo que la esencia de una primera era captada o rechazada por una segunda, o el frente espiritual que presentaba a la sociedad una tercera se mezclaba y entretejía con el ser mismo de una cuarta, ninguna del todo aislada, nada del todo propio de nadie, como para complicarlo aún más con celos particulares; pues lo que había comprendido como individuo llevaba en sí sin duda el rumor del agua, al ser una mera interpenetración con otros, imitación de Cristo, de este o aquel maestro, agua en el agua, que fluía por todas las cosas. ¡Nada del todo propio de nadie, eso es! ¿Erikson?... Pero quizá esa sensación surgiera simplemente de una base económica en la misma psique.

—Es verdad que me ha traicionado con frecuencia —dijo—, pero, a mi manera, me debato por el principio del bien. ¿No vas a ayudarme?

—Tendrás que luchar contigo mismo, Barney. Tienes tus propios legados, en los que yo no puedo entrar. Al menos, no más de lo que ya he entrado. En cuanto a caminar a ciegas, es verdad que hay que hacerlo, hasta cierto punto. Pero no es lo mismo eso que fingir que eres ciego o cualquier otra puerilidad, como, pongamos por caso, lo de tu amigo Hawthorne, que solo salía de noche...

Hawthorne, blanco Hawthorne, ¿adónde vas?, ¿adónde vas, mi bien, mi amor? Se habían parado entre dos bocas de ventilación, en una especie de nicho abierto en la cubierta de toldilla. Estaban otra vez frente al Cheshire, la orilla del Mersey de Rock Ferry, donde Hawthorne ejerció de cónsul, y que en aquel momento se veía tan clara como a través de prismáticos, con la peligrosa claridad que presagia tormenta. Los ferris de Woodside y Egremont cruzaban ligeros el río. A lo lejos, el viejo ferri de Eastham paleteaba moroso corriente abajo. Un gran carguero alemán acababa de soltar el ancla en medio del río. Las aves marinas le graznaban.

Nina guardaba silencio mientras observaban el barco.

—Ese es nuestro enemigo común —parecían decir los ojos de ambos, fijos en la desalmada esvástica.

(Hawthorne caminaba a tientas por Old Ropery,[65] extendido el brazo con una taza de latón en el puño tembloroso. Tap, tap. Veterano de cuatro guerras. Un penique para mis ojos; tápiti-tap; el latón de mi vieja contera. «¿Eres Melville? Vas a emprender un largo viaje, Melville.» «Sí, a Tierra Santa.» «¿Sionista, o es que tu alma sigue decidida a ser aniquilada?» «¿Aniquilada?» «Aniquilada.»)

—¿No lucharías con ellos?

—¿Luchar con ellos?

Por unos instantes, el ruido de los chigres sobre sus cabezas pareció un estrépito de ametralladoras. La neblina de la nieve, la terrible metalurgia vaporosa de la química aérea, el mar barriendo a su paso un río espeso de sangre. Se alzó ante sus ojos la cara hinchada de Goering y la redujo a gelatina.

—Antes moriría que luchar con ellos.

—¿De verdad?

—Te juro que lucharé contra todo aquello que representan.

—Pues ten cuidado, no vayas a ayudarlos sin querer.

—¿Sin querer?

—Sí, ¿no es tu hermosa Noruega el vértice de la cultura escandinava, de toda esa religión pagana vuestra? ¿Y no tienen ahí las materias primas, el mineral y la madera que necesitan...? —Señaló con un gesto de la cabeza al buque nazi—. ¿Y no estáis tan ocupados con vuestro «programa de salvación» y vuestra Liga Escandinava de Naciones?

—Nunca he estado ocupado con ellos —respondió Sigbjørn

[65] Calle de Liverpool cercana a la estación de James Street.

riéndose—. No he estado en Noruega desde que era un bebé. Siempre me pareció que era un rincón del mundo libre y bueno.

—Cualquier país que se conozca en una infancia vivida en el seno de una familia rica te parecería lo mismo.

Sigbjørn no respondió. «No es verdad», pensó. ¡Aquellos árboles yendo de camino al puerto desde Frognersaeteren, abetos y espinos, espinos blancos cubiertos de nieve! «Mira, ellos no llevan con jaquecas tanto tiempo como yo», dijo Melville.[66] Desde la cubierta del *Arcturion* se veían difusamente en la distancia las dunas por las que había paseado con Hawthorne, una pincelada ondulante de olas de blanco de China, mar blanco, visto a través de una malla de nieve. Pero a buen seguro el destructor indultaría a Noruega.

—Ten cuidado, no vayas a ayudarlos sin querer —repitió Nina.

Ráfagas de viento les rociaban la cara con espuma helada, pero se inclinaron más sobre el costado de hierro del barco, del que brotaba agua sin cesar. Más al fondo, por portillos con gruesos marcos de latón, asomaban cabezas de sobrecargo; por debajo de ellos, en una plataforma de acero, apareció de pronto otro sobrecargo, de chaleco oscuro, y tiró nerviosamente algo de basura por la borda, para a continuación quedarse un rato traspuesto con su acción. Luego arrojó el cigarrillo que estaba fumando y se esfumó.

—Tienes razón, Nina. Ya sé que tienes razón. Es verdad lo que dices. Supongo que no paso de ser poco más que un niño que quiere ser maquinista. No tendría la desfachatez de declararme comunista, aún no. Pero esos enemigos tuyos son mis enemigos.

—Un perro persiguiéndose la cola me habría descrito mejor hace un año o dos —repuso Nina, sonriendo.

—No ha sido fácil encontrar mi sitio en la tierra. No lo ha sido para millones de hombres como yo.

—Ya.

[66] El pie para las imaginarias palabras de Melville lo da la mención del espino (en inglés, *hawthorn*, pero Lowry lo escribe con e final, como el apellido del escritor).

—Pero, en cualquier caso, no voy a quedarme remoloneando a sotavento, Nina. Durante un tiempo, los dos habíamos encontrado un nicho seguro en el mundo. Pero renunciamos a él. Los dos. No me da miedo, había que hacerlo. Pero no puedes despreciarme... A donde me dirijo es al rugido del mar y a la oscuridad y a la noche. ¿No es así? ¿No es así?

—Sí que tienes miedo, aun así. Estás temblando —dijo Nina con ternura.

—¿Es que tú no tienes miedo? ¿No? ¿No estamos todos doblando el...? En toda vida hay un Cabo de Hornos...

La nieve caía arremolinándose. Nieve que enterraba en melancolía la tierra y el mar, que enterraba el pasado y el futuro, nieve que caía al mar fundiéndose en el agua, espuma de ideales y de sueños —pasajeros, indeterminables— arrastrada aguas adentro del Atlántico de los desechos de la civilización...

—Sí, Nina, y toda vida tiene su Tierra del Fuego, su peligrosa isla inflamada.

—¿Vas a doblar el Cabo de Hornos?

¡Toque de silencio! ¡Toque de diana!

Ante ellos, las olas se sucedían en su carrera. El fantasma de Tor parecía hablar en el silencio que mediaba entre los dos. «Todo es como una ola rompiendo *perpetuum mobile*. La revolución. Absolutamente. Te llevarías una sorpresa si te dijera que no hay vida después de la muerte, como a ti te parece. Ah, aquí la vida es fácil, como coser y cantar, o al menos como hacer una escala en uno de los barcos del viejo que se pudren a marchas forzadas. Estarás atónito, ¿no?, con un mensaje tan mundano desde el mundo astral.»

Una vez más, Sigbjørn tuvo la extraña sensación de que todo aquello era una pesadilla —estaba en la cárcel, condenado a muerte— extraordinariamente detallada y documentada, pero que no dejaba de ser un sueño; ¡un sueño en que uno partía, agobiado por el lastre del pasado, hacia el Mar Blanco! Pero ¿qué era eso? ¿Iba en búsqueda de esa blancura que infunde más pánico en el alma que el rojo aterrador de la sangre?[67] ¿O era ese

[67] Desde «que infunde...» se cita *Moby Dick* (cap. LXII).

mismo rojo, el rojo de la estrella de la revolución, hermosa sobre el Mar Blanco? ¿Adónde iba en realidad? ¿Se encaminaba al mundo verdaderamente mejor de Novalis, o a la vicariamente pueril tierra de los eslóganes de Cummings?[68] ¿Cuál era la estrella que seguía, la de quién? ¿Era la suya, o la de Myers,[69] la fría estrella del Norte de su falta de confianza en sí mismo?

—Me temo que no soy muy alegre —dijo.

Nina siguió callada.

—Y es curioso —continuó Sigbjørn—, porque, habitualmente, como Heine, cuando soy más gracioso es cuando...

—¿Cuando qué? Vamos a movernos. Hace un frío que pela —le cortó Nina, impaciente.

«Cuando se me parte el corazón —dijo Sigbjørn para sí—. Supongo que es lo que iba a decir.»

«*Arcturion*: Liverpool. Simulacro de evacuación esta tarde a las tres. Se ruega a los pasajeros que se pongan sus salvavidas cuando suene la señal y acudan a la posición que se les ha asignado, información que encontrarán en sus camarotes... Chaleco salvavidas Boddy Finch.»

—Y antes de que se me olvide, aquí tienes el manuscrito de mi novela. No sabía si quemarlo o dártelo a ti. Tómalo.

—¡Vaya, gracias! Caray, ya estoy otra vez como Hedda Gabler, además.[70] Pero no, Barney, gracias, de verdad.

«Gimnasio.»

«Piscina.»

«Acceso reservado para negocios.»

«*Arcturion*: Liverpool.»

[68] E. E. Cummings (1894-1962), poeta estadounidense que visitó Rusia en 1931 y dejó testimonio de su decepción en *Eimi* (1933). Sigbjørn alude a su poema «next to of course god america I», crítica del amor a una patria que envía a sus hijos a la muerte.

[69] F. W. H. Myers (1843-1901), ensayista inglés y fundador de la Sociedad para la Investigación Psíquica. La mención remite en realidad a un poema del propio Lowry, «Peter Gaunt and the Canals».

[70] En la obra de Ibsen, Hedda guarda y luego destruye un manuscrito del infortunado Lövborg.

Volvieron a patearse el barco de punta a punta, febrilmente, entrando y saliendo por puertas, colándose en la sala de los sobrecargos, en tercera clase (la más barata), Nina con el manuscrito bajo el brazo y fingiendo interés de tanto en tanto; ahora bajaban de nuevo a los niveles inferiores, con tuberías y calderas cubiertas de amianto por todas partes; la escalera del cuarto de calderas descendía a un mar de calor, a su futuro, pensó Sigbjørn; más adelante, el barbero blandiendo la tijera, «no te fíes»; la caridad empieza por uno mismo y es afable...

Desde la eternidad y hasta la eternidad...[71]

Se apoyaron en una barandilla en un nivel muy inferior del *Arcturion.* Ahí, el ruido del agua al caer era más fuerte, los sonidos del propio barco más apremiantes. Era como si a medida que se acercaba el momento en que deberían separarse se hubieran acercado también al corazón de la densa complejidad de la nave misma. Desde ahí, los fríos desechos de las aguas, mucho más cercanos a la vista, perdían buena parte de la hermosa identidad que, a pesar de todo y por comparación, aparentaban desde las cubiertas superiores; y tan desolador resultaba que solo la visión de los camarotes de alrededor, con las luces encendidas ya en pleno mediodía, evitó que Sigbjørn se derrumbara. Al igual que en el camarote de Nina, había allí un resplandor en torno a ellos, una cierta calidez, una insinuación de refugio. Pero a sus pies seguían flotando retales de arpillera, placas de hielo a medio fundir, desperdicios de todo tipo. Nina se inclinó más hacia fuera como para ver algo mejor; entonces exclamó:

—¡Ahí, ya me lo parecía! Es nuestro madero. ¡Sigue aquí!

Sigbjørn se había encaramado a la tubería de vapor que había al lado de Nina, y se asomó a mirar.

—Pues sí que lo es.

—Sí, pero ¿ves lo que es?

Sigbjørn se inclinó para observarlo más de cerca.

—No lo veo.

—¡Fíjate bien!

[71] Salmos, 90:2: «Desde la eternidad y hasta la eternidad, tú eres Dios».

Se puso de puntillas sobre la tubería y se estiró aún más.

—No, no lo veo.

—Pues es una pata de palo.

Sigbjørn rompió a reír, mirando hacia abajo.

—¡Dios mío, es verdad! ¿Quién se lo iba a imaginar?

Volvió a mirar. Qué ridiculez. Una pata de palo, no cabía la menor duda. Estaba dormido, por supuesto, aquello era una pesadilla. Estaba dormido, en la cárcel: aun así, ¡qué siniestra coincidencia!, no menos siniestra por carecer del menor sentido. ¡Absurdo! Adiós, viejo mastelero. No pierdas de vista a la ballena mientras yo me voy. Mañana hablaremos, cuando la ballena blanca yazga aquí, atada por la cabeza y la cola.[72]

—¡Es la pata de palo del capitán Ahab, de hecho!

—¿Quién era el capitán Ahab? Ah, ya me acuerdo... Bien, pero ¿por qué el capitán Ahab?

—¿No lo ves? Ha renunciado a luchar. El barco de su alma ha zarpado en su último viaje. Y solo queda su pata de palo, como Job, para contarlo. Todo el asunto está liquidado. *Coendet.*[73] *Fini.* ¡Es ridículo pensar siquiera en volver a empezar!

—¿De qué estás hablando? ¿Y a qué viene toda esta gaita de Goby Dick?[74] ¿Y Melville no era un viejo débil y pendenciero, que gritaba porque le daba miedo la vida, porque en el fondo no era más que un crío?

—Aunque así fuera, si viviera hoy sería fuerte. Y sigue habiendo barcos que salen de puerto y desaparecen para siempre —replicó Sigbjørn.

—El *Arcturion*, por supuesto, es la reina de la flota —dijo Nina.

Oyeron a lo lejos a la banda del barco acometer de nuevo el coro de los soldados de *Fausto*. Una literatura de la guerra. Debe de ser casi la hora de partir. Siguieron apoyados en la barandilla sin hablar, mirando en dirección a Bidston Hill, donde una vez hicieron el amor, pero que ahora quedaba oculto a la vista.

[72] Desde «adiós» se cita *Moby Dick* (capítulo CXXXV).

[73] Quizá forma corrupta del alemán *so endet*, «así acabó».

[74] Por *gobio*, pez fluvial de pequeño tamaño.

Él recordó la extraña ambigüedad de uno de los comentarios favoritos de ella: «¿No te encanta estar así, tumbados juntos, sin más?». El silencio se prolongó unos instantes, y no parecía haber razón para que el barco no zarpara. Debajo, se abrió de golpe un portillo y sonó la voz de un borracho:

—El diablo conoce a tanta gente que el diablo baila... —Y añadió, con rotundidad—: ¡En Sicilia![75] ¡Y lleva calzones y perneras de goma!

A esto siguió un estallido de risas, como un trueno; todos cuantos estaban cerca prorrumpieron en sonoras carcajadas.

—¿Qué ha dicho, Nina? ¿Baila en Sicilia?

—Bah, no es más que un borracho.

Pero la voz continuó, aún más ebria:

—No tengo conciencia, soy ateo, dijo el diablo. Los muertos no hablan. Venga aquí, sobrecargo. ¿Cree que puede hacer pasar este baúl por aquí?

—Claro —se oyó responder al sobrecargo en voz baja pero con tono socarrón—. Claro, Davy Jones[76] se encargaría de él.

—Pero no tengo un baúl donde quepan los dos.

De nuevo llegó el toque penetrante de la corneta. ¡Toque de silencio! Sigbjørn se encendió un cigarrillo. Retomaron su caminar. «¿Somos el espejo de la ley universal? —se preguntó riendo—. ¿O son todos nuestros esfuerzos inconmensurables por la ley divina?»

«No se permite el acceso a los pasajeros en turismo más allá de esta barrera.»

Abajo, abajo, más abajo, eso que lleva bajo la conciencia, el extremo criminal de enterrar en vida. Estaban en un corredor bajo, cavernoso, sin alfombrado, al que daban varios camarotes;

[75] En la población siciliana de Prizzi se celebra cada Domingo de Pascua la «danza de los demonios»: los lugareños se disfrazan de diablos y bailan por las calles recolectando almas. Según la tradición, el Etna es una de las bocas del infierno.

[76] Personaje legendario que personifica el fondo del océano. En su cofre recogía los restos de los naufragios o los cadáveres de los ahogados.

les dio la bienvenida un intenso olor a sopa; y uno de los portillos abiertos en el pasillo enmarcó la sonrisa caballuna del hombre al que acababan de oír hablar desde arriba.

—Hola, hola, concedo muy pocas entrevistas, dijo el diablo quitándose el sombrero. Salí de la costa berberisca, dijo el diablo, cuando era bárbara. Cuando era báaarbara —repitió el hombre, esta vez gritándoles, porque Nina y Sigbjørn habían llegado justo delante de su camarote—. Báaarbara —baló.

Un sobrecargo vestido de sarga negra les susurró:

—Es el representante de los siameses con un zamacuco...

—¿Con qué? —preguntaron Nina y Sigbjørn.

—Con un zamacuco. Uno quiere volver a Estados Unidos y el otro ir a Bangkok.

—Menudo problema.

—¿Verdad? ¿La farándula o volver a casa con mamá? En fin, es lo que pasa por nacer unidos por la madre naturaleza. ¡Sí, señor!

Se alejó. Sigbjørn y Nina desanduvieron sus pasos hasta el final del corredor y volvieron a andarlos. Pero el agente de los nuevos Chang y Chen parecía estar esperándolos.

—La costa berberisca sigue siendo bárbara —afirmó, y se dio media vuelta para servirse un whisky—. ¿Tienen escocés?

Cayó una botella con un golpe seco. Llegaron risas de dentro del camarote. Sigbjørn y Nina volvieron a caminar hasta la puerta; iban pasillo arriba y pasillo abajo, deprisa, contra el tiempo. De una cocina salía el tictac nervioso de un reloj. Sonó una corneta distante, nostálgica.

¡Toque de diana!

El representante salió trastabillando del camarote y los siguió; agarró a Nina por el brazo.

—¿Tienen escocés? Ya no damos nombres, dijo el diablo —exclamó—. O podríamos hablar cuando no nos toca...

Soltó un relincho, tenía la cara como el cráneo de un caballo; agarrándose a los pasamanos rematados en cobre, los persiguió por un pasillo forrado de felpa roja que olía a rancio (un monte a escalar en medio del mar), con cadenas de reloj que colgaban y tintineaban como grilletes.

—Nunca he estado arriba y abajo tan bien como estuve. ¿Puedes comer oro?, dijo el diablo —preguntó el hombre—. El cambio es plata, ¿qué vas a hacer?, dijo el diablo. Come, dijo el amable caballero —añadió.

Giró hacia el comedor sin dejar de desbarrar, pero un camarero, con índice firme, lo propulsó delicadamente hacia el pasillo. Él se revolvió, pugnando por volver a unirse a Nina y Sigbjørn.

—No diré nombres. Vergüenza debería darles —farfulló—. Puse el pie en la lápida... La Costa de Marfil, cuando era báaarbara.

—Vamos, vamos —le reconvino el camarero—. Vamos, caballero, vamos...

—Tiene que ser César Imperator en persona —le susurró Sigbjørn a Nina.

¡Toque de silencio!

El agente gritaba sus desvaríos por encima del hombro mientras daba bandazos de un lado a otro del pasillo entre dos contramaestres; a la que aflojaron la presa, se cayó contra el mamparo.

—Sí, imperator capitalismus —sentenció Nina.

—Es demasiado para él, en todo caso. Está liquidado.

¡Toque de diana!

Del cuarto del intendente llegó otra ráfaga de conversación como impactos de metralla. «¡Por todos los crímenes,[77] es un ataúd flotante!» ¡El *Brynjarr*! «Gobierna más tozuda que un...» «Lo jodido que era gobernarla en la última travesía por yo qué sé qué...» «Glicerina cuando se atasca el puto timón.» «Y llevando un puto cargamento de peróxido de bario en el puto barco.» «Claro, trapos y lana», «ácido carbólico y naftalina», «ácido, naftalina y aceite de fusel».

Retumbó el gong, soltando un torpedo de sonido por el tubo de los pasillos y los corredores. Fue como si de pronto se hubiera topado con ese loco furioso que se hacía llamar Sigbjørn despotricando en la cubierta superior.

—Tor tenía razón —vociferaba.

[77] *By crimes!*, interjección tomada del poeta inglés John Masefield (1878-1967), que fue marinero en su juventud.

—Supongo que creerás que lo hizo por tu culpa —le decía Nina acaloradamente—. Supongo que creerás que le impresionó que te largaras, olvidando lo que tú le habías hecho.

—Bueno, por ti seguro que no se mató. Tú no le importabas un comino, Nina.

—¿Qué sabes tú de él?

—Era su hermano; y su mejor amigo.

—¿Qué quieres decir? ¡Me conocía a mí mucho mejor que a nadie, mucho mejor de lo que te conocía a ti!

—¡Eso es una majadería cruel! —gritó Sigbjørn.

—Yo le conocía a él mucho mejor que tú.

—¿Qué quieres decir? ¿Que eras su amante?

—¡Sí! ¡Era su amante!

Sigbjørn guardó silencio unos instantes; luego dijo, rápido pero con veneno:

—Entiendo. ¡Compartimos el mismo vientre en más de un sentido!

Durante un segundo o dos se quedaron mirándose con odio, luego Nina dio media vuelta y echó a correr por el pasillo.

Sigbjørn permaneció parado un momento, entonces se lanzó a la carrera tras ella, igual que había hecho la noche anterior. Pero la había perdido de vista.

—Perdona, Nina, lo siento —balbuceó—. Vuelve, por el amor de Dios, no quería...

Pero la corneta entonó las notas definitivas, las ineludibles.

¡Eurídice! ¡Eurídice![78]

Rugió la sirena en diapasón: *doom*. Punzada, cantó el gong birmano anunciando la comida, punzada, punzada. ¡Rompe! ¡Rompe! «¡Que abandonen el barco todos los visitantes!» «¿Es usted pasajero, no? Entonces ¡salga del barco!» «Todo el mundo fuera del barco.» «¡Fuera del barco!» «Barco.»

[78] Alusión al mito griego de Orfeo, que baja al infierno para rescatar a la ninfa Eurídice y logra que Hades le permita llevarla al mundo de los vivos con la condición de que no se vuelva a mirarla antes de salir. Orfeo lo hace en el último momento y así la pierde para siempre.

Vuelve, ¿dónde estás? ¿Dónde estás?

Creyó verla y trató de abrirse paso entre las apreturas y empujones del pasillo, pero tuvo que apartarse para permitir pasar a los gemelos siameses, lo que no dejaba de resultar ridículo. El fantasma de la división, del cisma, dialéctica viva del mal, personificación desapasionada también de lo incalculable, lo absurdo, lo sintético, lo sobrehumano, lo sacralizado, pasó a su lado en dirección a popa, deslizándose luminoso sobre un fondo de gris oscuridad. Reporteros rezagados corriendo a diestra y a siniestra. Caras gemelas inexpresivas, una mirando a Schenectady y la otra a Siam. A lo lejos, su representante resucitado, con su abrigo azul moteado de nieve, daba vueltas tambaleándose detrás de ellos. El tiburón se desliza blanco por el Mar Blanco de fósforo.[79]

—Hola, viejo amigo —le dijo el representante agarrándolo, pero Sigbjørn se lo quitó de encima y siguió adelante.

Ya era demasiado tarde, demasiado tarde incluso para hacer chistes con que se olvidaba su cuadrante, sus pastillas para el mareo, sus botas de gavia. O hasta ese otro del fustán...[80] Había estado toda la mañana esperando la ocasión de soltarlo, esperando que Nina hiciera su comentario favorito, «Eso no es más que tu fustán», mientras la banda se las veía con Gounod. «Da igual, no es más que mi fáustico fustán.»

¡Rompe!

Se produjo un momento de calma y, a continuación, el sonido profundo, ensordecedor y rítmico de los motores vibró por todo el navío.

—Abandonen el barco todos los pasajeros, por favor. ¿Es usted un pasajero, no? Entonces salga del barco, por favor.

Se dirigió a la pasarela, pero el agente de los nuevos Chang y Chen le había ido siguiendo.

—Hola, hombre... le he buscado por todas partes. ¿Tienes hambre?, dijo el diablo —exclamó el agente—. Estoy desfalle-

[79] Paráfrasis del final del poema de Melville «Commemorative of a Naval Victory»: «El tiburón se desliza blanco por el mar de fósforo».

[80] Tela gruesa de algodón.

cido, dijo el pobre chico. ¿Dónde vives?, dijo el diablo. En una hermosa villa, dijo...

Sigbjørn se sacudió su presa y enfiló el descenso por la pasarela.

—En fin, si ha de irse —le gritaba el representante a su espalda—, adiós, *bon voyage*.

No bien hubo pisado tierra, recogieron la pasarela con gran estrépito; arriba, al otro extremo, el agente se bamboleaba en brazos del segundo sobrecargo.

El *Arcturion* se alejaba lentamente del muelle. Atracado a un lado, muy por delante (tanto que Sigbjørn no había reparado en él desde cubierta), estaba el *Direction*, que, cuando el *Arcturion* llegó a su altura, empezó a tensar sus cabos. Crac, crac; de pronto, como una goma rota, un cabo se disparó sobre la multitud. Como arrastrado por una fuerza magnética, el *Direction* se deslizó por un extremo hacia el *Arcturion*. La colisión parecía inevitable.

—¡Suélteme, por el amor de Dios! ¿No me oye?

—¡Suelte! ¡Suelte! ¡Suelte!

En el muelle, Sigbjørn se inclinó al frente, alarmado. A través de la nieve, tiraban serpentinas sin mucho entusiasmo, casi con ironía. El agente de los nuevos Chang y Chen, cubierto de ellas, le decía adiós con la mano. A Nina no se la veía por ninguna parte. Tanto en el *Arcturion* como en el *Direction* descolgaban a toda prisa las defensas de atraque.

Pero en el muelle se habían dejado ya de despedidas; los hombres se apresuraban desordenadamente en todas direcciones.

Aunque el *Arcturion* ya no enfilaba al *Direction*, la succión que había originado, al cesar, lo empujó a lo largo del costado arrimando su proa al muelle.

El *Arcturion* avanzaba ahora con extrema lentitud: aves blancas, viajeras marinas, resplandecían en su estela: había un mal agüero en sus graznidos, como si ya sobrevolaran un naufragio. Al fin pareció marchar...

El reloj del edificio Liver empezó a dar las doce. Sigbjørn seguía plantado en el muelle, donde reinaba aún la confusión. Brazos que hubieran seguido agitando sus adioses caían desolados a los costados. Había una amalgama desesperanzada de emociones, pues a la sombra del peligro todos se habían lanzado al frente en un acto reflejo, a ayudar a seres queridos. Ahora habían quedado atrás con el alma encogida.

Adiós, adiós, tierra de la falsificación arquitectónica...[81] ¡Adiós!

De pronto, en un frenesí, Sigbjørn echó a correr en pos del barco.

Doom. La última de las doce campanadas del edificio Liver se fundió con el lamento melancólico del viento, que ahora parecía disgregar en el aire las esencias de aquellos amantes separados para siempre por el temible océano, de todos cuantos habían sufrido una separación, que se habían abrazado por toda la eternidad y volvían a reunirse en aquel muelle intemporal. El humo era arrastrado por las ráfagas de viento y se diluía en el agitado baile de los copos de nieve, titubeando como titubea el propio amor entre el amor y el odio al mar que le da su viveza, que le da su muerte.

Los copos revolaban como un millar de manuscritos hechos trizas aventados desde las ventanas del pasado. El *Arcturion* desapareció de la vista.

Sigbjørn se detuvo, exhausto, con un hueco en el corazón allí donde había estado el barco, un hueco que se ahondó rápidamente hasta formar un vacío infinito, un abismo de ignorancia que se tragó la canción de cuna y el treno del mar, la impresión de división y disolución que le rodeaba: todo aquello que conocía o había conocido; desapareció incluso aquella sensación del horror incurable de los contrarios; no había amor, ni más sentimiento de pérdida, ni odio que pudiera vivir en aquella negrura.

Entonces vio que la desaparición del barco había sido una ilusión; la niebla se despejó un instante y allí estaba otra vez, con todos sus palos temblando, todas sus luces encendidas, y bastante cerca del muelle, tan cerca que a primera vista le pareció

[81] Inglaterra según la descripción de Francis Wey en *A Frenchman among the Victorians* («Un francés entre los victorianos», 1936). Alude a la costumbre de pintar los muros imitando la apariencia del mármol.

que podía leer su nombre; avanzó un paso o dos, *A*, *N*: pudo leer la primera letra y la última; y entonces, como por algún ingenio cinematográfico, la pantalla de su visión se ensanchó de golpe añadiéndole otra dimensión: vio el nombre –o lo que parecía el nombre– desde muy cerca: no *Arcturion*, sino *Adam Cadmon.*[82]

¿Adam Cadmon? Era absurdo, tenía que haber algún error, y enseguida, mientras el *Arcturion* volvía a alejarse, de modo que ya no alcanzaba a ver nombre alguno, supo que no había sido más que una ilusión creada por el día brumoso. Pero el nombre le siguió rondando la cabeza. ¿Por qué Adam Cadmon?

Entonces se acordó. Era el nombre ancestral del hombre que había aprendido en el colegio y que ahora volvía como un recuerdo lo bastante vívido como para distorsionar fugazmente su visión.

«Bueno, que el barco sea el hombre, pues», pensó, remiso; un crucero que lleva a muchos nómadas, cada uno encaminado a su particular destino... una unidad autónoma dentro del complemento, aunque para él fuera el centro del navío... su corazón; pero este crucero compuesto del que ellos eran parte no conocía su propio objetivo, aunque los necios lo llamaran Nueva York o Belfast.

El *Arcturion* se sumió en la terrorífica blancura como la masa gris dormida de la psique en medio de la cual merodeaban lenta y mecánicamente sus componentes, cada uno iluminando inevitablemente en torno a sí su pequeño portillo, que enmarcaría, también para cada uno, su desastre molecular, o cumplimiento, o cambio; eran esos ojos terribles, de los cuales dos le habían sido muy queridos, los que estallaban ahora a través de la oscuridad, haciéndose más y más tenues hasta desaparecer.

Y tiempo después de que el barco se hubiera desgajado del vientre gris del muelle, Sigbjørn seguía allí, buscándola, mirando desde esa orilla en que el alma rompe angustiada con el mar.

[82] El Adán arquetípico o «primer hombre», en la Cábala y en William Blake. Piotr Ouspenski (1878-1947), matemático y estudioso del esoterismo, lo menciona explícitamente al hablar del alma como barco.

8

> El número sordo, el elemento incalculable, la variación residual entre la transición decisiva y la causa inadecuada.
>
> E. T. BROWN [1]

Desde el camino arenoso, al cruzar el puente de hierro con la oxidada placa LÍNEAS CHESHIRE, 1840, veían la niebla baja discurrir sobre la hierba, de un dedo de altura, entre las calles desiertas del hoyo uno al nueve. El capitán Hansen-Tarnmoor extendió la mano para palpar la humedad con el dorso.[2]

—Un día marino...

—Aún podríamos jugar unos hoyos. ¿Qué te parece?

«De lo horrendo al lugar común no hay más que un paso», pensó Sigbjørn. Abrieron la puerta de la casa club; la sala social estaba vacía. Olía a dulce y a limpio, en el hogar ardía el fuego dándoles una fastuosa bienvenida. El capitán se plantó de espaldas a él, extendiendo las palmas de las manos hacia las llamas.

—Hacía siglos que no venía por aquí.

Sigbjørn estaba echando un vistazo a los trofeos, a las ampliaciones de fotos de los miembros embocando su *putt*, a la pila de números atrasados de *The Golfer*.

—Supongo que te habrán subido el hándicap —dijo, y se acer-

[1] Es posible que este E. T. Brown sea el poeta Thomas Edward Brown, a quien Lowry menciona alguna vez en su correspondencia. El número sordo es un tipo de número irracional; la variación residual es la diferencia entre un valor observado y el valor esperado. El epígrafe parece aludir a la confusión mental de Sigbjørn en su «transición decisiva».

[2] Esta introducción nos sitúa en el club de golf Caldy, que se halla en la Península de Wirral, entre los ríos Mersey y Dee.

có al tablón—. Y tanto que sí: a quince. Se han olvidado del día que ganaste la medalla del mes.

—Sí, tienen muy poca memoria.

—Diez años es mucho tiempo —repuso Sigbjørn—. A mí me lo han subido a veinte.

—¿Diez años? ¿Tanto hace?

—¿Diez? Debe de hacer dieciséis que no has jugado conmigo: hace diez de la última vez que jugué yo. Fue el año que vinimos de Noruega, cuando tenía siete. Solías darme tres golpes de ventaja por hoyo... Hola, Macleoran.

El profesional y encargado estaba en la entrada del bar, a punto de abrir. Un destello de reconocimiento pareció titilar en su rostro por un momento, desapareció, volvió a titilar, se fue: entonces su impresión se convirtió en certeza.

—Encantado de volver a verlos —dijo con satisfacción nerviosa. Macleoran les dio la mano a ambos, pero su expresión cambió enseguida a otra de callado sufrimiento, como si entre todos ellos pululara algún horror, lo que sin duda era el caso, un horror demasiado temible para expresarlo. Luego, los tres fijaron su máscara mundana.

—Es como es, hacía mucho tiempo que no nos honraban con una visita.

—¿Ha cambiado mucho esto?

—Nos están haciendo los dieciocho hoyos —dijo—. Por lo demás, poca cosa. Es como es, ahora tenemos un *tee* en la arboleda y se da la vuelta por el otro lado del estanque para ir al tercer *green*; y el quinto ahora hace una ele, como el primer hoyo del Royal Liverpool, en vez de ser recto.

—Eso es malo —replicó Sigbjørn.

—No. Es como es, es una mejora importante —afirmó Macleoran, arqueando las cejas—. Y cuando tengamos el recorrido de dieciocho hoyos...

—Le harán la competencia a Hoylake, ¿eh? —interrumpió el capitán—. ¡Vaya! Es extraordinario, pensar que se producen todos estos cambios delante de nuestras narices, y que formamos parte de ellos sin darnos cuenta.

—Más vale que nos traiga unas copas, Macleoran —dijo Sigbjørn—. Y otra para usted. Muy bien, tres irlandeses.

«Extraordinario —añadió para sí—, ¿será posible? ¿Tan insensibles somos (y no creo que lo seamos) que aún somos capaces de hablar así...?»

—Supongo que se habrá enterado de todo por la prensa —comentó el capitán.

Macleoran, de espaldas a ellos tras la barra, asintió con la cabeza, pero no dijo nada.

—Es una suerte que hoy sea laborable. En invierno, aquí no solía haber nadie por las tardes: decidimos correr el riesgo. —El capitán carraspeó—. Mi chico se va mañana de viaje.

Macleoran volvió a asentir en silencio mientras les llevaba las bebidas, pero Sigbjørn tuvo la impresión de que, cuando bebió, lo hizo con reticencia. Se limitó a dejar de lado las sospechas dando un trago él a su vez.

—¿Hay que limpiarles los palos, señor? —se limitó a preguntar Macleoran.

—No hace falta, déjelos. Pero tráigame unas cuantas pelotas. Casi denos media docena de las Dunlop 30, ¿o tiene repintadas en buen estado?

—Ya no tenemos las Dunlop 30, ni pelotas de ese tipo.

—Supongo que las Chemico Bob también habrán pasado a la historia —dijo Sigbjørn.

—¿Y las Zodiac Zone?

—Tampoco hay ya.

—De acuerdo, iré yo mismo a ver qué hay.

Pasó con Macleoran a la habitación contigua.

Sigbjørn contempló por la ventana el desolado recorrido. ¡Vaya día de perros! Pronto, todo aquello le parecería carente del menor sentido y contemplaría ese encuentro con Macleoran, esa competición inminente si es que la jugaban (lo que le llevó absurdamente a pensar en Drake jugando a los bolos en Plymouth antes de enfrentarse a la Armada)[3] a través de una

[3] Según se cuenta, sir Francis Drake estaba jugando a los bolos cuando le lle-

bruma, sí, de una bruma mental tan densa como aquella a través de la que ahora veía, en la realidad, el *green* número nueve con su banderín colgando y sus charcos aquí y allá; solo que con la diferencia, la considerable diferencia, de que estaría no en una simple casa club, sino en un pozo de cubierta[4] de hierro o en un búnker de carbón más que en uno de arena. ¿Por qué habían decidido jugar?, se preguntó. Ni la insensibilidad ni el abandono egoísta de los problemas que los cercaban, dejados sin resolver a la ligera, parecían explicar debidamente su presencia en la casa club, se dijo con cierta autocomplacencia: quizá había surgido del complejo deseo del padre de estar lo más cerca posible del hijo que tal vez nunca volviera a ver, ¡por mucho lastre que ese hijo hubiera añadido al resto de sus responsabilidades!

No sin dificultad, Sigbjørn localizó su taquilla, que se abrió con renuencia: en la parte de arriba había dos pelotas, podridas por la humedad hasta el núcleo elástico, lo que les daba el aspecto de cebollas a las que hubieran arrancado capa tras capa, hasta exponer el bulbo interior. Unas Zodiac Zone. Al examinar sus palos vio que, aunque oxidados, y con excepción de un *niblick*[5] de mango robusto, estaban por lo demás igual que cuando los dejó ahí diez años antes. Sacó un *mashie-iron* y lo dejó en el suelo del vestuario. Los descartes del tío Bjorg, que le sirvieron a él cuando sus primeros palos se le quedaron pequeños. Qué gracia, pensar lo grandes que le parecían (una de las razones por las que perdió el interés), y que solo ahora, que estaban combados y herrumbrosos, hubiera alcanzado la talla adecuada. Los probó de

---

gó la noticia de que la Armada Invencible ya se acercaba a Inglaterra. Lejos de inquietarse, señaló que había tiempo de sobra para terminar la partida antes de derrotar a los españoles.

[4] Cubierta pequeña situada junto a la línea de flotación.

[5] El *niblick* era un palo (equivalente al actual hierro 9) usado para aproximaciones cortas o para salir del búnker. Se mencionan a continuación el *mashie-iron*, equivalente a un hierro 4 actual; el *clock*, un hierro 1 de cara estrecha y poca elevación; el *spoon*, una madera 3 o 5; el *putter Braid-Mills*, con cabeza de aluminio, diseñado por James Braid para el fabricante James Mill; y el *jigger*, que tenía un ángulo similar a un hierro 4, pero con la varilla más corta.

uno en uno. *Clock*, *spoon*, *putter* Braid-Mills, *jigger*. Palos todos ya anticuados; *clock*, ¿quién ha oído hablar del *clock* hoy en día? Pero aún se podía jugar con ellos. Daba gusto volver a empuñarlos. Los volvió a colocar en la bolsa, al tiempo que observaba que a los de su padre no les había ido mucho mejor. Pero seguro que también podían usarse todavía... Echó un vistazo general a las taquillas con sus barrotes de hierro; «Diez años —pensó—, ¡cárcel!». Pero el ruido de los pasos de su padre disipó una ilusión creciente, ¿o era una creciente sensación de realidad?

—Tenemos los dos las mismas —dijo el capitán al entrar con las pelotas repintadas—. Decidámonos. ¿Hacemos unos hoyos, o no?

—Por mí, sí.

—Pues vamos allá.

Al salir, vieron a Macleoran de pie tras la barra del bar, absolutamente inmóvil; tenía la oreja pegada a la puerta, y por la postura parecía querer dar la impresión de que estaba escuchando algo, pese a que en la habitación contigua no había un alma; y mientras su padre hacía el *swing*, volvía a colocar la bola en el *tee* y, por fin, la golpeaba demasiado arriba, lanzándola en un gancho de derecha del que llegó un eco sordo desde el puente, Sigbjørn conjeturó un posible motivo para ello: Macleoran no podía ver marchar a los dos antiguos socios sin dar una muestra de algo que no pudiera confundirse con un gesto de simpatía; aunque esto no era porque no les tuviera simpatía o no fuera un hombre simpático; era simplemente porque el capitán y su hijo, en virtud de los desastres que les habían acaecido y les seguían acaeciendo, se habían convertido en algo similar a monstruos que traían el caos solo con tocarlos; y era por eso por lo que Macleoran, su viejo amigo, les daba la espalda con la oreja pegada a la puerta de una habitación desocupada, tal y como Voltaire habría podido imaginar a Pangloss[6] tratando de escuchar la armonía eterna.

[6] El tutor de Cándido en el relato de Voltaire. Pese a sufrir incesantes desgracias, cree firmemente en la armonía postulada por Leibniz, para quien vivimos en el mejor de los mundos posibles.

La bruma se iba despejando según enfilaban la primera calle, pero el cielo estaba cubierto y hacía viento. Llegaban del mar oscuros nubarrones desde la Punta de Ayr: más allá, en Flintshire, en la otra orilla del río, se alzaban las montañas de Gales, de un gris plomizo; pero los hornos de la acería de Mostyn lanzaban restallidos de rojo contra el cielo furioso, como si algo, o la sombra de algo, anduviera allí gesticulando a la luz de la fundición. Se alcanzaba a oír la llamada de las sirenas en el Canal de Irlanda.

Bajaba la marea dejando un extraño estampado en la arena, el agua llenaba en su descenso la hondonada central del canal y las barcas de pesca, venidas de Neston y Parkgate, viraban hacia el mar, siempre hacia el mar. A Sigbjørn le llegó una rociada de lluvia al dar su segundo golpe, y casi sintió la pelota salir despedida a los ojos de los pescadores que se hallaban a la caña de sus timones.

Se había barrido buena parte de la nieve del recorrido, pero aún quedaba algo entre las calles, o apelmazada en montones en los búnkeres, en relucientes oasis de blanco.

Los dos hombres no se juntaron hasta alcanzar el *green*; ambos habían jugado el hoyo fatal y, tras haber llegado muy igualados, Sigbjørn ofreció a su padre un empate. Recogió la pelota del hoyo lleno de agua; el olor de la reluciente bola repintada con su dibujo de malla de diamantes destiló en él un recuerdo de Noruega.

Fueron hacia el segundo hoyo caminando tranquilamente, volviéndose a mirar de nuevo las montañas y el océano y las nubes en movimiento. Flotaba en el aire un penetrante regusto a sal; a pesar de todo, una limpieza que hacía que diera gusto estar vivo.

—¿Recuerdas cuando veníamos con Tor?

—¿Los sábados por la tarde, a tres bolas,[7] cuando no parábamos de esquivar pelotas? Se hace raro pensar en jugar sin él.

—Tres. Parece que siempre son tres.

[7] Modalidad de golf en la que compiten tres jugadores.

—Ahora es feliz, de todas formas.

—¿Crees que lo es?

—Pero ¿adónde ha ido?

Sí, ¿adónde había ido? El viento gemía sobre el recorrido, entre los juncos, corría sobre los charcos, los estanques, la hierba, los obstáculos naturales y las zonas de nieve; era como una inquietud pasajera frunciendo el rostro de las aguas. Una vieja locomotora, con su fogonero plantado con las piernas separadas encima del ténder, discurría bordeando el campo por una vía única tirando de un vagón con el lomo nevado, en dirección a Thurstaston. Y a los ojos de Sigbjørn, la presencia de Tor pareció realmente materializarse, durante aquellos minutos, en el humo que soplaba arremolinado y caótico; una insinuación de que acechaba también en los vientos llegados del mar, en aquellas arenas y en el murmullo de la hierba, en el eco de las ruedas al rechinar en el hierro y en la evanescencia del vapor.

—Quince años después y sigo dando cañazos[8] —dijo el capitán, que había lanzado su *drive* con un hierro medio.

Esta vez, las bolas de ambos cayeron en la calle una cerca de la otra; el segundo tiro del capitán salió desviado a la arboleda, y al cabo de un minuto estaban los dos apañándoselas entre hierbajos y cúmulos de nieve. Por encima de sus cabezas, las plumas chorreantes de los árboles, cuyos troncos crujían, se agitaban en círculos. Las ovejas se apartaban de ellos trastabillando, escupiendo y esparciendo nieve al acercarse a un refugio más alejado, junto a un estanque, donde se apiñaban acariciándose con el hocico para darse seguridad unas a otras.[9] Los dos hombres buscaron sus bolas.

—Sé que estabas pensando en Tor —comentó el capitán—. Pero ¿cómo voy yo a pensar en mi gente siquiera, cuando se han ahogado cientos de hombres y mujeres inocentes? Ese pensamiento resurge para escarnecerme y reconcomerme con cada

[8] Golpes dados con el cuello de la caña de modo que el tiro resulta muy corto.

[9] En la década de 1920, cuando Lowry jugaba al golf, era costumbre usar ovejas para segar la hierba de los campos.

cosa que hago. Uno sabe —dijo según segaba una cineraria— que cualquier filosofía racional, o cuando menos una filosofía que se nos ha enseñado a considerar racional, excluiría sin duda la idea del castigo. Y sin embargo, eso es precisamente lo que parece estar pasándome. La causa se nos escapa a todos.

Dio otro hachazo con el palo y continuó:

—La gente dice que soy un asesino, pero creo que no es eso lo que soy. Soy un instrumento. Claro que cada vez que ocurre un desastre tiene que haber un cabeza de turco. Dicen que no había botes suficientes, que no se les dio a los pasajeros instrucciones para un caso de evacuación, que los oficiales no tenían el entrenamiento adecuado... Dicen que se contrató a la tripulación por poco dinero, que no tenían la experiencia requerida. Bueno, si ese el caso, yo no lo sabía. La responsabilidad del patrón no siempre es la responsabilidad del propietario, aunque así se considere.

Reventó un grumo de nieve con el *niblick*. Sigbjørn no decía nada, pero pasado un rato se arrancó:

—El fallo es del sistema.

Pero el capitán Tarnmoor le interrumpió:

—Salgamos de aquí. Te doy el hoyo.

Caminaron hasta el siguiente *tee* y dieron su golpe inicial.

—Y ¿qué ibas a decir?

Sigbjørn seguía la trayectoria de su bola con la mirada: un buen tiro, considerándolo todo.

Cogió su bolsa y también la de su padre, cargó una en cada hombro y echaron a andar, dejando atrás el búnker que guardaba la calle. Fue como si con esa acción estuviera ya excusándose por lo que se disponía a decir.

—Iba a añadir que lo mismo, o algo muy parecido, ocurría en esa novela noruega de la que te he hablado: *Skibets reise fra Kristiania*. El barco en el que trabaja el protagonista acude al rescate de un barco incendiado, uno de una línea que está sufriendo una serie de desastres. El barco de rescate envía equipos de dos a la bodega, y todos los agravios y penas personales se diluyen en la solidaridad de los fogoneros y de los marineros, que se prestan «asistencia mutua»,[10] mientras generan todo el vapor posible; los problemas y temores del protagonista se desvanecen en el propósito común de la unidad.

—Eso suena al argumento de prácticamente cualquier libro. Pero a ti no te ocurrió nada por el estilo, ¿no?

—Escucha, la cuestión es que los problemas de este personaje, de este Benjamin, podrían haber sido los míos. Yo podría haber sido ese hombre. Lo vi soñar y trabajar y sufrir. La sensación era tan intensa como si me viera a mí mismo en una película; me identificaba completamente con él; «era» él.

—¿Cómo se llamaba el barco?

—El *Henrik Ibsen*.

—No me suena. ¿Y bien?

—Bueno, pues... Todo esto, por supuesto, venía a superponerse a la proyección narcisista y estúpida de mí mismo que había plasmado en mi libro. Solo que estaba mucho mejor hecho, incluso en esa parte en concreto. La diferencia entre los dos libros era que mientras que el mío se centraba exclusivamente en...

—Juega, anda.

Sigbjørn dio su golpe y observó la bola desaparecer tras un búnker. Su padre usó un hierro y se volvió hacia él. Sigbjørn cargó de nuevo con las bolsas.

—Se centraba exclusivamente en el destino del héroe y acababa con alguna actitud o algún gesto que pretendía enfatizar su importancia individual; en este otro libro, la importancia de Benjamin se desvanecía con su gesto de fundirse en la poderosa solidaridad de los trabajadores, luchando por algo en lo que creían y acudiendo sin embargo al rescate del barco en llamas...

Metió el pulgar bajo la correa de la bolsa de los palos, a la altura del hombro.

—Que sin duda simboliza —dijo el capitán— el sistema capitalista.

—Acuden únicamente al rescate de la vida.

[10] Las comillas indican que el deber de asistencia mutua figura entre las cláusulas del contrato de embarque.

—En fin, yo lo veo muy claro. Para ponerle la guinda tienes que hacer que el incendio sea obra de los rojos, ¡sabotaje rojo!

—Eso es absurdo. Y además, no era así.

—Y en cuanto al sistema capitalista, aunque pueda haber argumentos para considerarlo insatisfactorio, me da la impresión de que tú mismo te has beneficiado claramente de él. ¿Por qué no sustituir el mundo?

—Porque al mundo no le pasa nada malo —dijo Sigbjørn—. ¿O sí? En cualquier caso, lo único que intento explicarte es lo mismo que le dije a Nina: daría la vida por el comunismo, pero no tengo la desvergüenza de considerarme comunista. Además, no creo que me aceptaran.

—Con las experiencias tan peculiares que has tenido, entiendo perfectamente que murieras por cualquier cosa. No puedes conciliarlas con la divinidad —dijo el capitán—. En tales circunstancias, resulta cuando menos oportuno encontrar algo por lo que morir.

—En fin, que aquí estamos, cercados por una extraña fatalidad y, entre otras cosas, viéndonos conducidos a otra guerra... ¿No te das cuenta de que el sistema está podrido hasta el tuétano?

El capitán lanzó su tercer golpe.

—¿Qué sistema?

—El sistema capitalista.

—Me doy cuenta de que he lanzado la bola a la arboleda —dijo el capitán, viéndola desaparecer tras un refugio—. Ah, no, salvada.

—No es cosa de broma.

Estaban otra vez hombro con hombro, el capitán volvía a cargar con su bolsa.

—Es desesperado; llámalo oportuno si quieres, pero no deja de ser desesperado; mírate, has perdido un hijo, pierdes tus barcos, tu (nuestra) vida se desintegra en torno a nosotros en la locura, los elementos mismos están en pie de guerra contra nosotros, con deslizamientos y colisiones de materia; ¡todo el asunto es como una pesadilla psicótica! y no contentos con ello, repito que nos están conduciendo a otra guerra.

—¿Quién?

El capitán se detuvo.

—Tú... Y yo, sin saberlo.

—Ah —dijo el capitán pausadamente—. Ahora resulta que te estoy conduciendo a otra guerra, ¿eh?

—Bueno, puede que si pierdes otro... otra cosa, ya te quedes satisfecho. Dios santo, tomar la decisión de alejarse de todo esto es como mínimo tan fácil como bajarse de uno de tus barcos... Perdona.

—Eso es una estupidez, si me lo permites —repuso el capitán—. No somos otra casa Girdlestone.[11] Es una majadería. Estas cosas no son más que manifestaciones de la fuerza sin sentido del mundo, ciega, maligna, destructiva, que opera con la persistencia obsesiva y arbitraria de un niño o un demente.

¡Un niño o un demente! O el pescadero loco de Worcester... ¡Lo de esos bígaros no era más que una patraña!

El capitán, sin molestarse en alinear el palo, dio un golpe de aproximación perfecto a la pelota, que aterrizó a ochenta metros en una zona de hierba seca y siguió rodando hasta pararse a pocos pies del banderín; el blanco repinte se quedó ahí brillante como una bolita de nieve en el verde esmeralda, titilando.

—Y una cosa más, hijo mío —dijo, satisfecho—. Uno tiende a sacar esas conclusiones sencillamente a partir de la responsabilidad pública, o más bien de la apariencia de responsabilidad desde la perspectiva del público. Los desastres de este tipo generan obligaciones que son prácticamente insoportables, pero no es posible basar conclusiones morales en tales obligaciones; la mayoría de la gente lo hace, por supuesto, porque por pereza identifica lo final con lo oblicuo, y es por eso por lo que casi todo lo que conocemos por justicia humana deja en definitiva mucho que desear. Si a eso vamos, la ley británica es la más onerosa de

[11] Alude a la novela de Conan Doyle *The Firm of Girdlestone* (la única edición en castellano apareció en 1912 con el título *La casa Girdlestone*). En ella, un padre oculta a su hijo las artimañas que emplea en su negocio naviero.

todo el Derecho marítimo en punto a la limitación de responsabilidad, aunque, claro, no nos es del todo aplicable.

El *chip*[12] de Sigbjørn se elevó a gran altura contra el cielo negro, estuvo suspendido un instante, un mundo blanco rotando, una bola de ping-pong en el espacio interestelar, y fue a caer entre la bola del capitán y el banderín: se quedó donde cayó, en la matriz que la propia pelota se había hecho.

—*Stymie*[13] —dijo el capitán—. Bueno, no del todo. Creo que puedo apañármelas con el *putter*.

Pero su *putt* pasó de largo junto al hoyo, y aún fue desviado a mayor distancia a causa de una irregularidad del terreno, mientras Sigbjørn sostenía expectante el banderín.

—Camino sin ser visto —dijo el capitán con amargura—, sobre el césped oscuro y descuidado.[14]

Luego recorrieron en silencio la difícil calle del cuarto; Sigbjørn llevaba dos golpes de ventaja; había hielo en las pisadas y un hilo de blanco en la cuneta.

—Pero, como dijo Cándido, cultivemos nuestro jardín...[15]

—¿Tan concluyente es esa respuesta? —preguntó Sigbjørn, recogiendo un terrón—. ¿Y no dijo Cándido nada de reponer el césped?

En el siguiente hoyo, el cinco, el nuevo sobre el que Macleoran les había advertido, Sigbjørn salió con un potente *slice*,[16] superando el estanque, pero su padre, que temía enviar la bola fuera de límites, puleó[17] su *drive* con fuerza, con lo que la pelota cayó más allá de la verja, sobre la hierba alta y mojada del terra-

[12] Golpe dado desde unos treinta metros.

[13] Se produce un *stymie* cuando la bola de un jugador obstaculiza el lanzamiento de otro.

[14] El capitán parafrasea los versos 65-66 del poema de Milton «Il Penseroso»: *And missing thee, I walk unseen / On the dry smooth-shaven green* («y añorándote, camino sin ser visto / sobre la hierba seca y pelada»).

[15] Nueva alusión al final de *Cándido*.

[16] Golpe con efecto de izquierda a derecha.

[17] Verbo derivado del inglés *to pull*; se aplica al golpe dirigido a la izquierda si el jugador es diestro y a la derecha si es zurdo.

plén, donde desapareció. Sigbjørn, tras encontrar la suya, dejó su bolsa junto a ella, cogió un viejo *niblick* y cruzó la calle para ayudar a su padre; saltó la valla y aterrizó en el herbazal. Fueron dando hachazos entre las raíces de hierba cana y las grandes margaritas aún sin florecer... aquí abajo donde Dios se halla, donde hace calor y está oscuro. Por debajo de ellos, pasó un tren de mercancías; cincuenta y seis vagones de escoria –Sigbjørn los contó– con destino a Llay Main;[18] y los vagones en su ascenso elevaban al aire una triste canción, una letanía melancólica: Llay Main, Llay Main, Llay Main. Era un nombre que evocaba perdición inefable, soledad, desolación... o piezas sueltas de maquinaria repiqueteando de noche por algún rincón de un carguero mientras un hombre exhausto está tumbado en su litera. ¿Dónde estaba Llay Main? El tren había desaparecido en dirección norte. Un pájaro negro –un pájaro de Brueghel, dijo su padre, que alzó la cabeza en ese momento–[19] voló ligero tras él, sobre el zumbido de los yermos parajes, hacia el norte.

–¿Dónde está Preston? –preguntó Sigbjørn.

–Me sorprende que no lo sepas, si vas a zarpar desde ahí. Está en la confluencia de la carretera del norte entre Mánchester y Liverpool. Me sorprende que no lo sepas –repitió, sacando su pipa–, pero supongo que te enrolaste en el Norsk Konsulat, en Liverpool.

–¡La carretera del norte!

–La daremos por perdida –dijo su padre.

Pasaron por encima de la valla. Caminaban de nuevo hombro con hombro, atravesando hierba helada que les llegaba a las rodillas. El capitán fumaba su pipa.

–Puede que me arruine, que vaya a la cárcel. Sabe Dios qué pasará. Si lo que quieres es demostrar que estoy condenado, no te molestes. Ya lo sé, hijo. Requerimientos de pago, abogados, aseguradoras, la policía... ¿Alguna vez has temido a la policía?...

[18] Localidad minera próxima a Wrexham.

[19] Alusión al cuadro de Pieter Brueghel el Joven *Paisaje nevado con trampa para pájaros.*

Claro que sí, ya lo sé... Yo la tengo rondándome todo el día. Es probable que ahora mismo estén vigilándonos. Ya se encargan ellos de que lo tenga bien presente, compañero. Hasta cuando estoy escribiendo es como si tuviera un demonio encaramado a la pluma. Pero lo que vaya a ser de mí es irrelevante, podemos olvidarnos de eso, la condenación no me amedrenta. El futuro, en cambio, en la medida en que te afecte a ti, tiene más importancia... Aquí está tu bola. Yo que tú le daría un *full mashie*[20] derecho al viento. Sigue jugando tú, aunque yo esté fuera.

Sigbjørn encaraba la bola.

—Mantén rígido el brazo izquierdo. Llévate una chuletilla. Apunta a aquellos hombres de allí, los que apilan el césped para los nueve hoyos nuevos. El viento corregirá la trayectoria...

Pero tras un golpe topado,[21] bajo e impreciso, la bola fue a caer en el barro al borde de la arboleda. Un *niblick* la desplazó unos treinta centímetros; ahora estaba bien hundida en el barro y el hielo medio fundido; otra chuleta de barro y hierba, y la pelota quedó incrustada más firmemente aún. El capitán reía calladamente. Entonces la bola desapareció por completo, y los hombres, dando por perdida la segunda repintada, siguieron caminando hacia el sexto *tee*.

Por desgracia, el capitán, que había volcado su bolsa y la agitaba vigorosamente, dijo:

—No nos quedan más.

Sin embargo, acabó cayendo una pelota, y luego una segunda.

—Gutis —exclamó—. Las imperecederas gutis.

—¿Qué son «gutis»? —preguntó Sigbjørn—. Parecen unas Silver King.[22]

—Bolas de gutapercha. Tendrán veinte años —repuso el capitán con aire triunfante—. Harry Vardon solía ganar el *open* en Hoylake con ellas...[23]

[20] Los *mashies* eran unos palos (hoy en desuso) equivalentes a los actuales hierros medios (del 3 al 6). El *full mashie* era un tiro de unos 80 metros.

[21] Se «topa» la bola (del inglés *top*) cuando esta se eleva demasiado.

[22] Las Silver King eran unas bolas de gran calidad.

[23] Harry Vardon (1870-1937), seis veces campeón del *open*.

Colocó una en el *tee*.

—Prueba tú.

Sigbjørn lanzó la pelota a unos noventa metros a lo largo de la calle.

—Parece de madera —dijo.

Salió a continuación el capitán, un golpe duro y seco contra la imperecedera gutapercha que produjo un efecto similar.

—Otro cortamargaritas —dijo—. Servimos a lo obsoleto.

Pero superado el búnker-pozo[24] que guardaba el *green*, sus golpes de aproximación se elevaron hacia el viento, y los conejos se alejaron de ellos escabulléndose entre los montículos.

—Tor liberó un conejo de una trampa aquí —comentó Sigbjørn—. Solíamos darnos una vuelta con los *niblicks* y soltarlos.

—Alguien debe de estar *dormie*[25] —dijo el capitán—. ¿No serás tú, Barney?

En el séptimo *tee*, el capitán sugirió:

—Tienes que lanzar el *drive* a la izquierda, o el viento te lo arrastrará a la arboleda.

Sigbjørn lanzó a la izquierda, al oeste, hacia el Mar de Irlanda, pero se levantó una fuerte ráfaga que pareció recoger la bola, que había salido hacia el lado equivocado del viento, y la envió fuera de la vista, por encima del acantilado; el capitán jugó con idéntico resultado. Desde el borde del acantilado, observaron el estuario. Un fuerte viento lo azotaba; aunque la marea estaba baja, el aire agitaba y azotaba el mar de modo que se revolvía con furia en los bajos; a lo lejos, en el Canal de Irlanda, navegaba un mercante, y su humo flotaba sobre los fríos páramos del condado. Dirigieron la mirada a la orilla, donde, pegada al acantilado, se apiñaban desmoronadas las ruinas de una torrecilla romana.[26]

[24] Búnker pequeño, profundo y redondo del que es muy difícil salir.

[25] Se dice que un jugador está *dormie* cuando lleva una ventaja igual al número de hoyos que quedan por jugar.

[26] No hay ruinas romanas en el lugar. Lowry probablemente idealiza un horno de cal semiderruido que hay cerca de la costa.

—A la torre oscura llegó el paladín Roldán...[27]

«Jesús, y sí que era oscura, ¿y no estaba hecha de marfil, la condenada?», pensó Sigbjørn maliciosamente.

—... o Roland Childe.[28] ¿Recuerdas los versos? «Los conmovedores espectáculos del día al declinar; henchidos de sueños, deseos, augurios, cubiertos de crestas solemnes y titánicas, explotan arrastrando los sabios caprichos de sus mantos por donde yace el cuerpo lánguido y mudo de la tierra.»

—Solía tumbarme aquí en verano —dijo Sigbjørn— escuchando el viento, contemplando el mar, hace muchos muchos muchos años.

—Pensabas demasiado. ¿Sabes? Os traje a Tor y a ti aquí de pequeños, el primer año después de dejar Noruega. Os traje aquí a ver partir el *Lusitania* en su último viaje. Lo observamos por un telescopio.

Sigbjørn entornó un ojo por un círculo formado con el pulgar y el índice:

—Puedo imaginármelo ahora.

Y en la imaginación de Sigbjørn, el carguero hundido se hallaba de pronto cerca de sus ojos, se distinguía con claridad fotográfica la vaga silueta del pozo de cubierta y su escotilla elevándose sobre el puente, apareció también un grupo de marineros hablando en la cubierta de proa con la misma nitidez de pronto que si estuvieran a quince metros; y asiendo impasible la rueda, el intendente, que se apartaba para tocar ocho campanadas y volvía a agarrarla, pues eran las cuatro; y un mozo de fogón que en aquel momento bajaba a la escotilla número uno con estrépito, con un cubo colgando del codo, de camino al camarote de los fogoneros una vez finalizada su guardia; y la corredera en la popa dando vueltas sin parar... Sí, era como si

[27] *Childe Roland to the dark tower came*; verso de *El rey Lear* (acto III, escena IV) que el poeta inglés Robert Browning (1812-1899) usó como título para uno de sus poemas más populares.

[28] El poeta inglés Wilfred Roland Childe (1850-1952). Sigbjørn cita los versos 5-8 de su soneto *Ivory Palaces* («Palacios de marfil»).

ya estuviera a bordo del *Unsgaard*, desde cuya cubierta se imaginaba ahora contemplando no ya Gales, sino Noruega; ahí estaba, embarcado en su nueva vida, divisando Noruega o Rusia, contando las olas.

—¿No fue esa la última vez que el *Lusitania* salió de Liverpool? —preguntó.

—Sí. Lo acabo de decir.

—No te he oído... y ahora lo han recuperado.[29]

Exhumado, bajo el balanceo de los quinqués, desenterraron el cadáver de Tor; le abrieron los párpados y solo descubrieron agujeros; no había lente diminuta con la fotografía del asesino de la víctima. Los doce huesos[30] rodaron de vuelta a la tumba. Pero mantén al lobo a distancia o los desenterrará otra vez.[31]

—¿Es verdad lo que dicen, que lo han recuperado?

Durante un instante, se quedaron mirándose en silencio, entonces prorrumpieron en una risa salvaje e histérica, agarrándose el uno al otro en busca de apoyo. Contemplaron el mundo oscurecerse, y a Sigbjørn le pareció que sus miradas casi atravesaban el mundo y alcanzaban el caos de viento y lluvia y sombra que fluía sin cesar desde el sudoeste: las nubes que se congregaban eran una armada, pensó de nuevo, una Armada vencida traída por el viento desde la gran cadena montañosa de Gales, en la otra margen del Dee: Pen-y-Pass, Penmaenmawr, Snowdon, Cadaer-Idris; y ahora, desde su base en el corazón, se alzaba Noruega una vez más, negra, envolvente, infinita, y tuvo la impresión de que se hallaban al borde de la medianoche del mundo, un mundo que no volvería a dejar un mensaje debajo de la piedra para el peregrino, y fue como si el caos al que el hombre había llevado al hombre con su codicia y su falsedad y su traición a lo que es suyo por derecho se reflejara en el naufragio ruinoso que pasaba veloz sobre sus cabezas.

[29] En la década de 1930 se hicieron varios intentos para recuperar el contenido del *Lusitania*.

[30] Los doce huesos del cráneo.

[31] Alude al drama de John Webster (1580-1634) *El diablo blanco*.

—Mira, ahí está la isla de Hilbre —dijo el capitán, señalando hacia el Mar de Irlanda—. Allí se ahogó Lycidas.[32]

—Una vez más, laureles, y aun otra vez...

—¡Qué viva dicha ver ahogado a un hijo tal![33]

De pronto, el viento calló como si el mundo hubiera recuperado el aliento: y por un instante esa quietud, como de amanecer tropical, cuando el turno de día acude desde el castillo de proa a ponerse a las órdenes del contramaestre, mantuvo hechizados a los dos hombres; el cambio de marea...

Luego iniciaron su descenso por el acantilado. Al principio, la arena les azotaba la cara. Más abajo, por debajo de donde anidaban en verano los aviones zapadores, había arcilla espesa y el refugio del risco. Siguieron descendiendo despacio. Ya solo faltaban tres metros; eso se hacía en un momento.

El capitán fue el primero en trompicar hasta la orilla, con los zapatos llenos de tierra.

Sigbjørn corrió tras él.

Un hervor de espuma recorría la línea del agua como una descarga eléctrica. Más allá, la arena palpitante crepitaba al paso cansino de los dos hombres entre conchas marinas y maderos donde no había bola recuperada que brillara para ellos como una pepita de oro.

Enfrente, en Flint, sobre el fondo de las montañas galesas, los hornos de Mostyn descargaban latigazos de rojo contra la negrura.

Cerca de ellos se movía el rostro oscuro del océano, desabrido y trágico.

[32] «Lycidas» es un poema de Milton en memoria de su amigo Edward King, muerto durante un naufragio en el Mar de Irlanda. Sigbjørn cita a continuación su primer verso.

[33] Verso de la tragedia *Antonio's Revenge* de John Marston (1576-1634).

9

> Para alguien que ha vivido mucho tiempo, no hay un palmo de terreno cubierto de pasto y malas hierbas [...] que no sea igual de triste. Porque esta tristeza está en nosotros, en el recuerdo de otros días, que nos sigue adondequiera que vayamos. Pero para el niño no hay pasado: nace al mundo alegre como un pajarito; para él hay alegría en todas partes.
>
> W. H. HUDSON

—Lo importante en la vida —dijo el capitán— es no hacer lo que, a pequeña escala, acabamos absurdamente de hacer nosotros.

—¿Que es...?

—Rendirnos, dar marcha atrás, abandonar...

—Eso suena sentencioso; y tengo la sensación de haber oído esto antes.

—¿Dónde?

—¡Oh! En la Brigada Juvenil.[1] O a mi propia conciencia. O a saber dónde. Puede que fuera el Ejército de Salvación.

—El caso es que es más cierto de lo que podrían suponer. De hecho, es el asunto capital, y lo que debo enfatizar una y otra vez en tanto que tu padre antes de que te vayas... ahora que tu partida es inevitable.

—No logro entenderlo del todo. Suponiendo que uno vaya por mal camino, si va a provocar una guerra, por ejemplo, digo yo que sería bueno dar marcha atrás.

—Eso no es más que una forma pervertida de la misma verdad. Y su perversión, ya que estamos, es un uso de lo más común en la vida, en los negocios, en la iglesia y en cualquier ám-

[1] La Boy's Brigade fue fundada en 1883 por William Alexander Smith para combinar la disciplina y las actividades viriles con los valores cristianos.

bito... Pero pasemos eso por alto. De una forma u otra, siempre es válida. Ahora, cuánta gente vaya por el buen camino ya es otro cantar.

—Bueno, ¿y quién puede decir cuál es?

—Da igual. He dicho que, mientras vayas por buen camino, sigas adelante. Porque si das marcha atrás puedes desencadenar algo terrible, algo que nadie podría detener... Por cierto, ¿cuál es la primera imagen que te viene a la cabeza?

—¿La primera imagen? ¿De qué? Ah, ya... De lo que se desata. Bueno... A ver... Un puntal[2] descontrolado en un huracán, cuando es imposible comprobar el amantillo, puede que haya alguien ahí arriba intentándolo, atascado en las crucetas, pero es inútil; y nadie parece capaz de evitar el golpeteo furioso del puntal contra las escotillas... ¿Qué tal esa?

—Exacto. Te desatas sobre un mundo que en cualquier momento va a barrer el mar anegando la fuerza ciega y el ímpetu, ahora desencadenados, de tu primera ruptura.

—No acabo de...

—¿Te suena demasiado romántico? Quieres un enemigo al que puedas ver. ¿No algo que llamas *destino*, sin más?

—¿A qué llamo *destino*?

—Lo que digo significa más de lo que parece significar.

—Me gustaría que fueras más concreto.

Durante un rato, siguieron caminando en silencio.

—No puedo explicarlo. Lo intenté una vez, y a quien no debía, y resultó un fraude, y temo que pueda volver a resultar un fraude. Solo que sí creo ver que hay esperanza para ti. Y como un hombre que es capturado y solamente puede liberarse respondiendo al acertijo de su captor, así estoy yo, aun sin tú saberlo, cautivo tuyo.

—Pero yo no te he planteado ningún acertijo.

—Hay uno que ha de resolverse, igualmente.

Sigbjørn se encendió la pipa, y la ceniza voló sobre su hom-

[2] Verga cruzada en un mástil para la carga y descarga de mercancías. Los amantillos son los cabos que la mantienen horizontal.

bro. El viento aullaba en torno a ellos con un lamento melancólico. Sobre el borde del acantilado veía las siluetas de los instaladores de tepes que volvían a casa, caminando juntos, hombres desfilando recortados contra el cielo, moviéndose en la oscuridad caótica de una nueva creación.

—Sí, Barney, es igual que el enigma de la Esfinge,[3] al final matarías a tu padre y te casarías con tu madre, la mar... En fin. Pero hay antagonistas que, a diferencia del mar contra la tierra, son invisibles.

—¿Y eso es lo que dices que me parece romántico? Estoy desconcertado.

—No he dicho que lo fuera. Te lo preguntaba.

—Si pudiera creer que era romántico, imposible, me haría a la mar o algo, uniría mi suerte a la de los trabajadores del mundo, al futuro... mañana.

—Pero es que te harás a la mar mañana —dijo su padre con dulzura, tomándolo del brazo—. Eso es precisamente lo que vas a hacer.

Sigbjørn se echó a reír.

—Sí. Se me había olvidado.

—Nos estábamos olvidando de muchas cosas. Pero ¿por qué había de animarte o estorbarte el hecho de saberlo?

Sigbjørn no respondió, al no saber a qué se refería.

Siguieron caminando, dando patadas a los guijarros, y una vez más la espantosa realidad de la situación irrumpió entre ellos; con cariño, cogió a su padre del brazo para apartarla, pero, tan inevitablemente como la inminente sombra de la noche, la pena no tardó en caer sobre los dos; ahora, mientras iban andando, su tiniebla de angustia avanzaba despacio con ellos; cuando hablaban, era como si lo hicieran a través de una cortina. Eran como dos pacientes de un hospital, ignorantes am-

[3] Alusión al mito de Edipo. Tras matar a su padre sin conocer su identidad, resolvió el acertijo que la Esfinge (monstruo con torso de mujer, cuerpo de león y alas de águila) planteaba a todos los caminantes. Después se casó con su propia madre.

bos de cuál de los dos sobreviviría, pero que se tenían recíprocamente la extraordinaria consideración que solo los enfermos pueden tener con otro que sufre, cuando la dolencia de la socarronería de uno es a un tiempo un desdén del dolor propio y un reconocimiento de la mayor necesidad del otro. Pero, como arreciaba el viento de modo que se hacía cada vez más difícil oír o ser oído, acabaron por permanecer en silencio. Para esquivar el oscuro esqueleto de un naufragio, se desviaron acercándose a la marea creciente; más allá, en el bajío, veían, encorvados sobre el fondo del último destello bermellón, a los recolectores de berberechos. Caminaban de nuevo entre los dientes del viento.

—Newton jugaba a la orilla del mar —dijo inopinadamente el capitán— y encontraba de vez en cuando un guijarro más pulido —dio una patada a uno— o una concha más bonita de lo habitual.[4]

—O a veces un tesoro.

—A veces un tesoro, pero el océano de la verdad se extendía ignoto ante él. En fin, ¡que Dios nos guarde de la visión única y del sueño de Newton!

Sigbjørn replicó algo, pero el viento se llevó sus palabras. La marea les comía rápidamente el terreno, de modo que, puesto que la escarpada circunferencia del acantilado se proyectaba hasta tocar la plenitud arqueada de la playa, ya solo les quedaba una estrecha tangente por la que caminar; ¡más allá, el mar, abismo sin fondo de la metafísica, oscuro océano sin orillas ni faros y sembrado de incontables naufragios filosóficos!

—Kant —empezó a decir—, en su...

—¿Qué has dicho de Cambridge? —gritó su padre.

—¿Cambridge?

—¿No has dicho Cambridge? No te oigo...

—No —gritó Sigbjørn—. Iba a decir que... pero da igual. Aun-

[4] Alusión a unas palabras atribuidas a Newton: «No sé qué impresión pueda tener el mundo de mí, pero la que tengo yo es que he sido como un niño que juega a la orilla del mar buscando un guijarro más pulido o una concha más bonita de lo habitual mientras el gran océano de la verdad se extendía ignoto ante mí».

que, ya que lo sugieres, te diré que en Cambridge estábamos como estamos ahora. Como hombres que caminamos en un vendaval, y a quienes nos es imposible oír bien, o entendernos, ni lo que hemos dicho ni lo que nos dicen sobre nosotros.

—¿Qué? —El padre se llevó la mano a la oreja—. ¿Qué has dicho?

—He dicho que Cambridge no me servía de nada, no nos servía a ninguno de los dos. Además, tampoco teníamos los profesores adecuados —vociferó Sigbjørn—. ¡Y nadie parecía tener tiempo! Fue una oportunidad (supongo que fue una oportunidad), pero desperdiciada. ¡No fue del todo culpa nuestra! O éramos como hombres que no saben nada andando por una calle y oyendo por el camino, por la radio, fragmentos inconexos de conocimiento...

—¿Qué? ¿Andando por un yermo, dices? ¿Por un yermo desolado?

—O como hombres que pasean por la orilla del mar, como nosotros ahora, a lo largo del borde del conocimiento. De tanto en tanto, desde el absoluto, nos salpicaban la cara retazos de la espuma de la realidad. Nuestros descubrimientos, botas de bombero, viejos juegos de cubiertos de campaña que los contramaestres tiraban por la borda...

La marea se abalanzaba sin descanso sobre la playa, inhalando sobre piedras y conchas que llevaban en sus valvas, en sordina, grabaciones del Atlántico. Padre e hijo se veían cada vez más arrinconados contra la pared del acantilado. Los disparos del mar estallaban en ella y la salpicaban. Quedaron de nuevo en silencio mientras ascendían lentamente por el vericueto al oeste del último *green*; avanzaron a tientas por el *rough*;[5] el capitán tropezó, con una exclamación, con el banderín tumbado por el viento; luego volvieron a cruzar el montículo del primer *tee*, desenredaron la maraña de alambre que cerraba la verja del campo de práctica, y se dirigieron a la casa club por el camino

[5] Terreno con hierba sin segar situado en torno a las calles, *greens* y *tees* de salida.

de gravilla. En la sala social lucía un fanal solitario. Un policía desapareció súbitamente tras una esquina del cobertizo de Macleoran. Pero de Macleoran no había ni rastro. La puerta de la casa club estaba cerrada con llave y el viento aullaba en torno a ella, levantando una oleada de paja y escombros. Ahí, al abrigo de la tempestad, podrían, como era casi su intención, haber pasado la noche para coger el primer tren que saliera por la mañana desde la vecina estación hacia Birkenhead, donde estaba guardado el petate de Sigbjørn. Aun así, viendo al policía, a los dos les pareció más recomendable la alternativa de volver a casa.

—Hemos perdido demasiado tiempo buscando pelotas —dijo Sigbjørn.

Pero su padre preguntaba:

—¿Quién es más soberbio? ¿El hombre que cree tener una respuesta para todo o el que se niega a creer que tal respuesta exista?

—Quizá no pueda considerarse filósofos a ninguno de los dos.

PROHIBIDO EL PASO EXCEPTO A SOCIOS. SE ACTUARÁ CONTRA LOS INTRUSOS CON TODO EL RIGOR DE LA LEY. La verja se cerró a su espalda.

Pasaron una vez más bajo el viejo puente de hierro —1840— y después de dejar atrás la pendiente asfaltada que llevaba a la pequeña estación no tardaron en llegar a Fleet Lane hundiendo los pies en la arena. Enfilaron King's Drive doblando la curva en U que Tor solía llamar «Cabo de Hornos», donde los dos habían coincidido a menudo en que «en toda vida hay un Cabo de Hornos». Desde el punto más alto de la carretera, un giro del sendero conducía entre abedules de color de pergamino y brezos fragantes hacia Grange, pero a menos de dos kilómetros de donde desembocaría en la ruta principal a Chester se cortaba abruptamente, y a partir de ahí el camino más seguro era una vereda que bordeaba durante un trecho las ruinas de la carretera abandonada, para luego perderse casi entre la maleza de un erial; flanqueando la vía cortada y abandonada avanzaban ahora los dos hombres.

Se alzaban en el sendero bloques de arenisca roja. Sigbjørn

tropezó con un letrero y el capitán lo enfocó con una linterna: SE ACTUARÁ CONTRA LOS INTRUSOS CON TODO EL RIGOR DE LA LEY, otra vez. Los árboles se agitaban en su negrura a uno y otro lado, y el viento gemía como con la pomposidad de un bombardero; ¿no era por allí, en alguno de esos árboles, que Nina y él habían grabado sus nombres?

La linterna del capitán descubría de cuando en cuando camiones volcados, gruesas ruedas recauchutadas, desmontadas hacía tiempo, ennegrecidas y desgastadas; montones de piedras melladas, apiladas en su día para la construcción y ahora cubiertas de musgo. Vías férreas oxidadas que no llevaban a ninguna parte, traviesas levantadas, un motor auxiliar caído sobre un costado. Un conejo se detuvo, se lo pensó y se esfumó. A lo lejos alcanzaban a verse las luces de Liverpool; y pequeños pilotos rojos y verdes flotando por el Canal de Irlanda: barcos que zarpaban; barcos que volvían. Destellaba un faro. Subían coches ronroneando por Thurstaston Hill, alas relucientes barrían los campos. Bajo el ojo poderoso de la electricidad, una verja se alzó y se esfumó, y en cada una de aquellas luces distantes, y más cerca, en el calor de las luces de los hogares, parecía haber un posible refugio de la desesperanza del camino que habían elegido. El capitán volvió a gritar:

—¿Qué te sugiere esto, Barney? Propósitos abandonados. ¿No lo ves así? Un abandono absoluto. ¿No te parece?

Ahora avanzaban por el camino.

—Veo que hace tanto tiempo que no se ha pisado el camino verdadero que es difícil encontrarlo. ¡La senda es tan angustiosamente vasta!

—Pero los que de verdad dan media vuelta están condenados, están perdidos. Más perdidos aún que las vírgenes necias, que salieron sin estar preparadas. ¿Estás preparado tú?

Sigbjørn no le oía, y no dijo nada. Y ahí estaba el árbol (no tenía claro qué tipo de árbol era: no conocía ningún árbol por su nombre, a su entender una prueba más de su ignorancia), y ahí sus iniciales —S. T., N. L.— grabadas en la corteza, pero de alguna manera esas iniciales, momentáneamente a la luz de la linterna, parecían haberse hecho más grandes de como las recordaba; ¿podía ser verdad que se hubieran agrandado de año en año al crecer el árbol, como algunos defendían que era posible? Se detuvo apenas un instante y siguió andando. Había vuelto a coger los palos de su padre, y con una bolsa atravesada en cada hombro daba la extraña impresión de ir encorvado como bajo una penitencia cristiana. Pero ahora avanzaba con él una esperanza: ¿no podían los pensamientos del hombre dar lugar entonces a nuevas formas de relación con la mente en maduración del hombre, con la mente en maduración del nuevo mundo, con el mundo en maduración?

Bajaban ya por el empinado sendero de piedra, estragado por el granizo y el fuego, cruzando los matojos quemados de aliaga que llevaban al hogar. Más abajo, las luces de la casa brillaban con calidez a través de árboles que rugían como una catarata, un tumulto a cuyo salvajismo le era indiferente la canción en sordina de un arroyo cercano, y Sigbjørn, advirtiéndola al caminar, recordó lo estrechas que llegaban a parecer las cataratas reales de Noruega desde el lejano corredor abalaustrado de debajo, poco más, de hecho, que diminutos frescos en la roca, y luego el clamor como de olas del viento en las copas de los árboles, atronador como el paso de un expreso, un ímpetu acumulado, un Niágara de sonido reverberó en la noche con lo que para él bien podría haber sido el lamento del mar, de los torrentes que caen por siempre desde el hombro de los riscos al pie de los arroyos en Skjaeggedalsfoss.[6]

A la luz de una farola, entre el remolino de sombras, dos amantes se decían adiós.

Y esto, a su vez, era la sombra de su propia y verdadera bienvenida al hogar. ¡Volver a casa tras un duelo largo y doloroso, justo cuando otro viaje, más amargo aún, estaba a punto de comenzar!

—Digo que si estás preparado —repitió el capitán alzando la voz.

[6] Cascada de 160 metros situada en el fiordo de Hardanger, unos 80 kilómetros al este de Bergen.

—¿Preparado? Bueno —repuso Sigbjørn, despertando de su ensoñación—, estoy preparado en la medida de cuatro pares de pantalones con peto, una docena de camisetas gruesas —enfatizaba cada artículo con una patada a una piedra camino abajo—, tres pares de zapatillas de bombero y una gorra; mucho jabón para lavarme, una cámara y tintura de yodo, y plato, taza, cuchara, cuchillo y tenedor, todo metido en un petate y esperándome en el Birkenhead Park. ¿Te refieres a eso?

El capitán se tomó un momento antes de responder. Luego dijo, lacónico:

—Preparado para un largo viaje.

10

> Corre tras los hechos como un patinador novato, un novato que, además, practica en un sitio donde está prohibido patinar.
>
> FRANZ KAFKA

—¿Una prueba de fuego, has dicho? Pues quizá sea mejor que dejes el fuego al margen. Nunca se sabe qué puedes incendiar con palabras dichas a la ligera.

—Una prueba de miedo.

—Una prueba de miedo está mejor. ¿Ya empiezas a estar un poco asustado?

—Sería estúpido por mi parte negarlo.

—Ahora que han pasado los días del *Mono peludo*,[1] ¿estás seguro de que encontrarás sitio en un vapor a carbón? No quedan muchos.

—Sabes que he firmado con un vapor a carbón como mozo carbonero.

—Por supuesto, *Skibets reise fra Prester*... Bueno, acércate la silla al fuego. Verás que el mundo es un bosque de símbolos.

—Hace el mismo ruido que una bandera.

— *L'homme y passe à travers des forêts de symboles qui l'observent avec des regards familiers.*[2]

[1] Obra dramática de Eugene O'Neill (1922). El fogonero Yank abandona el barco donde trabaja cuando una pasajera joven y rica le llama «sucia bestia». Este hecho desata una crisis mental que le lleva a deambular por las calles de Manhattan en busca de una identidad inalcanzable. Poco a poco se va «animalizando» y finalmente muere en el zoo a manos del gorila al que quería liberar.

[2] Verso del soneto «Correspondencias» (en *Las flores del mal*), donde Baudelaire parece defender una estética neoplatónica.

—Bebo a tu salud, padre. Adiós a lo simbólico, a las alas de la locura.

—Adiós a lo infantil.

—Lo parnasiano.

—«Durante eras sin cuento, los mares cambiantes y el lento desplazarse de las montañas han comprimido la cosecha del sol en los yacimientos de carbón de la tierra.»[3] Bien, Barney, solo puedo decirte que aproveches esto al máximo. Mañana las comodidades serán cosa de la imaginación y los sueños. Será todo: «¡Vamos, tú! ¡Tienes que subir al puente a tirar cenizas!».

—Es horrible, pero llevas razón.

—Eso será la realidad. Se acabó el hablar de abstracciones.

—Se acabó el...

«Di algo. Este silencio es enloquecedor.»

—¿Te recuerda a algo? Pon ese trozo de carbón de vuelta en el fuego.

—Sí, a la quietud mortal de las bodegas en el puerto... O, escucha eso —ssspang—, al ruido del carbón moviéndose en las bodegas.

—Recordaba cuando Tor y tú os caísteis en aquel pozo. Ni te imaginas lo estrecha que era la grieta. Os habían dicho que no cavarais en los veneros, porque si lo hacíais acabaríais en las vías subterráneas. No os hizo falta más. Teníais que cavar hasta allí. Se iban a inaugurar el día de tu cumpleaños... Fue algo que nadie olvidaría nunca.

—¿Fue mucho lío sacarnos de allí?

—Bueno, ¡como para precisar una pala mecánica operada con ayuda de linternas! Y tuvimos que atar cables a nuestra casa y afianzarlos en árboles al otro lado del cráter (sí, se podía calificar de cráter) para mantenerla en el sitio. Por extraño que parezca, pasado mañana vuelve a ser tu cumpleaños.

—Al menos, es el día en que lo celebramos en el mundo exterior.

[3] La frase aparece en el primer capítulo del ensayo *The Coming of Coal* (1922) de Robert Bruère.

—Hubo que cavar un túnel en paralelo al pozo con excavadoras, para luego abrir un paso hasta el punto en el que estabais enterrados. ¡Fue una cesárea! Era del todo inconcebible que dos críos pudieran ser tan ingeniosos. Y todo porque tú querías ser ingeniero como tu tío Bjorg.

—Lo más raro de todo es que el incidente no significa absolutamente nada.

—Nada en absoluto.

—Pues entonces no había ninguna necesidad de traerlo a colación, padre. ¿O es que empiezas a ver alguna...?

—No, de hecho estaba pensando en otra cosa. He leído en alguna parte que los sueños de quienes trabajan bajo tierra tienen mucho más que ver con el mundo de la realidad viva que con aventuras del inconsciente. Sueños de caídas, con paredes lodosas que pasan a toda velocidad, el carbón corriéndose en el depósito. Solo ha sido un pensamiento pasajero que me ha pasado por la cabeza muy a la manera de un sueño también, tal vez porque de pronto he comprendido que tú tendrás que hacer una síntesis similar, en tu propio destino, entre el mundo real y el irreal.

—Me pregunto si es factible.

—Es difícil hablar.

—¿Por qué?

—¿Por qué? Porque entre nosotros se interpone un espejo, Barney. Al menos, esa es la explicación más sencilla. Ya lo dijo alguien, la vida es un salón de espejos.

—Una especie de Versalles, de hecho.[4]

—De hecho, sí. Por eso probablemente querría Nerón destruir el mundo: porque se parecía a él.

—Eso está bien.

—En realidad, no. La verdad, son muchas las cosas que quiero decirte antes de que te vayas, pero no las tengo organizadas en la cabeza. Están todas en virajes distintos, o más bien son en sí

[4] El tratado que puso fin a la Primera Guerra Mundial se firmó en el Salón de los Espejos del Palacio de Versalles.

mismas como pequeñas ráfagas y remolinos, por no decir como pequeñas borrascas impredecibles... Pero todas, aun así, llevan la nave de mi argumento a un fondeadero seguro. O digamos que, como la propia dialéctica, el desplazamiento va más bien de la coherencia temporal a la coextensiva.[5]

—Quieres decir que mientras me hablas tenemos que imaginarnos que estamos en el lago artificial de West Kirby.

—Algo así, sí.

—Pues adelante...

—De acuerdo, Barney, ¡estamos en nuestro primer bordo! ¡Y enarbolando el gallardete rojo!

—Para un segundo, hay que sacar el barco del varadero, aparejar la mayor y llevarlo al muelle. ¡Y hay que encontrar a alguien que abata el pico de la cangreja!

—Esto resulta muy discutible. Pero supongo que en tu vida ya has hecho eso.

—No estoy tan seguro, padre. Pero, en fin, supongamos que sí.

—De acuerdo. Bueno, quisiera hacerte estas sugerencias... Primero, que lo que pudiera parecer sobrenatural puede ser en realidad infranormal; quiero decir con esto que un hombre medio desquiciado por una serie de coincidencias inexplicables puede tender a pensar que significan algo, y tener razón. Pero lo que significan en realidad es que su apasionada atribución de un significado a tales coincidencias ha despertado en el mundo infranormal un entusiasmo similar por producirlas. Segundo, que a riesgo de parecer ingenuo a tus ojos, te diré que las abstracciones en que te hayas podido enmarañar te impiden ver tu propia ingenuidad. Tercero, que nuestra falta de inteligencia no es una medida de la inteligencia misma. Cuarto, que se ha señalado que ignorar problemas metafísicos no supone suprimirlos... a todo lo cual podría añadir que pueden ser pospuestos y que en el orden de los hechos bien podrían estar cerca del final de la lista.

—Eso ya lo he pensado yo.

[5] Conceptos empleados en el *Essays on the Logic of Being* (1932) del filósofo Francis Samuel Haserot.

—Merece la pena volver a pensarlo, Barney. ¿Quieres que siga?

—¡Sigue! De hecho, a mí todas las conclusiones me parecen definitivas, aunque sepa que son mudables.

—Sí, todas las cosas cambian, pero al mismo tiempo, por una vez, todas conducen a alguna parte.

—Sí.

—Muy bien, pues, Barney; estamos de acuerdo. Sigo. Sírvete una copa. Y ahora cambiamos de bordo. Este intervalo es la vuelta a la boya.

—¿Quieres una copa tú también?

—Sí, gracias... Gracias. Así pues, como señala D'Israeli,[6] nada hay tan capaz de trastornar el intelecto como aplicarlo con empeño a cualquiera de estas cosas: la cuadratura del círculo, la multiplicación del cubo, el movimiento perpetuo o la piedra filosofal. En nuestra juventud, podemos ejercitar la imaginación con tan peculiares temas, solo para persuadirnos de su imposibilidad; pero hay que estar muy falto de juicio para ocuparse de ellos en la edad madura. No obstante, dice Fontenelle,[7] es apropiado aplicarse a esas indagaciones, porque en el proceso hacemos numerosos descubrimientos valiosos de los que no teníamos conocimiento... Al mismo tiempo, puede alcanzarse un punto de vista desde el que una perspectiva así parezca condescendiente. Al margen de lo cual, la búsqueda de los equivalentes materiales de tales cosas, la consecución de lo en apariencia imposible, podría considerarse simplemente como el principio revolucionario, la voluntad de avanzar hacia el futuro.

—A Tor le oí decir muchas veces: «La vacuidad del imbécil es el ideal del erudito».[8]

[6] Isaac D'Israeli (1766-1848), erudito, bibliófilo y padre del primer ministro británico Benjamin D'Israeli. El capitán cita «The Six Follies of Science», ensayo incluido en *Curiosities of Literature*.

[7] El filósofo, autor dramático y novelista francés Bernard Le Bovier de Fontenelle (1657-1757).

[8] El aforismo procede del ensayo *Lo!*, publicado por Charles Fort en 1931.

—¿No será solo que lo parece debido a que dentro de nosotros habita un concepto habitualmente falso del propio ideal mientras buscamos su imagen fuera? Pero, volviendo al tema de los espejos: tienes que entender que en todo lo esencial nuestras discrepancias son mínimas. Además, es un problema de sustitución, de terminología. No hay diferencias manifiestas entre lo que muchos de nosotros pensamos... ¿No te das cuenta?

—Quieres decir que todos buscamos lo mismo...

—Se puede decir que hay una exigencia absoluta de justicia. Aun así, observa la asombrosa similitud del origen de las religiones mismas, al margen de la explicación económica que se pueda dar a su inadecuación o deterioro en último término. Pero, por volver a los espejos. Ya he dicho que Nerón no lo soportaba, y te he explicado por qué quería destruir el mundo.

—Nerón es un buen ejemplo, un ejemplo muy muy bueno ahora mismo.

—¿Y no es también D'Israeli quien menciona en sus *Curiosities* el caso de Le Brun, un poeta latino jesuita que trataba temas religiosos? La cuestión es que se le ocurrió la idea de ocupar el lugar de un Virgilio y un Ovidio religiosos mediante la simple adaptación de sus propias obras a los títulos de estos. Su Virgilio cristiano se compone, como el Virgilio pagano, de églogas, geórgicas y un poema épico de doce libros, con la única diferencia de que se han sustituido los episodios fabulosos por escenas piadosas. Su epopeya es la *Ignaciada*, el peregrinaje de san Ignacio. El Ovidio cristiano está en la misma línea, todo tiene otro cariz; las epístolas son devotas; los fastos corresponden a los seis días de la creación; las elegías son las lamentaciones de Jeremías; un poema sobre el amor de Dios sustituye al *Arte de amar*, etcétera. Por cierto, ¿cómo te va a ti en ese aspecto?

—¿No es un poco tarde para explicarme el misterio de la vida?

—Es ridículo, lo sé. Pero ¿fuiste realmente feliz alguna vez?

—¿De qué sirve ya preguntárselo? Pero sigue, por favor; estabas hablando de la sustitución de la escena entre Dido y Eneas en la cueva por la de la crucifixión o algo así. ¿O era la de la resurrección? Estaban justamente removiendo la piedra, creo. ¿Y te has olvidado por completo de Ulises?[9]

—Todo esto me recuerda la máxima de Kafka de que, al elevar el cuerpo a la cruz, los santos están en sintonía con sus enemigos. En fin, ¿fue con Nina?

—¿Qué fue con Nina? Ah, ya te entiendo. Sí, supongo que sí.

—¿Estaba Tor enamorado de Nina?

—Nunca se me pasó por la cabeza, hasta que...

—¿Es posible que fuera eso lo que causó su muerte?

—Desde luego que no.

—¿Tan seguro estás?

—Sí, seguro del todo. Para empezar, Nina parecía centrada con todo su ser en algo más allá de esa clase de amor.

—Debe de ser muy cargante. Pero eso no explica nada. La forma más segura de ganarse el amor de una persona es acosarla y luego negarla...

—Tampoco es eso. Pero Tor no estaba tan locamente enamorado de ella. No había entre ellos un objeto de felicidad, al menos no de felicidad en el sentido habitual. Además, ¿acaso quiere alguien ese tipo de felicidad? Por ejemplo, cuando yo era feliz con ella, cuando alcanzamos por fin una unidad, cuando nos completábamos, entonces, entonces...

—Entonces ¿qué?

—¡Pues que de pronto me sentía violentamente infeliz!

—¿Infeliz? ¿Por qué?

—Suena absurdo, ¿verdad? En fin, no sé cómo explicarlo, francamente. Pero era tal y como digo. En esos momentos, sufría de forma atroz; ¡y quiero decir sufrir de verdad, una sensación de separación, un desgarramiento brutal!

—¿Puede explicarse, acaso? Probablemente, ni un verdadero genio como Freud podría explicar ese sentimiento al que te refieres, ese sentirse envuelto en miedo, inquietud y muerte

9 Ulises y varios de sus compañeros se vieron encerrados en la cueva del cíclope Polifemo (*Odisea*, canto IX).

en esos momentos... ¡sobre todo si consideramos que nadie conoce el origen de la sexualidad, y que mediante el análisis tan solo puede desplazarse el centro de gravedad del sufrimiento, en todo caso! ¡Sustitución![10] Por la razón, el sentimiento; por el sentimiento, una idea. Por la expresión mental, una expresión mental. En fin, es todo un estudio que no ha recibido la atención que merece, y un pasatiempo muy caro. Pero ¿cuál fue la verdadera causa de vuestra separación?

—Siempre estábamos discutiendo. Además, ella era comunista y, de hecho, pertenecía al partido. Yo cometí la temeridad de pretender que tenía alma. Es esta temeridad lo que le disgustaba y encontraba insultante.

—¡Alma! Qué pretencioso suenas. No me extraña que te dejara. Pero ¿qué quieres decir realmente con «alma»? Sé más concreto.

—No sé. ¿Cómo se puede ser concreto a propósito del alma?

—Y ¿cómo puedes guardar lealtad a algo que no puedes concretar?

—Muy fácilmente. Bueno, pues por expresarlo a grandes rasgos, era una desacuerdo en un terreno a todas luces religioso.

—¿Y si tuviera razón ella? Supón que la suya sea la única solución, aunque ciertamente no sea inevitable. ¿Vas a desmarcarte tú por tu preciada alma? Y aunque sea cierto que ella desprecia semejantes pretensiones, ¿no es razonable suponer que lo hace porque resulta que en estos momentos lo exige la mecánica de la transición? Al final, si el hombre ha de verse involucrado por entero, como en mi opinión debe ser, la sabiduría del pensamiento religioso y los poderes milagrosos de los hombres deberán integrarse en el movimiento revolucionario. ¡Porque no puede haber hechos que lo dañen! Esa es la cuestión. Todo eso se queda fuera: la corrupción, la racionalidad, el huir de la vida, la fe corrupta y descarriada, y sus mentores.

[10] En el sentido freudiano de «sublimación».

—El problema es que Nina no estaba tampoco en desacuerdo con ese punto de vista, un punto de vista que he debido adoptar de ti inconscientemente a lo largo de los años.

—Sí que da pie a cierta confusión el hecho de que, aunque suscribamos opiniones antitéticas puede que sus indicios en nuestras vidas sean muy escasos. Que ahora mismo, mientras hablamos, estemos tomando prestado no ya del bolsillo del otro, por así decirlo, sino también de su voz, por controvertida que pueda ser. Pero, aun así, todo ello conduce a alguna parte.

—Sí.

—Y ¿he dicho que era un pasatiempo caro? Lo que debería haber dicho es que cada vez resulta más patente que ese pasatiempo debe cuestionar la investigación del trasfondo completo de aquello a lo que personal y socialmente estamos habituados. Lo que significa que, sin el franco conocimiento de nuestro estado financiero, nuestra relación es falsa. Pero retomo el hilo: ¿ves aflorar de todo esto algo tan fabuloso como una verdad (y con *verdad* me refiero a algo que no esté derivando o en proceso de transformarse en otra cosa)?

—Nada de nosotros, sino un extraño...

—Es el hombre el que se transforma. El renacer del hombre es la verdad. Y sin duda es un drama tan doloroso y convulso como el que comúnmente se conoce como nacimiento; y al igual que en este, la naturaleza opera con una visión plástica y secreta, de forma furtiva pero no necesariamente inevitable, para coadyuvar a la transformación del embrión en niño, y lo mismo hacen las fuerzas subterráneas concentradas que determinan los dolores del renacimiento en la conciencia del hombre. Y esto, tanto como aquello, al depender su éxito final de nuestra voluntad y nuestros hábitos, y no solo de la sucesión mecánica de los acontecimientos, nos hace importantes. Hace tiempo me hablabas en tus cartas sobre la «debacle del yo», sobre la «muerte del dolor privado», pero es una renuncia bastante absurda. De hecho, la debacle no es la del yo, sino más bien la de uno mismo: la de ese yo que sabe, pero que no actúa de acuerdo con lo que sabe. Siendo la salud del todo y la salud de la parte lo mismo, mi muerte, la muerte de un mal hábito o el arrancarse un órgano que es causa de escándalo y corrupción[11] es tan importante como tu vida: mucho más, hace posible tu vida. Lo que está bien muerto ya no puede corromper el todo.

—Te sigo, más o menos, porque esas ideas, aunque de forma más indolente, me han estado rondado la cabeza...

—Igual que un niño, que a cierta edad debe hacerse adulto o caer en la degeneración, está el hombre en esta tesitura.

—Soy influenciable a los buenos consejos. Soy ignorante, crédulo, capaz de creerme cualquier cosa; ¡son tan extraños los caminos que traza el destino a nuestras vidas! Sigue.

—Bueno, la verdad ahora mismo es que tenemos que virar de nuevo, hemos de enfilar otra vez un bordo distinto.

—¿Dónde hemos estado hasta ahora?

—Hemos ido navegando en ceñida[12] sin grandes complicaciones. Ahora tendrás que ir esquivando la botavara y más adelante puede que hasta achicar agua de la sentina. ¿Estás listo?

—Y aparejado.

—Muy bien, virando pues...

—Virando estamos.

—Muy bien, ¡adelante! Esta vez, puede que hasta nos desviemos un poco del rumbo. La cuestión es... Erikson. Se extiende sobre nosotros como... ¿qué? ¿El cielo? Tú, abajo, eres el mar, el reflector mimético, crédulo como la luna... ¿Y cree el mar que es azul por alguna cualidad propia? ¿Y Erikson? Llámalo como quieras... llámalo Absoluto... Pero ¿cuánto ha creado por sí solo?

—Si fuera el Absoluto, es muy dudoso que surgiera esa pregunta.

—Ya te he dicho que tendrías que achicar un poco. El caso es que el barco hace agua. Aun así, en las presentes circunstancias, quizá sea interesante especular sobre el papel que desempeñan

[11] Alusión a Mateo, 5: 27: «Si tu ojo derecho te escandaliza, arráncatelo y tíralo; más vale que se pierda uno de tus miembros para que todo tu cuerpo no sea arrojado al infierno».

[12] Con las velas tensas y en la dirección aproximada del viento.

las influencias contemporáneas, etcétera. Sobre la parte que en el crecimiento de un artista les corresponde a tales esquejes, por así decirlo, tomados vivos de distintos árboles. O más interesante aún, ¿qué queda del arte cuando esas secreciones, esas semillas viajeras que dispersa el viento, son, digamos, barridas? ¿Con qué savia y con qué luz ha obtenido el artista su cosecha?

—No creo que tenga mayor importancia.

—Deja que diga la mía. Lo único que, como Atanasio, se alza contra el mundo[13] son las opiniones que sostenemos en este momento. Una nube no más grande que la palma de una mano[14] aparece en el horizonte económico, o en cualquier otro, y volvemos a extraviarnos en una nueva fe. Los escandinavos tienen esa costumbre más arraigada que nadie. Filosofías y formas religiosas de arte o de pensamiento explotan en nosotros con violencia irresistible. Nos lanzamos a aventuras intelectuales con el mismo entusiasmo con el que los exploradores parten hacia el Polo. Pero nunca se alcanzan los extremos, ni se absorben las filosofías, sino que apenas arañan su superficie mentes febriles y hastiadas, ansiosas ya de alimentos más ricos e indigestos.

—Y bien, ¿dónde quieres ir a parar?

—A que esos excesos son todos caminos por los que pretendemos alcanzar lo desconocido. Pero la desdicha, la pérdida de identidad, la culpa que bulle en ti, los desastres que estallan a nuestro alrededor como minas ocultas (y por consiguiente la misma necesidad de alcanzar lo desconocido), se deben a la falta de propósito en la vil sociedad donde vives; a la insuficiencia, a la absoluta provisionalidad de todo lo conocido.

—Y es eso lo que ha de cambiar.

—No; no que ha de cambiar. Que tú has de cambiar.

[13] Atanasio, obispo de Alejandría entre el 328 y el 373, se opuso con incansable firmeza a la doctrina arriana (según la cual, Padre e Hijo eran de distinta naturaleza). Su obstinación dio lugar al dicho «Athanasius contra mundum».

[14] La frase remite a I Reyes, 18:44: «A la séptima vez dijo: "Yo veo una pequeña nube como la palma de la mano de un hombre, que sube del mar". Y él dijo: "Ve, y di a Acab: 'Unce tu carro y desciende para que la lluvia no te ataje'"».

—Pero antes he de cambiar yo.

—No antes. Tú eres el cambio. Lo que tienes que meterte en la cabeza no es que tú no eres el problema, sino que eres el problema.

—Quieres decir que tengo que volvérmelo a meter en la cabeza.

—Sí. Porque en Inglaterra se profesa lealtad a muchos grupos. Pero en una sociedad sin clases solo existe una lealtad: al grupo, es decir, a ti mismo.

—O a ti mismo, pero eso es al grupo.

—Exacto.

—Pero eso es tanto como decir que mis cabellos están todos contados.[15]

—Ya en el siglo VII, sin ir más lejos, Doroteo afirmaba que si amamos a Dios, en la medida en que nos acercamos a él, por amor a Dios nos unimos en amor a nuestro prójimo; y cuanto más estrecha sea nuestra unión con este, mayor será nuestra unión a Dios. Una afirmación susceptible de ser peligrosamente malinterpretada, ya que con *prójimo*, o *próximo*, Doroteo no se refiere al estafador que vive en el portal de al lado.[16]

—Bueno, aun así...

—Aun así, que la definición de *prójimo* sea un tanto esotérica no debería cegarte a la verdad de esa afirmación según se demuestra en Rusia. ¡Se supone que uno puede amar a su prójimo como a sí mismo, porque quizá no haya una buena razón para no amarlo! ¡Y si el proveedor naval del portal de al lado es un estafador, se deshacen de él rápidamente! O esa impresión tengo. Allí sí que viven una religión, pese a episodios inconvenientes, y esa es la cuestión de fondo.

[15] Alusión a Lucas, 12:7: «Porque aun los cabellos de vuestra cabeza están todos contados. No temáis, pues: más valéis vosotros que muchos pajarillos».

[16] No está clara la identidad de este Doroteo. Según sus notas, la fuente de Lowry es la obra *Superconsciousness and the Path to its Attainment* de M. V. Lodizhensky, donde se menciona a un teólogo bizantino del siglo VII conocido por ese nombre.

—Lo entiendo. Pero no estoy en Rusia. Puede que nunca vaya a Rusia y, aun en el caso de que fuera, es probable que me echaran a patadas. Y además, no milito en ningún partido.

—Militas sin saberlo. Porque la elección entre vida y muerte sigue estando ahí, y tú elegirías la vida.

—Lo uno no se sigue de lo otro.

—Has de tener presente que no dejo de ser la dinámica que te apremia a seguir adelante, aunque sea desde algún abismo alternativo. Dicho más concisamente, te digo la verdad como solo puede hacerlo un muerto...

»Sí, ¡y ojo!: Príamo no era el único padre de Edipo.[17] ¿Qué hay de los que le guiaron cuando se quedó ciego? Me parece que la vida consiste a menudo en un simple recambio de padres, de influencias y demás, en la esperanza de que acabarán por conducirnos a una posición que con amor y esfuerzo pueda considerarse incontrovertible. Esto es, el eterno retorno del padre putativo.

—En una sociedad con grandes contradicciones de clase ninguna posición es incontrovertible, ni aun contando con que los hombres no nacen iguales, es decir, en igualdad de poderes.

—Así es; pero la peregrinación continúa, por más que no haya un absoluto; no pierde uno la esperanza de encontrar a la persona, aunque sea salida de las páginas de un libro, que se atreva a saltar los muros de la cárcel, que pueda apuntar a una vida más rica, más cálida, que conozca los secretos del mar... En ausencia de tal persona, por cierto, es perfectamente concebible que uno acabe decidiéndose a ocupar su lugar.

—Sin embargo, todo eso son medias verdades... Lógicas, tal vez, pero con una pseudológica falsa. Aunque sea abordándolo desde fuera, no sé... ¿Y dónde están todos los maestros que podrían respondernos, responderme a mí al menos? ¿Y qué quieres decir con...?

—Da igual. Ahora volvemos a virar.

[17] Una confusión de Lowry: el padre de Edipo es Layo. Príamo, último rey de Troya, lo es de Héctor y Paris.

—De acuerdo. Pásame el decantador.

—¡Sírveme uno a mí si no te importa! ¡Bien! Tengo que decir varias cosas... Las voy a decir en el orden en que me salgan. En primer lugar, tengo la impresión de que el vuelo imaginativo al pasado podría ser, desde el punto de vista psicológico, un verdadero vuelo, una huida de la vida, etcétera. Simple cobardía, en resumidas cuentas, una vergüenza. O podría ser algo muy distinto.

—¿Qué, por ejemplo?

—Podría ser, o me parece a mí que podría ser, no un vuelo lejos de los males del presente, sino hacia un estado mental desde el que se pueda supervisar mejor su existencia y estudiar sus posibles soluciones. De hecho, y aunque pueda sonar risible, hacia un control de la realidad: en definitiva, hacia el propio objeto al que se han remitido quienes se burlan de tales asuntos.

—¿Eso es una racionalización?

—En absoluto. Las fronteras de la física, la química o las matemáticas se han extendido. Se ha dicho que es posible posponer la muerte indefinidamente... En algún punto, la frontera entre lo real y lo irreal se desvanece. ¿Qué hay de los poderes mágicos del hombre, de la magia de lo prelógico? Hay cosas, se dice uno, más importantes que esas, que por otra parte tienen un tufo a puerilidad, a charlatanería, a habladurías de camarilla, a magia negra. Bueno, y aunque así sea, ¿qué hay de su realidad? ¿De su utilización material? ¿Y qué pasa si te encuentras embarcado en tu propia travesía, una travesía que es la antítesis de lo real, de lo material, pero que al mismo tiempo es, en parte, una travesía de retorno primitivo, atrapado por una recurrencia de naturaleza prelógica, en que los milagros son tan comunes como las margaritas?

—Suena improbable. Pero ¿qué pasa entonces?

—Está bien, dejemos eso; no deseo desarrollar la idea. Solo deseo, por así decirlo, sembrar en ti algunas simientes de pensamiento que darán fruto a su debido tiempo... Pero escucha esto: creo advertir en ti las mismas tendencias que Ruge y Echtermeyer objetaban a la escuela romántica alemana,[18] una suerte de conciencia medieval, una querencia de la terminología mística y eclesiástica que me lleva a pensar que podrías, bajo determinadas circunstancias, hacerte católico: pues hay en ti una marcada tendencia al catolicismo en su forma mística.

—¿Hacia el catolicismo?

—Sí, siempre afloraba en tus cartas. En tu querencia a palabras como «espiritual», «alma», etcétera.

—¿Alma, etcétera? ¿A qué te refieres con «alma, etcétera»?

—Y también por una evidencia general de vocablos más humildes y utilitarios. Lo que me lleva a pensar una vez más en los románticos alemanes. Tu convicción, o lo que parece ser una convicción, de que el fin del mundo está cerca y de que en las artes ya se ha producido; una creencia, o lo que parece una creencia, en el espíritu como única realidad. A menudo dejas atisbar el sentimiento de que todo es vanidad, de que no hay nada nuevo bajo el sol, por ejemplo;[19] está Erikson, la futilidad que te impregna por su causa, «todo se ha hecho ya» y demás... todo eso es parte de lo mismo.

—*So what?* Como dicen los americanos...

—Nada, salvo que hacerlo (unirte a la Iglesia católica, me refiero) sería un error por tu parte, o esa sensación tengo.

—Pero ¿de quién es la tropa que se cuela en la Iglesia para que no se le enfríe la metafísica?[20]

—Eso una crueldad sin ambages. Y por ahí también, si no tiene uno cuidado, se consigue no ser más que condescendiente. Dejémoslo sencillamente en eso: me parece que sería un error.

[18] Ruge y Echtermeyer fueron dos discípulos de Hegel que en 1838 publicaron un manifiesto contra el romanticismo. Lo consideraban un movimiento reaccionario de inspiración católica desde la perspectiva del liberalismo (protestante).

[19] Las frases «todo es vanidad» y «nada nuevo bajo el sol» proceden de Eclesiastés 1:2 y Eclesiastés 1:9 respectivamente.

[20] Sigbjørn parafrasea los últimos versos del poema de T. S. Eliot «Whispers of Immortality» («Susurros de inmortalidad»): *But our lot crawls between dry ribs / to keep our metaphysics warm* («pero nos arrastramos entre costillas secas / para mantener tibia la metafísica»).

—Santayana afirmaba que creía en la Virgen María como puede creerse en una esposa cuando uno sabe que es infiel, pero prefiere no pensar en ello.[21]

—Vamos a dejar todo eso...

—Todas esas diversas estructuras inacabadas con la grúa encima.

—Exacto. Lo que me lleva adonde quería llegar, que hay en ti censuras intimidantes que te juegan malas pasadas.

—¿Censuras?

—Sí, que borrarán todo lo que excluya la posibilidad de cualquier salvación que puedas entender. Una (no sé si decir la única) posibilidad, y paradójica en apariencia, está en el comunismo. Otra posibilidad de refugio está en una u otra forma de esoterismo, que no ves clara, en la que quizá sospechas desde hace tiempo y con razón que tuve algo que ver. Y de la que has inferido indirectamente multitud de inclinaciones morales. ¿Admites estas posibilidades?

—Sí.

—Pero lo que acaso no hayas tenido la honestidad de admitir en tu fuero interno es el alcance y el poder de tu propio odio. En el plano intelectual, puede que tu corazón clame por la hermandad del hombre, pero bajo determinadas circunstancias la has traicionado: en tu propio hermano, quizá la mataste. Resurgirá. Pero el porqué de todo esto no tiene ya mayor importancia, una vez que su ficción lógica se ha extendido a tragedias más hondas.

—No he entendido nada de esto.

—Da igual. Es muy difícil decir algo coherente cuando la validez de cualquier cosa que digas se ve anulada por la contradicción central de tu propia vida.

—Muy difícil, en efecto.

—Pero, en este horno de la vida al que se arroja a aliados y enemigos, al superviviente y al moribundo, al rebelde y al reac-

[21] George (o Jorge) Santayana (1863-1952) fue un filósofo, novelista y poeta estadounidense nacido en Madrid y educado en Boston. Era agnóstico, pero defendía el «catolicismo estético».

cionario, se está forjando un fuerte de acero. Está surgiendo, en efecto...

—O como el pensamiento candente que se abre paso horadando su camino por el cerebro en pleno estallido de un hombre en la silla eléctrica...

—Ahora viraremos en redondo. En redondo, dejamos atrás todo eso.

—De acuerdo. Estoy preparado. Listo para abatir el pico de la cangreja.

—De acuerdo, entonces. ¡Bien! Viramos. Pero va a ser algo menos cómodo; una transición intelectual, digamos, del fuego al hielo...

—¿Hielo?

—Sí. Por decirlo de otro modo, es una diferencia en la frecuencia de vibración, si se me permite expresarlo así, más que en la sustancia. Mira, por ejemplo, el hielo transformarse en agua, o de ahí en vapor, fumarada y gas, y no por eso cambia...

—¡Sustancia que en todo momento es H_2O! ¡De eso estoy seguro!

—Exacto. Sigue consistiendo en dos átomos de hidrógeno y uno de oxígeno (sin que su sustancia varíe en lo más mínimo) e incrementando únicamente la velocidad de sus vibraciones atómicas y electrónicas. La pregunta que se formula es esta: ¿qué ocurrió cuando Europa entró en la Edad de Hielo?

—¿La Edad de Hielo? No lo sé. O al menos... Bueno, recuerdo el libro de Jensen,[22] los animales salvajes huían enloquecidos en la oscuridad mientras avanzaban los glaciares...

—Sí, eso es, dejaban a un lado las viejas enemistades para escapar, lomo con lomo, de los glaciares.

—Y la gente ya había huido.

—Sí. Y un único joven plantó cara a la entumecedora lluvia

[22] *El largo viaje* (1922), monumental trilogía del nobel danés Johannes V. Jensen (1873-1950) ya mencionada en el capítulo V. En la primera parte de la novela se narra el enfriamiento del planeta y el viaje al norte helado del fundador de la raza «rubia».

del norte para someter al nuevo enemigo. Bueno, ahí quería llegar: de él y de la chica que se encontró descienden los pueblos nórdicos. Y esa es nuestra ascendencia. La memoria de la tierra en que pasó su infancia una raza vive en nuestros sueños como un edén perdido o unas islas afortunadas.[23] Este anhelo hizo de nosotros vikingos y exploradores. Lo cual se puso de manifiesto en la migración de pueblos que quebró la fuerza del Imperio romano y en los grandes descubrimientos que dieron paso a la Era Moderna. (Etcétera, etcétera.)

—No voy a volver a Noruega con una excusa tan retórica.

—¿Puedes decir que no añoras esa tierra?

—Desde luego que no. Y aunque lo hiciera y la alcanzara no la reconocería, ni a mis propios bosques, ni ellos a mí.

—En fin, solo quería preguntarte...

—Al menos, creo que no. De hecho, casi me estremece la sugerencia... Pero no, es todo demasiado espectacular y perfecto.

—Aun así, es curioso que la llamada que pareces oír sea la de «Vuelve, vuelve, vuelve al carbón, vuelve al útero». Bueno, aunque fuera cierto tal vez sería mejor irse que quedarse aquí, donde el tiempo se ha convertido en un horror estancado como el silencio en el corazón de un hombre que ha cometido un asesinato.

—Mejor irse. Sí, mejor irse a cualquier sitio. Pero, maldita sea, ¿te crees tú toda esa murga de la vuelta al útero?

—Escucha el fuego...

—Es muy grato.

—¡Acogedor! Bueno, te digo una cosa: es extraño cómo resulta a veces. Es todo tan verosímil...

—¿Qué es verosímil?

—Es interesante preguntarse, por ejemplo, si tiene algún fundamento creer, como sostienen ciertos psiquiatras, que los instintos del ego son pulsiones de muerte y los instintos sexuales... pulsiones de vida.

[23] Otro paraíso, pero este de la mitología griega. El nombre se ha asociado a las Azores, las Canarias y Madeira.

—Bueno, ¿y qué? ¿Qué tiene eso que ver con el fuego?

—No es tanto el fuego como el carbón, y no tanto el carbón como la cualidad elemental del fuego, y la ancestral cualidad inanimada del carbón. Porque suponiendo que sea cierto lo que he dicho hace un momento, ¿qué grupo de instintos sería el que te impulsa a volver a Noruega? ¿Y cuál más allá, a Rusia?

—Probablemente, ninguno de los dos me impulsaría en la forma que describes.

—Probablemente no. Pero, por otra parte, es muy interesante suponer por un momento que sí. Por ejemplo, si sustituyo Noruega por...

—¿Sustituir? Claro que supongo que en todo esto ya he pensado yo. Solo que me suena muy raro viniendo de ti.

—Sustituir, sí. Suponiendo, repito, que Noruega sea la muerte, la muerte de tu madre (etcétera) y, por supuesto, tu nacimiento y el de Tor, y que la muerte sea una manifestación de la misma fuerza... Suponiendo, digo, que Noruega personifique la muerte, o más bien lo inanimado y pétreo cuyo restablecimiento desean tus instintos del ego... ¿Sería entonces del todo peregrino sugerir que aquellos instintos que te atraen a Rusia, que te hacen simpatizar con el comunismo, son instintos de vida, en definitiva, instintos sexuales?

—No creo que asocie la muerte a lo inanimado, de todos modos. Al contrario, en esta vida siempre he ido con el paso cambiado cuando he creído que no es más que una preparación para la siguiente. Además, nunca he estudiado de firme higiene mental,[24] por lo que carezco de inclinación hacia esos símbolos, hacia esos eslóganes. Espera un segundo, incluso diría que eso no es del todo cierto.

—No del todo cierto, ¿eh?

—Diría que, en todo caso, esos instintos que me atraen a Ru-

[24] El movimiento de la higiene mental fue fundado en 1909 por el psiquiatra Clifford W. Beers. Se basaba en la idea de que los trastornos mentales eran el resultado de la interacción de los individuos con su entorno, y en particular de experiencias traumáticas durante la primera infancia.

sia sí que incluyen, al menos, la idea de la vida y que por tanto hay mucho de cierto en lo que dices. Hasta hace no mucho, apenas tenía en cuenta esta implicación.

—Esos instintos son sexuales por cuanto pertenecen en parte a tu identificación con Erikson.[25]

—¿Qué más da? Yo digo que pertenecen a la vida.

—Me alegra ver que no te gusta que te etiqueten con calificativos o terminología que de todos modos pasarán pronto de moda. Pero más concisamente, supongo que compartes con Roback y Macdougall y otros la opinión (la muy cabal opinión, a mi entender) de que en cualquier caso la estructura innata de la mente humana engloba mucho más que puros instintos, y que hay multitud de hechos, en los que no vamos a entrar, pero que en otras circunstancias nos forzarían a ir más lejos en el reconocimiento de la estructura mental innata.[26]

—Sí, más o menos... Al hombre le fue dada el habla para que disimulara sus pensamientos.[27] Lo que has dicho tenía lógica, pero no era necesariamente cierto.

—Quieres decir que los argumentos de un charlatán, como ha señalado White,[28] están hechos para aquellos que no saben y a los que una lógica impecable induce a pensar que cuando la conclusión sigue a la premisa con tanta certeza ha de haber verdad.

—Exactamente. Ahora podemos continuar.

—Un poco más despacio, si me haces el favor.

—De acuerdo, más despacio. De todas formas, esta vez no va-

[25] En *La interpretación de los sueños*, Freud sugiere que la «identificación histérica» expresa a menudo la «comunidad sexual» de dos amantes fundidos en «uno».

[26] El capitán está citando un pasaje de *Instinct and the Unconscious*, del psicólogo social William Macdougall (1919), citado a su vez por el psicólogo y filólogo Abraham Roback (1890-1965) en *The Psychology of Character* (1927).

[27] Sigbjørn cita a Talleyrand (1754-1838).

[28] El diplomático e historiador Andrew Dickson White (1832-1918). En su libro de 1896 *History of the Warfare of Science with Theology* («Historia de la guerra entre la ciencia y la teología») descalifica el pensamiento de base religiosa.

mos a virar, solo a ceñirnos al viento un poco, nada más. Tienes que vigilar que no trasluche la botavara, eso sí... De hecho, vamos a ceñirnos al viento todo lo que podamos. Has nacido. Mucho más no nos podemos ceñir.

—Muy bien, he nacido. Echa un trago, por cierto.

—Gracias. Tú también. Decía... Has nacido y no es tan sencillo. Pero al principio todo es ideal. Todas tus necesidades se han simplificado. Nos estamos remontando a mucho tiempo atrás, pero hay que decirlo. En tu mundo, eres una alteza imperial, un virrey...

—Es absurdo decir que era mi ideal. Es verdad que aún siento un profundo amor por Noruega, pero las cosas no eran ideales. De hecho, casi no tengo recuerdos de mi infancia, y los que tengo son desagradables. No, eso tampoco es cierto. El amor por Noruega, por el propio hogar, es otro asunto...

—Repito que, te acuerdes o no, durante un tiempo las cosas son ideales. Luego, todo lo que probablemente sí recuerdas: caos repentino, turbulencia, desgarro. Te encuentras con que tienes que hacer frente a un mundo terriblemente frío (un mal recambio para el viejo) y hacerle frente solo. O peor que solo, le haces frente con un hermano del que te estás volviendo extremadamente celoso. (Nada de esto tiene que ver con vuestro accidente.)

—Recuerdo que me peleaba con Tor. Pero ¿tenía celos de él?

—El caso es que, y esto es a lo que voy, si pudieras expresar tu deseo más profundo en aquel momento, sería volver: volver al viejo mundo, de despotismo, un mundo en el que, aunque tuvieras un rival, apenas serías consciente de ello... Pero no es ese tu único deseo. Al contrario, sí que deseas ser activo. ¡Es curioso, pero es así! En un sentido significativo, el espacio del que dispones se te ha quedado pequeño y tus fuerzas están pidiendo más actividad, como un brote de azafrán en primavera abriéndose paso al exterior a través del pasto... Es lógico, ¿no?

—Eso lo entiendo. Pero ¿adónde nos lleva? Toda esta pseudológica... No sé. Se me ocurre de pronto, por nada en particular, que también podrías decir, a partir de esa línea de argumentación, que el imperialismo no es más que una entronización por parte de las masas de lo infantil, de lo desvalido, que sin embargo es investido, igual que suele serlo un niño, con todos los distintivos de la omnipotencia, y que esta entronización viene a satisfacer un profundo anhelo incluso en quienes son explotados por él: que siguen, por tanto, disfrutando indirectamente... Etcétera, etcétera. Lo que podría ser muy lógico, pero también podría no ser verdad. Y no nos llevaría a ninguna parte.

—Está bien, si no estás satisfecho retrocederemos más incluso. Hasta llegar a ti en el mismo instante de tu nacimiento. En que estabas, ya entonces, indeciso. Una parte de ti anhela el vientre en el que encajabas (como, ciertamente, nunca volverías a encajar) en tu entorno; la otra sigue deseando entrar en acción, estirarse y dar patadas, soltar amarras; un conflicto que se soluciona temporal y muy cómodamente mientras tu madre atiende todas tus necesidades. Así y todo, esta dicotomía jamás se llega a resolver.

—¿Qué quieres decir con «entorno»?

—Si me preguntas a qué me refiero con ello ahora, a diferencia de entonces (que es obvio), vas al meollo de la cuestión. Sí, ¿qué quiero decir con ello? Encajar en la sociedad burguesa actual es de por sí como acoplarse a una celda acolchada. Es un manicomio. Una sociedad al borde de la guerra, la gran castración en la que, mira tú, prácticamente dejan de producirse suicidios; si hubiéramos estado en guerra, puede que Tor siguiera vivo. En fin, ¿qué vas a hacer al respecto?

—¿Qué vas a hacer al respecto?

—Voy a desvanecerme de tu vida, posiblemente de la vida en general, probablemente de la existencia. Ya no puedo detenerme.

—Es casi como si hablaran dos mundos.

—Así se dirige el viejo mundo al nuevo. ¿Dónde hay otro caos, dónde? Pero la cuestión es «¿qué vas a hacer al respecto?».

—¿Vas a decírmelo tú?

—Lo mejor que pueda. Pero antes, veamos lo que ya he dicho. En definitiva, es esto. El principio revolucionario es la voluntad de avanzar hacia el futuro. Y no debe haber vuelta atrás sin razón. No debe haber atemperaciones psicológicas ni presiones de la razón por debajo del sentimiento que alteren esa voluntad de avanzar. Ninguna pasión por el inconsciente en detrimento de lo consciente, ni por lo afectivo en detrimento de lo intelectual, debe refrenarte.

—Eso no es lo que has dicho, en absoluto. Al contrario, has dicho que si retrocedía, si como has insistido, volvía atrás, sería posible que pudiera reencontrar lo prelógico (sea eso lo que sea), cuyo poder, situado en la frontera entre lo real y lo irreal, se corresponde con las milagrosas potencialidades que el hombre hereda en su nacimiento y que deben integrarse al movimiento revolucionario si se aspira a un renacimiento integral del hombre que no se quede en un aborto.

—Es cierto que también he dicho eso. Pero en caso de que recibieras instrucciones correctas, no podría ser en ninguna lengua conocida. Lo segundo mejor que puedo hacer es advertirte de que no permitas que lo menor te distraiga de lo mayor, sin dejar de tener presente que lo menor es también parte de lo mayor.

—¿Y qué es lo mayor?

—En este momento, lo más inmediato. Y ahora, por última vez, hemos de virar de nuevo. Me dice Tostrup-Hanson que ayer estuviste a bordo del *Arcturion*.

—Así es.

—Entonces puede que vieras a los gemelos siameses.

—Sí.

—En fin, es una ilustración grotesca, quizá, pero aun así pertinente. Y cuando haya concluido con ella, habré concluido definitivamente con el tema de tus instintos, y será cosa tuya tomar o dejar todo lo que he dicho.

—Bien, estoy esperando.

—Aunque ni la más mínima hipótesis ha aclarado los orígenes oscuros de la sexualidad, el argumento esgrimido por Freud y otros es que cierto mito implica el deseo de regresar a una situación anterior.[29]

[29] En *Tres ensayos sobre teoría sexual*, Freud afirma que el ser humano nace con una naturaleza bisexual y que la conducta posterior es un producto de la in-

—Todo esto es otra vez a propósito del instinto del ego, etcétera; el deseo por lo inanimado, por la muerte.

—Más o menos. Conocerás, naturalmente, esa parte de *El banquete* de Platón en que...

—Sí. Ya sé qué vas a decir. Era Aristófanes. Decía que en un principio había tres sexos, no dos como ahora. Que, aparte del masculino y el femenino, existía un tercer sexo que participaba por igual en los dos primeros antes de que Zeus los dividiera.

—Correcto. Y la misma idea está también en las *Upanishads*, para ser más preciso en la *Brijad-Aranyaka Upanishad.*[30]

—También, padre, lo sugiere san Pablo.[31] En la idea de santidad.

—Por no mencionar a Bernard Shaw.[32] Me sorprende tu erudición. En fin, aquí estamos. Dando la última vuelta ya, virando en la última boya, de camino a casa. ¿Qué vas a hacer tú al respecto? Olvidar... eso vas a hacer al respecto.

—¿Olvidar?

—Sí. La cosa es... olvidar, de momento. O más bien, renunciar temporalmente, olvidar en ese sentido todas esas verdades y doctrinas y especulaciones que no pueden dejarse totalmente de lado, así como los demás hechos indeseados aún; igual que tienes que olvidar las mentiras, las evasivas, los gestos vacuos, los símbolos abstractos, el resto de hechos acumulados en la memoria: ¡los debates en el Parlamento, los dictámenes de los tribunales, las supersticiones aun cuando se demuestran fundamentadas, etcétera! No les hagas un hueco en tu nueva vida, piensa en categorías distintas; todo eso pertenece a tu pasado,

---

teracción con el medio. El mito aludido por el capitán es el de Platón expuesto unas líneas más abajo. El «regreso» sería la vuelta al útero.

[30] Las *Upanishads* son textos sagrados del hinduismo.

[31] Gálatas 3:28: «Ya no hay judío ni griego, no hay esclavo ni libre, no hay varón ni mujer porque todos vosotros sois uno en Cristo Jesús».

[32] En *Volviendo a Matusalén*, George Bernard Shaw se aventura a describir la evolución humana desde Lilith, Adán y Eva hasta un futuro en que el hombre se gestaría dentro de grandes huevos antes de alcanzar la perfecta incorporeidad. No menciona, sin embargo, una fase andrógina original.

tu pasado de Calibán.[33] Lo que es verdad se hallará decantado del resto cuando se hayan retirado del conjunto las contradicciones más inmediatas.

—Pero has dicho... y luego hablabas de instintos, y además habíamos...

—Sí. Bueno, mi última palabra sobre ese asunto es que coincido con Roback[34] en que un instinto de expresión no es más que una particularización de un acto en que interviene el propio yo, y que los principios que estamos discutiendo representan en realidad una universalización que implica naturalmente al individuo que actúa, pero se dirige a la humanidad en general, de la que tal o cual persona se presenta como un caso. Y a modo de sinécdoque podríamos visualizarte a ti como esa persona.

—No sé qué significa esa palabra, y ese olvidar parece contradecir...

—¡Solo lo parece! Porque, antes o después, toda sabiduría será necesaria en el bando de los oprimidos. Si es que de momento consigues olvidarla de algún modo, sin menospreciarla, hasta que llegue la hora de aplicarla y, entonces, recordarla: a eso me refiero.

—Suena un poco a impostura. Olvidar, pero sin olvidar. Recordar, pero sin recordar.

—Aun así, es tal vez lo que ocurre entre bambalinas en el fenómeno mismo del nacimiento, como ha apuntado Thomas Mann; es decir, una renuncia ética a la infinitud, a que todo se urda en una noche sin espacio ni tiempo.

—Eso ya empiezo a verlo. Una renuncia a la infinitud, mientras la forma se modela con deseo cosechado de un mundo de posibilidades. Ahí puedo ver algo maravilloso.

—¿Ya lo ves?

[33] Personaje de *La tempestad* de Shakespeare: esclavizado por Próspero, representa al salvaje primario e instintivo en contraposición al siervo Ariel, que encarna el aspecto más espiritual del hombre.

[34] El psicólogo Abraham Aaron Roback (1890-1965) escribió *The Psychology of Character*, ensayo que el capitán cita casi literalmente a continuación.

—Una renuncia a la infinitud... Le has dado la vuelta a la tortilla de una forma sorprendente.

—Sí. Tu rebelión contra la autoridad es un fracaso. Allí donde vas no va a detenerte nadie. Allí donde vas todo el mundo te va a ayudar. Yo estoy condenado, acabado. Las voces que oyes que te ayudan hablan desde el umbral mismo de la tumba. ¿Qué mayor afirmación de la vida puede haber que esa?

—Que...

—Escucha el rugir del mar y del viento. La tormenta ya está en casa, poniendo a prueba las puertas.

Pero llegados a este punto ambos mundos se habían encalmado.

11

> Para su asombro, estaba toda la casa iluminada. Luego, de forma gradual, se abrió paso la reflexión de que ni el más extraordinario revés del destino se manifiesta de una vez en una alteración decisiva de la vida externa.
>
> ARTHUR SCHNITZLER[1]

No oía otra cosa que carbón, carbón, una avalancha de carbón que le caía en sueños. De súbito, incorporándose sobre un codo, se despertó sobresaltado; el corazón le palpitaba con estrépito. ¿Dónde estaba? ¿Qué había hecho? ¿Qué pesadilla esperaba únicamente a que el alivio de la luz del día la desmintiera? Ese sueño del carbón cayendo...

¿Dónde estaba? Por alguna parte rugía una tormenta, una tormenta de árboles o de mar... No, eso estaba en su cabeza. Pero el aviso de esa sirena tenía que ser real. Todos a cubierta, algo va mal... Fue a coger sus botas de mar de debajo de la cama. No estaban ahí, aún no había zarpado, estaba claro. Bruscamente, se sentó muy tieso al borde de la cama, temblando de terror. Esa pesadilla que había tenido... ¿Qué amenazantes formas de horror o angustia seguían aún como osos al acecho sin apenas indicios de batirse en retirada?

Volvió a tirarse en la cama y se subió las sábanas hasta la barbilla. Tenía la impresión de que había algo raro en la habitación, de que estaba distinta; aunque, claro, estaba a punto de amanecer, y quizá eso lo explicara en parte. Pero, desde luego, no parecía la misma de la noche anterior, cuando subió trasta-

[1] Destacado novelista y dramaturgo vienés (1862-1931); Freud veía en él a su «doble» literario.

billando desde el sillón del comedor, casi dormido, para desplomarse inconsciente en la cama. Aún recordaba el murmullo del mar en torno a la casa y las sombras de las olas verdes de árboles sin nombre vertiéndose por los cristales esmerilados del cuarto de baño como el Atlántico por las escotillas. De aquella charla con su padre, ¿cuánto recordaba ahora? Palabras, palabras. ¿Una renuncia a la infinitud? Bueno, el tiempo diría qué saldría de esa renuncia. O quizá solo hubiera estado hablando consigo mismo. Casi profirió una exclamación al mismo tiempo que volvía a incorporarse en la cama.

Hoy se hacía a la mar, aquellos eran sus últimos momentos de comodidad; posiblemente, sus últimas y contadas horas sobre la tierra...

Se tendió en la cama, sintiendo el calor de las sábanas con repentina gratitud. La última mañana, al alba me van a ahorcar... Para qué postergarlo, mejor ponerle punto final de inmediato... Y saltó de la cama de nuevo para sentir el gélido ultraje del alba. Se vistió con premura casi febril, como si temiera ceder a la tentación de volver a la cama y dormir hasta pasada la hora en la que debía coger el tren a Preston. Al anudarse la corbata, observó que lo que parecía haber cambiado en la habitación era en realidad algo en el exterior; había abierto la ventana y la había vuelto a cerrar de inmediato a la luz amarilla y vagarosa de la niebla. Mientras se lavaba, oyó que se encendían las luces en el piso de arriba y un lejano repiqueteo de jarras, el trajín de las criadas. Y recordó cómo se las veía la noche anterior durante la cena, circulando con rostros huidizos, como si también ellas compartieran la culpa general. Por un instante, destelló en su alma con extraordinaria nitidez otra ocasión. La agitación silenciosa del castillo de proa de un carguero antes del inicio de la guardia al amanecer, un fiero centelleo amarillo al este, un entrechocar ya de sartenes en la cocina, los marineros de guardia a la entrada del castillo empuñando tazas de café y escudriñando la penumbra: y rodeándolos por todos lados el gris del mar abierto, gris, gris, un páramo montañoso...

Bajó al salón y leyó el barómetro: 29,00. Y en el exterior, una niebla espesa, como si todo el humo de Liverpool y Birkenhead, por no decir de Chester y de los hornos de Mostyn, flotara concentrado sobre la Península de Wirral. Un panorama sombrío.

Abrió la puerta del comedor. Incluso allí se olía la niebla. Por la ventana, apenas alcanzaba a ver más allá de la pista de tenis, en lúgubre silencio, cuando la noche anterior, sin ir más lejos, el viento había levantado un retintín en las anillas de las redes exteriores como un fantasma de cascabeles. ¡Aquella historia de Erckmann y Chatrian sobre el hombre que mató al judío polaco quemándolo en el horno de cal![2] También Ethan Brand. «De ahí en adelante, Ethan Brand fue un demonio.»[3]

Apoyó las manos en el respaldo de una silla, luego recogió distraídamente el periódico de la noche anterior que había sobre el asiento. Pronóstico de niebla... Ya se esperaba, entonces. Alisó el periódico de una sacudida. Venía repleto de advertencias de todo tipo, siempre que tuviera luces para entenderlas. EXTRAÑA COLISIÓN EN EL CANAL. VARIOS CÚTERES ACUDEN RÁPIDAMENTE DESDE ZUYDERZÉE.[4] Pero caprichos salidos de las cavernas de la pesadilla entretejían sus patrones sobre la letra impresa. Se frotó los ojos, puso todo en suspenso, todavía estaba medio dormido... Apartó el periódico y se dejó caer en la silla.

La consumación del amor de dos barcos. En la niebla colisionan con suavidad, se penetran mutuamente; el mar, su mullido lecho nupcial, es también su lecho mortuorio... Choque. El crujido vacilante de dos barcos que se estrellan en la niebla, colisión de lo viejo y lo nuevo. «El señor Otto Hurwitz, peletero de 37 años que salía de su camarote no observó nada de particular. Puede que ni siquiera le preguntaran.»

[2] Los escritores franceses Émile Erckmann (1822-1899) y Alexandre Chatrian (1826-1890). En su obra teatral *Le juif polonais*, el sonido de unas campanillas en la boda de su hija recuerda al posadero Mathias un asesinato cometido por él mismo quince años antes. Posteriormente acaba confesándolo y cuenta que metió el cadáver en un horno de cal.

[3] Ethan Brand, el protagonista del cuento de Hawthorne ya mencionado en el capítulo VI, se convierte en un desalmado y acaba arrojándose a su horno de cal.

[4] Bahía situada al norte de Holanda.

Se puso en pie y en ese momento comprendió que le causaban tal inquietud las consecuencias del paso que iba a dar, tanto temor la realidad a la que se iba a entregar, que su mente levantaba al instante una barrera para protegerlo de todo lo que pudiera aludir a ello. Reparó entonces con un respingo en que su padre dormía a pierna suelta en el sofá. Le zarandeó con suavidad y le despertó.

—Volví aquí abajo a leer el periódico. Me quedé traspuesto cuando bajaste, pero luego no conseguí volver a conciliar el sueño —dijo el capitán—. Vaya, tenemos la clásica niebla de Baker Street.[5]

—Un auténtico puré de guisantes. Los trenes llevarán retraso. ¿Cómo voy a llegar a Park?

—Elemental, querido Watson, cogeremos el coche.

—Elemental, en efecto.

Sigbjørn se sentó y observó a su padre desembarazarse de las mantas y desperezarse. Viéndole, casi sintió el frío presagio del desastre hacer presa en él y soltarlo acto seguido, al imaginárselo pensando de modo reflejo: esas cosas no pueden pasarnos a nosotros, no me pasan a mí; y luego, la constancia de esa calamidad se volvió real y terminante, creciendo con la luz, disipándose su inquietud por ella con su aceptación, dejándole sorprendentemente aliviado, vivaz incluso, en las formas.

—Más vale que salgas y vayas calentando el motor si quieres coger ese tren en Exchange.[6]

—Si es que lo hay... Enseguida salgo. Solo estoy mirando esta habitación por última vez.

—Lo entiendo —dijo su padre, poniéndose un jersey.

—No sé yo.

Y es que, en cualquier caso, permanecían allí flotando algu-

[5] Alusión a las novelas de Sherlock Holmes, que vive en el 221B de esa calle. Sigbjørn y el capitán emplean luego dos expresiones asociadas a sus relatos («puré de guisantes» y «elemental, querido Watson») que, curiosamente, nunca aparecen en las narraciones originales.

[6] La estación de Tithebarn Street, que está junto a la Plaza de la Bolsa.

nos pensamientos felices y ordenados, lejos de cualquier pesadilla. En aquella habitación, años antes, había sido feliz comiendo, fumando, charlando. Durante mucho tiempo, Tor y él se habían sentado a la mesa frente a frente a jugar a las damas. Recordaba la paz absoluta: la paz que parecía emanar también de los corazones de todos los presentes y hasta de los propios objetos de la habitación, del brueghelesco *Caída de Ícaro con estatua* o de los libros; y la paz que manaba como luz de luna de la belleza de la plata vieja la primera noche que pasó en casa al volver del mar. Buena gente; sin embargo, ¿quedaba gente buena en el mundo? Esa clase de bondad parecía haber muerto. El faro que alumbraba en la tormenta la invocaba una vez más.

—Pero mejor caer con Ícaro que medrar con Smith —apostilló para sí.

El capitán miró por la ventana. De la oscuridad llegaban entremezclados acordes de sirenas. Remolona aún, la mirada de Sigbjørn recorría la sala, una sala de techo alto, grande y oscura... una oscuridad que el grabado de Brueghel se bastaba para volver luminosa... y llena de muebles: varias mesas grandes, escritorios, armarios donde se guardaban libros y todo tipo de papeles. El amplio sofá que había servido de cama al capitán Tarnmoor estaba cubierto por una manta que él mismo había comprado a un buhonero en Belawan, Sumatra. Salvo la reimpresión de Brueghel, los cuadros de la pared eran oscuros y mugrientos; se hacía difícil discernir qué representaban, y él nunca se había molestado en averiguarlo. Abandonados sobre una mesa bajo periódicos plegados había dos o tres libros, uno de ellos con un marcapáginas; lo cogió y le echó una ojeada.

«Al final, si el hombre ha de verse involucrado en su integridad, como en mi opinión debe ser, la sabiduría del pensamiento religioso y los poderes milagrosos del hombre deberán integrarse en el movimiento revolucionario. ¡Porque no puede haber hechos que lo dañen!»[7]

[7] Pasaje ya citado por el capitán en el capítulo X (Lowry no usa comillas). Pertenece a un discurso pronunciado por Waldo Frank durante el primer Con-

El capitán observó a Sigbjørn con turbado alivio al verle dejar el libro y dirigir distraídamente la mirada a las estanterías. Era curioso que no se hubiera fijado antes en que aquellos libros de su padre ofrecían una visión casi orgánica y continua de la historia misma. A través de ellos veía ahora correr como el agua la idea de la revolución, como un río que se ensancha en su camino al mar, pasando por la patrística, los constructores góticos, los fundadores de la ciencia moderna de los siglos XVI y XVII, por Spinoza y Hegel hasta el estuario turbulento de Marx; libros cuyo propósito contradecía paradójicamente la vida disidente del capitán, pero que sin duda debieron de purgarle muchas veces de las sombrías conclusiones de los promedios y los aseguradores.

Con estos pensamientos, Sigbjørn salió de la habitación sin decir palabra y al cabo de un minuto estaba fuera de la casa.

En el jardín, la niebla era tan espesa que por el camino tropezó dos veces con marcos y macetas. Bajo los árboles, brotes de jacinto y de narciso pasaban su letargo invernal, y Sigbjørn caminó con cuidado para no dañar aquellos pequeños músculos y nervios de la natividad de la primavera. Los mugidos distantes de las vacas de la granja Mapleson se fundían en peculiares acordes con las sirenas tenores de barcos que faenaban taciturnos en el Canal del Norte. Para su sorpresa, el motor del coche arrancó sin que se ahogara apenas el carburador, y a los cinco minutos había conseguido conducir el coche, con la debida circunspección, desde los garajes a la puerta principal. Cubrió el radiador con una alfombrilla y entró en la casa. El desayuno estaba dispuesto, y padre e hijo dieron cuenta de él rápido y en silencio. Cinco minutos más y estuvieron listos para partir.

—Adiós.

—Adiós.

—Adiós, Sigrid; adiós, Eva; adiós, Cookie.

---

greso Internacional de Escritores en Defensa de la Cultura celebrado en París en junio de 1935.

—¡Cómo! ¿No irá a embarcarse otra vez?

—¡No bien llega a casa que ya se vuelve a marchar!

De pie junto al coche, un hombre con polainas de cuero embarradas doblaba y desdoblaba su gorra, y en su rostro se agitaba la misma conmiseración muda que había apreciado en el de Macleoran. El jardinero.

—Adiós, señor —dijo pausadamente—. Lo sentí muchísimo, no sé qué decir... El señorito Tor... estamos todos abrumados, como...

El jardinero le abrió la puerta del coche.

—Gracias. Adiós, y que Dios le bendiga. ¡Puede que vaya a Noruega!

—A Noruega.

Sigbjørn dio un bocinazo.

—Vaya, ¡ja!, el timonel —dijo el capitán peleándose con su voluminoso abrigo—. ¿Qué va a ser, navegación por estima? ¿O por el planeta Vulcano?[8]

—Por el gran círculo...

El coche avanzó lentamente por el camino, en primera: los arbustos pelados iban crujiendo a su paso y, en un intento desesperado por retenerlos, una larga rama a modo de inesperado tentáculo desplegado por la propia casa se agarró al parabrisas antes de volver a caer en un gesto vano; a cada paso los troncos oscuros de los árboles, materializándose imperfectamente a través de la niebla, eran como símbolos de una fuerza creciente, de una realidad creciente; los postes de telégrafo que desfilaban por el jardín murmuraban sin cesar, como una agonía sonora en sordina, el gemido del violín de Tor.

El jardinero los había seguido por todo el camino y cerró la verja tras ellos. Dijeron adiós con la mano y la casa, iluminada contra la niebla, les devolvió la mirada, también ella un barco,

[8] La «navegación por estima» se efectúa calculando la posición a partir del rumbo, la velocidad y factores externos como el viento o las corrientes. Vulcano era un pequeño planeta supuestamente próximo al Sol cuya existencia se conjeturó para explicar las irregularidades en la órbita de Mercurio.

desubicado ya, unos pocos ojos dispersos escudriñando la penumbra. Luego se perdió de vista.

—Bueno, acudimos al encuentro del féretro...[9]

Sigbjørn metió la directa.

—Es mejor que reduzcas la marcha otra vez —dijo el capitán.

Sigbjørn obedeció y el murmullo del motor subió de registro, tanteando su camino despacio. Luego cambió a tercera y avanzó a una velocidad un poco mayor que un ritmo de marcha. Se veían en los campos retazos de blanco que en la distancia igual podían parecer de nieve que de niebla. Más al fondo, esta cubría el valle con el espesor de un gas venenoso. A su paso dejaban atrás jirones y volutas desprendidos de ampollas de niebla al desinflarse. Algunos otros coches avanzaban ahora detrás de ellos y se oía un ronroneo regular de cilindros. Un motor se ponía en punto muerto y luego se oían pasos por encima del murmullo, pasos de retirada, siempre de retirada, que se perdían por la calzada. Sigbjørn hizo un doble embrague para meter primera. Se aproximaban a un cruce de caminos. Se alzó ante ellos una columna de luces.[10]

—Luces de estribor. Sigue. No, rojas. ¡Para! ¡Peligro![11]

Sigbjørn tiró a la vez del freno y el embrague, y movió la palanca adelante y atrás entre las entradas de las marchas en la posición de punto muerto, y luego aceleró el motor una o dos veces y esperó. Atento al cambio de luces, se quitó los guantes, se sopló en las manos, miró a su alrededor. El semáforo cambió a verde. Adelante. Y siguieron.

—No sé cómo conduces tan bien siendo tan despistado. Yo, Barney, tengo la impresión de que si sabes conducir un coche se acaban la mayoría de tus problemas.

—Muy a menudo, con carácter permanente —dijo Sigbjørn.

Durante un rato, la calzada pareció elevarse por encima de la niebla y, aprovechando el intervalo despejado, aumentaron

[9] La imagen aparece en el poema de Melville «The Enthusiast» («El entusiasta»).

[10] Los semáforos con luces en columna eran una novedad de la época.

[11] Las luces de estribor son verdes.

la velocidad. No tardaron en superar el peligroso giro al final del cual la carretera de Frankby daba paso a la de Greasby, pasaron la explanada y la cruz del pueblo, y enfilaron la recta a todo gas. En la siguiente curva, Sigbjørn frenó junto al Coach and Horses.[12]

—Ante un caballo, una casa se apresura a hacerse a un lado —dijo el capitán, escrutando el camino—. Creo que tenemos el paso libre.

—Es curioso que aquí parece no haber apenas niebla.

Siguieron su camino, sacando partido de la peligrosa claridad temporal, y parecía ahora que casi todos los demás que circulaban por la carretera habían pensado lo mismo. Los coches pasaban traqueteando en su dirección y en la opuesta, tan rápido a veces que se dirían salidos de un noticiario cinematográfico tremendamente acelerado: cada coche que se acercaba sugería sin remedio una colisión pavorosa que se evitaba siempre a saber por qué alarde de destreza.

—Es una idea espantosa. Un día de Navidad sentí lo mismo que ese caballo...

Una enorme limusina gris pasó zumbando como un proyectil.

—¿Qué era eso? ¿Un Rolls, o qué?

—La lechuza de Minerva levanta el vuelo al anochecer.

—¡Semáforo rojo!

Alarma. Mientras Sigbjørn volvía a quitarse los guantes para soplarse en las manos vio que habían ido a detenerse al lado de la limusina. Al saludar a un conocido que iba en el coche observó que sus ocupantes habían convocado al instante una conferencia apresurada y supo que movían los labios en la misma conspiración de conmiseración o de condena: casi sintió la sustancia de sus palabras aletear en torno a él.

—Una cosa terrible, tremenda. Ese es el capitán...

(Y el nombre que hubiera coincidido con el cambio del semáforo a «precaución» se omitió por temor a que se oyera o se captara.)

[12] Coach and Horses («Carruaje y caballos») es un nombre muy frecuente en los pubs, fondas y restaurantes ingleses. El pub aquí mencionado es el más antiguo de Wirral.

—Y ese es su hijo, ¡son gente verdaderamente encantadora, según dicen! Pero sus barcos... Pero su hermano... Una cosa terrible, qué espanto, es tremendo. Adelante...

La niebla se había abierto para ellos como las aguas del Mar Rojo y la nieve de los campos y los tejados se identificaba ya claramente como nieve. Aun así, el camino estaba despejado según pasaron por la parada de ómnibus de Bromborough, cruzaron el puente de la estación de Upton y bajaron por la cuesta ulterior, más rápido allí, para llegar a buen ritmo a Bidston Hill, donde árboles, setos y casas se les venían encima como desde una pantalla, para ser transferidos al instante a escenas nuevas incesantemente cambiantes; y en nada habían llegado a la cima, donde el aire era tan claro que se veía el Observatorio a través de los árboles. Sigbjørn resolló al sentir de pronto el aliento del mar en la cara, y apartó por un instante la mirada de la carretera.

—Ojo, Barney. Vira a babor, rápido.

Sigbjørn dio instintivamente un volantazo a la izquierda y a continuación, bordeando el desastre, a la derecha, mientras el ómnibus de Bromborough a West Kirby, tambaleándose con todo su pasaje, daba un bandazo hacia el seto.

—Ante un hombre, un autobús se apresura a hacerse a un lado.

Redujo marcha, aceleró, hizo un doble desembrague, volvió a reducir, aceleró, subió de marcha y enderezó el rumbo. Noctorum a la derecha y Bidston a la izquierda.[13] Ante ellos se alzó el viejo molino de viento con sus inmensas velas hechas jirones, como un vagabundo empujado por la tormenta en el oscuro mar del páramo, donde los retazos de nieve sobre el brezo eran como crestas de ola.

—¿Por qué diantres has dicho babor, padre, si querías decir a la derecha?

—Olvidaba que ahora cuando indicas a estribor, la rueda, el timón, el barco, todo gira a la derecha, y...

Pero calló de repente.

[13] Noctorum y Bidston son hoy dos suburbios de Birkenhead.

En el cruce de Oxton volvió a retenerlos un semáforo en rojo, y a Sigbjørn, al levantar las manos del volante, le alivió que su propio temblor pudiera parecer tan solo un movimiento acorde con la vibración del motor. También ahí seguían libres de la niebla, que parecía alejarse hacia el norte, como si hubieran estado volando por encima de las nubes: solo abajo, en la lejanía, una espesa manta blanca se extendía sobre el río. Y desde aquel punto era perfectamente posible ver más allá de Birkenhead, con sus monótonos tejados muy por debajo de ellos, y a la otra orilla del Mersey, hasta Liverpool, donde el edificio Liver —la esfera del reloj estaba blanqueada por la distancia— se elevaba socarrón atravesando la bruma.

Sigbjørn se estremeció de frío y terror al contemplar todo aquello: terror al inminente viaje, a las caras nuevas, al trabajo y a la muerte, cuya configuración exterior acababan de evitar por poco.

Río abajo se alzaban los cuatro mástiles de un crucero de la White Star que avanzaba lentamente hacia Seacombe y Egremont, surcando la blancura y empequeñeciendo cualquier asta de bandera o torre de la ribera. Más cerca, las vergas del *Herzogin Cecile* aparecían plantadas sobre un triste almacén, con muchachos encaramados a ellas, a la cofa y a las jarcias como golfillos cogiendo castañas o perezosos colgados de los árboles. Al oeste de la plataforma de embarque, el muelle se internaba en tierra hasta pasadas Poulton y Liscard hacia afluentes menores donde, envueltos en niebla como en un sudario, los barcos viejos aguardaban el desguace. Más allá, la bruma se apilaba en blancos bancos de nieve por toda la costa de Liverpool; el sol, en su pugna por filtrarse, le dio a Sigbjørn la súbita impresión de que el dolor del parto del mundo se había concentrado por un momento allí, en aquel punto, tiempo después de haberse formado sus músculos y órganos.

—Una puesta de sol de Turner[14] a las nueve de la mañana —señaló el capitán—. Es muy raro.

[14] Joseph Turner (1775-1851), pintor inglés célebre por sus paisajes y marinas.

A su alrededor proseguía el murmullo constante de los motores y, cuando Sigbjørn les dedicó un saludo con una cortesía un poco forzada a los ocupantes de la limusina, le sobrevino una vieja reflexión. ¡Qué poco sabían los unos de los otros! ¿Qué sabía él de ellos? ¿O ellos de él? Desde luego, difícilmente podían advertir en ese momento, mientras los saludaba, que estaba experimentando el horror de un hombre que ha visto un mundo nuevo pero al que aún le atrae la vida que deja atrás, un hombre que sabe que el viejo mundo nunca será igual, que será siempre demasiado estrecho para él, pero cuyo valor e incipiente conciencia no bastan de momento para abarcar el nuevo.

—¡Talasa, Talasa![15] —exclamó de pronto sin venir a cuento, y tocó el claxon dos veces.

Se encendió la luz verde. Adelante.

—¡Adelante!

Viendo Liverpool al frente mientras conducía, volvió a experimentar la sensación de que su vista se extendía en línea recta hacia el norte, derecha hasta el Polo, una vasta calma blanca en la cual el mar se confundía con el cielo; y recordó con sorpresa que más allá estaba Preston, de donde zarparía. Tenía la impresión de que desde aquel día en Castle Hill con Tor, en Cambridge, su propio ser real (cualquiera que fuera su extensión), su yo corporativo, venía encaminándose a esto en una línea constante, como en una flota un capitán sigue el plan trazado por su almirante.

—Eso sí —iba diciendo su padre—, lo que pueda sentir respecto al mundo no se basa en la fe, pero hay algo que viene a ser lo mismo: que en la vida se da esa misma inconmensurabilidad entre la ley divina y la humana. Dice a estribor: nosotros vamos a babor, y hacia las rocas. O a una colisión. Sus exigencias no son ambiguas desde su punto de vista, sino desde el nues-

[15] En la mitología griega, Talasa era una diosa del mar, la personificación del Mediterráneo. En la *Anábasis* de Jenofonte, los soldados griegos gritan *¡Talasa, Talasa!* («¡el mar, el mar!») cuando divisan el Mar Negro tras su azarosa huida por Asia Menor.

tro. En fin, no sé si Jacobsen[16] no tendría razón después de todo.

—Seguro que sí —dijo Sigbjørn sin prestar atención, pendiente como estaba de la carretera—. Seguro que tenía más razón que un santo.

Bajaron la colina en punto muerto, giraron a la derecha para cruzar las vías del tranvía de Tranmere a Woodside y, aminorando cautelosamente la marcha, cruzaron la verja del parque.[17] Una vez allí, siguieron como arrastrados por un remolino una serie de círculos concéntricos cada vez más angostos, que al cabo los vomitó junto al campo de fútbol, cuyas gradas asomaban entre los árboles desiertas e inhóspitas.

—Ahí anoté un *drop*[18] una vez —dijo Sigbjørn, mientras frenaba para dejar paso al tranvía de Rock Ferry.

Instantes después, estaban en Duke Street junto a la estación de Birkenhead Park y entraba marcha atrás a su posición en la fila del garaje.

Bajo tierra...

Recogió su petate y se lo cargó al hombro; bajaron apresurados al andén. Se sentaron en asientos de paja, con el petate a un lado, mirando distraídamente su propio reflejo, que acechaba enfrente tras anuncios enmarcados de teatros y cines: CINE FUTURISTA, LESLIE HOWARD EN *OUTWARD BOUND*, SESIÓN CONTINUA, 2-11... Al cabo de un momento, el tren se había sumergido desde la luz espectral hacia el abismo: enseguida se hallaron en Hamilton Square. Y otra vez en marcha. El tren temblaba y se bamboleaba, y parecía que el mundo entero se tambaleara bajo sus pies al borde del desastre.

TEATRO FUTURISTA, LESLIE HOWARD EN *OUTWARD BOUND*: SEMANA LOCA EN EL EMPIRE: 18:30, 20:30: PRECIOS POPU-

[16] Jens Peter Jacobsen (1847-1885), controvertido naturalista y literato danés que tradujo *El origen de las especies* y *El origen del hombre*.

[17] El de Birkenhead, el primer parque urbano financiado con fondos públicos en el Reino Unido (1847).

[18] En rugby, tanto que se obtiene durante el desarrollo de una jugada (no tras una infracción del contrario o un ensayo) lanzando la pelota de una patada entre los dos postes.

LARES... Del sólido muro de ruido provocado por el traqueteo del tren se desprendían fragmentos de conversación.

—¿Te acuerdas de Gaillard?[19]

—¿Y del viejo Hipódromo? ¿Y del Argyle?[20]

—El Bioscope de Brown.[21]

—¡Irlandeses de Liverpool![22]

Esta vez sintieron que se sumergían en las honduras de la tierra, en aguas profundas,[23] y a Sigbjørn le pareció por un momento que a través de aquella caverna oscura le llevaban en realidad de vuelta a sus orígenes. Matriz. Los dos hombres permanecieron sentados en silencio mientras el tren atravesaba como un proyectil el túnel oval bajo el río. Se hacía raro pensar en el peso que había transportado, en el millón de barcos y cargamentos y destinos que en su día habían discurrido parsimoniosos sobre él hacia el exterior, o de vuelta a casa a descansar, ya fuera en partidas a la clara luz del día o furtivamente al abrigo nocturno del Mersey.

Se apearon del tren en la estación de James Street. Mientras subían muy serios en el ascensor, Sigbjørn volvió a sentir a su alrededor la conspiración conmiserativa, y la extraña mezcla de indignación, curiosidad y abominable regocijo que caracteriza al ser humano en presencia de aquellos que están padeciendo grandes desastres. Pero fijaron impertérritos la vista en los anuncios enmarcados que, a ojos de Sigbjørn, en un alarde de solipsismo parecían hacer comentarios estúpidos sobre la situación, y no volvieron la cabeza ni dieron muestras de reconocer a nadie. Pronto se vieron empujados a la calle. Water Street... pero ¡del agua al fuego!

[19] Jules Gaillard, violinista que tocó con su orquesta en el teatro La Scala de Liverpool durante la década de 1920.

[20] Salas de music-hall.

[21] Atracción de feria durante la cual se proyectaban cortos. Entre uno y otro salían chicas bailando al son de un órgano.

[22] El 22 % de la población de Liverpool era de origen irlandés.

[23] Entran en el túnel del Mersey.

Fuera, donde la niebla volvía a ser espesa, era como si hubieran arrastrado con ellos a la comunidad. Si se les daba ocasión, les seguirían hasta sus destinos, se quedarían junto a la puerta de la oficina y tocarían su madera, tan sagrada como la vera cruz. Se les había escapado el último taxi, y solo un viejo coche de caballos, aparcado al final de la parada, les ofrecía un medio de escape. Se montaron.

—A Exchange.

El coche subió repiqueteando por Water Street; el aliento de los caballos se fundía con la niebla.

—Damos uso a lo obsoleto. Nos alejamos apresuradamente de todos los puertos a popa.

—Pero el barco sale hacia atrás del muelle antes de poner proa a alta mar.

El capitán sacó brillo a sus quevedos con la manga. Luego miró su reloj.

—¡Cinco minutos!

La chistera del cochero se elevaba internándose en la niebla. Con una hábil maniobra, habían evitado un embotellamiento: dejaron atrás autobuses, furgonetas y tranvías que no podían hacer otra cosa que avanzar espasmódicamente a trompicones, uno o dos metros de cada tirón y, al penetrar en la penumbra de Exchange, los rugidos de la ciudad, el estruendo de los cambios de marcha, las advertencias y las indicaciones, el sofocado pulso subterráneo de un centenar de motores en marcha, como el ronquido vibrante de las turbinas de un barco, interrumpido una vez por un estallido de cristales, se disolvieron en las detonaciones ensordecedoras del interior de la inmensa cúpula negra de la estación. «Exchange.» El capitán pagó al cochero y fueron a toda prisa hacia la barrera.

—¡Será mejor que corramos, solo faltan unos minutos!

—Muy bien, señor, ni se moleste en sacar un billete de andén, no tiene más que un minuto.

Sigbjørn levantó su petate por encima del torniquete. Mostró su billete: Preston, tercera clase. Pasaron los dos. Entonces avanzaron corriendo por el andén. Sobre sus cabezas, la esfera de un reloj chasqueaba los minutos. Junto al tren, que esperaba con las puertas abiertas para ellos, un hombre y una mujer se abrazaban.

—¿Esa no es igual que madre?

—Sí que lo es. Pero qué más da. Tienes que entrar. ¡Corre! —Su padre le sonrió—. Por última vez, ¡psicología!

Sigbjørn se subió al tren y aparcó el petate en el pasillo. Se oyó un portazo. Por el extremo opuesto del andén entraba otro tren, deslizando su largo vientre, revolviendo los largos ángulos de sus bielas.

Se acercó a la ventanilla para despedirse de su padre, aunque el hombre, separado ya de la mujer, estaba abriendo la puerta del vagón. El hombre y él quedaron uno junto al otro en el pasillo; la mujer y su padre, en el andén. Sigbjørn trató de abrir la ventanilla, pero estaba atrancada. Dio otro tirón a la larga correa perforada. El fleje no cedía, la ventana permaneció cerrada entre ellos.

Ahora veía a su padre mientras tiraba de la ventana. A su lado, el hombre le ayudaba, pero era en vano. El tren se ponía ya en marcha y resonaban explosiones por el techo de cristal negro. Una barrera de hierro, madera y vidrio se había alzado entre él y su padre.

«Cambio...»[24]

Sus bocas se movían a ambos lados de la barrera articulando frases inaudibles de separación, de amor. Ahora su padre corría con el tren, diciendo algo que Sigbjørn no lograba oír. Se movían las cubiertas de la estación, el tren parado al otro extremo parecía moverse también... «Cambio...» Sigbjørn se dio la vuelta. ¿Qué había intentado decirle su padre? A saber. Nunca lo sabría, solo oía detonaciones que parecían retumbar desde el andén haciendo volar en pedazos las desinencias del pasado, y recordó estas palabras: quebrado de dolor.

[24] De nuevo *exchange*, pero la palabra ya no se refiere a la estación: el capitán intenta decir a Sigbjørn que puede cobrar en Oslo una letra de cambio.

De la niebla emergieron (aunque, curiosamente, no con remordimiento, sino con fatal deleite, con aceptación postrera; sí, con horror triunfal incluso) tan solo estas dos certezas del corazón:

—Asesino.

—Fratricida.

12

> La tragedia de nuestra búsqueda espiritual: no sabemos qué buscamos...[1]

—¿Qué podría pasar? —preguntó el hombre que iba sentado frente a él en el compartimento de tercera.

Sigbjørn le miró desconcertado. El desconocido era alto, barbado y de una tez rubicunda, térrea, en la que los ojos despedían un brillo extraño como dos flores azules. Una cicatriz a modo de zurcido le atravesaba un lado de la cara, de la sien a la barbilla. Con las manos acordonadas y anudadas como si fueran botas, buscaba un cigarrillo: lo encontró; ahora necesitaba una cerilla...

—¿Qué quiere decir con «Qué podría pasar»? —preguntó Sigbjørn, encendiéndole una.

—Gracias... Bueno, es lo que el caballero de ahí fuera intentaba decir —respondió el otro tras dar una calada—. Si pasara algo, tendría usted que seguir ciertas pautas de acción no especificadas. ¿Un cigarrillo?

Sigbjørn declinó con un movimiento de cabeza, y abrió y cerró la mano en la que sostenía una pipa nueva.

—Yo en realidad también soy fumador de pipa —dijo el otro—. Donde esté una vieja caldera auxiliar que se quite lo demás.

—Por cierto, ¿se refería usted a mi padre hace un momento?

—¿Era su padre? Muy bien, sería su padre; pero la pregunta que debería hacerse, la que me hago yo siempre, es «¿Qué podría pasar?».

—Sí, eso es, qué —repitió Sigbjørn automáticamente.

[1] Cita extraída de *Tertium organum*, obra esotérica escrita por el pensador ruso Piotr Ouspenski (1878-1947).

Se produjo un silencio perturbado solo por el arrastrarse del tren. Luego otro tren que pasaba, aunque despacio, en dirección contraria, le sobresaltó. ¡Zzzum! Desapareció enseguida, después de todo.

Pero volvía a casa, mientras que él se había embarcado de forma irrevocable en la dirección opuesta.

Sin embargo, en un sentido fundamental, podía decirse que también él volvía a casa. Sintió una punzada súbita, como una punzada de amor. Cruzó las piernas, apretando con fuerza las rodillas una contra otra para atajar su temblor. Le estaba entrando bastante pánico, era como volver a la escuela, pensó. Nada envenena tanto como ese miedo que se hunde hasta la cavidad del estómago y se extiende gélido por todo el organismo.

Aun así, era asombroso lo mucho que se parecía esto al propio mareo incapacitante de ir en barco y, al reparar en ello, prendió en él un anhelo perverso de mar; pero el mareo no tanto de cualquier mar que pudiera esperarlo, pensó mirando de refilón por la monótona ventana, como de aquel que pertenecía al país brumoso que iba quedando atrás, por más que su visión directa se limitara a los herrajes cercanos, los montones de escoria, las retortas de gas, los cilindros, las largas astas negras que se alzaban entre la niebla: The Bootle Cold Storage and Ice Company.[2] Traca-traca-traca, chaca-chaca-chaca.

Por el pasillo sonó un portazo. El tren se bamboleaba... Algo parecía llegar a su término, pensó, con la brutalidad de una puerta cerrada; eso también parecía concluyente: pero no había nada al otro lado, ni realidad, ni intercambio, tantas cosas en la vida no eran más un fundido a negro sobre dos figuras que caminaban solas en el crepúsculo, o estaba uno mismo solo otra vez y llamaban las sirenas a través de la niebla.

Y sin embargo ahí estaba, a saber cómo, habiendo dejado atrás ese crepúsculo, atrás esa puerta, y atrás —casi literalmen-

[2] Compañía de hielo y depósito en frío de Bootle. Bootle es una localidad situada a orillas del Mersey cuyos manantiales abastecían Liverpool.

te— esa niebla, y la vida aún se las arreglaba para seguir adelante cuando ya debería haber acabado todo.

Chaca-chaca-traca-traca-chaca-chaca. El tren se escoró enormemente al tomar una curva, y fue maravillosa la forma en que lo hizo, arqueando con elegancia su cuerpo de hierro articulado; los postes del telégrafo tomaron un atajo por un descampado, pero enseguida volvieron a seguirles sus cables, furtivos y ondulantes; chaca-traca-chaca-traca. Y «piiiii», dijo el tren. «¡Piiiiiiiiiiii!» Pitidos cortos y largos como un carguero que entra en el puerto. «¡Piii! ¡Piiiiiii!» Pero ¿en qué puerto entra? Arcángel, Leningrado o...

—¿Hace escalada en roca? —dijo el hombre de enfrente interrumpiendo sus reflexiones.

—¿Qué?

—Escalada con cuerda.

Ladeó la cabeza sobre un hombro para apuntar a una foto colgada en la pared del compartimento junto con otras que publicitaban hoteles de la línea férrea y lugares típicos como el castillo de Carnarvon y el paso de Llanberis; en ella figuraba un edificio de piedra cuadrado y desangelado al pie de las altas montañas. Sigbjørn acercó la cabeza y leyó: HOTEL GORPHWYSFA, PEN-Y-PASS.

—En ese hotel de ahí —siguió diciendo el hombre— estuve haciendo escalada con cuerda. Me alojé en ese hotel, comoquiera que se pronuncie... En fin, resumiendo, que allí hice escalada en roca. Un deporte magnífico, ya lo creo.

Traca-traca-traca. El tren aparentaba ser un ente singular cuyos ruidos llenaban los silencios de la conversación; entre frases, sus cabezas se meneaban con el movimiento del vagón, que parecía incluso poner aquí y allá un énfasis lógico en ciertas palabras.

—En Gales le despluman a uno, la verdad. ¿No tienen un dicho que dice: «Taffy era un galés, Taffy era un ladrón»? Por cierto, ¿le hace un vaso de whisky de buena mañana?

—Muchas gracias.

Sigbjørn dio un buen trago de la petaca que se le ofrecía.

—Mi nombre es Daland Haarfragre.[3]

—El mío, Tarnmoor.

Traquetea que traquetea, atravesaron Aintree, pero Sigbjørn no advirtió el menor indicio de la inminente celebración del Grand National;[4] si habían empezado con los preparativos, debía de ser bajo tierra.

Se hizo un silencio absoluto, que duró hasta que dejaron muy atrás la ciudad y el hombre lo rompió con lo que era prácticamente un grito.

—Me ha intrigado lo que ha dicho su padre: que podía pasar algo. Lo único que me pregunto ahora es qué. La escalada es una de las cosas más peligrosas que pueden intentarse, ¿no? Así que algo me podía haber pasado a mí, ¡solo que esa vez no fue el caso!

—No —dijo Sigbjørn.

—¿Hacen escalada en la Cocina del Diablo?[5] —preguntó el hombre—. Yo la escalé una vez con suelas de clavos por puro placer, y otra con suelas de caucho a mayor gloria de Dios.

Los pensamientos de Sigbjørn se dispersaban y perdían con las vías a uno y otro lado del tren. Un hombre blandió un pico en alto a su paso. En las esquinas de las calles, a lo largo de los raíles, a la entrada de bares aún cerrados, deambulaban los parados, escrutando con mirada vacua la niebla que se iba despejando con ojos como piedras que perdieron sus gemas. Unos pocos cines de provincias estaban ya iluminados.

—Yo escalé la Nariz de Parson[6] —seguía diciendo su compañero.

—¿Cuánto tardó?

—La subí en tres cuartos de hora. Me parecieron unas rocas muy fáciles.

[3] Harald Haarfagre («cabellera hermosa»; Lowry lo escribe mal) reinó en Noruega entre los años 872 y 933.

[4] Aintree acoge cada año esta popular carrera ecuestre de obstáculos, la más importante del Reino Unido.

[5] Montaña de Gales así llamada por las columnas de vapor que se forman en ella.

[6] Popular ruta de montaña galesa.

—Según un dicho, la bajada a veces no lleva ni dos minutos, pero las rocas pueden ser muy duras.

Haarfragre rio durante un buen rato.

—He de decir que, para ser galés, es usted un buen hombre —añadió con afectación—. Pero cualquier discriminación racial es mala. Si de verdad es usted galés, estoy dispuesto a admitir que vale tanto como yo.

—Gracias —dijo Sigbjørn—. Espero tener sangre galesa.

—Observe Polonia... En toda la cuestión de las minorías nacionales... ¡Los ucranianos! Pero, claro, el de Gales no es principalmente un problema nacional, sino el problema de los trabajadores en todos los sitios.

—La vida es condenadamente rara.

—¡Rara! Le concedo que es rara, pero ese conocimiento no le va a llevar muy lejos... Rara, vaya si es rara: mis colegas son raros, que hacen huelga por no sé qué montón de chatarra, con toda la razón, y los policías también son raros, pero tenemos que actuar, y no hay más que hablar, porque puede que mañana se nos niegue el derecho a actuar.

—¿A qué se refiere?

—Me refiero a que ahora tenemos que aliarnos con nuestra propia clase, la clase trabajadora, o con las fuerzas abiertamente reaccionarias.

—Sí.

Sigbjørn apartó la mirada, temeroso. ¿No estaba él actuando ya? Aliándose con su propia clase... ¿O se trataba de nuevo de otra cosa? No tanto una alianza como una excursión a la clase trabajadora, una suerte de visita del príncipe de Gales al cuarto de calderas. Fuera se sucedían casas miserables con fontanería medieval y gallinero en el patio trasero; un entorno sórdido, árido y lastimero se desplegaba y hostigaba su conciencia. Era un miembro de la raza humana que vivía en idéntica oscuridad, pero del alma, ese artículo de lujo. ¡Ah, Peer Gynt, esa cebolla sin corazón![7]

[7] En una escena del drama *Peer Gynt* de Henrik Ibsen, el protagonista, tras

Tanto daba intentar detener el curso del pensamiento de un nórdico como el del sol de medianoche en su circunvalación por la línea del horizonte. Nada se soluciona con ello y, sin embargo, todo es obvio...

Ahora se habían parado en Maghull,[8] y el ronroneo del motor de un avión llenó el silencio. Sigbjørn, que por alguna oscura razón nunca había podido resistirse a la llamada de un avión, salió corriendo al pasillo a mirar, pero no vio nada.

Cuando volvió al compartimento, vio que Haarfragre estaba oculto tras un periódico. Era un diario noruego, el *Aftenposten.* Inclinándose hacia delante, Sigbjørn alcanzaba a leer, pero no a traducir, aquel idioma ya casi ajeno.

Trelast damper paa grunn i Maaløystrømmen. Skibet kom av, men da for skibet begynte para reise fra Omega til Prester og som man ser full lastet med trelast fra russiske sagbrukene...[9]

—¿Qué es un *trelast damper*? —preguntó.

—Un barco maderero, hijo.

—¿Ah, sí? Precisamente voy a enrolarme (o más bien me acaban de enrolar) en uno, de mozo de fogón.

—¿Ah, sí? —Haarfragre le dirigió una sonrisa intrigante—. ¿En serio?

—Sí.

—¡Qué interesante! —Haarfragre siguió leyendo, canturreando.

El tren reemprendió la marcha y su baqueteo. Al este, en la distancia, se extendían las fábricas de Wigan:[10] se agrupaban en

---

muchas andanzas por el mundo, pela una cebolla y compara las capas con su propia vida para acabar descubriendo que el centro está hueco.

[8] Última parada del trayecto a Preston antes de entrar en el condado de Lancashire.

[9] «Barco maderero procedente de Omega varado por las corrientes en Måløy. El buque ya zarpaba, pero, como puede verse, antes de iniciar su travesía a Preston cargado con madera de los aserraderos rusos...» Måløy es una ciudad situada al norte de Bergen. Omega sería en realidad Onega, un puerto maderero del Mar Blanco.

[10] Población industrial cercana a Mánchester; fue en su día un símbolo de la pobreza urbana.

cúmulos, con las chimeneas destacadas sobre el campo abierto, pero aun así plomizas, distantes, parecidas a las de barcos fluviales del Misisipi despidiendo llamaradas en una carrera enloquecida. Quedaron atrás, con el humo flotando bajo. Las ciudades se colapsaban bajo un bombardeo de ruidos, pero ahora pasaban por apacibles poblaciones agrícolas, y los campos que atravesaban eran sin duda básicamente pastoriles, y parte más o menos tan integral de Lancashire como lo era Sigbjørn, es decir, bastante más de lo que pudiera parecer. Al oeste, más allá de aquellas llanuras, el mar era invisible, y Sigbjørn tuvo conciencia de una punzante sensación de decepción, de traición casi. Pasaron zumbando por Omskirk. Estaciones, pueblos, matorrales, cables del telégrafo iban desgranándose, sumergiéndose en la onda del tren, que cabalgaba sobre el talud como un barco que asciende a la cresta de una ola gigante, gris y lenta. Sigbjørn volvió a mirar la contra del periódico.

Skibbet som med la propplasten gaar til sjøs. Slik saa dampskibet "Viets" ut, da det i fjord gaar og kom inn til Kristiansand efter sin fryktelige reise fra Arkangelsk. Som meddelte I morgennummeret igor ble styrmannen, da stormen raste som verst, slat over bord. Paa billedet...[11]

—Muchas tormentas parece que tienen ustedes —dijo tras haber entendido quizá tres palabras.

—Sí —replicó Haartfragre sin levantar la mirada—. Es la temporada de incendios y desastres.

Pipidum-pipidí, cantaba el tren. La Caergwrle Ales de Melville.[12] ¡Pipididíííí! El autor de Pipiquod y Pipidel; el hombre que vivió entre los caníbales.[13] Las ruedas chillaban contra el hie-

[11] «El barco zarpa al máximo de su carga. Este es el aspecto que presentaba el vapor *Viets* al entrar en el fiordo de Kristiansand tras su terrible travesía desde Arcángel. Como informaba ayer la edición de la mañana, el primer oficial cayó por la borda arrastrado por el agua cuando arreciaba la tormenta. En la fotografía...»

[12] Caergwrle Ales era una cervecera de Gales.

[13] El *Pequod* de *Moby Dick* y el *Fidèle* de *El estafador*. Tras el relativo éxito de sus dos novelas ambientadas en los Mares del Sur, *Taipí* y *Omú*, Melville comen-

rro. A su izquierda, en un campo húmedo, se jugaba un partido de rugby: un tres cuartos[14] se desmarcó, engañó a un placador, engañó a dos, ya no quedaba nadie para detenerle salvo el zaguero... Era verdaderamente asombroso que pudiera producirse tanta actividad en unos pocos segundos. Sigbjørn volvió la cabeza, estirando el cuello. ¿Lo conseguiría? No. Dos rugidos lanzados por el público, uno de decepción, otro exultante, se juntaron y mezclaron con la batahola del tren cuando el zaguero placó bajo al tres cuartos haciéndole patinar y caer al aguanieve embarrada. Sigbjørn hubo de imaginarse el resto: el corrillo de los delanteros, el árbitro dudando de si tocar el silbato. ¿O acaso distinguió, entre aquel jaleo de ruido al que volvía a agregarse el rugido de un avión, el pitido infinitesimal? Levanta, levanta, levanta, la partida está en peligro. Adiós...

Pero en nada estaban ante otro partido en el que se acababa de anotar un ensayo; el medio apertura colocó apenas el balón para el puntapié y en un momento el ensayo se había convertido en gol.

El pensamiento no arreciaba, el problema se resistía pero ya estaba resuelto al fin: se había firmado su resolución. ¡Y tras la línea de gol, los linieres levantaban sus banderines en señal de victoria!

Hacía ya un rato que Haarfragre había dejado de lado la lectura y miraba a Sigbjørn con una sonrisa. Entonces este observó que sostenía, de cara a él, un sobre con un sello extranjero, pero familiar. Se inclinó al frente y leyó:

A LA AT. DEL CAPITÁN DALAND HAARFRAGRE,
SMITH AND HERMANNSONN

D/S[15] *UNSGAARD*,
PRESTER,
LANCS, INGLATERRA

---

tó a Hawthorne en una carta que pasaría a la posteridad como «el hombre que vivió entre los caníbales».

[14] Componente de la línea defensiva colocada en el tercer cuarto del campo por delante del zaguero.

[15] *Dampskip*, «barco a vapor».

Haarfragre sonreía, pero sin decir nada, sosteniendo aún la carta ante los ojos de Sigbjørn como si fuera un trapo con el que acabara de sacudir una mota de polvo del puente de mando. Luego se guardó la carta en un bolsillo.

—Es usted el hombre del que tanto he oído hablar en el *Konsulat* —dijo.

Se echaron a reír los dos.

—Siento no haber tenido ocasión de hablar con su padre en el andén. No obstante, hemos tenido muchas charlas, de hecho, en esos pequeños cafés Mecca que tienen ahí. Le conocí tiempo antes de que consiguiera usted el trabajo. Él le ayudó a conseguirlo, por supuesto.

—Tonterías. Mi padre se llevó un disgusto enorme cuando le dije que volvía a hacerme a la mar.

Haarfragre se encogió de hombros.

—Exacto. Bueno, no fue su padre quien le ayudó a conseguir el trabajo, no me he expresado con total precisión; fue un caballero llamado Jump quien se interesó por usted, sabe Dios por qué. La ayuda de su padre llegó después.

—¡Dios santo!

Sigbjørn sintió una emoción compleja en la que se mezclaban la gratitud por la generosidad de su padre, comoquiera que se hubiera manifestado, y el resquemor de que el mundo no le dejara nunca hacerse un hombre.

—Sí —dijo Haartfragre, asintiendo entre risas—. Su padre intercedió por usted, por así decirlo. Da garantías de su buen comportamiento, promete que no desertará del barco, pero, lo que es más sensato, le da una carta de crédito que puede presentar en Oslo ante los abastecedores del barco cuando lo desee. Eso es más importante de lo que cree, por la sencilla razón de que no sabemos dónde vamos ni cuándo atracaremos.

Sigbjørn estaba pensando en Jump, pero le sugería imponderables sobre los que se le hacía insoportable reflexionar, así que se los quitó de la cabeza de inmediato.

—Quiere usted decir que ni siquiera el capitán sabe adónde vamos —dijo.

Haartfragre aspiró largamente.

—¿Qué clase de barco cree que somos? ¿Cree que se nos paga el flete con letras a plazo?

—Sé que van en lastre.

—Bueno, no hay necesidad de gravar nuestro cargamento con un privilegio marítimo. Ningún fletador ha pagado la póliza por adelantado.[16] Aun así, una cosa es segura, el *Unsgaard* zarpará en cuanto haya terminado de descargar. Yo diría que mañana.

Sigbjørn guardó silencio, mientras veía un pequeño pinar (madera para leña, madera para fuego) deslizarse tras la ventanilla. Con una mano temblorosa se frotaba el dorso de la otra. Haarfragre también miraba hacia fuera. En el último árbol habían fijado un anuncio solitario. DOUGLAS FAIRBANKS JR. EN *OUTWARD BOUND*... TEATRO FUTURISTA...

—Y ¿qué clase de capitán cree que soy? —Haarfragre se rio—. Debe de pensar que un poco raro, si dejo mi barco para irme de escalada, ¿no?

—Ya nada volverá a parecerme raro.

—Vamos, vamos, ¿y si yo fuera como el capitán Christoforidas?

—Christopher...

—Christoforidas. Fue el que abandonó su barco en cuarentena. El buque fue inspeccionado y, ¿cómo se dice?, *fumitigado*, pero luego el capitán lo abandonó. Sí, lo abandonó sin más, y se llevó con él todos los papeles y a media tripulación. ¡Y no podían moverlo! No, tuvieron que dejarlo ahí, garreando el ancla, cruzándose en el camino de otros barcos y poniendo en peligro a las embarcaciones más pequeñas que transportaban a funcionarios de sanidad, aduanas y demás.[17]

[16] El «privilegio marítimo» es el derecho preferente a cobrar ciertas deudas con cargo al producto de la venta de un buque o su cargamento. Haarfragre reacciona cuando Sigbjørn insinúa que el *Unsgaard* es un buque irregular (sin ruta o escalas fijas) que carga mercancías allí donde puede.

[17] El incidente tuvo lugar en diciembre de 1935. El vapor griego *Marpesa* es-

—Puede que cuando se le pasara la borrachera y descubriera lo que había pasado decidiera no volver.

—Eso habría estado mal.

—Habría.

Los abetales de Groston seguían discurriendo al paso del tren y quedando atrás. Ahora estaba verdaderamente comprometido, no cabía ya desligarse del acuerdo. ¿Era fruto de un golpe de suerte que el futuro hubiera ido a caer en sus manos?

Por un momento, su pensamiento buscó refugio entre esos recuerdos, y le parecieron buenos. Se acordó de su última travesía y se le ocurrió de repente que el paisaje que se extendía tras los árboles junto a los que pasaban guardaba un parecido extraordinario con la Península de Kwantung. Se acordó de los tripulantes de los juncos plantados con las piernas separadas y elevando la mirada al barco. Cabo Esan, Estrecho de Tsugaru, Hakodate bajo una huracán de nieve, el Mar de Japón, Corea... ¡Dairen! Fue en plena canícula cuando el *Edipo Tirano* atracó en Dairen.[18] Se le hacía raro que lo que había sido una experiencia llena de incomodidades ejerciera sobre él una atracción casi nostálgica en retrospectiva. Plagas de moscas, niños corriendo desnudos por el embarcadero por unas monedas, nativos famélicos al pie de las barrigas hinchadas de los tanques de la Socony Oil,[19] el chusco de pan que caía sobre el petróleo derramado en el muelle y el hombre que se lo comía, el calor inclemente, el cielo acolchado... ¿Qué componentes de un recuerdo feliz había en eso? Bueno, hubo una insinuación de Rusia, de cosas tremendas tierra adentro, en Manchuria.

—¿Ha estado alguna vez en Dairen? —preguntó Sigbjørn.

---

taba retenido en Staten Island (Nueva York), pero el capitán Eleuterios Cristoforidas lo abandonó en compañía de 34 tripulantes el día de Nochevieja. El barco fue derivando con el viento y la corriente al menos un largo de cadena, golpeó a otro buque y a punto estuvo de chocar con el pantalán.

[18] Episodio narrado en *Ultramarina.*

[19] Acrónimo de la Standard Oil Company of New York, la petrolera de John. D. Rockefeller que más adelante pasaría a llamarse Mobil.

Al fin y al cabo, quizá el presente fuera menos incómodo que el pasado.

—¿En Dalny? Ya lo creo. ¿Por qué lo pregunta?

—Por nada.

—En todo caso, no vamos a volver más a esa especie de cabezal de biela mugrienta —dijo Haartfragre—.Tendrá usted un viaje precioso en nuestro barco podrido. ¡Y en Leningrado verá (quizá, quizá) el ancho Neva, de aguas muy azules cuando hace una curva cerrada! Y hermosísimo cuando se bifurca entre las lindas islas, preciosas, buscando el golfo de Finlandia y el mar.

—¿Allí también tienen noches blancas, como en Noruega?

—Ah, sí, blancas noches de verano. Leningrado también se levantó sobre una ciénaga, ¿sabe?[20]

Sigbjørn apartó la vista otra vez. Cuando volvió a mirar, el semblante del otro estaba negro como una nube cargada de truenos.

—Maldita sea, no es tan fácil, jovencito. —Bajo las espesas cejas, sus ojos le dirigían una mirada furiosa—. Así que quiere ser mozo de fogón, ¿no?

—¿Por qué no?

—¿Por qué no? Por nada en concreto. Pero suponga que le dijera que en nuestro buque no necesitamos mozos de fogón. ¿Qué diría a eso?

Sigbjørn no contestó nada. Chaca-chaca-traca-traca.

—Suponga que le digo esto: «Soy el capitán del *Unsgaard* y considero que no nos hace ninguna falta usted, ni ningún mozo de fogón, para nada». Entonces ¿qué?

—Tenía entendido que andaban faltos de hombres.

El capitán Haarfragre rompió a reír.

—Yo a su edad tenía entendidas un montón de cosas... Déjeme ver su *hyrkontrakt*.

Sigbjørn se lo pasó, y él lo examinó un rato en silencio.

—Claro, *limper* significa que estará usted pasando carbón —dijo al fin el capitán—. ¿Le parece eso un trabajo, en serio?

—Un trabajo infernal, según dicen.

[20] Como Oslo.

—Pero no es trabajo para usted, ¿o sí? No está usted hecho para palear carbón, ¿no? Diantre, ¡es un trabajo de esclavos!

—Si no es para palear carbón, ¿para qué otra cosa?

El tren se arrastraba sin pausa con su traqueteo.

—Supongamos que le dijera que el barco quema gasóleo.

—¡Gasóleo!

El tren pasaba por un tramo malo de vía y los dos hombres daban tumbos en los asientos como jinetes en sus sillas de montar.

—O que fuera uno de esos barcos tan simpáticos que alimentaba uno mismo,[21] también sería mala pata —añadió Haarfragre como para sí; entonces le vino otra ocurrencia—. Supongamos —dijo mientras le devolvía el contrato— que mi barco fuese un velero.

—¿Un velero?

—Sí, señor, un velero, con rumbo al Cabo Desolación o al de Hornos; no estaría usted de suerte, ¿verdad? O si resultara ser un viejo naranjero o un cachirulo o un cayuco decrépito como esos famosos botes lavanderos que van por ahí recogiendo la puta ropa sucia... tendría usted la negra, ¿no? Pero si mi vieja carraca quema carbón se quedará usted tranquilo, salvo que le diga que no quiero un mozo carbonero, ¿*veldad*?[22]

—*Veldad* —dijo Sigbjørn con una sonrisa desganada.

Haarfragre se puso a canturrear para sí. Estaban llegando a Farington, y los campos por lo que pasaban ahora se habían inundado, y aún no había llegado el deshielo. Una procesión de hombres patinaban por ellos en paralelo al tren, pero Sigbjørn se figuró que era un único hombre al que veía patinando eternamente junto al ferrocarril.

Había un resplandor de llamas en el humo que lanzaba la locomotora sobre sus cabezas. El miedo se apoderó de él y se imaginó que aquel hombre era la muerte.

La muerte era un patinador oscuro lanzado a tumba abierta colina abajo; se te venía encima como un rayo con el cuerpo

[21] Quizá se refiera a un remolcador de puerto o a una barcaza.

[22] El capitán imita la pronunciación de un marinero del Extremo Oriente.

flexionado; te rodeaba con los brazos extendidos hacia ti; luego se alejaba de nuevo por los campos anegados; se iba, se iba para siempre, el peligro había pasado.

Pero era entonces cuando más sigiloso, más veloz que nunca, se deslizaba a tu espalda y estabas perdido...

—Suponiendo —dijo Haartfragre— que le dijera que mi barco ni siquiera iba a Rusia, ni a ningún sitio del que ni usted ni nadie tuviera noticia, suponiendo que le dijera que no vamos en lastre hacia el Mar Blanco ni a ningún otro mar, sino a un lugar muy distinto, pero quizá no del todo desconocido, ¿qué diría entonces?

Sigbjørn se frotó los ojos: ¿acaso estaba dormido? Pero el traca-chaca-chaca-traca del tren sonaba más fuerte, más apremiante. Eso era real. ¿Y qué era esa sombra que recorría los campos al galope, esa sombrita con forma de cruz? ¿Podía ser un avión? Si lo era, no lo oía, su sombra avanzaba silenciosa hacia su objetivo.

—O si suponemos —siguió diciendo Haarfragre— que resultara ser una carraca decrépita, y yo desplegara todas las velas y la guiara casi hasta Hornos y luego de vuelta porque decidiera que iba sobrecargada e hiciera que los dueños la volvieran a cargar. ¿Qué diría a eso?

Sigbjørn se rio, pero no contestó nada. Si se entrecerraban los ojos parecía que había mucha gente en el compartimento, pensó, era como si los absurdos comentarios de Haarfragre hubieran creado una especie de densidad en la atmósfera.

—O si le dijera que rolaba tanto que teníamos que llevarla a puerto;[23] que estaba ahí rolando en el Mar de Irlanda y que la llevábamos al Ribble[24] y que seguía rolando y rolando de lado a lado hasta que se le partían todos los palos y las vergas, y tiraba el carbón por la borda, y que ni después de arrimarla a la ribera conseguíamos pararla y que igual sigue ahí rolando, ¿qué diría?

—Diría que es un barco la mar de gracioso.

[23] La rolada es un movimiento de vaivén o balanceo sobre el eje longitudinal.

[24] Río que atraviesa los condados de Yorkshire y Lancashire antes de desembocar en el Mar de Irlanda.

—Sí, señor, y además existe un barco así; un barco así, y que va a Arcángel. Rola de tal forma que abre un boquete enorme en el muelle y entonces el superintendente marítimo y el capitán del puerto y el jefe de estibadores le ordenan que vuelva a hacerse a la mar, y ¿qué pasa entonces? Pues que el casco sufre, y la superestructura se abre, las piezas de cobre y los enjaretados se caen... Perdemos las planchas superiores del timón, hemos de sobrevivir a base de galletitas y agua salada... Construimos una máquina para gobernar el barco. Al final tenemos que envolverlo en cuerdas para que no se desarme, tenemos que amarrarlo, como san Pablo.[25] En pocas palabras, el barco es un despojo y, para cuando por fin llegamos a puerto, cuesta poco trabajo desguazarlo.

—O supongamos que resultara ser el holandés errante[26] —sugirió Sigbjørn—. Eso sí que le daría a uno ganas de volver a casa.

—A menudo pienso que el mundo es como el barco aquel del que la gente va cayendo por la borda —dijo Haarfragre, y sacó su pipa.

—Sí, es difícil sujetarse.

Se habían detenido junto a una garita de señales: PRESTON 9. El silencio que se hizo a continuación lo volvió a llenar el rugido de un avión. Los pasajeros salían al pasillo a contemplar las isobaras de humo que se elevaban sobre la ciudad a la que se acercaban. Sacaban el torso por las ventanillas, pero no eran tan altos como para llegar a ver la locomotora.

—En serio, ¿por qué se viene usted? —preguntó Haarfragre, pasándole de nuevo la petaca—. ¿Cómo piensa valerse de nosotros exactamente?

—No lo sé, tengo la cabeza hecha un lío —repuso Sigbjørn, y preguntó a su vez, como por la tangente—: Por cierto, ¿le suena a usted el nombre de William Erikson, un escritor noruego?

[25] Hechos, 27:17: Pablo y sus acompañantes, sorprendidos por una tempestad, refuerzan la nave en que viajan pasando sogas por debajo del casco.

[26] Legendario barco fantasma condenado a surcar eternamente los mares sin llegar jamás a puerto.

—¿Un escritor?

—Sí, el autor de un libro sobre el mar; me preguntaba si lo habría leído: *Skibets reise fra Kristiania.*

—Sí que me suena —dijo Haarfragre, pensativo—. Bueno, lo he leído, si quiere. Pero ese libro es una majadería. Con los hombres que están todo el rato en tierra y pillando enfermedades. La mar no es así. Un fulano hace una travesía de grumete y luego va y escribe ese libro para contarnos cómo es el mar. No se figurará usted en serio que los mayores enemigos del marinero son la bebida y las mujeres, ¿no?

—No se lo acabó de leer, ¿verdad? —dijo Sigbjørn, con una sonrisa.

—Leí lo suficiente.

—En absoluto.

El temor que exudó por todos los poros cuando al fin, inexorablemente, el tren arrancó de nuevo aplacó su indignación. Dirigió una plegaria a los pequeños retazos de nieve de los patios de la estación, una última súplica al pasado, al milagro, a la Navidad (más que a la Pascua, pensó). Pero no era posible parar el tren ni era posible detener lo que pudiera venir después. Junto a un cruce a nivel, un hombre tiró de las riendas de su caballo para verlos pasar. El caballo mordió el bocado; su aliento flotaba blanco en el aire.

—«Cuando en el mundo impera la razón, los caballos de carreras se reservan para acarrear estiércol. Cuando no impera, los caballos de carreras se crían en los prados»[27] —dijo ensimismado Haarfragre, y empezó a canturrear otra vez—. Una vez oí una historia sobre un capitán inglés... ¿Se la cuento?

—Claro. Adelante.

—Bueno, iba navegando por el mundo en alguna bañera y siempre hacía travesías muy buenas y rentables para los propietarios. Pero era muy aficionado a los caballos, y en sus cuentas nunca dejaba de aparecer alguna factura por ese concepto. ¿Sigo? En fin, que la naviera le dijo que no querían ver más

[27] Cita muy libre del *Tao Te King* (capítulo 46).

facturas de jamelgos. Naturalmente, a la siguiente que volvió de un viaje no había facturas de caballos, y la compañía le felicitó, pero el capitán les dijo: «Aunque no vean el caballo, está ahí igual».

Se echaron a reír. El tren entraba ya en Preston.

—Vamos, eche un último trago de whisky de la tarde, va. —Le ofreció la petaca—. Buena suerte.

—Buena suerte.

—Bien —dijo Haarfragre al ponerse el chaquetón—, tengo que despedirme antes de que lleguemos. —Le tendió la mano—. La conversación ha sido muy placentera. Pero recuerde: una vez que nos hagamos a la mar, yo soy el viejo.[28] Nada de palique, nada de whisky, nada de charla. No se pase de jovial. —Meneó un dedo con gesto cordial—. Tienen ustedes un dicho: «¡Con los oficiales, poca broma!». En fin, adiós, espero que no se cague usted de calor ahí abajo. Y, por cierto, esta noche puede usted presentarse a bordo tan tarde como le plazca. Más le vale comer algo en la estación y llenarse bien el estómago. Le va a hacer falta, con el bergante que tenemos por cocinero.

Se estrecharon las manos. Haarfragre bajó al andén. El *Aftenposten* se quedó en el asiento. Sigbjørn sacó su petate de la bandeja de equipajes.

De pronto, la cabeza del capitán asomó por la ventana del pasillo. Entre risas, dijo:

—No podremos verle, pero estará ahí igual.

[28] El capitán.

13

> Siendo grande, el Tao se transmite; al transmitirse, se hace remoto; habiéndose hecho remoto, retorna.[1]

En aquella Pascua invernal, un aviador solitario sobrevolaba el Mar de Irlanda. Ahora que la niebla se había despejado del todo, seguía la línea de las estaciones de telégrafo hasta Liverpool: Holyhead, Cefn Du, Point Lynas, Pufin Island, Great Ormes Head. Con un acelerón, cubrió los veintisiete kilómetros que separaban Llysfaen de Voel Nant por Veryd[2] en siete minutos.

Como una aguja, su máquina hilvanaba nube con nube. Su canción resonaba sobre el estuario del Dee y hasta muy al interior de la península.

«Un tiempo maravilloso», pensó el piloto sonriente. Sobre todo porque el día había amanecido con una niebla espesa y, en un principio, el vuelo parecía impracticable. Los días previos estuvieron encapotados por una nieve húmeda, vagarosa, con ocasionales intervalos despejados, como la tarde del día anterior. Al atardecer, la lluvia prevista se había tornado en nieve que se fundía según caía. Hielo y nieve flotaban en los ríos curso abajo.

Ahora la niebla se había dispersado, el sol refulgía luminoso y el mundo parecía suspendido entre el invierno y la primavera, un golfo por el cual un viento marceño del nordeste, llegado de Noruega, corría aullando al encuentro de ambos.

Las aves marinas se desperdigaban según se acercaba, desgañitándose de terror. «Meev, meev, quark, cli, clío, ío»,[3] chilla-

[1] Observación de Ouspenski en su obra *Tertium organum*.

[2] Veryd es un nombre antiguo de Foryd, localidad del norte de Gales.

[3] Onomatopeyas con ecos literarios: *meev* es el graznido de las gaviotas en

ban al descender bruscamente hasta muy abajo para poner distancia por medio con un batir regular de sus blancas alas a un palmo del agua.

De pronto, a bordo solo se escuchaba el aullido del viento en los tirantes de las alas. El avión, con el motor parado, descendía sobre la isla Hilbre. La desbandada de las aves blancas se hizo más caótica, más dictada por el pánico. ¿Hizo entonces el piloto su picado al recordar a Lycidas, el estudiante ahogado?[4] Allí, se piensa, es donde ocurrió... ¿o fue en Anglesey?[5]

Pero al piloto no le vino Milton a la cabeza: se lanzó en picado por puro amor a la vida. Iba cruzando el estuario del Dee. Abajo, un remolcador remontaba el río tirando de una ristra de gabarras; desde la cabina, parecían grandes zapatos que hubieran cobrado vida. Al llegar a la orilla sur de Wirral, decidió seguir la costa y cambió el rumbo al efecto.

Fue bordeando los acantilados. A sus pies, los campos nevados estaban ya generosamente salpicados de verde; en aquel litoral de poniente azotado por los vientos se dibujaban múltiples campos de golf.

Desviando los ojos de su ruta, avistó una casa de ladrillo rojo que se alzaba apartada del pueblo y pertenecía al capitán Tarnmoor, naviero. Pero no fue tanto la casa lo que fascinó al piloto como la carretera que salía de ella. Describía amplias curvas por el lomo del Wirral, discurriendo entre campos ribeteados en blanco y moteados de esmeralda hasta un cruce de caminos, ascendía luego entre acres de páramos por una empinada pendiente hasta llegar a otro cruce, desde el que volvía a descender atravesando marismas, campos más bajos y aldeas de piedra oscura como la lluvia, se encaramaba a una última colina al lado opuesto del condado, cubierta de espeso bosque y corona-

---

El largo viaje de J. V. Jensen; *quark* aparece en el *Finnegans Wake* de Joyce; *clío* es el chillido de las gaviotas en *Blue Voyage* de C. Aiken; Clío es la musa de la historia y la poesía heroica; Ío es una amante de Zeus.

[4] Nueva alusión a la elegía de Milton.

[5] Otra isla de la costa galesa.

da por un observatorio y un antiguo molino de viento. Aquello era Bidston, y la última estación de la vieja línea de telégrafo. Más allá se extendían Lancashire y el norte.

Era la carretera que habían tomado el capitán Tarnmoor y su hijo Sigbjørn apenas dos horas antes. La habían recorrido en coche entre una niebla espesa. El piloto la había evitado.

Por debajo de él, el mundo parecía ahora moverse muy despacio y a trompicones: daba un empellón al frente, aparentaba detenerse, luego avanzaba deslizándose; hizo un picado y el mundo giró vertiginosamente, como en un delirio. No especuló sobre si el loco remolino del tráfago de nuestra existencia pudiera formar parte también de un gran delirio: no le interesaba; abrió la válvula del combustible e hizo un tirabuzón: boca abajo en el cielo, un autobús de la Crosville circulaba con lentitud por encima de su cabeza.

Al pasar rugiendo directamente sobre el Royal Liverpool Golf Club, un hombre que estaba en el *green* del *Telegraph* agitó un *putter* en dirección a él. Centelleó al sol como un broche diminuto. De tanto en tanto, alguien le saludaba jovialmente desde el paseo marítimo de Hoylake, pero estaba ya mucho más allá, sobrevolando a toda velocidad la costa de los Meols, donde solo los restos de un bosque ancestral le contemplaban sombríos con un rostro de antediluvianos rastrojos negros.

Poco después, escupió a sotavento con la esperanza de ir a dar con los restos de la Cámara de las Estrellas del castillo de Leasowe.[6] El fuerte de Rock Point quedaba ahora a la izquierda del aviador, y se dispuso a hacer otro picado, esta vez no solo sin apagar el motor, sino con una determinación tan acelerada que un espectador podría haberse preguntado si no era su intención abrir fuego en serio. El propio piloto consideró que tenía su interés especular sobre lo que hubiera pasado de haberlo hecho, si hubiera tenido ametralladora, por supuesto, y acom-

[6] Construido en 1593 por el quinto conde de Derby, el castillo quedó en ruinas durante la Revolución Inglesa (1642-1649). En la Cámara de la Estrellas se les leían las sentencias a los juzgados.

pañó su rápido, airado y (en el más estricto sentido de la palabra) quijotesco descenso con un ta-ta-ta-ta-ta-ta mascullado entre dientes apretados, como si hubiera algo en el fuerte que le inspirara un odio violento y quisiera eliminarlo.

No había gran cosa que temer, pensó, de las seis carronadas de treinta y dos libras montadas sobre plataformas atravesadas de hierro fundido, ni de las dieciséis de treinta libras, dos de ellas en las aspilleras de la torre. Estas no eran lo bastante ágiles para disparar a aviones. Tampoco habrían tenido tiempo de calentar las balas en los hornos al pie de las murallas, como hacían en los años en que nacieron Karl Marx y la reina Victoria.[7] Puede que el verdadero peligro viniera de su propia mano. Un impacto directo en el polvorín del centro de la torre provocaría una explosión instantánea de todo, un huracán de clavijas y cabillas, una erupción de cemento y puzolana volcánica,[8] más dura que la piedra y traída por ese motivo desde el monte Etna hacía más de cien años.

Pero sabía que aquellas viejas defensas de la Revolución Industrial —al igual que el antiguo telégrafo cuya línea había seguido— estaban obsoletas, y eran tan inofensivas como el propio juego al que él jugaba. Había, no obstante, y hay que insistir en ello, un sonido amenazador en ese juego. Y al salir de su picado y dar la vuelta al faro de mármol con su máquina derrapando y bostezando a un viento ribeteado de nieve que también podría haber surgido de las laderas del Etna, para luego ascender zumbando más y más hasta quedar suspendido como un cernícalo sobre el estuario del Mersey, no era descabellado imaginarlo como un emisario del futuro, quizá incluso (al igual que Ricardo[9] ante la Cámara de los Comunes) como un visitante terrestre; en cualquier caso, muchos de quienes lo vieron oyeron algo más

[7] Era común calentar las balas de cañón hasta ponerlas al rojo para incendiar así los barcos atacados.

[8] La puzolana (de Pozzuoli, localidad próxima al Vesubio) es una piedra volcánica similar al basalto que se empleaba para hacer mortero hidráulico.

[9] Nueva alusión al economista de origen sefardí David Ricardo (1772-1823).

que el triquitraque del futuro temporal llamando a la puerta de su entendimiento.

El estuario se extendía hacia el oeste hasta el horizonte. Allí se destacaba un grupo de vapores y barcos de arrastre. Más cerca de la costa, dos cruceros que no habían llegado a tiempo a la marea alta esperaban para atracar cuando bajara.

El estuario entraba al este en el Mersey, que se adentraba hasta Runcorn y más allá; en ese punto se bifurcaba en el canal navegable de Mánchester. Allí las vías acuáticas se abrían como las venas de una mano. Entonces le acometió un viento impetuoso y su máquina pareció claudicar ante su empuje. Viró al este.

Por debajo, como un inmenso pez, se deslizaba un barco de draga: descendió para leer su nombre.

Leviatán.[10]

Pero por la cabeza del piloto no cruzó el recuerdo de la ballena blanca; no se abrió a lo sobrenatural en absoluto; de hecho, tan solo se preguntó por un instante qué habría sido del otro *Leviatán*, que nunca hizo ganar cuartos a su dueño, y si seguiría amarrado en Hoboken, Nueva Jersey... y luego se olvidó por completo de ambos.

Remontó el curso del Mersey. A su derecha, en la lejanía, más allá de la cima de la colina y perdiéndose serpenteante en la distancia, estaba la carretera en la cual había reparado desde el sur del Wirral y que aquella mañana habían recorrido en coche el capitán Tarnmoor y su hijo, pasando por Birkenhead hasta James Street y la estación de Exchange.

A uno y otro lado del río había diques secos y astilleros de reparación de barcos. Entre ambos, se deslizaban furtivos los ferris. Un barco maderero griego con una escora a estribor avanzaba lentamente a lo largo de la orilla de New Brighton. Un carbonero de Newcastle pasaba por el lugar donde tan solo un día antes el *Arcturion*, de la naviera Tarnmoor, había estado a

[10] Nombre del monstruo marino en el Libro de Job y del ballenero en la novela *Omoo* de Melville.

punto de hacerle un bollo al *Direction* al zarpar. En la orilla de Birkenhead, llegado de Wallaroo, el velero *Herzogin Cecile*[11] elevaba sus agujas más cerca del cielo que cualquier iglesia a la vista.

Desde el aire, los tres anillos de la parada del tranvía al pie del edificio Liver parecían una diana. «Ta-ta-ta-ta-ta», masculló el piloto, pero al seguir su vuelo trató de imaginarse, con ánimo más humano, la vida que transcurría a sus pies. Allí abajo, un nuevo grumete tal vez estrenaba ropa almidonada y gorra reluciente, cogía un tranvía en el Pier Head y contemplaba desde su altura privilegiada todo aquel tráfico de mercancías curiosas. Con espaldas estrechas de inexperiencia, observaba los camiones estridentes marcados con etiquetas de puertos jamás soñados a los que iría. Y era verdaderamente extraño que pensara en aquellos sitios cuando tenía delante el más romántico de todos.

Mientras en Milk Street una vieja borracha cantaba (echándose, con ademán majestuoso, dos esquinas de su chal negro por encima del hombro izquierdo) *My Old Man's a Fireman on an Elder Dempster Boat*,[12] doscientos marineros sin trabajo con librillos azules[13] acosaban a un capataz: «Mire, tengo embarques suficientes para hundir el *Mauritania*»,[14] y varios aprendices de corretaje de cereales eran llamados por turno para cobrar sus bonificaciones («¡Mallalieu, chavalote, cargaremos con todo el peso del mercado del trigo sobre nuestros anchos hombros!») mientras otro aprendiz recibía en una oficina de seguros marítimos una foto dedicada de los directores de la firma en recom-

[11] Ciudad portuaria situada al sur de Australia. El *Herzogin Cecile* era un cuatro mástiles alemán que cubría grandes rutas.

[12] «Mi viejo es fogonero en un barco de la Elder Dempster»: canción muy popular en Liverpool que inspiró el éxito de Lonnie Donegan *My Old Man's a Dustman.*

[13] Los «librillos azules» son las libretas de inscripción marítima donde figuran los embarques de un marinero.

[14] El *Mauritania* era un transatlántico gemelo del *Lusitania*, los más grandes y veloces en su época.

pensa por sus muchos años de leales (e impagados) servicios en virtud de la ley del promedio.[15]

En el edificio de la Bolsa del algodón, el clamoroso repicar por una nueva bancarrota hacía añicos el silencio de muchas mentes tan implacablemente como el tañido de la campana del *Lutine*, el barco del tesoro, anunciaba la ruina de algún carguero de hierro recientemente encinta de la progenie del mar, y tan sumergido en la agonía del parto como un submarino hundido.

Mientras los pálidos cadáveres de los porteadores de algodón se pudrían en el sofocante ambiente económico de las cercanías de Tithebarn Street, cuatrocientos exsoldados hacían sonar dados y fichas de dominó en cafés llenos de humo. Por último, mientras un desalentado corredor de Bolsa de rostro colorado se achispaba a horas tempranas con una culpable caña de Bass en un Oyster Bar recién abierto, y su cerebro servía de ruedo para toros rampantes y osos figurantes (¿qué actividad podía igualar el tumulto incesante de su propia conciencia en vísperas de un festivo?), muchos cuyas vidas no eran una pesadilla desnortada en absoluto, sino que habían alcanzado sus objetivos, caminaban erguidos de hombros, felizmente serenos en la luz de la antigua fe (o sin antigua fe, pero igualmente serenos), a la oficina, al barbero, al golf o a reunirse con sus mujeres e hijos.

Para algunos no había sino esperanza o decepción; sin punto medio. A otros la vida les parecía bien: una dureza de carácter corría por sus venas como se extienden las raíces de un árbol; y se daba, de hecho, por parte de muchos, una aceptación sublime y desinteresada de la filosofía del «pilla lo que puedas y búscate la vida», mientras por otros lares se extendía un fulgor efervescente y fosforescente de rebelión.

O al menos esto especulaba el piloto. Pero desde el aire no se aprecia la putrefacción.

El capitán Tarnmoor (o Hansen-Tarnmoor, por nombrarlo con propiedad), que había salido de la estación de Exchange

[15] Las aseguradoras emplean la «ley del promedio» o «ley de los grandes números» para neutralizar su responsabilidad diluyendo el riesgo.

una media hora después de ver a su hijo Sigbjørn partir camino de Preston desde el andén número tres, había deambulado por la cantina de la estación demasiado abatido casi para moverse. Pero ahora estaba todo lo contento que podía permitirse por cómo se había despejado la niebla y lucía el sol, y se preguntó, al ir a entrar al café Mecca, si la avioneta que surcaba las alturas sería la misma que había visto dos días antes trazando en el cielo anuncios de whisky. Se quedó mirándola y acariciándose la barba, incomodado por la idea.

El piloto pasó por encima de un aeródromo. Las grandes letras de su nombre, de resonancias exóticas, le devolvían su mirada blanca desde el campo de vuelo: SPEKE.[16]

La población más densa del mundo, y una zona tan dinámica que su influencia se dejaba sentir en cada rincón del planeta, se extendía ahora ante sus ojos. Desde el aire, parecía parte de un país del futuro que se hubiera extendido horizontalmente en vez de en vertical, pero de una grandeza formidable, y donde había un constante entrar y salir de todo lo que la gente precisaba en un Estado insular; y por tierra, mar y aire, un flujo continuo y delirante, que partía de una punta del mundo y acababa en la otra.

Agachó el morro del avión y lo mantuvo ahí, mirando por el lateral como si fuera a aterrizar. Ahora no se perfilaba abajo campo alguno donde sus ruedas, con suavidad primero y con más pesadez luego, pudieran tocar tierra; no obstante, tal vez solo quería tratar de entender, al instante, sin tan siquiera la distracción del sonido del motor, aquel misterio incipiente aunque extrañamente ordenado de un tráfico descomunal.

Su motor volvió a arrancar enseguida, con un rugido.

¡La Revolución Industrial! Lancashire, se dijo el piloto, era sin duda el condado en el que aquella era había hundido sus raíces. Cristal, fábricas y molinos de algodón, naves de tejeduría, hor-

[16] Las «resonancias exóticas» se deben a que ese nombre coincide con el de John Speke (1827-1864), descubridor de las fuentes del Nilo. El aeródromo es hoy el aeropuerto John Lennon.

nos de reverbero, muelles y dinamos, ferrocarriles que circulaban en tres niveles... y, entretejida, una campiña verde, batida por el viento, atronada por cascos de caballos, salpicada de colores, bramante con multitudes en hipódromos y partidos de rugby, ¡y el conjunto, nervado y cableado con ríos y canales de acero! Era maravilloso, pero ¿dónde conduciría todo aquello? Por un instante, solo por un instante, se preguntó qué había detrás de tanto hilar, urdir, cardar, qué secreto podía ocultarse en aquellas ciudades que a gran altura parecían tenderse desnudas, expuestas como un abdomen en un quirófano de modo que bastaba con un mínimo esfuerzo de la imaginación para ver a través de aquellas plantas de gas, por ejemplo, las salas llenas de retortas de detrás, se figuró, como el sueño de un fogonero de hornos eternamente cerrados en un cuarto de calderas limpio, ¿qué secreto guardaban más allá y por debajo de sus obvias relaciones de propiedad y comercio? A sus pies pasaban ahora camiones arrolladores, evanescentes como gotas de escurridizo mercurio...

El futuro sería simple como una catarata, pensó, mientras abría la válvula del combustible...

Poco después volaba sobre el canal navegable, donde un petrolero parecía deslizarse apaciblemente entre patatales.

Desde Mánchester, se desplegaban al nordeste y al noroeste ciudades más pequeñas, en cuyos mismos nombres vibraba y retumbaba la música de la Revolución Industrial: Bolton, Blackburn, Accrington...

Voló hacia el norte.

Partiendo el condado en dos, discurría el río Ribble en dirección sudoeste desde los Peninos[17] a Preston. A esta última, los noruegos la llamaban Prester. La mitad sur también estaba partida en dos, pero de norte a sur, por una vía rápida que iba de Warrington a Preston. Al este quedaba la región industrial de Lancashire. Al oeste, un cinturón agrícola, consagrado al cultivo de patatas, el pastoreo de vacas y la producción intensiva de huevos.

[17] Los Peninos son una cadena montañosa que recorre el norte de Inglaterra y el sur de Escocia.

A lo largo de aquella franja pastoral, muy por debajo del piloto, Sigbjørn Tarnmoor seguía camino de Preston en un vagón de tercera para unirse como mozo carbonero al buque maderero noruego *Unsgaard.* Sentado enfrente, sin que él lo supiera aún, estaba el capitán del barco. Una vez, al parar el tren, Sigbjørn oyó la avioneta. Se acercó corriendo a la ventana a mirar, pero no vio nada.

Sigbjørn sintió una curiosa empatía con aquella parte del país mientras la recorría, aunque no acertaba a explicarse esa sensación, ni a establecer con claridad una comparación; ese cinturón pastoril no era Lancashire, ¡y tampoco lo era él, para empezar! Sin embargo, en cierto modo, estaba tan misteriosamente imbricado con el Lancashire capitalista como misteriosa y primorosamente se imbrica el pasado con la vida de todos nosotros. Al mismo tiempo, tenía aquella sensación de no pertenencia, y aunque el humo y el fuego pendían pesadamente en todos los horizontes, esta región al oeste de Wigan y de Saint Helens le decía algo; al mirar más al oeste y no llegar siquiera a ver el mar, que en todo caso, como Poseidón, sí sentía que le pertenecía, su sensación de marginalidad fue completa; así y todo, todavía fue capaz de decirse que como esos otros subproductos del coque y del alquitrán y del amoníaco, que en tiempos se vertían al río pero que ahora empezaban a recuperar millones de libras, aún podría él probar su valía, aunque no le fuera reconocida o fuera, de momento, irrealizable.

Lo cierto es que se hubiera sentido exactamente igual de aislado en cualquier sitio, pues aunque había vivido en distintas partes de Lancashire y Cheshire desde que llegó de Noruega siendo niño, se desenvolvía en ellas sorprendentemente mal y apenas tenía correspondencia con la vida. Por ejemplo, se había enterado recientemente de que Preston era ciudad portuaria, pese a que ya había navegado antes.

Las ciudades no eran más que nombres y productos que aparecían en libros de texto: Saint Helens, vidrio; Wigan, carbón y hierro; o aquello que una ciudad tenía fama de ser, pero no era, como Birkenhead, donde circuló el primer tranvía de vapor. Y los nombres de ciertas poblaciones de Lancashire le fascinaban en tanto que nombres, al margen de su posible importancia: Culcheth, Flixton, Upholland, Newton-in-Makerfield, Oswaldtwistle... pero nunca las había visitado.

Luego se entretuvo tratando de descifrar los titulares en noruego del *Aftenposten* del capitán Haarfragre, volviéndose de tanto en tanto a mirar por la ventanilla un partido de rugby, pues en Lancashire, por Pascua, los partidos solían jugarse por la mañana.

Entretanto, el aviador solitario, tras haber sobrevolado en un gran círculo el canal de navegación de Mánchester, volvía a pasar ahora por encima de Maghull en dirección al mar; una vez más, varió el rumbo. Durante un rato, dio vueltas en el aire sin más. Entonces, como si previamente hubiera llegado a una decisión, empezó a volar ligero sobre Coppull hacia Leyland, en dirección a Preston.

Desde el aire veía los ríos, la divulgación original del poder de Lancashire, bajar en aluvión tras el deshielo como poco más que regueros de jardín; y, por toda la campiña, los pastizales y marismas, el desfile de las torres que llevaban los cables de alta tensión. También las carreteras recorrían el paisaje, y la que seguía él, que en su día transportó munición, bajaba abruptamente de Sharp Fell a Preston para seguir por Derby camino de Londres, a su espalda.

Pasó por encima de ciudades densamente pobladas en que esperaban ociosos los molinos, y de un pueblo que parecía vacío, como una ciudad de muertos que se diría ya paralizada, despojada de sustancia y de esperanza, a la espera tan solo de su propia devastación, pues sus chimeneas sin humo eran como cañones que un día probaría contra sí misma; pero había por todas partes iglesias que elevaban sus quebradizos mástiles de metal a Dios, y un poco más lejos se apreciaba la misma confusión de siempre de mercancías en movimiento, la misma actividad multitudinaria que negaba el desastre; y había una ciudad oscurecida por el humo pero iluminada contra su propia oscuridad, y el piloto se imaginó los pozos de las minas yendo por debajo de las calles principales, cavernas umbrías de las que se extraía la energía que en la superficie mantenía vivo el destello de las farolas de arco voltaico.

Abajo, en el tren, Sigbjørn se acordó de repente de Cambridge, su universidad. ¿No habían llegado a Lancashire genios de la mecánica en manada igual que los estudiosos confluían en manada en las universidades durante la Edad Media? Pero ahora los descendientes de aquellos hombres tenían otras aspiraciones para sus hijos. De nuevo deseaban para ellos las universidades. Y así se cerraba el círculo, pensó: hombres que pasan de una clase a otra por toda la eternidad.

Sí, pero ahora los más lúcidos no deseaban escalar más arriba, sino, a ser posible, descender un poco.

Se preguntó cómo podía expresar estas reflexiones a Haarfragre, con quien había entablado conversación. Pero esa irrealidad y, sí, el horror de lo que estaba haciendo le abrumaban y prefirió tratar de imaginar que el tren viajaba en la dirección contraria.

El piloto también pensaba, al mirar abajo: «Aquí, lo único que parece subsistir permanentemente es el hábito de probar ideas nuevas». Ese era el imán que había atraído habilidades tanto comerciales como mecánicas. ¿Cómo le irá a Lancashire en el futuro, y qué ideas se pondrán a prueba?

Los muelles de Preston a los que ahora se aproximaba parecían adquirir, a vista de pájaro y desde determinados puntos, la forma del busto de un hombre dibujado desde distintas perspectivas: un cuello de agua que sostenía la cabeza ancha pero sin rostro del embarcadero, y su mandíbula trazada con pulso decidido de modo que se proyectaba pronunciadamente al norte; por debajo del cuello, los hombros de metales relucientes de este hombre se elevaban a ambos lados en brazos, muñecas y manos que eran ángulos, a la izquierda, de una carretera y, a la derecha, de un canal:[18] era ciertamente como si en aquel punto central de Lancashire, en el vientre por así decirlo de esta cuna de la civilización industrial, mediante la electrificación de una realidad escogida, esos muelles y metales pugnaran por adoptar una forma

[18] El Canal de Lancaster, que discurre hacia el norte.

humana que fuera capaz de, cuando menos, una apariencia de gestualidad, pues parecía estirarse hacia arriba con músculos ya formados, restallantes, de pirámides de carbón.

Pero el resto del cuerpo en gestación no estaba en absoluto formado; sus piernas se diluían entre páramos, hierba de la pobreza,[19] chatarra.

Un segundo vistazo a tierra tres kilómetros más adelante y esa ilusión se había desvanecido, deshecha en cuestión de un minuto; y en vez de permitirse cualquier imagen todo empezó a parecer lo mismo. Las carreteras, trazadas en paralelo al muelle, con el reflejo del sol resultaban indistinguibles de este, y a la vez el muelle indistinguible del canal. Las chimeneas de las fábricas eran como embudos y las pirámides de carbón, como los interminables frontones sin alma de los edificios de las fábricas. La gente parecía toda igual y todo aparentaba ser un plagio interminable y entrelazado de todo lo demás.

Y todo ello lo barría la minúscula sombra negra en forma de cruz de su propia máquina.

El río era la única solución clara que seguir; corría haciendo meandros, de un azul soberbio, igual que el Susquehanna en Pensilvania, como si brotara de los hornos de la ciudad como el acero. Lo siguió con la mirada hasta su desembocadura junto a Freckleton y Saint Annes-on-the-Sea.

Hacía como un cuarto de hora que volaba en círculos sobre Preston curioseando cuando vio acercarse el trenecito que llevaba a Sigbjørn Tarnmoor y al capitán Haarfragre del *Unsgaard*.

Desde Harrington, enfiló como un rayo el último tramo igual que un terrier... el humo era el hueso que llevaba en la boca.

El piloto siguió al frente. Abajo vio un barco maderero descargando. En un costado llevaba pintado el nombre en letras enormes: *Unsgaard*. Lo leía a trescientos metros. Voló hacia el norte, siempre al norte. Dejó atrás las fábricas.

Su lugar a sus pies lo ocuparon cascadas y cuevas, y allí donde el terreno se empinaba, misteriosos ríos subterráneos...

[19] La *poverty grass* (*Dontonia spicata*) es una hierba endémica de Norteamérica.

14.1

Así pues, Christophorus cargó con él, pero entonces se encontró por primera vez con una carga que casi superaba sus fuerzas. Aquel pequeño era un niño portentoso, se hacía cada vez más pesado, y el río crecía bajo sus pies, la oscuridad se cernía sobre él y el día se hizo el doble de oscuro, era como si fueran a tragarlo los elementos. El niño lo hundía, jamás hubo nada más pesado. Tal es el peso del germen de la vida, el inicio de la vida y el tiempo por venir del que nada sabemos. Y se diría, sin embargo, que la propia carga le sostenía, de no ser así nunca habría logrado cruzar sin sufrir daño. Cuando por fin llegó a la otra orilla fue como si hubiera cargado a hombros con el mundo entero.

JOHANNES V. JENSEN [1]

El momento revolucionario que vivimos no es sino la fase actual del proceso, que se desarrolla desde hace siglos y está llamado a prolongarse hasta que casi no quede recuerdo de los conflictos económicos, por el que el hombre (no una clase privilegiada y explotadora, sino la humanidad en su conjunto) se unirá en una cultura consciente: al igual que un niño, al alcanzar un cierto estadio psicológico, debe hacerse adulto o caer en la degeneración, el hombre se encuentra hoy ante una encrucijada. La clave de esta larga fase es económica, de ahí la importancia de la lucha de clases y el imperativo de entrar en ella del lado de los trabajadores.

WALDO FRANK [2]

[1] El pasaje procede de *El largo viaje* y narra la leyenda del corpulento san Cristóbal, que ayudaba a los viajeros a cruzar un río cargándolos a su espalda. El niño de peso prodigioso es Jesús, que le revela así la gran carga que supone una vida cristiana.

[2] Waldo Frank (1889-1967), ya citado en capítulos anteriores, fue un escritor, hispanista y crítico social estadounidense. Lowry lo conoció personalmente en 1935 y admiraba su pensamiento.

No había en todo Lancashire hombre más feliz que el menudo taxista Christopher Burgess.[3] Ni siquiera los intentos diurnos del invierno por tomar posesión de la ciudad le perturbaban (cuanto peor tiempo hiciera, mejor para el negocio, si a eso íbamos), aunque disfrutaba como el que más de un sol radiante en un cielo despejado.

Cuando tenía el taxi parado y acaso un cambio del viento de norte a sudoeste había hecho subir rápidamente la temperatura a una nueva primavera desprevenida e incapaz de mantenerse, se encendía la pipa y sacaba un trozo de papel sucio para escribir unas rimas.

Cuando la primavera y el invierno declaraban ambos una tregua y dejaban que una cortina de niebla cayera lentamente sobre su turno, él se reía y escribía otro verso.

Los oscuros edificios de Preston parecían lanzar una maldición al pasar, pero hasta en su falta de alma había algo que acogía amablemente al viajero cuando el taxi del señor Burgess le conducía por allí.

Era un hombre bajo, rechoncho y fornido de unos cuarenta años, con bigote poblado, que fumaba sin parar y, cuando tocaba trabajar en invierno, llevaba siempre varios chalecos y una bufanda marrón. Cruzaba el chaleco superior el arco de la pesada cadena de su reloj de bolsillo. Había sido soldado, marinero, remachador, mecánico, chamarilero de poemas. Amaba a su mujer y a su hijo, y ellos a él, y si tenía otras pasiones en la vida, nadaban como peces bravos muy por debajo de la serena superficie de su mente.

Pero aquella mañana su mujer y su hijo se iban de vacaciones unos días, y él se despertó temprano con la extraña sensación de que le apetecía dar un discurso o romper un escaparate el curso de la jornada.

De hecho, él también iba a disfrutar de una especie de día de fiesta, ya que, en virtud de un acuerdo entre el «seta» o propietario, los conductores (entre los que se contaba él), los jorna-

[3] Nótese que se llama Cristóbal y que, como el santo, transporta viajeros.

leros y los «tariferos» (es decir, entre los conductores contratados por los propietarios, que se quedaban con la mitad, y los que en la práctica alquilaban el taxi al propietario y se quedaban con toda la recaudación), sus ganancias se habían limitado a un porcentaje que sobrepasaría durante la Semana Santa a poco que hiciera el número habitual de carreras. De modo que hoy pensaba tocarse la barriga, o hacer un par de carreras todo lo más si le venía en gana. Apartó la cortina de al lado de su cama y vio niebla: el tiempo había tomado la decisión por él.

A las ocho y media, estaba asomándose al jardín por la puerta de la cocina. Parecía repleto, literalmente, de escurridizas volutas de niebla. Se agachó y con una mano le acarició las orejas a su gato, Dandy Dinmott,[4] mientras con la otra se atusaba el bigote. Aún había nieve incrustada en la tierra negra, si bien empezaba a fundirse; la vista era melancólica, tanto más para Dandy Dinmott si hubiera sabido que había cinco gatos muertos enterrados bajo el cenador emparrado que ahora admiraba el señor Burgess, aunque apenas fuera visible entre la penumbra. No tardó en volverse y cerrar la puerta para entregarse en cuerpo y alma a los soberbios olores de la preparación del desayuno.

—Ya le habrás dado de desayunar a William, ¿no? —le preguntó a su mujer, que asintió sin dejar de menear vigorosamente la sartén sobre la llama azul y amarillenta del quemador.

»Le gusta comer, menudo es —continuó—. Esta mañana he escrito lo que podríamos llamar una coplilla sobre él. —Sacó un trozo de papel del bolsillo del chaleco—. Escucha, Agnes, se titula «Un chico ha de comer más que su padre». ¿Quieres oírla?

—Anda, ven y tómate el desayuno —dijo la señora Burgess, y le puso delante un plato de beicon con huevos—. Tú y tus poesías. Cualquier día te va a hacer encerrar el señor Jump.

—Te lo leo de todas formas —insistió el señor Burgess muy sonriente—. «Despierta, oh, padre mío, te ruego, a la verdad: en la juventud, doble ración de beicon es necesidad; y pues que

[4] El nombre coincide con el de un personaje de la novela *Guy Mannering* de Walter Scott.

tu retoño crecer precisa así, prívate de ese arenque y pásamelo a mí.» ¿Qué te parece? Es buena, ¿eh?

—Vamos, come —dijo Agnes Burgess—. Mi tren sale dentro de veinte minutos.

—Bueno, apuesto a que el chico ha repetido.

—Tú atiende a tu propio desayuno.

Mientras el señor Burgess terminaba, el resto de la coplilla iba ordenándose en su cabeza: «Comer es un placer, papá, acerca esa tostada. Mi estómago vacío reclama la empanada. El hambre hay que aplacar, apetito insaciable. Deja la mermelada, que la rebañe yo es lo razonable...». Y continuó así.

Quedó satisfecho de sus esfuerzos, y satisfecho seguía cuando, veinte minutos más tarde, calentaba el motor de su taxi Beardmore[5] y lo disponía para llevar a la estación del Norte de Preston a la señora Burgess y a su hijo de doce años, que iban a pasar la Pascua de Resurrección en Windermere con su suegra.

—Tenemos «cielo de caballa»[6] hoy, ¿no? —comentó a su hijo, William, al observar una leve grieta en el gris mientras conducía a paso infinitamente lento.

—Ojalá fuera de arenques —fue la respuesta del muchacho, y Christopher se volvió hacia la señora Burgess.

—Dice que ojalá fuera de arenques, madre.

Y fueron los tres riendo hasta llegar a la estación.

Pero cuando el tren de la excursión a los lagos los hubo separado, o más bien el tren le hubo sido arrebatado entre detonaciones y avisos de niebla, se sintió tan perdido que de buena gana se habría quedado en la parada de la estación, cosa que no le estaba permitida. De modo que, muy a su pesar, se vio abocado a hacer servicio de calle un rato.[7] Nadie podría pensar que ningún

[5] Fabricado por la William Beardmore and Company. Sus taxis eran muy cómodos y fiables.

[6] Así (*mackerel sky*) llaman en Inglaterra a lo que en España se conoce como «cielo aborregado»: el que aparece cubierto de pequeños cirrocúmulos o altocúmulos alargados y ondulados.

[7] Servicio prestado por los taxis que circulan a la caza de clientes porque no están autorizados a estacionar en paradas.

taxista diera vueltas en la niebla por pura diversión, pero, a falta de una descripción mejor, en eso estaba Christopher. Entretanto, la niebla se iba despejando.

Cuando se detuvo a coger a un cliente al azar, uno de los tres que había decidido atender en toda la jornada, le entró una alegría absurda por gozar de su compañía, ya que para entonces su sensación de pérdida sin la señora Burgess rozaba la desesperación. Dejó a su pasajero en Lune Street y bajó despacio hacia Fishergate.[8]

A un costado había un inmenso solar vacío, rodeado en tres de sus lados por muros exentos de almacenes en ruinas, y repleto de todo tipo de chatarra. El cuarto lado era un muelle maderero, en el que el carguero noruego *Unsgaard*, llegado seis semanas antes, estaba acabando de descargar la mercancía. Flanqueando la escena hasta el postigo abierto en la verja junto a la caseta de policía había una carretera.

El señor Burgess paró el motor y contempló el *Unsgaard* con una suerte de nostalgia, mientras a su alrededor la niebla se aclaraba cada vez más. ¿Qué significaba ese nombre, *Unsgaard*? ¿Guardián, o algo así, o qué? Las siempre oscilantes cabrias le recordaron su única travesía marítima, tiempo antes de la guerra, en un viejo barco adriático.[9] Por un instante, deseó no haber dejado la mar, que tenía esa peculiar manera de borrar todo recuerdo desagradable asociado a ella, de modo que los marineros renegaban de ella y ansiaban volver a surcarla a un tiempo.

El cielo lechoso y gris empezaba a disolverse; aquí y allá se iban abriendo claros azules. Christopher se giró en su asiento, con un brazo en torno al volante, y de pronto fijó la vista en el montón de chatarra que se alzaba entre él y el *Unsgaard* como si viera un vacío en su propia vida.

El solar, que más parecía una visión del alma misma de lo obsoleto, estaba repleto de desechos de la Revolución Industrial,

[8] La calle principal de Preston.

[9] Parece referirse a los barcos anchos y de poca eslora que cubrían ciertas rutas en el Adriático.

tales como flejes de hierro, fuelles circulares y largos, vetustos yunques, llantas de ruedas de carro, muelles de transmisión, cañerías de aguas pluviales, canaletas y cabezales, y también estufas decorativas, viejas tazas de váter, teteras de cobre, soportes de vinagreras, cuchillos de pescado, cerrojos, goznes y clavos, escurridores de ropa y lavadoras de manivela, por no mencionar los densímetros, sacarómetros y termómetros para elaboración de alcoholes, procedentes de tabernas y destilerías de hacía setenta y seis años. Christopher se aburrió de mirarlos.

Levantó la cabeza y vio la alargada silueta del agente Jump acercarse por los muelles. Christopher se olvidó entonces por completo del montón de chatarra. Pasó a pensar en Jump, al que observó con una combinación de recelo y curiosidad.

Con recelo, porque las relaciones entre la policía y los taxistas nunca habían sido idílicas, ni siquiera en sus mejores tiempos: cuando intentabas sacarte la licencia, te incordiaban; luego, cuando ya la tenías, no te daban tregua ni por un instante... sino que seguían pinchándote con cualquier pretexto... y estaban, por supuesto, esos archienemigos del taxista, los agentes de movilidad.

Si observaba a Jump con curiosidad era porque el policía era el tipo de hombre sobre el que menudeaban las leyendas, aunque no habría sabido decir a qué se debía exactamente, ya que a menudo estas historias no surgen de las hazañas de sus héroes, sino, al contrario, del gusto por envolver en misterio lo que en realidad no tiene nada de misterioso.

Jump era de esos. Según lo que había oído Christopher, el agente era un antiguo comisario caído en desgracia y trasladado desde el distrito londinense de Tottenham Court Road por llamar «triste pajillero» al jefe de la policía. Y se contaban más anécdotas, como que había llegado desde la Jefatura de Cambridge después de haber tenido allí algún roce. Aunque también había quien afirmaba que Jump era un detective que operaba de incógnito.

Porque ¿qué podía haberle llevado a Preston si no era en realidad un detective, cuando allí estaba la sede del equivalente de Scotland Yard para el noroeste de Inglaterra? Cierto que, aunque saltaba a la vista que ahora trabajaba para la policía portuaria, que le hubieran trasladado ahí desde una jefatura de policía de condado o metropolitana era inconcebible (o al menos improbable) porque si le hubieran mandado allí desde Londres, por ejemplo, sus servicios posteriores no computarían para la pensión.

Christopher se quedó dándole vueltas: ¿era un problema intrigante?, ¿o era solo la curiosidad lo que hacía que lo pareciera?

Observó al agente Jump, que seguía paseando por el muelle atento a todo. Con una actitud que acaso se pasaba un poco de profesional, comprobaba un cabo de amarre tras otro, llegando incluso, aparentemente, a intentar aflojar una de las correderas de cable del *Unsgaard* (casi como si temiera el estrangulamiento del bolardo al que estaba enganchada la gaza). Por último, tiró de otro calabrote, echándose hacia atrás como si dirigiera un equipo en el juego de la soga; cuando al fin se apartó para sacudirse los bajos del pantalón, se apreciaba en él un aire de auténtica decepción al no haber conseguido llevarse el barco consigo a su ronda matinal.

Era un hombre de aspecto llamativamente atractivo. Sus pasos, firmes y medidos, resonaban en el duro pavimento, y las fosas de su larga nariz se dilataban y contraían con la iridiscencia de los olores del mar, y olfateaban a inhalaciones pausadas el aire emponzoñado con dióxido sulfúrico. Daba vueltas a su porra con el pulgar.

—Buenas, agente —le saludó Christopher—. Felices Pascuas.

—Ah, sí, felices Pascuas —repuso Jump—. ¿Qué hace usted por aquí?

—Mirar estos trastos —dijo Christopher—. Es lo que causó el lío, ¿no?

El agente Jump pestañeó.

—¿Qué? ¿Más líos?

—No, esto es chatarra que habían traído para cargarla en aquella trampa para ratas de ahí, el barco ese noruego o lo que sea. Si no se hubieran declarado en huelga los tipos estos y... pero ya sabe usted cómo va la cosa.

Jump soltó un resoplido.

—Ja, ja —dijo, sin asomo de alegría, balanceándose adelante y atrás sobre sus talones como un policía de teatro—. Véngase al Trelast a echar un trago.

—¡Cómo! ¿Fuera de horario?

—Ja, ja. —Fue una risa entre dientes—. Eso lo arreglo yo.

Sin decir más, Jump se subió al taxi de Christopher. El infierno que atravesaban al poco, y que estaba empedrado con las buenas intenciones de tomarse una cerveza amarga en el pub Trelast Arms, era también una selva de almacenes derruidos y objetos que solo podían haber servido a lo obsoleto.[10] Anuncios medio borrados de firmas quebradas hacía mucho y de remedios olvidados de enfermedades de los que nadie ya oía hablar cubrían las paredes. «Las célebres píldoras para el tic de Bowker, un remedio infalible del tic doloroso o dolor facial. Estas píldoras se han ganado una reputación internacional, en Inglaterra y en el extranjero, como cura para esa terrible dolencia, el tic doloroso, y para todas las afecciones neurálgicas de la cabeza y la cara. El remedio más popular existente.»[11] Al leer esto, el policía pensó: «Debería decir "extinto"», cuando de pronto Christopher Burgess, que estaba tan sorprendido por su invitación que no había dicho una palabra, entró marcha atrás en el patio del Trelast.

—¿Qué hay del capitán de ese carguero? —preguntó al cerrar la válvula del combustible.

—¿Daland Haarfragre? Estaba con los huelguistas. Apoyándolos —respondió Jump al bajarse del coche—. Es una persona misteriosa de cojones.

—Una persona misteriosa —repitió Christopher mientras seguía al agente hasta una puerta trasera; llamaron y esperaron—. Y ¿qué me dice de usted?

[10] Alusión al poema de Melville *The Stone Fleet*.

[11] El tic doloroso o, por su nombre científico, la neuralgia del nervio trigémino, es una dolencia crónica caracterizada por crisis paroxísticas de dolor facial. El anuncio está tomado de uno real.

El policía volvió a llamar a la puerta y se rio.

—¿De mí? ¿Yo? Yo de misterioso no tengo nada.

Apareció un rostro tras el dintel de encima de la puerta y les dejaron pasar a un corredor oscuro.

—Entren directamente, todo derecho —dijo una voz a su espalda.

«Atracamos al pie de la Avenida Johnson. En Jersey City, digo. Claro que entonces lo mío era el mar. Bueno, pues estábamos a oscuras y la mayoría de los hombres dormían cuando se embarcó el puto bolchevique ese, sí... Buenos días, señores.»

Un hombre corpulento, enorme, llamado Webb, marinero en paro, tocado con una gorra gruesa que bien podría haber estado hecha de fieltro de techado y que se toqueteaba mientras hablaba, estaba contándole alguna historia al dueño del local. Jump saludó al entrar con una inclinación de cabeza y pidió dos pintas; se decidieron por la envejecida suave. La mujer del dueño, que era quien les había abierto, se retiró a una habitación interior, donde se la veía coser. El reloj que había encima de la barra indicaba que faltaba media hora para la hora legal de apertura.

—Sí, el capitán Daland es un tipo raro; dejó su barco unos días para irse a hacer escalada a las montañas de Gales.

—¡A hacer escalada en...!

«Tratamos de echarle, pero no se dejó, no hubo manera. Luego se convocó una huelga, pero no antes de que diera una paliza a tres de nosotros.»

—Daland ha vuelto hoy; andará por aquí cerca.

«Entonces vino la pasma, eh, sin ánimo de ofender... la pasma, la policía, ¡que me aspen, diantre! Dos coches patrulla, un furgón de emergencias, dos coches más y polis a pie. Pues va este cabrón, mira a los polis y entonces agarra un martillo y baja echando leches hacia el calabozo...»

—Vaya, ¿y cómo lo sabe usted?

—¿Cómo lo sé? Porque los tengo vigilados.

—Así que sí que es usted... Pero ¿por qué «los»? Creía que hablaba solo de Daland.

—Con Daland hay otro hombre, un mozo de fogón, para ser exacto...

Christopher abrió la boca y luego se lo pensó mejor.

—... un mozo para sustituir a otro al que le pegaron aquí un tiro.

—Pero no entiendo por qué tuvieron que irse a buscar un mozo a... ¿de dónde ha venido Daland?

—De Liverpool.

—A Liverpool, habiendo tantos aquí sin trabajo...

—Bueno, eso es... una coincidencia, nada más.

«El sargento McGlone y los demás, brincando como una puta liebre con McGlone pisándoles los talones. Pues bajan todos hasta el puto calabozo cruzando la pila de chatarra.»

—¿Ha dicho usted chatarra, Webb? —dijo Jump desde la otra punta de la sala interrumpiendo su propio discurso.

—Pues sí, ¿algo que objetar, sargento?

—Nada en absoluto.

«Bueno, pues el caso es que ahí estaban todos esos polis persiguiéndole en tropel y atropellando a miembros de la tripulación y todos pensando que era este menda, cuando él entretanto estaba durmiendo detrás de un depósito de carbón.»

—Pero ¿por qué tienen que vigilar también al mozo?

—Escúcheme bien —dijo Jump, inclinándose hacia Christopher para hablarle al oído—, quédese con el hecho de que se les vigila. En Inglaterra no puede uno meterse en nada turbio sin que lo vigilen el resto de su vida. Por eso algunos se van a vivir a América.

«¿He dicho durmiendo? Bueno, no, tampoco es que durmiera exactamente... Alguno lanzó tres bombas de gas lacrimógeno y corrió a apresarlo, pero el tipo se levantó y le dio un martillazo en la cabeza y se escapó. Al final se metió detrás de una caldera, que por cierto era el sitio que le correspondía, y los polis, cuarenta dicen que eran, le cogieron. Dijo que pensaba que su barco, un mercante griego, el *Ariadne Pandelis*[12] o algo así, había

[12] El *Ariadne Pandelis* fue construido por los ingleses en 1919, pero lo adquirió una naviera griega en 1930. Como Lowry señala en su correspondencia con

zarpado sin él y decidió embarcarse en el nuestro y alcanzarlo en medio del océano. Ya te digo, ese chaval noruego se la estaba buscando y se la encontró.»

—¿Qué chaval noruego? —se interesó Jump.

—Debería saberlo usted, que para eso es el policía nuevo de allí, ¿no? Me refiero al joven al que pegaron un tiro; pero oiga lo que le digo, él se lo buscó. Estos putos bolcheviques se merecen todo lo que les pase. El Mussolini ese sí que es una influencia civilizadora. Pero, oiga, la gran Rusia roja no es más que un bluf enorme.

—Yo hice mis pinitos en el mar —comentó el señor Burgess con aire distraído, como para sí; luego, le dijo pausadamente a Jump—: Pero ¿por qué han de vigilar también al mozo carbonero?

—En Inglaterra se vigila a todo el mundo.

—¿Quiere decir que me tienen a mí negro sobre blanco?

—Desde luego. Lo sabemos todo de usted. Por eso me dirigí a usted como lo hice. Sé, por ejemplo, que es usted de fiar.

—En Inglaterra, la gente de fiar no se fía de la policía. Pero no entiendo... Aquí me tiene; siempre he acatado la ley, me he portado bastante bien en la vida, a la vista de las vidas que lleva la gente. No me avergüenzo de nada de lo que he hecho.

—Bueno, usted también ha tenido sus más y sus menos con la policía.

—Ah, pero usted dice con la policía de movilidad —repuso airado Christopher—. Yo a esos no los considero policías. Es distinto.

—Así y todo, se hace una idea de lo que hay. En Inglaterra, un hombre no es libre por más que se precie de no ser un esclavo.[13] Mire por ejemplo este hombre, el mozo, que ha llegado en el tren con Haarfragre.

Aiken, la nave se incendió y acabó varada en la costa de Brasil pocas semanas después de ser mencionada en este texto.

[13] Alusión al estribillo del himno *Rule Britannia*: *Britons never never never shall be slaves* («los británicos nunca jamás serán esclavos»).

—Sí, ¿qué hay de él? Antes le he preguntado por él y no me ha respondido.

—Bueno, es un tipo joven, un universitario; en realidad, no tenemos nada en su contra, aunque estuvo involucrado en un asunto bastante peculiar en Cambridge.

—¿Cambridge?

—Estudiaba allí.

—¿Quiere decir que se hace a la mar huyendo de algo, o así?

—Sí y no. Cree que puede empezar de nuevo, encontrar una nueva realidad, casi podríamos decir. Pero hay algo que no deja de perseguirle, algo que no consigue dejar atrás...

—No le sigo en absoluto —dijo Christopher—. ¿Qué ha hecho el pobre chaval?

—Bueno, hay ciertas circunstancias, una carta, quizá, una conversación entreoída por la casera, pero no hay ninguna prueba... No tenemos nada concreto contra él. Así que no se trata tanto de lo que haya podido hacer ya, como de lo que vaya a hacer a continuación.

—Nunca he oído nada semejante. ¿Cómo se llama el menda?

—Sigbjørn Tarnmoor.

—Tarn... ¿Tiene algún parentesco con el Tarnmoor de la naviera Tarnmoor?

—Sí, es el hijo. Su padre también está metido en un lío gordo, pero es el hijo el que nos ocupa ahora mismo. Esperábamos poder acusarle de algo en cualquier momento, aunque fuera por conducir borracho, pero nunca le hemos pillado en falta.

—Ahora que lo pienso —dijo ensimismado el señor Burgess—, algo leí en los papeles hace un tiempo del caso aquel de Cambridge.

—De todos modos, aún no le hemos pillado en falta —repetía Jump—. Y lo que es más, al final casi estoy deseando que le vaya bien.

—¿Deseando que le vaya bien?

—Ya sé que no me va a creer si le digo esto, pero quiero que haga borrón y cuenta nueva de una vez. De hecho, me gustaría hacer que se fuera de rositas.

—¿Espera que me crea que...? ¿Que quiere que...? Me está tomando el pelo... ¿Qué pretende?

—Lo que intento decir es que no puede escapar por más que corra, pero tendría alguna posibilidad más si se fuera a algún rincón del mundo, fuera de Inglaterra, donde pudiera aprender a aceptar la vida.

—No entiendo nada. Y ¿qué pinto yo?

—Si va usted a la estación de aquí a media hora le encontrará en el bar echando un trago, puede que ya a media vela, pero inofensivo como un niño. Pregúntele adónde quiere ir, pero, le diga lo que le diga, usted llévelo al barco. Puede llevarle gratis. Ya le pago yo la carrera.

El agente de policía Jump se sacó cinco monedas del bolsillo y las sostuvo a la vista, relucientes en la palma de la mano.

—Oiga, mire —dijo el señor Burgess—, que me parta un rayo si voy a ser informante o a delatar a nadie.

—No es lo que se espera de usted. Y no hace falta que lo entienda. Lo único que ha de hacer es llevarle al barco.

—Pero ¿por qué?

—Porque ese es el primer paso. Es de esos tipos a los que les cuesta decidirse, pero una vez que suba el petate a bordo, aunque después se baje del barco ya lo llevaremos nosotros de vuelta.

Christopher se rascó la cabeza.

—¿Por qué no va usted a verle, entonces?

—No quiero asustarlo más de lo que ya está.

—Bueno —dijo Christopher—, le concedo que usted le mete a uno el miedo en el cuerpo. ¿Cómo le reconoceré?

—No le pasará desapercibido. Tiene el pelo rubio muy claro, es un poco más alto que usted, un poco más bajo que yo, me llegará como por aquí... Va más o menos sin afeitar, viste un traje viejo de sarga azul con un jersey negro de cuello alto (ya sabe, hasta la nuez) y lleva un petate de marinero. Probablemente esté medio borracho, pero tiene tal aguante que quizá no se lo note a menos que le salga el alcohol por las orejas. Estamos, pues. Brindemos por ello, y no se lo cuente a nadie más: es posible que no lo entiendan.

—No me sorprendería lo más mínimo —dijo Christopher, y estrechó la mano del agente, a saber por qué.

—Sobre todo, lo que no quiero es que el chico dé media vuelta. Recuerde lo que le pasó a Vanderdecken, que dio media vuelta en el Cabo de Hornos después de jurar que lo doblaría.

—No me suena de nada.

—Ah, ¿nunca ha oído hablar de holandés errante? Da igual, vamos a echar unos dardos. —Se levantó y estiró las extremidades—. ¿Se apunta, señor Webb?

Se acercó a la pizarra de al lado de la diana y la borró con la esponja.

—¿Señor Burgess?... Las obligaciones que recaen sobre la policía hoy en día —dijo, mientras le daba un repaso a la pizarra— hacen del trabajo policial algo de vital importancia para la comunidad... Su correcta ejecución —se echó a un lado— asegura el necesario nivel de orden en el funcionamiento del Estado.[14]

—¡Mierda! —exclamó el señor Webb, tras lanzar un aguijón alado al quince doble.[15]

—Es una profesión honorable para un hombre capaz y de carácter —prosiguió Jump, al cogerle los dardos al señor Webb e inclinarse al frente pivotando sobre su pie izquierdo y levantando grácilmente el derecho del suelo como el de un bailarín de ballet—, pero conlleva una llamada al servicio y...

Envió el primer dardo fuera de la diana.

—... debe afrontarse con un elevado sentido de la...

—¿Qué tal una llamada al servicio por aquí? Para mí, una Guinness.

—Yo, una envejecida.

—Una suave y amarga, por favor.[16]

[14] Jump cita una frase aparecida en un *Police Journal* (revista de la propia policía) de 1934.

[15] En el 501, el jugador debe empezar con un doble; el preferido es el dieciséis y el quince es muy impopular.

[16] *Mild and bitter*: una mezcla de *mild* (maltosa con poco lúpulo) y *bitter* (o *pale ale*, cerveza rubia).

—Es una vida ardua —siguió diciendo Jump, al coger otros tres dardos—. Deben, por ejemplo, hacerse visitas frecuentes a los establecimientos públicos...

—¡En eso estamos de acuerdo!

—... para comprobar que se gestionan debidamente y que no se infringen las normas de concesión... Bueno, me rindo.

Le tendió sus dardos a Webb y llamó a Christopher a un rincón, donde sacó su libreta. Lamiéndose repetidamente el pulgar, fue pasando páginas. Christopher lo miraba por encima del hombro.

—¿Lo ve? No hay secretos.

Y no los había, o eso le pareció a Christopher, pues al principio la libreta estaba llena de fechas de reuniones antiguas sin importancia, detalles de informes sobre concesión de licencias, licencias expiradas pendientes unas y otras de confirmación, censos de vagabundos, etcétera; pero más adelante se diría que hubieran cambiado sus cometidos: del cuaderno parecía desprenderse que ahora sus obligaciones en los muelles ocupaban su tiempo por completo: inspeccionaba barcos y remolques; comprobaba la seguridad de los cabos de amarre; controlaba que las gabarras no fueran sobrecargadas; en caso de incendio, debía estar preparado para llamar a equipos marítimos de extinción y mantener el orden mientras trabajaban los bomberos. Debía estar atento a la presencia de individuos sospechosos cerca del postigo de la verga. Por otra parte, curiosamente, parecía no haber ya necesidad de que visitara establecimientos públicos.

En un momento dado, a Christopher le saltó a la vista el enunciado «delitos sin resolver», y sintió una inquietud punzante al comprender que, en efecto, como se especulaba, Jump había sido trasladado allí desde una jefatura de condado o metropolitana y que con él se había hecho una excepción.[17] Miró fijamente al agente.

—¿Qué es usted, entonces?

[17] Para mantener el total de su pensión.

—Como ve, soy un policía en toda regla. Que, por cierto, se tiene que ir marchando ya.

Se levantó, se guardó la libreta y se despidió de la concurrencia en general con un «Buenas tardes, señores».

—Infórmeme luego en la caseta que hay junto a la puerta del muelle —añadió en voz baja, dirigiéndose a Christopher. Y, sonriendo—: No puede negarse; es una orden.

Cuando salía, el cuco del reloj de encima de la barra (una barra llena de botellas de John Jameson, Old Hollander y vino de tipo oporto), como por fuerza mayor, fue diligentemente impulsado a interrumpir diez veces su descanso. Todos los presentes en el bar, muy sensatos, se llevaron brevemente una mano a la cabeza mirando al agente.

—Solo que —dijo el señor Webb, que acababa de acertar a un doble, inaugurando así una partida en la que nadie parecía interesado en participar— está muy arriba. He oído que no hay nadie por encima de él.

—Ese fulano está tan arriba que está en las nubes; está chalado, vaya que sí.

Hasta la mortecina sala llegó el gemido distante del motor de un avión, con un cambio de tono al iniciar el piloto un picado.

—Mira tú—dijo el señor Webb—, debe de haber despejado.

—Se ha quedado un día precioso —se oyó decir a la mujer del patrón en la habitación interior.

Descorrieron las cortinas para mirar el avión. El patrón quitó el cerrojo de las puertas y empezaron a entrar clientes del mundo real. Todo regresó sin duda al plano de lo normal, lo legal, lo duro, lo amargo, lo real, lo cotidiano.

Lo que había tenido lugar antes bien podría haber ocurrido en otro mundo, y si no, a buen seguro, difícilmente habría ocurrido en ninguna otra parte.

14.2

Sigbjørn, con su miopía corregida, estaba en el restaurante de la estación de Preston recostado en el mostrador y con un pie apoyado en la barra de la base. En una esquina de la lóbrega sala se hallaba su petate nuevo, que se había caído encima de su maleta con aire protector. Pidió otro whisky y notó que estaba literalmente temblando de miedo. Esto despertó su deseo y cuando le trajeron el whisky empezó a hablar con la camarera en un susurro grave y nervioso. Qué fácil —pensó— sería quedarse ahí, burlar su destino, no subirse al barco siquiera, escapar por completo de sí mismo... Quizá se le había presentado nada menos que la elección entre vida y muerte. Había pretendido volver al pasado, renacer podría decirse, pero no había contado con que el futuro estuviera tan cerca. Y habiéndolo comprendido y con otro whisky en el cuerpo, decidió optar por la vida. Aunque solo hiciera una breve visita a la vida, tal vez bastara para cambiar algo.

—¿Eres tú a quien dejo atrás?

—¿Qué has dicho, cielo?

—Nada. Solo estaba pensando en lo atractiva que es usted.

Al fin y al cabo, no quedaba nada más que amara de verdad, salvo, tal vez, la comodidad. Se quedó un instante mirando una campana de cristal vacía, sin sándwiches, y le sacudió un tremendo espasmo de terror, seguido de inmediato de una oleada eléctrica de lujuria. ¡Extraordinario!

Por la ventana de detrás de la barra veía los tejados de Preston, que en su conjunto no parecía en absoluto un puerto de mar, sino un lugar gris y sin alma, con avenidas de hierro que bien podrían estar a doscientos kilómetros del limpio olor de la sal marina. Pensó en tomarse otro whisky, pero decidió que mejor compraba una botella pequeña. Estaba por ver si podría sofocar su miedo con ella, pero esperando junto a la puerta a que la camarera se la envolviera supo que sería tan inútil como aplacar un viento con agua. Su miedo barría cualquier consideración que se le pusiera por delante y vencía incluso al deseo.

«¿Eres tú a quien dejo atrás?», pensó al estrechar la mano a la camarera, pero dijo:

—Si alguna vez vuelvo, iremos juntos al Bear's Paw.

—O al Three Blind Mice... Adiós, buena suerte y buen viaje.

—Adiós.

«Y buen viaje.» Durante un minuto más o menos, hasta que hubo cogido un taxi (el Beardmore del señor Burgess), estas palabras fueron como firmes sogas que lo sujetaron para que no lo arrastrara el miedo. Pero una vez dentro del vehículo y corriendo al muelle, se vio otra vez sumido de cabeza en su tumulto, un tumulto al que parecían a punto de sumarse los elementos, ya que el propio taxi sudaba y daba bandazos, diríase casi que se colapsaba ante un súbito azote de viento y lluvia. Pronto todo en torno a él era miedo, en los estallidos de los tranvías, en el desastroso rasgarse de los neumáticos en el asfalto helado y hasta en la vista de la multitud liberada de los edificios de oficinas. También ellos parecían presos de algún pánico misterioso, lo que quizá los describía con precisión, porque la mayoría estaban haciendo la compra de las vacaciones. Sigbjørn solo estaba seguro de una cosa: de que esta era la última vez en su vida que podría permitirse un taxi.

Al otro lado del cristal, fumándose una pipa satisfecho pues le había caído en gracia el joven del petate, estaba el señor Burgess, al que una cancioncilla le rondaba la cabeza, acompasada con el ronroneo de su Beardmore.

—«Condúceme, buen hombre, a tu castillo. Y, qué diantre, entremos a cenar. —Tocó el claxon dos veces—. Comamos rosbif y capón al tomillo. Medallones de pavo y vino añejo.»

Se volvió hacia Sigbjørn con una sonrisa, como preguntando: «¿Qué le parece?», pero el joven, pálido de miedo y whisky, tenía la mirada fija al frente, perdida en la neblina.

De sopetón, sintió en la nariz el penetrante olor del mar y en el rostro la caricia húmeda de la bruma marina. Allí estaba el *Unsgaard*. ¿Qué significaba ese nombre? ¿Guardián de nuestra vida, quizá? Tal vez no había mucho más que temer después de todo. El barco se alzaba mansamente, en sí un objeto lastimero, con una pronunciada escora a estribor. De pie junto a un portillo abierto en una verja de altura imponente, un agente les dio el alto con ademán amigable. Cruzaron la entrada a un descampado desierto e inhóspito, con porterías de fútbol desvencijadas y latas y cubos de basura sin tapa; un viento que ululaba en unas calderas desechadas lanzaba al aire retazos de nieve.

Una pila de madera de olor dulzón, nevada en parte, se alzaba junto al barco al que ahora se dirigían. Más a la izquierda, entre caminos dispersos, crecía la hierba de la pobreza, y en los metales del borde del inmenso depósito del muelle había destellos de nieve. *UNSGAARD AALESUND.*[1]

Todo el cargamento se estaba depositando en el muelle con elevadores; no había gabarras alrededor, como en un aserradero.

Provisto de su petate, Sigbjørn se abrió camino entre los desechos del pozo de cubierta y subió por la escalera al vertedero.

—¿Dónde está la habilitación de los fogoneros?

—No lo sé, pero a popa, a popa... —dijo un hombre, señalando dos veces en esa dirección—. La tripulación está toda en tierra.

—¿Qué destino tiene?

—No lo sé, pero me ha llegado el rumor de que podría ser Terranova.

Fyrbøter...[2]

Bajó por una escalerilla y asomó la cabeza a la habilitación, comprobando de inmediato que estaba totalmente desierta. Ni un alma. Dejó el petate en una esquina del oficio y echó un vistazo a las literas, que estaban en cubículos separados que daban al pasillo y, por el lado opuesto, a la habilitación de los marineros.

Era una disposición extraña, pero no le disgustó. Cada hombre contaba con un cierto grado de aislamiento de sus compañeros. Había duchas aparentemente limpias. Y parecía también que cada uno había tratado de superar al vecino en punto al co-

[1] Aalesund es el puerto donde estaba matriculado el *Unsgaard.*

[2] «Fogonero» en noruego.

lorido de las cortinas de las literas. Toda la habilitación estaba limpia como una patena y le dio un poco la impresión de ser la sala de estudiantes de un colegio más que lo que era. Dejó el petate y la maleta donde estaban y volvió a cubierta.

Nadie... Hasta los estibadores se estaban marchando ya. Sin embargo, el señor Burgess seguía en el muelle, con expresión amable pero escandalizada.

Sigbjørn descendió despacio por la rampa y se le acercó sonriendo.

—¿Me quiere decir que es miembro de la tripulación de esta trampa para ratas? —preguntó Christopher—. ¿Qué es usted? Es inglés, ¿no? ¿Qué es, un oficial? —Empezó a liarse un cigarrillo.

—Mozo de fogón.

—¿Un tragaceniza? ¡Me está tomando el pelo! ¡A ver esas manos!

Sigbjørn se las enseñó.

—¡Usted no es mozo de fogón!

—Aún no. Lo seré pronto.

—¿Cuándo zarpa?

—Mañana, creo.

—¿Cree?

—Bueno, la tripulación en pleno ha librado. A bordo no queda un alma.

—¿Qué hace usted ahora?

—Pues no lo sé. ¿Qué tal un trago?

Sigbjørn le tendió la botella al taxista. Christopher meneó la cabeza.

—No bebo estando de servicio. Bueno, tal vez un chisguete solo. ¡Felices Pascuas!

»¿Qué le ha llevado a embarcarse, de todos modos? Usted no es marinero, ¿no? —preguntó al devolverle la botella. Sigbjørn ignoró la pregunta.

—Vamos a ponernos a resguardo de la cellisca.

—¿Quiere que le lleve a algún sitio, de balde?

—Si va usted al centro... Muchas gracias.

Yendo de camino, Sigbjørn se inclinó al frente.

—De hecho, no es ninguna trampa para ratas, sino un barco bastante bueno.

—¿Qué quiere decir con «bastante bueno»?

—Bueno, por lo visto hasta el momento, tratan bien al personal.

—¿Es usted el hombre que han contratado para reemplazar al que se llevó un tiro?

—De eso no sé nada —dijo Sigbjørn.

Y empezó a contarle a Christopher su encuentro con Haarfragre y los sucesos del día.

—Debe de ser usted —dijo resueltamente Christopher—. Mire, vamos a quedar dentro de treinta minutos en el Trelast. Pregúntele a cualquiera dónde está.

A las seis, Sigbjørn entraba en el Trelast. El reservado del local estaba totalmente vacío, pero en una esquina refulgía un fuego recién encendido. Pidió una cerveza y se acercó al hogar, a mirar las llamas como si encerraran un secreto para él. El dueño le llevó la cerveza, y se echó un buen trago. Luego, en cuclillas, se calentó las manos. El fuego significaba comodidad, refugio y pasado, pero también representaba el futuro, la prueba a la que se iban a ver sometidas sus debilidades; era dolor y, acaso, la muerte...

—Hay alguien esperándole en la sala principal —le avisó el dueño.

Sigbjørn se sorprendió. ¡Qué estupidez por su parte! En cierto modo, parecía típico de él que hubiera optado por el reservado.

Para ir a la sala principal tuvo que salir a la calle, y la repentina ráfaga de viento cortante fue como la propia realidad.

Ya en la sala, se encontró a Christopher jugando a los dardos solo. Se saludaron y tiraron por turnos.

—Bueno, me pregunto qué clase de comida le darán en el barco —dijo Christopher—. Apuesto a que no les sirven platija[3] carbonizada con salsa de carburador, ¿a que no? —Ensartó dos saetas en el quince doble.

[3] Pez similar al lenguado, pero menos apreciado.

—No tengo ni idea —respondió riendo Sigbjørn.

Christopher retiró los tres dardos alados de la diana de corcho picoteado. El bar se iba llenando y muchos amigos de Christopher le saludaban, pero él siguió hablando con Sigbjørn.

—O juntas de ternera o pistones de cerdo con salsa texaco y dos botellas de agua destilada con un chorrito de ácido carbólico.[4] No le darán nada de eso. Será como... ya sabe, una nueva vida... Nada de lo viejo. —El tono de sus palabras combinaba con éxito la brutalidad y la chanza.

Se apartaron de la diana para dejar que jugaran otros dos parroquianos.

«Cuatrocientos putos marineros sin trabajo...»

«Que me aspen si te miento, en este país hay veinte mil oficiales navales sin trabajo...»

«Sacarán el máximo beneficio con el mínimo de mano de obra.»

«Desguaza nueve millones de toneladas, tú, así cualquiera saca beneficios...»

«El endurecimiento de la competencia por el empleo aumentará el desempleo...»

«Gana más un cocinero haciendo horas extras que un segundo oficial...»

«Volví de una travesía por la costa de China y ni siquiera me dieron vacaciones...»

«Mira si no la de putos barcos que hay en el dique seco en Preston...»

Estas conversaciones, presagio de lo que tal vez habría de escuchar a bordo del *Unsgaard* durante muchos meses, le sumieron en la zozobra; en primer lugar, había perdido el contacto con el mundo y el hombre hasta tal punto que apenas los entendía ya, aunque tuvieran intereses que no eran del todo ajenos a los suyos propios: ¿cuánto menos sería capaz de entender el idioma de los trabajadores noruegos embarcados en el *Unsgaard*, por más que en tiempos hubiera sido el suyo?; ¿y cuán-

[4] Salsa texaco: tabasco. El ácido carbólico es un desinfectante.

to menos se sentirían ellos inclinados a considerarle uno más?

El hecho de que de momento no hubiera ni rastro de sus futuros camaradas agravó su sensación de aislamiento. Bastaba con que se corriera el rumor de que iba a embarcarse él para que la tripulación al completo se dispersara como si fueran ratas. ¿Por dónde? ¿Estarían bajo tierra, instigando en sótanos? «Construyendo desde la negra base hacia arriba», como había leído a propósito de los comunistas en un poema.[5] Volvió a invadirle un repentino impulso de huir mientras aún estuviera a tiempo, de meterse bajo tierra él también por terror al futuro, y al ojo de su mente le sobrevino con ello la visión de una línea compacta y continua de pequeñas obras defensivas, ocultas y dispuestas para recibir a sus defensores en cualquier momento.

Vio fortificaciones bajas de acero y cemento unidas por fortines más pequeños a modo de torretas, y por debajo un laberinto de túneles con barracones, polvorines con munición y centrales eléctricas. Desde aspilleras abiertas por los proyectiles podían dispararse ametralladoras y artillería ligera. Unas poternas servían de salida a destacamentos enviados a hacer rápidas incursiones. Y, en general, no habría escapatoria.

Sigbjørn se sintió muy mareado de repente. Torretas, túneles, polvorines y centrales eléctricas le daban vueltas en la cabeza.

Para empeorar las cosas, se le acercó el dueño con intención de acompañarle a la puerta.

—Ya ha bebido suficiente; váyase a casa.

Pero Christopher Burgess acudió al rescate:

—Si quiere, puede echarse en mi sofá un rato, hasta que se sienta en condiciones de subir al barco.

Lo siguiente que recordaría fue que se encontró en una habitación en la que había una regadera, cinco paraguas, un bastón con empuñadura de plata, cuatro petirrojos navideños, una ardilla disecada, un periquito y cinco relojes parados en urnas de cristal. Había también un montón de tazas y conchas con la ins-

[5] Se refiere a «Underground, 1935» poema de Don Gordon (1902-1989) sobre el levantamiento de la izquierda austríaca en febrero de 1934.

cripción RECUERDO DE RYDE, y, pese a que Christopher Burgess tenía un Beardmore (pues era en su casa donde se hallaba), un calendario del año nuevo de Daimler.

—Deje que le enseñe la casa, si ya se encuentra un poco mejor —dijo una voz a su espalda, y Sigbjørn siguió a Christopher hasta la cocina, donde este encendió la luz de gas.

Con angustia absolutamente impropia de él, Christopher anunció:

—El mundo va de mal en peor. Recuerde mis palabras, hoy en día nadie tiene la menor posibilidad. Venga, que le enseño mi jardín.

—Debo de haber dormido varias horas —dijo Sigbjørn—. Espero no haberle causado muchas molestias.

—Ninguna. Pero, escuche, creo que debo comunicarle algo: la policía le anda buscando.

Sigbjørn pareció no entenderle o, si le entendió, extrañamente, no se mostró impresionado.

—Más tiempo llevo buscándome yo —fue su única respuesta, y no volvieron a mencionar el asunto.

Aunque se había despertado en una habitación iluminada con gas y se había encendido la luz de la cocina en su presencia, solo ahora cayó Sigbjørn en la cuenta de que era de noche y, cuando con un «Mire, este es mi jardín» Christopher abrió la puerta a lo que era ya una tempestad, un caos atronador, una desolación infinita, la perplejidad de Sigbjørn se trocó en miedo al tropezar de repente, de forma que a punto estuvo de caerse de morros.

—No se preocupe por Dandy Dinmott —dijo Christopher—. Solo es un gato gordo y mimado.

El señor Burgess señaló al vacío de la oscuridad.

—Allí está mi uvero de playa. Tiene trescientas uvas. Y debajo, cinco gatos muertos. ¡Sí, los gatos muertos le van bien a la fruta! —Paró para acariciar a Dandy Dinmott, pero en ese momento se fue la luz. El señor Burgess se las arregló, no sin dificultad, para cerrar la puerta, lo que puso sordina al ruido de la tormenta—. También tengo un caniche muy cariñoso.

No tardó en volver a oírse el siseo continuo del chorro de gas en la diminuta cocina. El caniche cariñoso roncaba en su cesta.

Christopher señaló una fotografía que colgaba de la pared.

—Ahí están mis tres hermanos, murieron ya todos. —Lo dijo como si por primera vez fuera consciente de que aquello era cualquier cosa menos un capricho del destino—. A aquel, el primero, le mató un tranvía. Tuvo una hemorragia muscular. Y este otro, el segundo, se clavó un clavo en el dedo gordo del pie. Y a este jovencito le liaron en un pub y murió a los dos días. Hoy en día, nadie tiene la menor posibilidad. Y esa es mi pobre hermana, se la llevó la epidemia de gripe del 18.[6]

Volvieron al salón, donde Sigbjørn preguntó qué hora era, pero Christopher no lo sabía. Echaron un vistazo a los relojes parados.

—¿Sabe qué? —dijo Christopher—. Le voy a preparar un poco de pan con queso. Tendrá usted hambre. Yo tengo una gusa que no sé ni dónde echarme a dormir.

—Primero voy a ver si puedo conseguir otra botella antes de que cierren los bares —dijo Sigbjørn, que había acabado por identificar hambre con sed—. Vuelvo con una para usted.

—Para mí, no —le gritó Christopher según salía—. Y para usted tampoco. Estará muerto en su primera guardia y nadie le querrá. He sido marinero y sé cómo va eso.

Pero Sigbjørn ya había salido.

Al quedarse solo, al señor Burgess, que a lo largo del día solo había bebido un poco, pero aun así más de lo que acostumbraba, y que se sentía temporalmente desgajado de sus rutinas, desestabilizado por la conciencia de su propia periferia, tanto por el hecho de la ausencia de la señora Burgess como por el de la reciente presencia de Sigbjørn, y por esas conversaciones de pesadilla en el Trelast que no podía creer que hubiera mantenido, le invadió un deseo de destrozar cosas.

Ansió derribar de una barrida los relojes parados de sus pedestales y los petirrojos navideños de sus perchas; e imaginó el de-

[6] La «gripe española», que entre 1918 y 1920 causó más muertes que la Primera Guerra Mundial.

licioso estrépito del cristal al hacerse añicos. De no ser por una súbita punzada de amor a su mujer, que, suponía vagamente, les tendría algún apego a esas cosas, habría derruido la habitación.

Refrenó la mano y salió él también a la calle, pero fuera le asaltó el impulso otra vez. Al pasar junto a la tienda del señor Webb, donde se vendían libros de terror y «libros útiles para hombres prácticos» y que estaba cerrada y a oscuras, reventó con júbilo el escaparate.

Un ojo eléctrico fijado encima de la botica y que habían dejado funcionando por error le hizo un guiño de un naranja perturbador sobre el añil de la noche. Recordó un sueño recurrente que había tenido muchos años antes sobre la vez que falló un examen ocular. En su sueño se le aparecía un ojo, y luego un monóculo delante del ojo, pero un médico joven le dijo que sus sueños no tenían absolutamente nada que ver con sus ojos: que el ojo era lo que él sentía en lo más hondo que debía corregirse con la lente de lo que ya sabía; que un hombre ha de estudiar su naturaleza y sus posibilidades y buscar la guía de su intuición; y variar el rumbo con los vientos y mareas. El ojo podía ver a través de una cortina de niebla; escrutar lo invisible; y estaba, como una ametralladora sin operador, preparado para abatir cualquier cosa que estuviera dentro de su rango de tiro.

Con esto, y avergonzado de su fútil gesto, el señor Burgess corrió todo lo rápido que pudo a la garita de la policía portuaria y allí se entregó.

Entretanto, Sigbjørn se había perdido volviendo a casa del señor Burgess. De hecho, estaba perdido en el solar de la chatarra; el viento silbaba en las teteras de cobre, escurría la herrumbre de las cañerías de aguas pluviales, saltaba y retozaba por las llantas charoladas de las ruedas de carreta, soplaba en los fuelles y bramaba en las tazas de los retretes. Repentinamente, tropezó y se cayó de bruces.

En el instante en que cayó, comenzó el sueño; soñó que se caía así y que había palas y paletas trabajando, girando e inclinando sus cuellos al cargar la chatarra en un buque con destino a Bríndisi.

No tenía piernas, pero reptó sobre sus muñones, moviéndolos adelante y atrás a un ritmo endiablado, tratando desesperadamente de eludir el mecanismo despiadado hasta que al fin una forma se cernió también sobre él en la oscuridad y le arrojó a un depósito de carbón del buque. Ahora ya podía volver a dormir. Se quedó tumbado en el depósito y despertó.

Solo era un sueño. No pasaba nada por que siguiera durmiendo en el depósito de carbón. Por otro lado, ya estaba despierto y podía hacer efectiva su huida. Solo era un sueño y debía despertarse si no quería morir congelado en la nieve.

Su sueño terminó mientras se pasaba la mano despacio por la cabeza para palpar a ver si había sangre. No la había. Había empezado medio segundo antes, cuando se dio con la cabeza en el hierro, pero parecía que hubiera durado horas. Buscó a tientas la botella de ron y la encontró intacta. Ahora, a por el señor Burgess o, si el señor Burgess le fallaba, al *Unsgaard*.

Sin embargo, una figura que había identificado un olor a licor casi ambulante se alzó ante él.

—¿Adónde va? ¿Qué tiene ahí? Lleva unas copas encima, ¿eh?

—Es una botella de ron. ¿Quiere un poco?

—Una pregunta retórica —contestó tajante el agente Jump—. Acompáñeme... No, por aquí.

Al hacer entrar a Sigbjørn por delante de él en la pequeña caseta de policía, guiñó exageradamente un ojo y comentó sin dirigirse a nadie en especial:

—Aquí tenemos a otro detenido.

Allí sentado estaba Christopher, que al ver a Sigbjørn se echó a temblar de risa.

—Andaba reventando escaparates —dijo Jump—. Siéntese ahí —ordenó a Sigbjørn, señalando con el dedo.

Pese a las inusuales conversaciones mantenidas aquel día, Jump era extremadamente normal, aunque sería el primero en reconocer que las advertencias y órdenes que le había dado a Christopher tenían algo de la intensidad y la distancia, que, como afirma Empson,[7] son propias de la belleza en las ideas de los locos. Y sin embargo, mucho después de haberse retirado del trabajo detectivesco y por su propia voluntad, se había permitido ir erráticamente de un rincón a otro del país, ocupando nichos vacantes a medida que surgían; era natural por tanto que, habiéndose dirigido al norte, recalara en Preston, que era, por así decirlo, el Scotland Yard del noroeste de Inglaterra; en cambio, fue un puro capricho lo que dictó su paso por la policía portuaria; algo que solo le habían sugerido en broma.

Un puro accidente había determinado su llegada a Cambridge poco antes de la muerte de Tor Tarnmoor. Las circunstancias le resultaron lo bastante misteriosas como para atraer su atención, y se había interesado por Sigbjørn y sus actividades, quizá, como había insinuado a Christopher, más en tanto que malhechor en potencia que como criminal.

De ahí que hubiera observado las evoluciones de Sigbjørn desde la tragedia con el minucioso interés de un maestro jardinero por un arbusto descontrolado y desconocido. En Liverpool, había estudiado la indecisión de Sigbjørn, su vacilación y su incorregible dualidad, sus innumerables dudas triviales (como si su desdichada e ineludible búsqueda espiritual fuera un mandato) y había llegado a sentir una comprensión por esa mente atormentada que acabó por derivar en la convicción apenas explicitada de que aquello le imponía en cierto modo una obligación con la que debía cumplir. Pues Sigbjørn, y esto le resultaba evidente, estaba zozobrando.

Fue por eso por lo que, cuando tuvo conocimiento de los torpes intentos de Sigbjørn por conseguir un *hyrkontrakt*, Jump intercedió a su favor ante Haarfragre, en Preston, y ante el consulado noruego en Liverpool, antes incluso de que hiciera lo propio el capitán Tarnmoor. Puede que hubiera un impulso inconfesado tras esta intervención, ya que el mayor dolor en la vida de Jump era que no tenía hijos.

[7] William Empson (1906-1984), poeta y prestigioso crítico literario.

En el puesto del muelle, Sigbjørn daba vueltas sin cuento, pues un trago de su botella recién comprada le había dejado más inquieto de lo que estaba antes de caer dormido. Su voz arrastrada, cuando habló, sonó perpleja.

—¿No hay más borrachos que nosotros la víspera de un Domingo de Pascua?

—Este año no —respondió Jump, con una mirada reflexiva—. Celebrar el nacimiento de un bebé real en Navidad los dejó exhaustos.[8]

—Amargas palabras para venir del Cuerpo —dijo Sigbjørn, examinándose la cabeza, que parecía ilesa, ante un espejo—. Pero me refiero a los desesperados. —Se dejó caer en una silla.

—Ah, esos están todos encerrados hace tiempo.

—¿Y los peleones?

Jump señaló a Christopher.

—Ese ha estado peleándose con escaparates. Tiene suerte de contar con alguien que arregle el desaguisado que ha hecho.

—Reventar escaparates no trae nada bueno —dijo Sigbjørn.

—Ponerse hasta las cejas tampoco —le respondió Jump, al tiempo que dirigía a Christopher una mirada que decía: «Bueno, pues aquí lo tenemos, aunque no exactamente como esperábamos»—. Muy bien, cuéntenos: ¿usted a qué se dedica?

—Soy estudiante de Economía —farfulló Sigbjørn, con una voz que iba reduciéndose a un susurro—. El colapso del...

Era evidente que estaba a punto de desmayarse.

—A lo mejor quiere un trago de ron —sugirió Christopher, pero la cabeza de Sigbjørn se venció al frente, entre sus manos. Jump miró a Christopher.

—Está fuera de combate.

Y, ciertamente, Sigbjørn ya se había desplomado bajo la mesa.

—Pues ya lo tiene a su merced —dijo el señor Burgess—. Ahora que, si me paro a pensarlo, en mi opinión, trabajar en ese barco le va a matar.

[8] El día de Navidad de 1936 nació la princesa Alejandra, segunda de los hijos de la duquesa de Kent.

—Podría quedarse aquí —dijo Jump, tras encenderse un cigarrillo.

—Pero parece usted de lo más ansioso por verle zarpar.

—Lo estoy.

—Le haría un favor si le dejara aquí. Deje que se quede. Debería estar en un asilo.

—Maldita sea, estoy tentado de entregar a este cabrón a la policía urbana.

Un viento marino hizo temblar las ventanas de la pequeña caseta de policía. Del río llegaba la llamada de las sirenas, muy cerca. En la distancia, el ojo del boticario hacía guiños a Christopher. La ametralladora sin tirador... el rastreador de aviones... «sigue a tu intuición»...

—Bueno, si lo considero bajo mi punto de vista y a la luz de mi entender personal... —Pero ¿cuál era su punto de vista?

Recordó su única travesía, el barco que a duras penas conseguía avanzar frente a los furiosos vientos del norte: borrascas malignas que barrían el barco desde la roda hasta popa. El barco era tragado por las aguas, pero se las sacudía y resurgía con todos los mástiles temblando...

Aun así, esa luz gris y mortecina podía iluminar el renacer del hombre del lado de la vida, con la sola intimidad que le brindaba una cortina de viento y lluvia.

Más tarde, Jump los seguía por el muelle con su linterna mientras Christopher, conducía a Sigbjørn, esta vez cargado a hombros, de vuelta al barco, el *Unsgaard*.

15

¡Frente a frente te encuentro esta tercera vez, Moby Dick!

HERMAN MELVILLE

Una vez más, un rostro juvenil se detuvo en los muelles y alzó la mirada al barco. Una vez más, Sigbjørn se preguntó: «¿Es este tu lugar en el mundo?».

El buque de hierro descansaba lánguido junto al embarcadero; a un costado había apilado un montón de madera, tras el cual se ocultaba el joven.

Inopinadamente, apretó los labios contra la dulce madera, como para extraer de ella parte de su generosa fortaleza. ¡Madera, madera, toda bondad, toda rectitud se contenían en esa dulce textura!

Cuando se despertó aquella mañana, le habían pesado los párpados al separarlos. En el castillo de proa no había nadie. Presa de pánico, había salido a cubierta; los pocos hombres que había allí le habían tomado por un agente o un encargado de la carga. Había seguido andando para presentarse ante un mando, pero la puerta del primer oficial estaba cerrada y del capitán no había noticia. Solo se veía un puñado de hombres trabajando a las órdenes del oficial de puente.

Dudó si bajar a la bodega, pero echó un vistazo desde la escotilla que daba acceso a la sala de calderas; allí descansaban el árbol de levas y el fulcro, y estaba todo muy tranquilo: la coordinación permanecía a la espera en cada tuerca y cada tornillo.

Quizá pudiera escabullirse sin que lo vieran...

Incluso ya en el muelle, no era en absoluto su intención abandonar el *Unsgaard*. Solo había sentido que allí percibiría su propósito con más claridad; a cierta distancia lo vería, al igual que el barco, tan claro, tan desnudo, tan amoldado como el hierro. Ya no estaría circunscrito por él, como dicen que está el hombre circunscrito por su alma.

Y sin embargo, ahora cada fibra de su ser apostaba en firme por ello: «¡Escapa! Escapa del todo del barco y de cualquier ilusión de ese propósito».

Avanzó por un túnel de fragante selva de pino hasta llegar a un claro desde el que volvía a ver el *Unsgaard*, ¡acaso por última vez! La inmensa proa se alzaba ante él y parecía mirarle fijamente como un elefante a través de los ojos de sus escobenes. Soltó una carcajada ante esta fantasía absurda, pero su risa sonó estúpida, como un chapurreo.

A su espalda, el metal se adentraba en la desolación del montón de chatarra y se perdía en charcos medio congelados y sumideros de lluvia entre los que se iban herrumbrando hélices y anclas viejas; un poco de hierba de la pobreza que allí crecía era el único indicio de vida. ¡Ante él se alzaba imponente el barco!

Se abrió camino de nuevo hasta su posición original, apoyó los codos en una cornisa de pino y observó el *Unsgaard*, inspirando el aroma de la resina. ¡Ah, madera!, madera de buenos árboles, madera para edificios, para el calor y la bondad del fuego, pero también para el fuego que reduce a pura turba la propia madera.

De la ciudad llegaba un repique desaforado de campanas. ¡Claro! Era Domingo de Resurrección. Tocó la madera con los dedos. En la madera había también inocencia, como la de los niños pequeños, casi desprovista de vida de momento, pero llamada a revivir y perfeccionarse más adelante; y luego una para crucificar, otra para ser crucificada, y Sigbjørn se preguntó si los árboles jóvenes que se cimbreaban en los bosques del Mar Blanco hablaban ya de lo que la vida les depararía.

Súbitamente, mientras él miraba y sin aparente preámbulo, el *Unsgaard* se alejó del muelle. Ahora se desplazaba con deliberación hacia el centro de la corriente. La sirena despidió una bocanada de humo con un rugido. El sonido reverberó adelante y atrás entre los cobertizos, ¡un estrépito de penetrante resonancia en aquella extensa soledad de hierros!

Corrió al frente dando un grito. ¡Demasiado tarde! El barco no le esperaría. Como la vida, no tenía tiempo que perder. Cualquiera podía declarar su preferencia por la certidumbre, pero en el fondo nadie la deseaba. Ah, en fin...

Echó a andar despacio en dirección a Preston y bajó la cabeza al atravesar el portillo. ¿Qué iba a decirle al agente Jump? Pero esta vez nadie le detuvo.

Las calles desoladas fluían de regreso a la ciudad y Sigbjørn reparaba en la silueta de cada una de las casas, en un trozo de cristal en la calzada, en una larga garrocha abandonada por un trabajador junto a un muro, o en los chirridos del frontón de una taberna; y sus sentidos se encogían ante estas nítidas impresiones porque todas y cada una de ellas suponían sufrimiento. Para acrecentar su desasosiego, le vinieron a la cabeza pensamientos sobre Nina; se imaginó el océano que los separaba manando al interior de su corazón, su oleaje atlántico rompiendo allí sin tregua como para sepultar los fuegos de su dolor.

El sonido de un órgano que tocaba un himno pascual y la visión del gentío que salía de una iglesia le despertaron temporalmente de esa anulación de su conciencia de sí mismo, pero aquellos hombres de negro que caminaban juntos con lentitud, como en duelo, bajo un cielo del color gris de la arpillera mojada, eran profundamente desoladores.

Recordó un día igual en el que todo se había tornado en brillo por una carta de Nina; en aquella ocasión, humildes palabras que penetraban todo su ser se habían convertido en rayos de sol. Hoy, que no había de llegar una carta tal, se le ocurrió que, a pesar de ello, quizá resultara reconfortante ir una vez más a una oficina de Correos.

Entró por una puerta en la que habían pegado este aviso: EL DOMINGO DE RESURRECCIÓN, ABIERTO ÚNICAMENTE DE 12 A 14 H.

Allí, por un momento, estaba a salvo de la acometida de sus pensamientos. ¿Debería enviar un telegrama a su padre? Tal vez había sido un cobarde ya de entrada, por pensar siquiera en marcharse dejando atrás tanto por desenmarañar. Pero ¿tenía ahora que volver otra vez?

Se había quedado paralizado en medio de la sala; ahora fue hasta un mostrador y empezó a escribir un telegrama, pero no era para su padre: no era para nadie.

Las palabras que escribió fueron de amor, de afecto: «querida», «amor», «querida»; pero ¿querida quién?, ¿y a quién? No lo sabía.

Allí en la oficina de Correos, la vida bullía a su alrededor; todo el mundo andaba buscando la vida, por más que fuera con retraso. Tomó una guía telefónica, pasó las páginas, aunque no en busca de algún nombre conocido, cuando de pronto, de entre sus hojas, surgió la imagen burlona de Cándido. «Cultivemos nuestro jardín...»[1]

Cerró el volumen de un golpe seco, lo que sobresaltó a una joven de abundante cabellera rubia vestida de tweed que estaba en el mostrador de al lado. Por un instante, sus miradas se cruzaron.

—¿Eres tú a quien dejo atrás? —le preguntó Sigbjørn, enigmático, y empujó las puertas batientes para salir a la calle.

¡Buscando la vida! Un recuerdo, gris en su memoria, le parpadeó en la cabeza al pasar por Fishergate. Renacer; los dolores de un nuevo parto en plena consciencia; en uno u otro momento, mucho tiempo atrás, había experimentado ya esta indecisión, había visto zarpar su barco exactamente igual. ¡Renacer! Sí, Tor tenía razón en lo que dijo, estaba renaciendo de algún modo misterioso: tenía que ser eso lo que le ocurría.

Incluso ahora se debatía en el vientre materno; había por todas partes ansiedad y frenesí, a los que el útero de la conciencia que le retenía reaccionaba dilatándose con lento dolor.

Como si este incidente estuviera en trivial empatía con aquella sensación, en la esquina de Main Street pasó junto a él una mujer a todas luces embarazada.

—¿Le importa ayudarme a subir esos escalones?

[1] Vuelve a citarse la frase que concluye la novela de Voltaire.

Sigbjørn la cogió del brazo y la asistió amablemente.

—Ay, me duele mucho, y estoy sola; no tengo a nadie que me ayude. ¡Estoy sola!

Alguien abrió la puerta, y ella entró. La puerta se cerró de un portazo en las narices de Sigbjørn. Él llamó con suavidad. Tal vez pudiera ser de alguna ayuda. Llamó más fuerte: de nuevo, sin respuesta.

Uno nunca sabía. Podía ser un caso de desesperada gravedad. Volvió a llamar, casi frenéticamente esta vez, y al cabo de un instante la puerta se abrió, asomó un rostro, y una voz airada le espetó: «¡Váyase ya, largo, estamos más que hartos de usted, ya no damos nada más por esta Pascua!».

Sigbjørn siguió caminando desasosegado por este desconcertante incidente, que casi podría haber tenido, por su propia insignificancia, algún significado.

¡Renacer! ¡Todo era dolor! Los adoquines se levantaban solos, las calles se contraían y dilataban ante sus ojos, las chimeneas de las fábricas se estiraban hasta quebrar sus raíces mismas...

La ciudad gemía ya como por uno que siguiera crucificado; ¡pronto el mundo entero volvería a sufrir una convulsión a fin de crear algo que evolucionara por sí solo!

Pegó un respingo, como si le hubieran dado un golpecito en el hombro. ¡El barco!... Se detuvo un instante, luego siguió caminando. Bueno, deja que se vaya. Pero ¿cómo había subido al barco, para empezar? Sí, ¿cómo? Estaba ese taxista que recitaba poemas, y luego el policía, la comisaría, el agente Jump... Como un espectro en una pesadilla, la noche anterior apretó su fofo rostro contra él, pero no reveló nada.

¿Por qué le había dado por embarcarse? ¿Por qué era Sigbjørn? ¿O no era nada? ¿Un espíritu que seguía siendo arrastrado de aquí para allá por los impulsos contradictorios que habían acabado por destruirle en tierra?

Salió de la calzada y subió a la acera. Un coche de bomberos pasó zumbando, sembrando un terror de campanas, seguido de una ambulancia ululante. Él se metió en una tabernilla que había en la esquina.

Cuando tomó asiento, se vio imbuido por la paz y la seguridad del lugar; ¡qué peligros había evitado al no embarcarse! Se pidió una cerveza y miró en derredor. Y aun así, en el santuario de la propia taberna, era fácil imaginarse que estaba en su habilitación del castillo de proa; las banquetas bajas, el tenue resplandor de la lámpara o la mesa de madera de cedro surcada de cicatrices a la que se sentaban dos viejos que murmuraban como curtidos marineros durante el segundo turno de guardia creaban esa impresión; pero Sigbjørn volvió a sentir que a su alrededor, en la propia sustancia y disposición de la escena y del momento, algo intentaba comunicarse con él.

El primer viejo le miró y alzó su vaso.

—¡Felices Pascuas! ¿Quiere tomar algo con nosotros?

En ese momento, le trajeron a Sigbjørn su cerveza y, educadamente, la alzó a su vez.

—¡Felices Pascuas! Pero ya estoy bebiendo.

—*Nel mezzo del cammin di nuestra vita* —brindó el segundo anciano—. A su salud. Está claro —añadió, levantando su jarra—, el modelo de Dante fue Preston.[2]

—¿Usted también conoce a Dante? —preguntó Sigbjørn pensativo—. Era un viejo obsceno.

—Era un gran poeta —dijo el primero.

—Dimos clase en Preston durante veinticinco años —añadió el segundo.

El primero se echó a reír.

—*In la sua voluntate è nostra pace.*

Ante esto, Sigbjørn también se rio.

—Es una gran ciudad —siguió diciendo el primer viejo—, una gran ciudad. Usted, que también es universitario, sabrá por supuesto que aquí descubrió carbón Ricardo Corazón de León en 1200...

[2] Se cita el primer verso de la *Divina comedia*, pero Lowry escribe «nuestra» en lugar del *nostra* original. La ciudad de Preston fue el modelo de Dante porque en ella hay que «abandonar toda esperanza»: *Lasciate ogni speranza voi ch'entrate.*

—¿Tanto hace? —preguntó Sigbjørn, y probó su cerveza.

—Claro que fue Alejandro el primero que descubrió su utilidad.

—Aunque Teofrasto escribió sobre las piedras que encontró en Liguria y en Elis.[3] ¿Lo sabía usted?

—No.

Sigbjørn sonrió y no dijo más. No pensaba en el barco, sino en la espesura de las cosas, en la hondura de Preston, donde cada árbol con su raíz de mandrágora se hundía en las profundidades de la tierra,[4] en la masa ancestral de roca ígnea, donde cabía imaginar que cada chimenea estaba imantada por una estrella, y el alma también... Pero ¿qué era eso?... Eso que se proyecta hacia abajo y hacia arriba, que se contiene a sí mismo y por sí mismo se extiende, ubicuo. ¡El matrimonio de cielo e infierno!

Estrechó la mano de los dos viejos maestros de escuela.

—En fin, ¡felices Pascuas! Tendrán que disculparme; también yo he de partir ahora a las Cruzadas —dijo entre risas, y salió a la calle.

¿Por qué a las Cruzadas? ¿...?

In mediae nostrae vitae... Bueno, hoy no habría un Virgilio que le guiara a través del infierno. Ni había ningún Christopher de servicio, si de eso se trataba.

Ni tampoco sería hoy, como ayer, un día para hacer las paces con la autoridad, la autoridad del agente de policía Jump.

Entonces recordó las palabras de su padre: «Allí donde vas no va a detenerte nadie. Allí donde vas todo el mundo te va a ayudar». Pero ¿a qué le ayudarían esta vez, ahora que la esperanza había zarpado con la marea? Y no solo la esperanza, sino todo su equipaje, además. ¡*In mediae nostrae vitae*!

De pie en lo alto de una colina, contempló la ciudad a sus pies; lejos, muy lejos, en el atardecer que se iba conjurando, estaban los muelles y los barcos, y volvió a evocar su momento con Tor

[3] Teofrasto (c. 381-c. 287 a. C.), filósofo y naturalista griego considerado el padre de la botánica.

[4] Según la leyenda, la mandrágora brotaba en el lugar donde caía el semen que eyaculaban los ahorcados.

en la cima de Castle Hill: quizá el mar y sus costumbres habían estado en realidad más cerca de él entonces que ahora.

Algún instinto le conminó a volver, aunque solo fuera al muelle del que había partido el *Unsgaard*, al vientre del que había sido desgajado. Ese vacío era una herida en sus entrañas.

No tanto como un asesino vuelve a la escena del crimen o un enamorado a la casa donde una vez vivió su amada, o como regresa al terraplén de la vía para ver los relucientes raíles que la apartaron de él, Sigbjørn volvió al embarcadero.

El tranvía a los muelles bajaba bamboleándose por la calle, y lo cogió a la carrera. Hubo algo en esa rápida decisión que le divirtió. Había pensado que ya no podía uno montarse en la vida en marcha. Un refrán noruego decía que la vida pasaba dando tumbos tan rápido que quien trataba de subirse de un salto se partía la crisma en la calzada.[5]

El tranvía iba vacío, y a Sigbjørn se le marchitaban los pensamientos en la cabeza. El cobrador estaba fuera, junto a la máquina expendedora de billetes; sus ojos mostraban el tipo de vacuidad que él asociaba a los viejos marineros que, de tanto observar el páramo ondulante del mar, acababan con su infinitud inscrita en la mirada, y recordó las palabras de un antiguo colega a bordo del *Edipo Tirano*: «Cuando vuelva a casa, conseguiré trabajo de primer oficial en un tranvía».

—¿En otra vía? —preguntó él.

—¡No, en un tranvía!

Rieron los dos (hacían la segunda guardia junto a la roja garganta del conducto de ventilación). ¿Era posible que aquel marinero, Frank, fuera ahora este cobrador?

Lanzó rápidamente una ojeada al hombre, apartó la vista igual de rápido, y al instante siguiente vio que el cobrador hacía otro tanto: una mirada neutra, de nuevo indefinida.

«Si quiere unas buenas botas, vaya a Francia, a W. Francia, Fishergate 117, Preston; Píldoras para el tic doloroso del Sr. Bowker; Gafas y protectores oculares de primera calidad, cui-

[5] Ese refrán no existe.

dadosamente adaptados para la visión por los Sres. Cartwright, ópticos, Fishergate 122, Preston.»

Si efectivamente era Frank, ¿qué debía decirle? Quizá el cobrador estuviera pensando lo mismo...

El tranvía se detuvo y se subió una muchacha. Era la misma chica de abundante cabellera a la que se había dirigido de un modo tan extraño en la oficina de Correos. Le invadió un peculiar valor y de forma perfectamente deliberada se levantó de su asiento y se acercó a ella.

—Discúlpeme si la he asustado esta mañana en la oficina de Correos —dijo.

Ella le miró, le reconoció, pero sin el menor asomo de temor.

—No entendí lo que me dijo.

Sigbjørn la contempló y entonces se echó a reír. Se le acercó un poco más y tomó su mano enguantada con la suya.

—Es usted tremendamente guapa. Mire, no dispongo de mucho tiempo, ¿le importa que la bese?

Pero dijo esto de tal manera que nadie habría podido ofenderse; fue verdaderamente como si toda la ternura y el puro amor que consideraba que habían faltado en su vida se hubieran concentrado en la petición.

Ella se rio.

—No sea tonto. Además, huele a alcohol.

—Es Domingo de Resurrección —dijo Sigbjørn—. Eso lo cambia todo.

Miró a su alrededor para asegurarse de que el cobrador no le observaba, luego tomó a la joven entre sus brazos y la besó, una y otra vez, como si estuviera de hecho apretando los labios contra la propia fuente de la vida misma.

La chica no protestó, pero en la siguiente parada se bajó del tranvía sin decir palabra. Sigbjørn la vio apretar el paso calle abajo. El cobrador, fuera o no la misma persona que su amigo, no le había visto besarla. ¿O sí? La muchacha saludó con la mano y él hizo ademán de levantarse del asiento para corresponderla.

Ahora se le presentaba un nuevo problema. ¿Debía seguir a la chica o bajar a los muelles?

Conforme se acercaba a los muelles, tuvo la impresión de que el barco no había zarpado, pero que, por otra parte, de haberlo hecho —ahora que la vida era mil veces más solitaria sin la chica de rubia melena—, volver al lugar que había ocupado el *Unsgaard* sería más de lo que era capaz de soportar.

Por motivos oscuramente relacionados, no quiso cerciorarse de si el cobrador era su camarada y amigo; si bien, a medida que el tranvía se acercaba más y más al puerto, se sintió presa de una desolación tal que la certeza de que no lo era le infligió una sensación de pérdida casi irreparable.

Finalmente, se bajó del tranvía y caminó un poco en busca de la chica, en dirección contraria a la de los muelles.

Un policía avanzaba despacio hacia él, y por miedo a que fuera Jump, con quien le daba vergüenza encontrarse porque había perdido el barco, u otro policía informado de que había acosado a una muchacha en el tranvía o, cómo no, cualquier policía que le estuviera siguiendo por el asesinato de su propio hermano, se desvió; pero le pesaban los pies y el corazón le dolía de miedo al latir.

Trató de apartar lo que le atormentaba pensando en los maestros de escuela, y se forzó a creer durante uno o dos minutos que la eterna pauta de tres era uno de los secretos de la existencia que nadie se molestaba en investigar;[6] que, aunque aquellos hombres nunca le recordarían, ni tal vez fueran siquiera a hablar de él jamás, el patrón que habían trazado en esos pocos minutos era, pese a todo, eterno. Luego se preguntó por el cobrador: ¿era posible que fuera realmente Frank? ¿Y dónde estaba hoy Christopher Burgess?

El tranvía, con Main Street en el frente, hacía ya el trayecto de vuelta, y Christopher miraba el embarcadero.

Tampoco esta vez había nadie que le detuviera en el portillo, y allí, al otro lado, como ya había sospechado, estaba el *Unsgaard*,

[6] Alude a la «ley de las tres fuerzas» expuesta por Ouspenski. De acuerdo con ella, todo fenómeno contiene una fuerza positiva (afirmación), otra negativa (negación) y otra neutra (reconciliación).

a unos cuatrocientos metros de su posición original y habiendo descrito un simple arco desde el muelle al cargadero de carbón, donde flotaba tan mansamente como antes, aunque ahora bajo un oscuro esqueleto de hierro.

Bien, hoy le tocaba atravesar la corriente por sí mismo.

Caminó a paso vivo hasta el barco y se encaramó a bordo. Sobre su cabeza, el carbón se vertía con estrépito por una cinta; el polvo volaba por todas partes, y le vino a la memoria su sueño.[7]

Un hombre se levantó a su lado y, al instante y para su espanto, le recordó a Tor.

—Me han dicho que saliera a buscarte —dijo—. Soy Silverhjelm. Es una suerte que hayas llegado: zarpamos antes de lo previsto.

—¿Antes de lo previsto? Creía que habíais zarpado esta mañana.

—Ayer nos dieron fiesta. Hoy trabajamos. Los demás, igual. —Alzó la mirada hacia la estructura de hierro que los cubría.

La avalancha de carbón remitió; después reinó una quietud extraordinaria y absoluta a bordo del *Unsgaard*, una quietud rota únicamente por lo que Sigbjørn supuso que era el ruido de los hombres que lo desmenuzaban sin descanso al otro lado del muelle. «Tuco, tuco, tuco, tuco»,[8] sonaba, hasta que comprendió que era solo el batir de su propio corazón, y cuando Silverhjelm habló, volvió a recordarle poderosamente a Tor.

—Por de pronto, te toca guardia en mi turno: de doce a cuatro.

«Tuco, tuco, tuco, tuco.» El corazón le empezó otra vez con el martilleo, como golpes secos descargados a través de manos y pies.

—Mucho tiempo —dijo—. Toma, pilla un cigarrillo.

Y Silverhjelm respondió:

—Sí. *Tusen takk.*[9]

En silencio, echaron a pasear pausadamente.

[7] La avalancha de carbón del capítulo XI.

[8] El tuco-tuco es un pequeño roedor americano mencionado en *Días de ocio en la Patagonia* de W. H. Hudson.

[9] «Gracias» en noruego.

El *Unsgaard* estaba listo al fin para hacerse a la mar: ¿estaba él igual de preparado para lo que pudiera sucederle ahora, fuera bueno o malo?

Más adelante, el carpintero estaba en el torno; se recogían amarras y sirgas; hubo unos minutos de confusión. Luego, un renuente personal de tierra lanzó al agua el seno de la última amarra y el *Unsgaard* se despegó del muelle. Una vez más, su sirena aulló y el aullido reverberó adelante y atrás por la extraña ciudad como había hecho por la mañana.

Silverhjelm y Sigbjørn se apoyaron en la borda, fumando.

Ahora avanzaban a todo vapor hacia el Ribble. Al volver la vista atrás, Sigbjørn advirtió de pronto que el agente de policía Jump estaba recostado en la madera; a su lado se encontraba Christopher Burgess en su taxi. Parecían estar buscándole, y cuando el *Unsgaard* se despachó con varios bramidos cortos, Christopher correspondió con unos bocinazos en irónica cordialidad. Allí en el muelle, Jump ejecutó un bailecito grotesco que remató agitando una mano en el aire como un boxeador victorioso corresponde a la ovación del público.

Sigbjørn y Silverhjelm devolvieron el saludo, el primero con un sentimiento de auténtica pérdida: se habían convertido en sus amigos. Mientras los miraba, fueron reduciéndose al tamaño de marionetas.

Se le hacía extraño ser apartado pacíficamente del escenario mientras dos amistosos comediantes bailaban en el umbral de su antigua vida. ¿O quizá...? ¿Acaso lo único que el agente pretendía era detenerle por acosar a una muchacha en un tranvía? Ante este pensamiento, Sigbjørn apretó los labios contra un refuerzo de hierro. Le dejó un regusto amargo.

El cielo, que venía siendo de cobalto, adquirió una blancura honda y letal. El cañón sonó para recordar que era día de descanso, pues había quien parecía trabajar incluso en festividades como la Pascua. Fue una descarga disparada sobre una naturaleza muerta, mientras las chimeneas de las fábricas, desde el ángulo del muelle, se cerraban como una batería de obuses. Las luces se iban encendiendo en lo que ahora se volvía una ciudad remota y fabulosa.

—¿Adónde nos dirigimos? —preguntó Sigbjørn.

—Aún no tenemos la póliza —fue la respuesta de Silverhjelm—. Puede que a Arcángel o a Leningrado. Puede incluso que volvamos a Aalesund.

Desde la ciudad que se alejaba les hacía guiños el ojo eléctrico de los señores Cartwright, ópticos, Fishergate 122, adaptado para una visión perfecta, y Sigbjørn se imaginó ahí al químico ocupado con sus tubos y sus rayos, tal vez en busca de alguna nueva metalurgia de la muerte... ¿O buscaría el elixir de la vida? Igual que en el laboratorio se buscaba el *perpetuum mobile* y en la biblioteca, la piedra filosofal.

Después de todo, era bueno estar de nuevo navegando hacia el Círculo Ártico, donde llenarían el buque con la sazón y la fortaleza de la madera; era bueno acompañarlo allí por donde avanzara, deslizándose lentamente río abajo hacia su meta inicial: el mar, deslizándose calladamente como dicen que se desliza el alma por la existencia, cargando con todo un mundo de sombras.

Y por esto debía dar gracias a Christopher y al policía, ya correspondiera al uno o al otro la intervención más decisiva para que diera con sus huesos a bordo; ahora debía ser él quien ratificara esa decisión, por así decirlo, a sangre fría, pues sabía que de no haber sido el barco su punto de partida aquella mañana nunca habría vuelto a él... Hecho este que no por puntual dejaba de hacerse sentir en la balanza de su raquítica autoestima.

Hacía una noche excepcionalmente cálida para aquella época del año, y Sigbjørn y Silverhjelm remolonearon apoyados en la barandilla. En su avance iban dejando atrás barcos con nombres de ciudad que estaban atracados con sus sirgas de amarre entrelazadas y mapamundis garabateados en orín sobre sus cuerpos de hierro.[10]

¡Adiós, *Ciudad de Varsovia*! ¡*Ciudad de Hong Kong*! ¡Adiós, *Ciudad de París*!

[10] Los «barcos con nombre de ciudad» son los de la Ellerman Lines, que tenía por costumbre bautizar así sus buques.

En su embozada quietud, Sigbjørn se despidió de un millón de ciudades rutilantes, y sus sombras parecieron navegar con ellas mientras la memoria lamía sus flancos.

En tierra, un proscenio de luces centelleaba sobre las fachadas de los cines. Otras brillaban en establecimientos públicos donde se bebía fuera de horario; desfilaba una procesión por una calle enarbolando pancartas; a la entrada de otro cine, un hombre rondaba como al acecho. Allí buscaría refugio y, en un corto animado, vería caricaturizadas sus más íntimas pasiones. Silencioso como la barca de Caronte,[11] el *Unsgaard* se deslizaba entre los marjales que flanqueaban el río Ribble, ciénagas de aire tan misterioso como los desiertos de Egipto y de Arabia, al norte y al sur del Canal de Suez; pero en vez de las hogueras nocturnas de los árabes, en torno a las que revoloteaban las luciérnagas en verano, ahí relucía ahora el centelleo mortecino de un cigarrillo. Pobres amantes, sin habitaciones donde reunirse ni dinero para el cine, paseaban por allí, y se paraban y volvían los ojos, forzándolos, hacia las luces y las sombras del barco.

—Qué pequeño es...

El río se abría ya hacia el Mar de Irlanda, como el Canal de Suez se abría a los Lagos Amargos. Desde el puente donde Haarfragre andaba sin cesar de un lado a otro se sucedían intermitentemente las órdenes: *Halvt, fullt, sakte.*[12]

En la cubierta de proa, a la luz de un armazón de focos, la tripulación se afanaba. Un crepúsculo en retirada arrojaba su tenue resplandor sobre la nieve que quedaba en los prados y se arrastraba a lo largo de los marjales.

Bajo la dirección del contramaestre, la tripulación reunía los descartes de la madera y los lanzaba por la borda. Desde el púlpito, un primer viajero tiraba la plomada.[13]

[11] En la mitología griega, el barquero que lleva las almas de los muertos al Hades atravesando la Laguna Estigia.

[12] Avante «media», «toda» y «poca» en noruego.

[13] Se llama *púlpito* a la barandilla situada en el extremo de la proa. Desde allí se tira la sonda para determinar el calado.

(Pero era a mucha mucha más profundidad donde se hallan los manantiales del pasado...)

Haarfragre exclamó: «¡Igjen!».[14]

Más allá, mares tan montañosos como los Alpes los aguardaban. Los debían atravesar, como emigrantes de antaño, para descubrir por sí mismos lo que se extendía tras el horizonte.

[14] «¡Otra vez!» en noruego.

16

¡Ven, mortífero elemento del fuego, abrázame como yo te abrazo!

NATHANIEL HAWTHORNE[1]

¡Vaya, si esto es el infierno y yo no estoy fuera!

BEN JONSON[2]

Entre meridianos de longitud oeste, entre paralelos de latitud norte, discurría la línea, la derrota del *Unsgaard*. En la sala de cartas náuticas había lápiz, transportador de ángulos, un trozo de goma, un termómetro, un velocímetro. El carguero podía alcanzar los nueve nudos.

Haarfragre caminaba de una punta a otra del puente mientras el barco seguía la ruta que le había trazado. En una ocasión le indicó al timonel:

—Gire la rueda ligeramente a babor... un poco más... Recto... Y ahora, entonces, ¿qué rumbo llevamos?

—Rumbo N-79-O.

—Bien. Manténgalo ahí.

En la cabina de la radio de la cubierta superior se hallaba el operador del radiotelégrafo, el Chispas, con los auriculares puestos, escuchando las mil voces eléctricas del mundo que informaban sobre el viento y el tiempo y las naves abandonadas, a la vez que felicitaban las Pascuas y comentaban rumores de revolución y de guerra.

[1] Últimas palabras de Ethan Brand antes de saltar al horno de cal.

[2] Error de Lowry: la cita corresponde al *Doctor Fausto* de Christopher Marlowe.

Haarfragre no tardó en recogerse. Ahora solo quedaban en el puente un oficial de guardia y un timonel. En las cubiertas del barco reinaba el silencio de un planeta muerto.

También el Chispas se dispuso a recogerse en cuanto un hombre de la habilitación de marinería (lo que llamaban un marinero de guardia en telegrafía) llegó a relevarle, conteniendo su zancada al subir el escalón de latón.

Al salir, echó un vistazo desde la entrada del cuarto de máquinas para revisar en la pizarra el sondeo de los depósitos que había hecho el carpintero. Desde la rejilla del guardacalor veía directamente los depósitos de carbón.

El carbón estaba cerca de la base del depósito (eso pudo comprobarlo) para que el paleador de turno pudiera echar más tragos de agua con gachas de lo habitual.[3]

Un fogonero cerró la tapa del fogón de un golpe de pala, dejó la pala en la cubierta y se secó la frente con un trapo. El paleador estaba bajo el ventilador. Otro fogonero descansaba apoyado en su badil, mientras otro más se aliviaba en un cubo.

Entró el Chispas.

Tras él, en el húmedo ambiente, se oía el fragor de un revuelo de metales.

El vagabundo solitario surcaba ya mares de acerba frialdad. Cabeceaba lenta y pesadamente en el largo oleaje. Oculta la puesta de sol tras jirones de nubes, era un mundo de semioscuridad.

De abajo llegaba el tintineo de una pala.

En la habilitación de los fogoneros ardía una luz tenue. A su escaso resplandor, algunos hombres cosían. Fuera empezó a soplar el viento con un quejido oscuro y melancólico.

Alguien desgarró un trozo de tejido, luego se hizo un silencio roto tan solo por el tremendo rugido de las hélices. Silverhjelm roncaba ya en su catre. Era el único que hablaba inglés medianamente bien, y por eso Haarfragre le había encomendado que estuviera pendiente de Sigbjørn en la pasarela. *Expectamus te.*[4]

[3] Para hidratarse.

[4] Lowry toma la frase («te esperamos» en latín) de la obra *Legends and Su-*

Los demás tenían mucho de que hablar; y es que debían de haber pasado por mucho, para bien o para mal, en los meses que llevaban fuera de Noruega; estaba, por ejemplo, el hombre que se había llevado un tiro, al que ahora reemplazaba Sigbjørn, y había melancolía en el recuerdo de los seres queridos que habían dejado atrás en la oscura ciudad; pero fuera lo que fuese lo que dijeran, aunque lo hiciesen en la que había sido su lengua materna, Sigbjørn ya no lo entendía.

Se sentó a pensar con la cabeza entre las manos. Por una vez, su corazón dormía. La conversación enfrascaba a la mesa; una historia se mecía como un corcho en un mar de interrupciones. Sigbjørn no tenía contribución que aportar: solo, de tanto en tanto, acompañaba con un gesto de cabeza un *ja* o un *nei*. La lámpara oscilaba con imparcialidad. En brazos de uno de los fogoneros, dormía un gatito.

En un momento dado, alguien le dio unas palmadas en la espalda y chapurreó en inglés: «Sigbjørn okey». Luego se reanudó la conversación, y en sus palabras bramaba el mismo mar. Sigbjørn se quedó mirando el letrero que colgaba sobre la mesa del comedor, como si esperara volver a aprender así su lengua materna.

Signalisering og reglene maa nøyeefterkommes.
Kvinner, barn, passasjerer, og hjaelpeløse personer
skal sendes i land för skibets besetning.
Kristiania 1901.[5]

Se olvidó del letrero y, siguiendo el ejemplo de otro paleador, extendió azúcar en un trozo de pan y lo masticó con avidez.

Aunque quería concentrarse en los acontecimientos que ha-

---

perstitions of the Sea (1895) del autor norteamericano Fletcher S. Bassett. En ella, un misterioso barquero recibe con esas palabras a un aristócrata condenado a navegar eternamente.

[5] «Las normas de señalización deben seguirse estrictamente. Mujeres, niños, pasajeros y discapacitados deben ser llevados a tierra antes que la tripulación del barco. Cristianía, 1901.»

bían conducido a su llegada a bordo, también ese recuerdo parecía transmitido a retazos y en una lengua extranjera. Dio otro bocado.

¿Qué había ocurrido desde la muerte de Tor? Esto tampoco conseguía recordarlo claramente. Parecía haber un vacío en ese lugar de su memoria.

Pero, de forma abrupta, dejó de ser un vacío y se llenó con un revuelo de fragmentos; como copos de nieve, flotaban sin cesar hasta alguna zona hostil de su cerebro donde, durante una centésima de segundo, cada uno de ellos se convertía en un hecho antes de derretirse y desaparecer.

Al mismo tiempo, estos fragmentos reflejaban las partículas, los minúsculos componentes de los vocablos ininteligibles que le envolvían, ahí sentado comiendo pan con azúcar en la habilitación de los fogoneros de un barco maderero noruego que se dirigía, según decían, en lastre hacia el Mar Blanco.

¿O no se dirigía al Mar Blanco? Y si no, ¿adónde le llevaría? ¿Superaría él también, como Colón, realidades imaginarias para resurgir con otras más auténticas?

¿O acaso la realidad, como la ballena blanca o la montaña magnética,[6] destruiría el barco en cuanto estuviera al alcance de sus devastadores poderes, haciendo que estallaran los herrajes del *Unsgaard*: los remaches se desperdigarían como balas de una ametralladora; las tablas, escotillas y mamparos se desarmarían del estallido; y el barco sería desguazado y se hundiría, con tan solo el brazo alzado de un daggoo clavando la bandera roja en el tope del mástil declinante para mostrar la fe que había impulsado su navegar?[7]

Recordó una noche de hacía tres años en la que, estando en Dalian como marinero del *Edipo Tirano*, con el barco atracado

[6] En la *Las mil y una noches* se habla de una montaña que arranca los clavos de los barcos cuando estos se acercan demasiado a ella.

[7] Daggoo es un africano perteneciente a la tripulación del *Pequod* en *Moby Dick*. Pero Lowry se confunde: es el arponero Tashtego quien clava una banderola roja en el mástil mientras el barco se hunde.

en el puerto, había sacado su «desayuno de asno»[8] a la cubierta para dormir, y llevaba ahí tumbado largo rato contemplando el palo mayor y las estrellas cuando de pronto se dio cuenta de que a su lado había un grupo de fogoneros chinos de palique. Sin saber ni una palabra de su idioma, pero escuchándolos atentamente, arrullado por el ritmo de su charla, se había quedado dormido.

En su sueño se infiltró la conversación de los fogoneros, se hizo inteligible; uno de los veteranos aconsejaba a un joven paleador sobre cómo lavar sus ropas: «No seques el peto abajo: se queda tieso por las calderas. Y escurre una camiseta cada vez que subas. Y pídele jabón al segundo sobrecargo, jabón inglés; a cambio, le das un poco de *shamshaw*».[9]

Recordaba que se despertó unas cuantas veces a lo largo de varias horas, pero los chinos, que seguían hablando, no le prestaron atención. Y lo que decían volvía a resultarle incomprensible. Al dormirse, todo volvía a estar claro.

Ahora sentía que se ahogaba bajo el parloteo torrencial. En su agotamiento, con todos sus miembros doloridos, asentía con la cabeza apoyada en las manos, inclinado hacia delante. Cada vez que se despertaba lo hacía sobresaltado, con la mente y los oídos llenos de aquel cotorreo indescifrable y del rugir de las hélices y el viento.

Sentado en una esquina de la habilitación, nadie le prestó atención, aunque en un cierto momento supo que había estado hablando solo. Probablemente, sin emitir el menor sonido. Un instante después, las voces de la tripulación, como la cenestesia reprimida de un loco que persiste en invadir la esfera normal de la conciencia, parecían surgir de la oscuridad para alcanzarle.[10]

Parecía que trataban de expresar lo que él mismo sentía respecto a sus experiencias más allá de los recursos de la reserva

[8] Colchón de paja.

[9] Licor chino que se destila a partir de arroz o sorgo.

[10] Se denomina *cenestesia* al conjunto de sensaciones que un individuo tiene de su propio cuerpo al margen del olfato, el tacto, el oído y la vista.

lingüística, de modo que, a medida que la cenestesia se imponía a una expresión verbal desordenada, tomaba conciencia de los antagonismos entre su experiencia y esos simbolismos verbales, y sufría la sensación de integración y alienación que en el plano emocional caracterizan a la mente enajenada.

Pero, cuando se durmió por tercera vez, supo que estaba a punto de recuperar aquella facultad que transitoriamente había adquirido en Dalian entre los fogoneros chinos, un *déjà vu* lingüístico: que sus sueños abrirían de nuevo puertas a la comprensión, y hasta a la claridad:

—... nadie sabe a qué se debe...

—En los viejos tiempos, ¡Dios santo!, había barcos de madera empapados de grasa; se hacían a la mar con tantos fuegos a bordo como precisaban los antiguos balleneros para hervir su aceite...

—¿Por qué van? No lo sabe nadie.

—El riesgo de incendio es demasiado alto.

—De incendio...

—Ahora puedes subir a bordo el cuerpo de una ballena muerta de una pieza, tener una flota de siete buscadores, sacar dos mil quinientos barriles de aceite al día...

—Barcos fábrica[11] abriéndose paso a través del hielo, recibiendo embates tremendos... Demasiado peligro.

—¡Oh, qué delicia es la tormenta, y la ballena payasa sacude su gran cola! ¡Qué chico más divertido, simpático, juguetón, gracioso y bailarín es el mar![12]

—De incendio... Barcos-fábrica abriéndose paso a través del hielo... recibiendo embates tremendos... Demasiado peligro.

Sigbjørn sabía que estaba dormido, pero se concentró como lo haría estando consciente para que no se le escapara ni una palabra. Sabía también que, aunque Silverhjelm estaba igual de dormido, se dirigían a él con frecuencia, lo que resultaba curioso.

[11] Las flotas balleneras solían estar compuestas por varios barcos con arponeros y un «barco fábrica» donde se procesaban las capturas.

[12] Canción que canta el marinero Stubb en *Moby Dick* (capítulo CXIX) desafiando la tormenta.

En su sueño, le despertaba un marinero:

—Es la hora del café.

—¿Qué te ha llevado a enrolarte en un barco noruego? —le preguntó un fogonero.

—Yo nací en Noruega. Vuelvo al país en el que nací.

—Pero no pasamos por Noruega —dijo otro—. Vamos directamente a Arcángel.

—Aunque a lo mejor nos dirigimos a Leningrado —dijo el primero.

—Pero ¿por qué quieres ir a Noruega? —insistió un tercero.

Probó a sondearles.

—¿Alguno ha oído hablar de William Erikson, de un libro titulado *Skibets reise fra Kristiania*?

Esto produjo una cierta agitación.

—Sí, Gustav estuvo embarcado con él. El tipo es de Bergen —dijo uno de los más viejos.

—En Noruega, todo el mundo conoce ese libro... pero es un montón de basura —comentó otro.

—Y armó un revuelo en Noruega —intervino de nuevo el primero.

—Fue mozo de cubierta en un crucero de la Wilhemsen.

—No, era mozo de fogones. Eso creo.

—Se le habría dado mejor hacer de Jesucristo en el templo —añadió el primero.

—Es un escándalo, un crío como él que hace una travesía y ya cree que puede contarle al mundo de qué va esto.

—Te digo una cosa —dijo el primero, vehemente—, de los mercantes noruegos sale gente tan buena como de cualquier otro ámbito de la vida.

—Ese pollo le cuenta al mundo entero que no hacemos más que beber e ir con mujeres. A eso lo llamo una ristra de paparruchadas de mierda.

—Pero, a fin de cuentas, ¿qué otra cosa hacemos cada vez que tocamos puerto —dijo entre risas el operario de la caldera auxiliar— más que beber e ir con mujeres?

—Ir a la huelga, por ejemplo —señaló otro.

—Eso es parte del trabajo, pero también necesitamos mujeres, está claro...

—Sí, Bjorne tiene razón. ¿Qué más hacemos, a fin de cuentas?

Hubo más risas.

—Sí, ¿qué hacemos si no?

—De todos modos, Jesús nos ama y al final nos salvará —insistió una nueva voz, y Sigbjørn supo que aquella conversación era una burla de lo que había ocurrido.

—Me dan ganas de matar al tal Erikson —masculló el primer fogonero—, pero ahora hay que entrar a currar.

—Va, a nuestro pequeño infierno, y deja la cerveza —sugirió el de la caldera auxiliar, que no tenía, por su parte, intención de sudar mucho.

—Hay que entrar a currar —dijo una voz al oído de Sigbjørn, y esta vez se despertó de verdad.

Salieron a cubierta arrastrando los pies y los recibió una ráfaga helada, pues aunque la noche había empezado templada se había ido quedando de un frío inclemente. Muy por encima de ellos, Haarfragre seguía dando vueltas de punta a punta del puente, con un paso que había vuelto vacilante el mar revuelto, un océano que se abría en simas y se alzaba laboriosamente, giraba y caía, de modo que el puente mismo parecía trazar y retrazar convulsivamente los contornos de la cruz.

Sigbjørn se imaginó que volvía a resonar la temible pregunta de Ahab: «¿Habéis visto la ballena blanca?».

Pero ahora un mar de calor de mil brazas, una densidad mil veces superior a la del interior de la pirámide de Keops, se ceñía sobre ellos.

Abajo en la carbonera, trabajando solo en el oscuro cuarto errante, muy por debajo de la línea de flotación del barco, de modo que parecía que todo el peso de la humanidad misma, con sus cargas irreales y su insignificante historia, recaía sobre él, Sigbjørn pensó otra vez en Erikson.

Debió de trabajar en una carbonera similar a aquella.

Pero ¿qué pudo haber impulsado a Erikson a hacerse a la mar? ¿Había llegado a ver claro su fracaso, quizá como el del propio

Sigbjørn, o seguía resultándole oscuro su propósito, sin revelársele el secreto que iba buscando?

Y ¿qué sentido tenía hablar de propósito, a fin de cuentas? ¿Qué sabíamos de su intención o de su objeto? El secreto yacía enterrado: la arcilla detenía las bocas del conocimiento como las de los cadáveres. Tal vez existiera el Reino de los Cielos, pero ¿era el hombre capaz de reconocerlo? Acaso la isla de Cipango, que Marco Polo describió como rebosante de oro, era solo un sueño que los sostenía como un artículo de fe.

«No desfallezcas nunca —le habían dicho—. Sigue adelante, y siempre adelante.» Y mientras hundía la pala en una resistente pila de carbón, comprendió que así, trabajando con sus camaradas y con herramientas tan simples, aunque la barrera del idioma siguiera siendo un obstáculo, aunque puede que no lo aceptaran, existía pese a todo algo que nunca antes había encontrado, pero que había brillado ante su vista aturdida con la misma claridad que las luces de aterrizaje que guían a un piloto.

Era posible que aún no lo entendiera del todo. ¿Sentido? ¿Propósito? Eran palabras que sonaban a latón en sus oídos. Pero, al igual que el parloteo de los fogoneros chinos en sus sueños, su claridad acabaría por llegar.

Bajó del cuarto de calderas a la carbonera y tomó un buen trago de agua con gachas de la lata que había colgada bajo el ventilador. El trabajo no estaba tan mal después de todo, pensó, aunque la proximidad del carbón era siempre como miel para un paleador.

No obstante, ya se le empezaban a pelar las manos. Hasta se rio de Silverhjelm, que en ese momento lanzaba una palada, con expresión extrañamente opaca.

En la distancia, sonaron seis campanadas. Aún les quedaba una hora. Podía soportarlo.

Un oficial de máquinas bajó por la escalera, vaciló y entonces empezó a decir algo con gran ansiedad.

Se produjo una pausa en el trabajo y todo el mundo se puso a hablar a la vez. Entonces el oficial desapareció.

Volvieron al trabajo con redoblada actividad. Antes de que sonaran las ocho campanadas, bajó otro turno.

—¡Corre! —gritó Silverhjelm—, tenemos que ponerlo a toda máquina. ¡Rápido, te digo, dale duro!

—¿Qué pasa?

—¡Corre! ¡Un barco en peligro! ¡No hables, dale duro!

—¿Qué barco es?

—No hables. ¡Dale!

Sigbjørn se puso a palear como un loco hasta que pudo tomarse otro descanso. Erikson había pasado por todo esto. ¿No ocurría algo parecido en *Skibets reise fra Kristiania*? ¡Un barco en peligro! Ahí abajo Erikson había soñado; su sueño había sido contar cómo era el mar. ¿Podía decirse que lo había logrado, cuando hasta los actores de su sueño renegaban de ello?

El calor sofocante soplaba sobre él con tal ardor que, cabía suponer, le iba a abrasar y a agostar, pero, como el Ethan Brand de Hawthorne, Sigbjørn se inclinaba ya sobre el temible cuerpo del fuego como un demonio a punto de sumergirse en su golfo de intenso tormento. Como un demonio, se afanaba sin pensar, pues todos los marineros estaban turnándose en los fogones, hasta que los nueve fogoneros de las tres calderas volvieran a darles un respiro.

Sin embargo, cuando le tocó descansar bajo el ventilador esta vez, casi se derrumbó. Combatió el sopor de las náuseas que le sobrevinieron levantando los brazos. Y tuvo la sensación de estar haciéndose trampas a sí mismo.

Aunque se las apañó para lanzarse de nuevo al trabajo, ahora resultaba a todas luces inefectivo. La tripulación parecía no reparar en su presencia en absoluto; no consiguió librarse de esa impresión mientras se estiraba, esforzándose por deshacerse así de un calambre mortal, igual que se había estirado, levantando los brazos al máximo, Ethan Brand.

Por fin salió trastabillando a cubierta y se tumbó boca abajo sobre una escotilla. No hacía mucho había sido tan pretencioso de suponer que, como una causa que actúa retroactivamente desde el futuro, su fe en la hermandad del hombre le brindaría consuelo en su permanente inclinación a la desesperanza. ¿Cómo era posible que ahora, habiéndose resuelto a ser su defensor, fuera incapaz ya de comprender su lenguaje? Cuatro horas antes había buscado refugio soñando con ella; ¿iba ahora a resultar menos lógica la realidad?

La palpitación en las sienes le decía que no podía haber incurrido en el pecado imperdonable: el del intelecto que se cree triunfante sobre esa hermandad recién descubierta. ¿Había, entonces, descartado esas aspiraciones de hermandad bregando ante su cárcel de fuego? ¿Y acaso estaba ya pisoteando esas creencias, esa fe incluso, haciendo de ellas pasta de cenizas?

Silverhjelm apareció a su lado y Sigbjørn se puso en pie. El primero señaló al norte.

—¡Incendio en un barco inglés! ¡El *Arcturion*, que venía de Liverpool!

—¡El *Arcturion*!

Sigbjørn, temblando, se esforzó por comprender.

¡Su padre!

¡Nina!

La noche se llenó de gritos y alaridos mientras los dos hombres avanzaban tropezando por cubierta. Hubo una explosión devastadora que lanzó cristales rotos pulverizados al rostro de quienes estaban más cerca.

En el extremo más alejado del puente se habían congregado los fogoneros que no estaban de turno; Sigbjørn y Silvehjelm se les unieron. A media distancia vieron el *Arcturion* y un pantalán en llamas; el aire sofocante llegaba cargado de humo.

Cerca, había parado otro barco para prestar ayuda, y súbitamente presa del pánico, Sigbjørn se preguntó si no sería el *Direction*. La sensación de ahogo le impedía oír o hablar, si bien por una vez estaba listo para actuar sin ponerse excusas, pero solo —pensó con amargura— cuando era evidente que poco podía hacer él.

Y es que no se trataba únicamente del *Arcturion*, sino al parecer del viejo mundo, cuyo esqueleto, como las varillas de una cesta de mimbre, estaba ardiendo hasta el borde del agua. Llamas cargadas de humo, en competición mortífera, se elevaban cada vez más altas en una parodia obscena de los altos hornos de

Mostyn, que en tiempos le parecía a Sigbjørn que amenazaban el cuerpo de la noche.

Parte de los marineros, cansados ya, echaron a andar pesadamente hacia sus habilitaciones, pero Sigbjørn y Silverhjelm permanecieron subyugados e inmóviles.

Dos rostros jóvenes se volvieron juntos para contemplar la muerte.

17

El capitán Haarfragre, vestido con una vieja gabardina, descalzo y con lo que parecía una resaca extremadamente fea, contempló con los ojos enrojecidos la superficie aplanada y plomiza del agua.

Eran las seis de la madrugada, aún ardían las luces del barco, y los marineros del turno de día apenas estaban entrando a trabajar. El *Unsgaard* no llevaba contramaestre, y cerca de él, en el puente, un marinero de primera estaba recibiendo las órdenes del primer oficial. El capitán se les acercó.

—Ponga al nuevo que hemos sacado de la sala de calderas a trabajar en el pique de proa —dijo—. Que retire la madera de la cubierta y las escotillas de delante, y las tablas que merezca la pena salvar las puede apilar ahí también, ¿eh?

—Muy bien, señor —contestó el primer oficial y, volviéndose hacia el marinero, añadió—: Ya le has oído, Bjorne, pon a ese hombre a trabajar en la proa, y los demás coged el jabón y a limpiar y pintar la cubierta de botes.

—Muy bien, señor —dijo Bjorne, y dio media vuelta para marcharse; sin embargo, Haarfragre le alcanzó en lo alto de la escalera de la toldilla y le preguntó, pero sin que le oyera el oficial, que se había ido al otro lado del puente:

—Por cierto, ¿qué me dices del hombre que recogimos en Prester, qué tal se lleva con la gente?

—Prefiero no decir nada sobre él —dijo Bjorne, sacudiendo la cabeza; Haarfragre sonrió.

—No te estoy pidiendo que le delates, claro, puedes fiarte de mí, es solo que quiero saber qué tal se entiende con todos vosotros.

—Bueno —repuso Bjorne—, no sabría qué pensar, o sea, porque se enroló como paleador y duerme en la habilitación de los fogoneros, y ahora que está trabajando en cubierta tampoco le vemos mucho más, pero desde el incendio me da la impresión de que no está bien.

—¿Qué quieres decir con que no está bien?

—Pues, para empezar, parece no saber por qué está a bordo, y si a eso vamos, nosotros tampoco lo tenemos mucho más claro. Creo que el incendio le trastornó un poco.

—A bordo de ese barco iba una novia suya —dijo Haarfragre—, por si eso te aclara algo. Lo que puede que explique muchas cosas.

—¡Cómo! ¿Murió en el incendio? —preguntó Bjorne, compadeciéndose.

—No, no murió. Me ha llegado un radiotelegrama hace unos cinco minutos. Aún no se lo he dicho... La recogió un crucero estadounidense y ya está camino de Nueva York. Así que por ese lado la cosa mejora un poco. Pero lo que iba a decir era... no seáis muy duros con él si no se integra bien siempre y cuando haga lo que se le dice, claro. La verdad es que me siento responsable de él... No comentes nada de esto en el castillo de proa, pero... En fin...

Haarfragre lo dejó en el aire.

—Entiendo, creo —dijo Bjorne, y como parecía que no había más que decir sobre el asunto, desapareció por la escalerilla del puente.

Haarfragre suspiró y entró en la sala de cartas náuticas, donde se dejó caer en una silla giratoria. Los acontecimientos de los últimos días, en los que apenas había pegado ojo, parecían cosa de pesadilla incluso a la luz de su extraordinariamente poblada memoria. Había pasado por incendios, terremotos, inundaciones y por casi todo tipo de catástrofes, para las que siempre había resultado haber algún refugio inesperado, el santuario imprevisto en que era posible permanecer a la expectativa como hacen los hombres bajo el estrépito del Niágara...[1] o, sencillamente, como un barco se oculta a salvo de un tifón desaforado tras un cabo... Pero nada de lo que había visto o experimenta-

[1] Alude a la Cueva de los Vientos, que se oculta tras la catarata.

do le parecía tan terrible, tan repugnantemente concluyente e inexorable como el incendio del *Arcturion*.

Y sin embargo, al parecer había habido supervivientes, aunque al final el cometido del *Unsgaard* solo había consistido en transferir un cargamento de muerte.

No todo el mundo había muerto quemado o ahogado, o había sido hallado congelado en las posturas de los vivos, pues, a saber por qué capricho de la naturaleza polar, la temperatura había caído unos veinte grados durante el tiempo que llevó llegar a la escena del siniestro, y Nina se había contado entre los rescatados.

El timonel, a la rueda, dio cuatro toques de campana y fue relevado casi de inmediato.[2] Haarfragre mascullό un saludo al hombre que se hizo cargo de la rueda, ya que esta estaba inmediatamente delante de la portilla que tenía junto al codo, pero el relevo del timonel se limitó a cambiar los pies de posición y devolver educadamente el saludo con una inclinación de cabeza, sin decir palabra. Lo cierto es que no podía. Desde el siniestro, a bordo del buque reinaba un singular silencio, silencio en la cubierta, silencio en las bodegas, silencio tanto entre los hombres de guardia como entre los que libraban.

A veces, como un ascua que se apaga, se avivaba con un silbido y una llamarada brillante de discusión y convicción o crítica devastadora, para acto seguido reducirse a los restos calcinados de un recuerdo. O, como las llamas aisladas que brotan en un páramo carbonizado tras un gran incendio, pero flaquean y mueren porque ya no tienen siquiera muerte de la que nutrirse, estas discusiones estaban privadas de su verdadero combustible, el helecho áspero y reseco del odio. Era demasiado pronto para odiar, cuando nunca tenían la certeza de no estar odiando a los muertos.

De modo que el timonel no dijo nada, contentándose con mantener el rumbo. Y también los demás, a los que ahora, desde la sala de cartas, se percibía únicamente como un ruido de

[2] Cuatro toques de campana indican que ha completado la mitad de su turno.

pisadas en cubierta, el sonido metálico de una pala por debajo; y guardaban silencio: una mueca, un encogerse de hombros, dientes apretados, dos manos tendidas, alzadas en un apretón de antebrazos con furia callada expresaban, no obstante, una determinación común. Ninguno se resignaba.

Haarfragre estaba pendiente de si Sigbjørn pasaba a proa, pero pasado un rato, al sospechar que le habrían entretenido, se inclinó sobre sus cartas náuticas.

De estas, hasta un marinero de agua dulce habría podido deducir que las aguas costeras de Noruega son bastante distintas de las de otros países europeos. La propia Noruega aparecía, a todas luces, como una masa irregular de roca fruncida y cuarteada por un número indefinido de barrancos y valles, cuya costa serpenteaba entrando y saliendo de bahías y fiordos como tajos profundos al continente, una variabilidad acrecentada por las múltiples islas, islotes y rocas diseminadas a distancias variadas de la península.

A lo largo de la parte predominante de esa costa, la carta mostraba lo que parecían cumbres altas y puntiagudas, y el dedo de Haarfragre, como un pico más, señalaba ahora a una de ellas, pero que se elevaba desde el fondo del mar hasta casi la superficie del agua. Y estos bajos y rocas ocultos, divididos por surcos y canales, eran la causa de una variabilidad aún mayor en la formación del lecho marino que era la Tierra.

Haarfragre desplazó entonces el dedo lentamente a lo largo de ese lecho marino, por el que su propio barco desgranaba cientos de millas sin ayuda de Sigbjørn, a doce nudos por hora, y le vino repentinamente a la cabeza el pensamiento, que pasó más repentinamente aún, de que tenía quizá su correspondencia con las resbaladizas alturas y profundidades imponderables más peligrosas de la conciencia humana.

Pues, en lugar de bajar suavemente desde la costa hasta una cadena exterior de crestas oceánicas (una formación común en cualquier otra parte, pero limitada en Noruega a unos pocos tramos), el fondo marino descendía formando gigantescas terrazas con precipicios escarpados y montañosos.

De igual forma, los procesos normales del pensamiento humano pueden caer a veces por pendientes empinadas e invasivas, que la pesadilla vuelve aún más abruptas y espantosamente luminosas, hacia las capas más profundas e inconscientes de la mente.

A Haarfragre siempre le había resultado llamativo que fuera tan difícil encontrar una zona de cierta extensión con un fondo básicamente liso; ¡y es que, más allá, hasta las partes menos profundas tenían una superficie irregular, con cumbres como de montaña que se proyectaban hacia lo alto!

El capitán examinó a continuación el mapa de la costa oriental, la septentrional y parte de la occidental, donde el banco costero descendía desde la orilla en una pendiente muy empinada hacia el Norskerennen, el Canal de Noruega, que desde el Mar de Noruega, al oeste de Aalesund, se prolongaba en una fosa marina ancha y profunda a lo largo de la costa casi hasta el fiordo de Oslo; tras ello pareció quedar satisfecho y dio media vuelta en su silla. Luego se calzó las botas.

Dios bendito, se lo conocía todo, o creía conocérselo: cada canal, cada división natural, cada zona de bajos, pensó mientras enhebraba los gruesos y recios cordones a través del cuero húmedo, y las pronunciadas pendientes que había al este de Aalesund y descendían a aquellas vastas profundidades para expandirse en mesetas submarinas entre Noruega y Spitzbergen. Y, sin embargo, se preguntaba a menudo, como lo hacía ahora al levantarse y volver al puente, desde donde vio claramente a Sigbjørn desaparecer en las cavernosas honduras del pique de proa, cómo era posible siquiera gobernar un barco de forma segura a través de tal complejidad. Ya solo ver que estaba todo cartografiado era un prodigio en sí mismo.

Más portentoso aún era que aquellas montañas y declives submarinos permanecieran razonablemente fieles a la realidad, a la lógica desperdigada de su aberración, que no anduviesen errantes cuando barrían el fondo corrientes tan arrolladoras.

De pie junto al timonel, el capitán Haarfragre se quedó un minuto entero mirando al norte, como queriendo abarcar, mucho más allá de la costa de Finmark y de Cabo Norte,[3] la travesía que aún era posible que hiciera el *Unsgaard*; luego bajó pausadamente por la escalerilla del puente a la cubierta de proa y se encaminó al pique.

Tampoco hacía falta que Sigbjørn entendiera la naturaleza del armazón en el que estaba cercado para que le afectaran ya sus correspondencias, contracorrientes y armonías.

La parte delantera del barco estaba desierta, pero es probable que Haarfragre se hubiera sentado aunque no fuera así, y sin ningún empacho, en el escalón del pique de proa.

Sigbjørn tuvo que verle, pero no dijo nada; se limitó a hacer una mínima pausa en su labor de acarrear madera para lanzar una mirada al timonel, firme a la rueda en el puente, que en aquel momento dio cinco campanadas. Como no llevaban serviola, no llegó eco alguno en respuesta.[4]

Comoquiera que el silencio se prolongaba, el capitán, taciturno, se lio un cigarrillo y se relajó para examinar más atentamente la figura extraña y descabellada de Sigbjørn: en camiseta, con el peto chorreando y sus botas Blucher.[5]

—Tu chica está bien —dijo Haarfragre al fin—. No vine corriendo a decírtelo, no sé por qué.

Sigbjørn apenas dio muestras de haberle oído.

—Sí, ya me lo dijo Bjorne. Pero tuve esa sensación en todo momento.

—¿Conque te lo dijo Bjorne, eh? Yo no le he ordenado que te lo dijese, pero casi mejor que lo hiciera. Bueno, es una buena noticia, en todo caso.

Sigbjørn volvió a callar y parecía tan ausente que Haarfragre no tuvo más remedio que preguntarle:

—¿No te alegras?

[3] Finmark es el condado más extenso, más septentrional y menos poblado de Noruega. El Cabo Norte es un acantilado de la isla de Magerøy.

[4] El término *serviola* designa tanto un pescante situado cerca de la proa como al vigía que tiene ahí su puesto.

[5] Botas de goma con la caña hasta la rodilla.

—No me malinterprete —repuso él—. Pero ¿por qué ese prurito en contarme que han rescatado a Nina cuando tantos otros... cientos, tal vez...?

Su voz se extinguió, transmitiendo solo desesperanza. El capitán vio claramente que seguía conmocionado.

Quizá la pérdida del *Arcturion*, un crucero de la Tarnmoor, al haber transcurrido tan poco tiempo desde la tragedia previa del *Thornstein*, y comprender lo que esto debía de suponer para su padre, incluso para la vida de su padre..., pensó conmovido el capitán.

—Sí, bueno... —empezó a decir; pero «Sí, bueno, ¿qué?». Hizo un gesto frustrado, extendiendo en parte la mano y retirándola de inmediato, y se puso en pie—. Cuando lleguemos a Noruega, si prefieres... —se arrancó otra vez, pero tampoco terminó esta frase y Sigbjørn no pareció darse cuenta de que se iba.

A Silverhjelm, cuando se lo encontró, le comentó:

—Más vale que estemos pendientes del joven Tarnmoor; lo está llevando bastante mal.

La mirada que intercambiaron fue de entendimiento.

18[1]

El hombre tiene mucho en común con una casa ocupada por individuos dispares. O mejor, es como un gran transatlántico donde cada uno de los pasajeros se dirige a su propio destino por sus propias razones y aúna en su persona elementos muy diversos. Y cada unidad aislada de esa población se orienta a sí misma, se considera inconsciente e involuntariamente el mismísimo centro del barco.

\# # # # #

En algún punto al norte de Escocia, el *Unsgaard* recibe el aviso de que su fletamento a Arcángel ha sido cancelado, y que debe poner rumbo a Aalesund, su puerto de matrícula, que por aquel entonces era un pueblo de pescadores en un fiordo salpicado de numerosas islas pequeñas. Lowry describe la propia Aalesund como una isla de la costa occidental de Noruega, y la provincia de los antiguos nobles de Møre.

Entran en Aalesund, que en un principio da la impresión de ser un paraíso romántico: casitas blancas tras el fiordo; chicas remando en barcas y tocando la guitarra; pero su carácter parece cambiar a medida que el mercante se adentra en el desolado paraje, parte aún, aunque distante, del poblado. Llegada la noche, el barco se halla tan lejos del pueblo que Sigbjørn es el único que quiere bajar a tierra, si bien Silverhjelm le acompaña a modo de driza,[2] y en él Sigbjørn vuelve a sentir la influencia de Tor.

[1] Este capítulo es en realidad un esbozo muy fragmentario compuesto con notas y pasajes sueltos dejados por Malcolm Lowry.

[2] Cuerda que se emplea para izar o arriar velas, banderas, vergas, etc. También se ata al arpón para recuperarlo una vez lanzado. La misión de Silverhjelm es que Sigbjørn vuelva a bordo sano y salvo.

Lo que le resulta «extraño, casi onírico» es que Aalesund sea también el nombre de uno de los personajes principales de *Skibets reise*, aunque Lowry admite la posibilidad de que el marinero fuera natural del pueblo y le apodaran así por ese motivo.

Dado que habían optado por «asegurar la amarra en un tocón» en uno de los múltiples islotes del entorno del fiordo, se ha supuesto erróneamente que el poblado, situado «como a una milla de distancia», carecía de muelle apto para barcos de altamar.

Al día siguiente, Sigbjørn se despierta tarde y se encuentra solo a bordo, salvo por el primer oficial y el encargado de la caldera auxiliar, ya que los demás han bajado a tierra para enterarse de la situación de su fletamento. Sigbjørn, que sale en su busca, se aloja en un hotel cercano al muelle llamado el Møre. Entonces, al llevar encima únicamente libras inglesas, va a tratar de cambiarlas en un *kaffistove*, y es ahí donde conoce a Carsten Walderhaug, un profesor de secundaria que le ayudará a buscar a Erikson tras advertir Sigbjørn que está leyendo uno de sus libros.[3] En concreto, uno que trata de las vivencias de Erikson en China en 1927, precisamente el mismo período en que parece que estuvo por allí Sigbjørn.

Sigbjørn se entera además de que Erikson ha estado en Aalesund recitando su poesía en el liceo local. Walderhaug describe al autor noruego como alguien que escribe «directamente desde el corazón» y señala que se ha hecho tan popular que se ve obligado a asumir de tanto en tanto una identidad falsa.

Le habla a Sigbjørn de un recorte de periódico con un poema sobre el autor y dedicado a él, y le promete llevárselo otro día si acuerdan volver a encontrarse en el *kaffistove*. Puesto que se ha convertido en devoto seguidor y discípulo, Sigbjørn accede entusiasmado.

Cuando vuelve a ver a Haarfragre, esta vez en las oficinas del abastecedor del barco, el capitán le comunica que sus órdenes más recientes son, después de todo, de seguir rumbo a Arcángel, pero ahora que gran parte de la tripulación ya ha cobrado, las

[3] Lowry conoció a un profesor y músico aficionado que tenía ese apellido.

posibilidades de sustituirlos en aquel pueblecito de pescadores, afectado en aquel momento por una huelga, son, en el mejor de los casos, dudosas. Como compensación por la brevedad de su travesía, Haarfragre se ofrece a presentarle a Sigbjørn al capitán de un barco carbonero que le ha manifestado que necesita fogoneros y un paleador, y conciertan una cita para el día siguiente.

Aunque resulta que ya es posible atracar en Aalesund, el *Unsgaard* permanece amarrado a su distante tocón. El carbonero prometido, que se halla atracado en el muelle de búnker de carbón, al lado del pueblo, está oculto tras una enorme nube de humo negro.

Al día siguiente, en compañía de un noruego que ha vivido en Estados Unidos y habla inglés, al que ha conocido por casualidad en el hotel Møre, Sigbjørn acude a su cita con el capitán del carbonero, cuyo buque es un *tramp*[4] decrépito y mugriento envuelto en orín, cubierto de carbonilla de proa a popa y que por no tener no tiene ni plancha. Está matriculado en Bergen y se llama *Nina.*[5] El capitán afirma de forma terminante que «se han cerrado las apuestas», que está obligado por ley a contratar únicamente a noruegos. Tras este pronunciamiento, sube por una escalera de cuerda y desaparece.

Sigbjørn, comprensiblemente aliviado, se encuentra a continuación con Haarfragre, que le informa de que la última de la sarta de órdenes recibidas los conminaba a seguir amarrados de momento: el fletamento a Arcángel se ha cancelado de nuevo. Si Sigbjørn opta por esperar y permanecer en Aalesund, Haarfragre estará localizable, o bien en la sede del abastecedor o bien a bordo.

El profesor, por su parte, fiel a su promesa, ha traído el recorte, un poema que se dirige a Erikson como la «esperanza de Noruega» y se las compone para incorporar la mayoría de los títulos de sus numerosas obras. El poema está firmado: Nina.

Walderhaug, tan adicto al jazz como Sigbjørn, es además un

[4] Carguero que se alquila a distintos fletadores y no cubre líneas regulares.

[5] Recordemos que en inglés es el nombre de la *Niña* colombina.

violinista que complementa sus ingresos tocando de vez en cuando en cafés y clubes nocturnos. Sueña con formar una pequeña banda de jazz que llevaría por nombre Rumba.

Lo que hace más al caso, le ha traído a Sigbjørn noticias de Erikson. Se ha enterado a través de un amigo de que el escritor vive ahora en Bygdø Allé cuando está en Oslo.[6] Su amigo no sabe en qué número, pero al menos es un comienzo, y Erikson empieza a parecerle accesible a Sigbjørn. También Haarfragre le ha dado una dirección de Oslo: la de la naviera que gestiona el *Unsgaard*.

Sigbjørn sigue en un estado de lastimera indecisión. Su travesía ha terminado demasiado pronto para satisfacer su necesidad de aprender más sobre la vida de los marineros noruegos a fin de dramatizar con éxito *Skibets reise fra Kristiania*. Por otra parte, ahora tiene una posibilidad mayor de conocer a Erikson.

Tiene la impresión de que, mientras su propia decisión permanece en suspenso, la división de su mente se ha reflejado en la sucesión constante de mensajes contradictorios al *Unsgaard*; ¿es posible que su indecisión haya puesto en sus manos el destino del barco, que sea él, por así decirlo, el agente de alguien cuyas órdenes están selladas pero a quien él sirve de emisario?

No ayudan a avivar su estado de ánimo varios percances: una pesada lámina de vidrio, caída de una ventana, casi le aplasta; un coche fuera de control derriba una farola en la que momentos antes había estado apoyado; ahora, sentado al sol en un café y comiendo *smørbrød*[7] con un desacostumbrado vaso de leche, siente un impulso casi irresistible de echar a correr, de esconderse.

Busca refugio en una librería cercana donde examina, sin entenderlos, varios libros de Erikson y se pregunta si en ellos está escrito su futuro en un idioma ininteligible para él.

Una tormenta persigue al tren en el que Sigbjørn viaja a Oslo. Por la ventanilla, contempla la tierra férrea y desolada donde

[6] Grieg vivía en el 68 de esa calle.

[7] Bocadillo hecho con pan integral de centeno.

nació. Se va haciendo la oscuridad mientras traquetean sobre los páramos helados. Ora un risco se alza sobre el tren, ora un torrente espumeante parece a punto de sepultarlos; en la noche húmeda divisa su lugar de nacimiento, Helgafjord.

Recuesta la cabeza en un brazo y, mientras duerme profundamente, sueña que su propia madre se alza sobre él como un risco oscuro, tan formidable como la oscuridad misma.

Su acompañante ha cogido un violín del portaequipajes y lo toca con suavidad. Un anhelo melancólico se mezcla con la confusión de ruidos que les devuelven los glaciares y quebradas, pero a través de su sueño persiste este fino hilo de melodía, una canción perdida a modo de algún pobre recuerdo que, como una cuerda con sordina, llega apagada y tenue.

De noche y en la oscuridad del sueño, viaja a través del país por amor al cual se le ha pasado la vida como una ensoñación. Y vuelve a soñar que una avalancha de carbón lo aplasta.

El terreno está cubierto de nieve; hay nieve hasta media altura de los tallos de los bosques, y el suelo está oculto en todas partes: un único campo blanco de nieve hasta donde se extiende la tierra, blancas costas a lo largo del Cattegat, blanco sobre Escania, a ambos lados del estrecho, Kullen como un cabo de nieve adentrándose en el mar, las islas ahora islas de nieve; y en los intersticios de toda esa costa sepultada, el mar, abierto y negro, centelleante de escarcha. También los estrechos están cerrados por una capa de hielo de una braza de grosor, y la nieve funde todos los países en uno solo.

«Solo aquel en quien se almacena el pasado es enviado al futuro.»

Cuando despierta, se halla en Oslo.

Una vez en Oslo, me compré una gabardina nueva y una botella de whisky en el Bimmonpolet[8] y le indiqué a un taxista que

[8] En realidad el *Vinmonopolet,* «monopolio del vino» fundado en 1922 para regular la venta de bebidas alcohólicas.

me llevara por la Bygdø Allé, ya que mi plan era bajarme a media altura y confiar en la suerte. En Noruega muy poca gente habla inglés, y me llevó un rato entenderle al taxista que, en primer lugar, nunca había oído hablar de Erikson, y, en segundo, que la Bygdø Allé, aunque empezaba siendo una avenida, se convertía en una carretera que llevaba hasta la localidad de Bygdø, a unos treinta o cuarenta y cinco kilómetros. Al enterarme de esto, detuve el taxi y pregunté en inglés a la primera persona que vi si conocía a William Erikson o sabía dónde vivía. Para mi asombro, respondió que vivía bastante cerca y que le conocía un poco. En consecuencia, me ofrecí a llevarle a su casa en el taxi, cosa que aceptó, y al llegar allí... Vivía en una vereda que daba justamente a la Bygdø Allé... Me dijo que si esperaba fuera mientras él hacía unas llamadas me acompañaría al edificio de apartamentos donde residía Erikson y opinó que no habría dificultades para que me encontrara con él si dejaba el asunto en sus manos, partiendo siempre del supuesto de que Erikson estuviera en Oslo en aquel momento.

Tardaba tantísimo en volver que despedí al taxi y empecé a sentirme cada vez más aislado, o aun abandonado, y al cabo que tal vez estaba siendo víctima de algún turbio engaño. Mal podía seguirle al interior de su casa, a la que se accedía a través de una puerta en una pared alta, por la que salió a paso vivo justo cuando yo ya había perdido toda esperanza de que volviera.

Explicó que se dedicaba al corretaje naval y que había tenido que poner una conferencia telefónica en representación de uno de sus barcos, y descubrí con cierta sorpresa que el barco en cuestión era el *Unsgaard*. Aquel hombre que había conocido por casualidad no era otro que el *deus ex machina* cuyos mensajes contradictorios habían sido tan determinantes para el barco, para su capitán y para mí mismo. Resultó que no tenía muy buena opinión ni de Erikson ni de su obra, aun reconociendo que el escritor llegaba a decir cosas que «te saltan a la cara», tales como «Caín no matará hoy a Abel» y «Es peor traicionar a Judas que traicionar a Jesús».

El apartamento en el que vivía Erikson, el número 68, era ultramoderno; tras rechazar una copa en el restaurante que ocupaba la planta baja, me acompañó arriba en el ascensor, me indicó cuál era la puerta de Erikson y se fue rápidamente.

Yo dudé, llamé a la puerta lleno de inquietud, la puerta se abrió y allí estaba Erikson, «directamente desde el corazón» y con «el pelo con raya en medio», tal cual había dicho el profesorcillo de Aalesund. Es posible que fuera también, según lo había descrito el corredor de fletes, un tipo desaliñado, pero a mí me llamó la atención su extrema amabilidad.

Baste decir que, aunque no hubiera hecho otra cosa en mi vida que ese triste viaje, con todas sus coincidencias y confusiones, y llamar a esa puerta en Oslo, mi vida ya tendría algún sentido. Tan demoledora fue la impresión que me causó todo el incidente que no solo recuerdo cada palabra que dijo, sino también todos mis actos al detalle: por ejemplo, que hice a pie todo el camino de vuelta por la Bygdø Allé, que era una noche tormentosa en la que los árboles se azotaban y que paré en una pequeña librería cerca de Biblioteket donde compré un ejemplar de un libro titulado *The Dark Journey*[9] en edición de Tauchnitz. Me tomé un par de copas por cuenta de Erikson, que tenía que salir a cenar aquella noche, y ni siquiera me llegué a quitar la gabardina. Nos hicimos amigos, pero, tal como había anticipado mi padre, no le gustaba que se interfiriera en su obra... Él mismo se había hecho dramaturgo; ese invierno se iba a montar una de sus obras en el Teatro Nacional y estaba trabajando de firme. También preparaba un viaje a Cambridge, porque estaba escribiendo un libro sobre los autores dramáticos isabelinos. Pese a ser dramaturgo él también, no mostró, para mi sorpresa, especial interés en ayudarme con la dramatización de *Ship Sails On*, que él había terminado de escribir siete años antes.[10]

Sin embargo, le impresionó lo bien que yo conocía la obra, hasta el punto de afirmar: «Sabes más de ese libro de lo que yo sabré jamás», y generosamente me dio carta blanca para dra-

[9] Título dado en inglés a la novela *Leviatán* de Julien Green.

[10] La obra de Nordahl Grieg de la que *Skibets reise fra Kristania* es un trasunto.

matizarlo. En honor a la verdad, creo que lo que le impresionó fueron más que nada las posibilidades dramáticas de nuestra relación, pues en algún momento dijo: «Deberíamos escribir una obra sobre esto: que el libro debía haberlo escrito usted, pero, desafortunadamente, lo he hecho yo, y sobre eso gira la obra; y, al final, usted me mata».

Al día siguiente por la tarde, Sigbjørn va a buscar la Bygdø Allé; camina despacio e inseguro, deteniéndose a mirar escaparates y librerías, buscando cualquier excusa para holgazanear, para posponer la finalidad de sus acciones, explorando incluso cualquier posible objetivo que le lleve en dirección contraria. Por ejemplo, está la Galería Nacional, que no había pensado visitar ese día, y tampoco ha estado en el puerto; en la Puerta de Kristian IV hay una exposición de cuadros de Munch; en el Nationaltheatret se representa la obra de Katáyev,[11] enfrente del Holmenkollen hay un circo, y Sigbjørn pierde diez minutos examinando los anuncios del circo Revy y el número de trampolín y acrobacias del circo Globo. Eso promete ser divertido y una posibilidad de aventuras, etc., etc.

Pero, al pasar por la Biblioteket, coge un taxi y le dice al conductor: «Tyl Bygdø Allé». El taxi va muy rápido y Sigbjørn advierte que enseguida habrán salido de Oslo y llegarán a la misma Bygdø, como sugiere el nombre de la vía.

Sigbjørn se maldice por no haber hecho averiguaciones, por no haber tenido el valor de entrar por la mañana en Kristiania Bokhandel, la editorial de Erikson, para pedir información más concreta sobre él. Pero se ve perdido en la situación y, ahora, sintiendo que nada de lo que pudiera hacer alteraría la curva predeterminada de lo que ha de ocurrir, se dispone a obedecer al primer impulso que le asalte.

[11] Valentín Katáyev (1897-1986) fue un novelista ruso cuyos retratos de la sociedad posrevolucionaria lograron eludir la censura soviética. La obra en cuestión es *Los malversadores*, novela de 1926 que el autor adaptó para la escena a petición de Stanislavski.

Por tanto, para a un hombre al azar y le pregunta si sabe dónde vive Erikson, y de ese modo resulta que este hombre, de nombre Christensen, aun no sabiéndolo, tiene un amigo íntimo que cree que lo sabrá. Sorprendentemente, Christensen habla inglés, y Sigbjørn le ofrece llevarle en taxi a su casa. Por el camino, le pregunta por Erikson.

—Es usted muy amable al confiar en mí —dijo Sigbjørn—, pero sucede que es de vital importancia que le vea. Soy un escritor inglés y estoy convirtiendo *Skibets reise fra Kristiania* en una obra de teatro. No sé si conocerá usted el... [fin del fragmento].

Escaleras. En el pasillo ve una puerta con una tarjeta de William Erikson clavada. Pasa por delante de la puerta varias veces y entonces, haciendo acopio de valor, se dispone a llamar cuando la puerta se abre y, una vez más, Sigbjørn tiene la impresión de que intención y objeto se han solapado.

—¿Puedo hablar con William Erikson?

—Yo soy William Erikson.

Sigbjørn esperaba encontrarse a su doble, pero Erikson, por el contrario, es exactamente su opuesto. Mientras que Sigbjørn es rubio, Erikson es moreno. Sigbjørn tiene un aspecto rudo, ancho de hombros y de mediana altura; Erikson es alto y delgado, de aspecto frágil y hasta trágico, tal vez todo aquello que Sigbjørn de niño quería llegar a ser. Pero el salón y los libros de Erikson son, de forma siniestra, como los suyos. Los dos entablan una conversación extraordinaria y lacónica en inglés, mientras Erikson, que es bastante joven, le sirve al otro un whisky. Sigbjørn no consigue explicarse de manera satisfactoria y la conversación languidece antes de retomar el tema de la literatura; Erikson aprovecha entonces para anunciar que, de hecho, en una semana o dos piensa ir a Cambridge a escribir un libro sobre Rupert Brooke.

—Pero primero pasaré por Londres y ocuparé una camita en Bloomsbury y dormiré en ella como un niñito muerto. Siempre he pensado que Brooke tenía algo que no tenía nadie más —dijo Erikson.

—Comprobará que en Cambridge apenas se encuentran ejemplares de su obra —comentó Sigbjørn bruscamente, y luego se quedó sentado en silencio, angustiado. Dios bendito, ¿qué viaje era este? Y¿ por qué se había embarcado siquiera en esta travesía...?

Por un instante, Sigbjørn vuelve a sentirse engañado por su propio romanticismo. Rupert Brooke... ¡Dios santo! Pero en el transcurso de la conversación se revela que el libro que le había dado la idea es *John Webster and the Elizabethan Drama.*[12]

Sigbjørn le habla entonces de su propósito de convertir *Skibets reise* en una obra de teatro y Erikson le anima a hacerlo. De hecho, él mismo se ha hecho dramaturgo últimamente, y una de sus obras va a ser producida en el Nationaltheatret en otoño... [fin del fragmento].

Sentado «bajo los geranios» en el Røde Mølle,[13] Sigbjørn bebe jerez y escribe a Erikson una larga carta sobre Rupert Brooke y los isabelinos, mientras pugna con una confusión alcohólica sobre si tuvo lugar o no un encuentro posterior con el escritor noruego. Sin embargo, recuerda nítidamente su visita al barco vikingo,[14] uno de los de aquella flota que asoló Europa, hizo una incursión en el este de Rusia, se paseó en el sur por el Mar Negro y comerció con los países dorados del Lejano Oriente; invencible durante los doscientos años que duró la era vikinga.

Y recuerda también que contemplaron con admiración rayana en la veneración la grácil belleza de la gran nave y que cuando empezaron a hablar lo hicieron en susurros.

Erikson, Sigbjørn y Birgit[15] almuerzan en el café Tostrupkjaelderen,[16] muy por encima de Oslo. Han caído las primeras nie-

[12] La tesis de Brooke en Cambridge.

[13] Røde Mølle: «molino rojo», era el nombre de un popular *danserestaurant* del distrito de los teatros de Oslo.

[14] Barco vikingo del siglo IX descubierto a principios del XX en la provincia noruega de Vestfold.

[15] Su ausencia en las notas de Lowry sugiere un posible final en el que Sigbjørn encuentra un nuevo amor y supera su agotadora obsesión por Nina.

[16] Famoso club de Oslo. La información, sin embargo, indica que Lowry se

ves, que a Sigbjørn le parece que cubren el pasado y dejan todo limpio y purgado. Desde la altura contemplan el puerto, donde se alinean anclados los cargueros, y es como si a sus pies se extendiera, anclado también, el mundo enero.

—Allí es donde empezó *Skibets reise fra Kristiania* —dice Erikson.

Una vez más, Sigbjørn sintió en torno a sí el aire abrasador y oyó el rugir del fuego como viento en las velas. ¡Calor blanco! Dolor, pensó, contemplando el puerto en la distancia. Piensa en el Ártico, la mente atormentada con sus negros barrancos, el Cabo de Hornos; eso nada más era la vida. Cuando está conquistada, cuando crees que ya no puede hacerte hincar la rodilla y el espíritu abunda en ricos puertos de acogida, cuando más feliz eres, lo que tú imaginas que es suerte castigará tu soberbia al presumir que has alcanzado esa felicidad por ti mismo y sin ayuda.

¿Por qué otra razón si no fueron expulsados Adán y Eva del paraíso?

Mientras contemplan el puerto soleado, uno de los cargueros leva el ancla y lo ven salir a la bahía y alejarse más allá del fiordo, más allá de sus sueños y de su conocimiento.

Sigbjørn, que cree en el comunismo, cree también que el alma emprende su viaje en la vida buscando a Dios; pero Erikson no cree en nada salvo en que el hombre es indeciblemente vil. Ha abrigado todas las creencias y todas las ha desechado.

—Lo grande es ver la verdad que hay en todas las religiones, y las categorías permanentes de cada una... Todo eso es bueno; hasta la guerra sería buena, pero ha dejado de servir a su propósito. En tiempos, creo yo, fue purgar el mundo, deshacerse de la cascarilla. En su día, para algunos la guerra era la verdad. Ahora nos corresponde a nosotros acabar con ella, y tendremos que dejar de preocuparnos por nosotros mismos hasta que hayamos hecho cuanto esté en nuestra mano para arreglar el mundo... Pero las guerras volverán a empezar, y todas por la misma cau-

---

refiere en realidad al restaurante Frognersaeteren, que goza de unas vistas espectaculares.

sa, la religión. Ojalá la gente comprendiera que todas eran verdaderas, todas la misma.

Este es el polo en el que convergen lo ideal y lo real, piensa Sigbjørn, y es un momento de perfecta ambivalencia y dolor. Pero de pronto siente que Tor le ha ayudado de algún modo a llegar a esta situación, y no repara en que el mismo principio de destrucción del que ha venido huyendo se ha vuelto a apoderar de él, cuando recuerda las palabras de Erikson:

«Caín no matará hoy a Abel. Caín no matará hoy a Abel.»

Pero Erikson seguía hablando:

—Como dice el poeta, el día de la intimidad ha pasado, y has de implicarte en la lucha común a todos nosotros. Al final, tu travesía no ha sido del todo inútil.

—He descubierto muchas cosas. He descubierto que el hombre puede renacer.

—Pero también has descubierto que en la vida solo son importantes unos pocos, y que puede que tú no seas uno de ellos. Al igual que eras un personaje de ese libro, también tu larga travesía te ha enseñado que eras poco más que un peón en el juego que hay que ganar a fin de hacer el mundo habitable para aquellos que vengan después de nosotros: si ese peón sufre, ¿quién tendrá noticia de ello?

—Hubo un tiempo en que pensé que Dios lo sabría.

—¿Por qué has venido aquí? —pregunta Birgit.

Al observarla, Sigbjørn comprende que en la mirada de esta mujer se contiene la Noruega que ha añorado y ha amado. Una Fata Morgana que abarca su vida desde la niñez, a su madre, a su hermano, sus sueños... su búsqueda de Erikson. Y en ese instante, repentina y fatalmente, se enamora de ella.

Erikson comenta que si Sigbjørn consigue convertir *Skibets reise* en una obra representable, podría producirla el Nationaltheatret, y le da una copia de su último texto dramático. Sigbjørn, pese a no entenderla, siente que ahí está escrito su futuro, al igual que en *Skibets reise* descubrió su pasado.

—Pero ¿por qué has venido aquí? —vuelve a preguntar Birgit.

—Para buscar mi verdad —dice Sigbjørn—. Y aunque no la he

encontrado, como el ahorcado del tarot, estaba colgado cabeza abajo de todas formas.

Mirando a Birgit tiene la certeza de que llegará a conocerla más a fondo y plenamente que a nadie que haya conocido antes. Sabe también que amarla puede traerle sufrimiento y traición, que podría ser una pesadilla, pero que es inexorable.

—Y ahora eres como un bebé y has de volver a empezar desde el principio —decía Erikson—. O te vas como la anciana de Chejov, sin nada.

—Primero me quitas mi religión y ahora me quitas mi desesperación.

Birgit se inclina hacia él, medio en serio, medio riéndose.

—Creo que tendrás que hacer de tu dolor una carga de profundidad.

—Pero ¡Dios bendito! —exclama Sigbjørn—. ¿Cómo voy a vivir sin mi desdicha?

· ALIOS · VIDI ·
· VENTOS · ALIASQVE ·
· PROCELLAS ·

Gran Via de les Corts Catalanes, 657, entresuelo
08010 Barcelona
www.malpasoed.com

Título original: *In Ballast to the White Sea*
ISBN: 978-84-16665-13-6
Depósito legal: B-16.926-2017
Primera edición: agosto de 2017

Impresión: Cayfosa
Diseño de interiores y maquetación: Sergi Gòdia
Imagen de cubierta: © Getty Images / Ilbusca